Tentação nas cordilheiras

ROBYN
CARR

Tentação nas cordilheiras

Tradução
Natalia Klussmann

Rio de Janeiro, 2023

Título original: Temptation Ridge

A Harlequin é um selo da HarperCollins Brasil.

Contatos: Rua da Quitanda, 86, sala 218 — Centro — 20091-005
Rio de Janeiro — RJ
Tel.: (21) 3175-1030

Diretora editorial: *Raquel Cozer*

Editora: *Julia Barreto*

Assistente editorial: *Marcela Sayuri*

Copidesque: *Marina Góes*

Revisão: *Ingrid Romão e Julia Páteo*

Adaptação de capa: *Beatriz Cardeal*

Diagramação: *Abreu's System*

CIP-Brasil. Catalogação na Publicação
Sindicato Nacional dos Editores de Livros, RJ

C313t
Carr, Robyn
Tentação nas cordilheiras / Robyn Carr ; tradução Natalia Klussmann. - 1. ed. - Rio de Janeiro : Harlequin, 2023.
400 p. ; 23 cm. (Virgin river ; 6)

Tradução de: Temptation ridge
Sequência de: Second Chance Pass
Continua com: Paradise valley
ISBN 978-65-5970-234-3

1. Romance americano. I. Klussmann, Natalia. II. Título. III. Série.

22-81976 CDD: 813
CDU: 82-31(73)

Gabriela Faray Ferreira Lopes - Bibliotecária - CRB-7/6643

Dedico este livro a Liza Dawson, meu braço direito, meu pensamento nítido, minha estrutura e espinha dorsal. Suas ideias são faróis, seu estímulo é um cobertor quentinho. Obrigada, do fundo do coração, pelo carinho e pela energia incríveis que você dedica a mim.

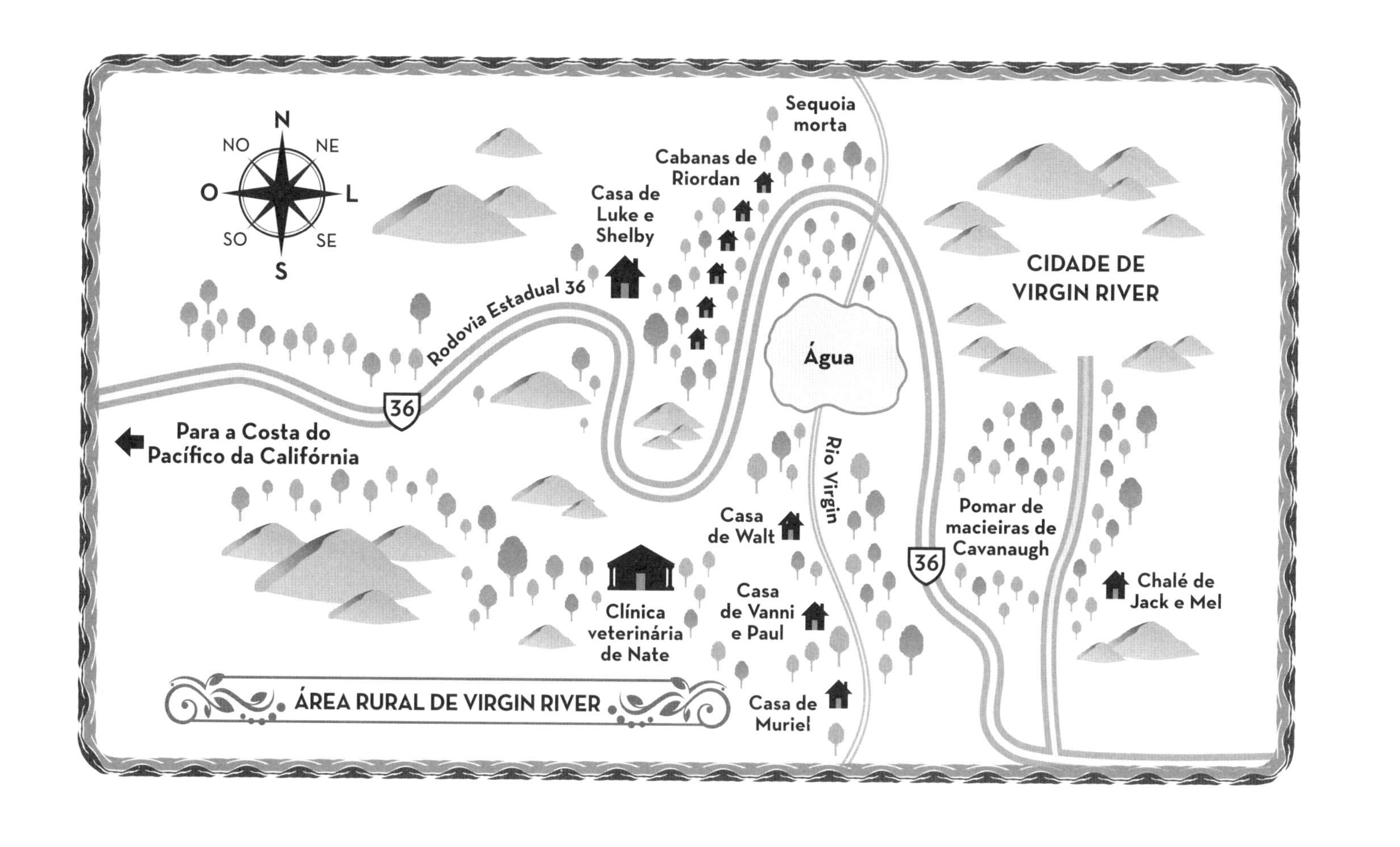
N
NO
NE
O
L
SO
SE
S
Sequoia morta
Cabanas de Riordan
Casa de Luke e Shelby
Rodovia Estadual 36
36
Para a Costa do Pacífico da Califórnia
CIDADE DE VIRGIN RIVER
Água
Rio Virgin
Casa de Walt
Casa de Vanni e Paul
Casa de Muriel
Clínica veterinária de Nate
Pomar de macieiras de Cavanaugh
36
Chalé de Jack e Mel
ÁREA RURAL DE VIRGIN RIVER

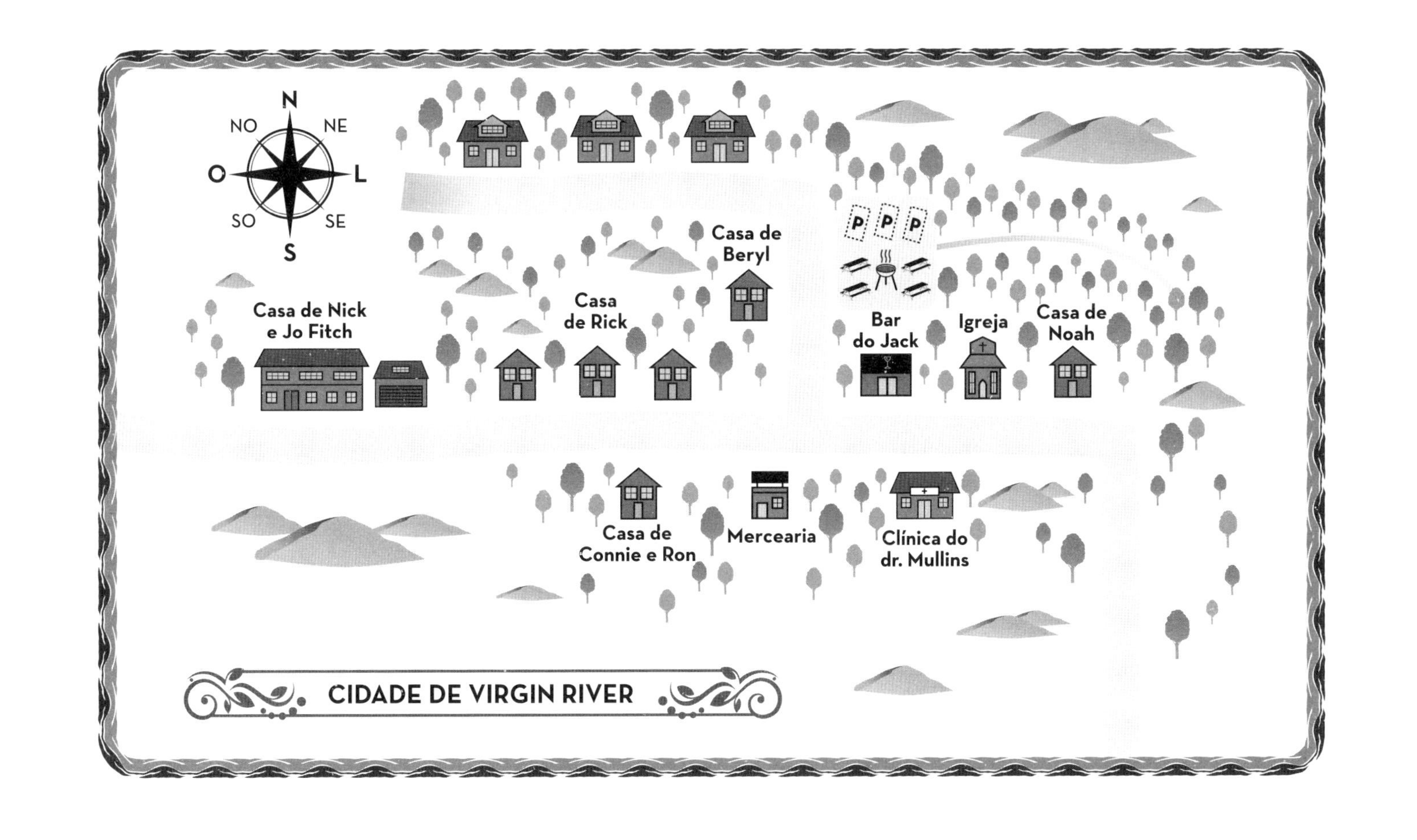
N
NO
NE
O
L
SO
SE
S
Casa de Nick e Jo Fitch
Casa de Rick
Casa de Beryl
P P P
Bar do Jack
Igreja
Casa de Noah
Casa de Connie e Ron
Mercearia
Clínica do dr. Mullins
CIDADE DE VIRGIN RIVER

Capítulo 1

Shelby estava a menos de dez quilômetros do rancho de tio Walt quando precisou parar no acostamento da rodovia 36, no trecho mais movimentado entre Virgin River e Fortuna, logo atrás de uma velha picape que lhe pareceu vagamente familiar. Embora aquela fosse a rodovia que percorria as montanhas de Red Bluff até Fortuna, tinha apenas duas faixas. Ela desligou o Jeep vermelho-cereja e saiu do carro. A chuva havia parado, enfim, e dera lugar a um vibrante sol de verão, mas a pista ainda estava molhada e repleta de poças de lama. Em um ponto mais adiante na rodovia, viu um homem usando um colete laranja neon e segurando uma placa onde se lia PARE, interrompendo o tráfego nos dois sentidos, em frente a uma longa fileira de carros parados. A entrada para a casa do tio Walt estava logo depois da próxima colina.

Ela foi desviando das poças e seguiu até a caminhonete parada na sua frente, na intenção de perguntar ao motorista se ele sabia o que estava acontecendo. Ao chegar à janela do carro, sorriu.

— Ora, oi, doutor.

O dr. Mullins a olhou pela janela aberta.

— Oi digo eu, mocinha. Veio aproveitar o fim de semana e cavalgar por aqui? — perguntou o homem em seu tom de voz mal-humorado de sempre.

— Não dessa vez, doutor. Vendi a casa da minha mãe em Bodega Bay — explicou Shelby. — Fiz as malas com o essencial e estou indo ficar na casa do tio Walt.

— Em definitivo?

— Nah, mas devo passar uns meses aqui. Ainda estou num período de transição.

A expressão do médico se desfez ligeiramente, mas só um pouquinho.

— Mais uma vez: sinto muito pela sua perda, Shelby — disse ele, e então continuou: — Espero que você esteja lidando bem com isso.

— Obrigada. Estou melhorando de pouquinho em pouquinho. Minha mãe estava pronta para partir.

Shelby acenou com a cabeça na direção da estrada à frente.

— Alguma ideia do que está prendendo a gente aqui?

— O acostamento cedeu. Passei por aqui quando estava indo para o Hospital Valley. Metade da estrada desceu pela encosta. Eles estão consertando.

— Seria bom se instalassem umas grades de proteção.

— Nas curvas mais fechadas, sim — disse ele. — Nas retas, como é o caso aqui, estamos por nossa conta e risco. Foi muita sorte que nenhum carro ou caminhonete tenha descido com a terra. Vai ficar assim pelos próximos dias.

— Assim que chegar na casa do meu tio não tenho planos de pegar essa estrada de novo, pelo menos não por um tempo — respondeu ela, dando de ombros.

— E quais *são* os seus planos, se é que posso perguntar? — questionou ele, erguendo uma das sobrancelhas grossas.

— Bom, enquanto estiver por aqui vou me candidatar a algumas universidades. Para enfermagem — respondeu ela, com um sorriso. — Acho que é uma escolha um tanto óbvia para mim, depois de ter passado tantos anos cuidando da minha mãe.

— Nossa, era bem o que eu precisava mesmo — respondeu ele, com a cara fechada de sempre. — Mais uma enfermeira. Isso me dá vontade de beber.

Shelby deu uma gargalhada.

— Pelo menos não vamos ter que dirigir muito para levar você para casa.

— Pronto, era exatamente esse o meu ponto. Mais uma enfermeira impertinente, além de tudo.

Shelby riu de novo, encantada com aquele velho ranzinza. Ela então se virou, o médico se debruçou para fora da janela e ambos viram um homem se aproximar, vindo da caminhonete que tinha parado atrás do carro de Shelby. Seu cabelo estava cortado bem rente, naquele estilo militar com o qual Shelby passara a vida toda acostumada; o tio era general aposentado do Exército. Ele usava uma camiseta preta bem justa sobre os ombros largos e musculosos, tinha cintura e quadris estreitos e pernas longas. Mas o que a fascinou foi o modo como ele veio caminhando até eles, com os movimentos contidos. Deliberadamente. Confiante. *Metido*. Os polegares estavam enfiados nos bolsos da frente e ele caminhava com calma, relaxado. Quando chegou bem perto, ela pôde ver que ele trazia um sorriso discreto enquanto a observava, ou melhor dizendo, a inspecionava. Os olhos brilhantes a mediam de cima a baixo. *Vai sonhando*, pensou Shelby, e este pensamento a fez sorrir de volta.

Ao passar pelo Jeep, ele deu uma olhada para o interior do veículo, onde se encontravam todas as caixas da mudança, e seguiu seu caminho, chegando até onde Shelby estava, ao lado da janela aberta do médico.

— Aquele carro é seu? — perguntou ele, apontando com o queixo na direção do Jeep.

— Aham.

— Para onde você está indo?

— Virgin River. E você?

— Também — respondeu ele, sorrindo. — Alguma ideia do que está rolando lá?

— Desmoronamento de terra — resmungou o dr. Mullins. — Uma das pistas está fechada para o reparo. O que você veio fazer em Virgin River?

— Eu tenho alguns chalés antigos na margem do rio — respondeu ele, e olhou alternadamente para Shelby e o médico. — Vocês dois moram na cidade?

— Eu tenho família lá — explicou ela, estendendo a mão. — Shelby.

Ele aceitou a mão pequenina dela em cumprimento.

— Luke. Luke Riordan — disse e se voltou para o médico, estendendo a mão de novo. — Senhor?

O doutor não retribuiu o cumprimento, só acenou com a cabeça. As mãos estavam tão deformadas por conta da artrite que ele nunca arriscava trocar um aperto de mãos.

— Mullins — apresentou-se.

— O dr. Mullins morou a vida toda em Virgin River. Ele é o médico da cidade — explicou Shelby.

— Prazer em conhecê-lo, senhor — disse Luke.

— Mais um fuzileiro? — perguntou o velho, erguendo uma sobrancelha.

Luke endireitou a postura.

— Exército, senhor — disse ele, depois olhou para Shelby e completou: — *Mais um* fuzileiro?

— Alguns amigos da cidade são fuzileiros. Aposentados ou dispensados. E os amigos deles vêm de vez em quando para cá… alguns ainda na ativa, outros na reserva — explicou ela. — Mas meu tio, com quem vou morar por um tempo, era do Exército. Se aposentou — disse Shelby, sorrindo. — Você não vai chamar muita atenção por aqui com esse corte. Eu não sei qual é a de vocês homens com essa coisa de raspar o cabelo.

Ele sorriu, exibindo paciência.

— A gente nunca aprendeu a usar aqueles trecos de soprar o cabelo.

— Secadores de cabelo, você diz? Hum, entendi.

Enquanto aguardavam uma das pistas ser liberada, a que estava livre deu passagem para um enorme ônibus escolar amarelo. A julgar pela quantidade de carro que havia no lado deles, não sairiam dali tão cedo, por isso não estavam com pressa para voltar a seus carros e continuaram em pé na estrada. O que acabou se provando um grande erro para Luke. À medida que o ônibus veio avançando pela outra pista, Luke notou uma enorme poça e num piscar de olhos se colocou entre Shelby e o ônibus, usando o próprio corpo para empurrá-la contra a janela aberta do carro do médico. Apoiando as mãos nas laterais do corpo de Shelby, ele a protegeu bem a tempo de sentir a água da poça bater em suas costas.

Shelby conteve um risinho. *Machão*, pensou ela, achando certa graça.

Luke ouviu o veículo reduzir a marcha e depois frear.

— Meu Deus — murmurou, virando-se e fechando a cara na direção do ônibus.

A mulher de rosto redondo, na casa dos 50, com bochechas rosadas e cabelo escuro que estava ao volante se debruçou para fora da janela e sorriu para ele. Ela *sorriu*!

— Desculpe, amigo — disse ela. — Não deu para evitar.

— Teria dado se você tivesse passado bem mais devagar — gritou ele.

Para assombro de Luke, a mulher deu uma gargalhada.

— Ah, eu nem estava indo tão rápido. Só que eu tenho horário a cumprir, sabe — berrou ela. — Quer um conselho? Sai da frente.

Luke sentiu o couro cabeludo esquentar e uma vontade enorme de falar uns palavrões. Quando se virou de novo na direção de Shelby e do médico, flagrou a jovem cobrindo o sorriso com a mão e o médico com os olhos brilhando.

— Tem um pouco de lama aí nas suas costas, Luke — avisou ela, tentando manter a risada sob controle.

O rosto do dr. Mullins era o mesmo de antes, carrancudo e impaciente, a não ser pelo brilho nos olhos.

— Já tem uns trinta anos que a Molly sacoleja naquela lataria amarela por essas montanhas e ninguém conhece melhor essas estradas do que ela. Acho que ela não viu a poça desta vez.

— Ainda não estamos nem em setembro! — protestou Luke.

— Ela dirige o ano todo — explicou o Doutor. — Colônia de férias, atividades extracurriculares, jogos. Sempre tem alguma coisa acontecendo. A mulher é uma santa… eu não faria esse trabalho por dinheiro nenhum. O que é uma pocinha de lama aqui e ali? — Então, o homem engatou ruidosamente sua caminhonete. — Está chegando a nossa vez.

Shelby foi rapidinho para o próprio carro. Luke começou a caminhar na direção da caminhonete, que trazia um trailer a reboque. Então, escutou o médico gritar às suas costas:

— Bem-vindo a Virgin River, filho. Aproveite.

E, depois disso, uma gargalhada.

Shelby McIntyre tinha passado meses consertando a casa da mãe recém-falecida, mas mesmo assim conseguira ir de Bodega Bay a Virgin River todos os fins de semana para andar a cavalo. E o tio Walt também fora diversas vezes supervisionar o serviço de reforma que tinha contratado pessoalmente. Era final do verão e Shelby estava com as bochechas coradas. Ela havia dobrado a barra do short e as pernas estavam bronzeadas. Os músculos das coxas e nádegas tinham ficado firmes graças a esses passeios a cavalo e os olhos brilhavam de saúde. Fazia muito tempo desde a última vez que praticara exercícios regularmente.

Mas, naquele momento, quando parou em frente à casa de Walt, no meio do mês de agosto, a sensação foi completamente diferente. A casa tinha sido vendida, seus pertences estavam no banco de trás do Jeep e, aos 25 anos, ela embarcava para uma vida completamente nova. Shelby deu uma buzinadinha, saiu do carro e se alongou. Pouco depois, tio Walt saiu da casa e ficou ali na entrada, de pé, com as mãos na cintura e um enorme sorriso.

— Seja bem-vinda de volta — disse ele. — Ou devo dizer bem-vinda ao lar?

— Oi, tio — disse ela, caminhando para dentro do abraço dele.

Walt tinha um pouco mais de um metro e oitenta, cabelo grisalho basto, sobrancelhas grossas e ombros e braços que pareciam os de um lutador. Como pouco mais de 60 anos, era um homem de compleição física poderosa.

Ele a abraçou forte.

— Eu estava indo agora mesmo até o estábulo selar um cavalo. Você está muito cansada? Está com fome ou qualquer coisa assim?

— Estou louca para montar, mas acho que vou deixar para mais tarde, tio. Acabei de passar quatro horas montada num Jeep — respondeu.

Ele deu uma gargalhada.

— Está com o traseiro arriado, né?

— Ô — disse ela, esfregando as nádegas.

— Vou dar uma volta, coisa de uma horinha, pela margem do rio. Vanni está lá na obra da casa nova, se metendo no trabalho de Paul, mas ela vai voltar a tempo de preparar um belo jantar de boas-vindas para você, ok?

Shelby olhou para seu relógio de pulso. Eram só três e meia da tarde.

— Hum, quer saber? Acho que vou dar um pulo na cidade enquanto você dá sua voltinha e Vanni inspeciona a casa nova. Vou dar um oi para

Mel Sheridan e ver se consigo convencê-la a beber uma cerveja em comemoração à minha mudança. Volto a tempo de ajudar com os cavalos antes do jantar, ok? Acha melhor eu tirar essas coisas do carro antes? Levar tudo lá para dentro? — perguntou ela.

— Pode deixar como está, querida. Ninguém vai mexer. Paul e eu descarregamos tudo para você antes do jantar.

Shelby sorriu para ele.

— Vamos deixar nossa cavalgada marcada para amanhã de manhã?

— Combinado. Deu tudo certo na hora de fechar a casa?

— Eu fiquei um pouco mais emotiva do que esperava. Achei que estava pronta.

— Arrependida?

Ela voltou os grandes olhos cor de mel para o tio.

— Eu chorei nos primeiros oitenta quilômetros — admitiu. — E depois comecei a ficar animada. Estou certa da minha decisão.

— Que bom — disse ele, apertando o abraço. — Estou muito feliz por você estar aqui.

— Só por uns meses, tio. Depois vou viajar um pouco e começar a faculdade com o pé direito. Faz muito tempo desde a última vez que estive em uma sala de aula.

— A vida aqui costuma ser bem tranquila. Aproveite.

— É… — disse ela, gargalhando. — A não ser quando rola um tiroteio ou um incêndio florestal.

— Mas que diabo, garota. A gente só quer deixar as coisas interessantes por aqui!

Ele foi andando ao lado dela até o Jeep.

— Espere por mim para limpar o estábulo e alimentar os cavalos.

— Nada disso, aproveite lá com a sua amiga — disse ele. — Sei que nos últimos anos você não teve muito tempo para esse tipo de coisa. Você vai ter muito esterco de cavalo para limpar enquanto estiver aqui.

— Obrigada, tio Walt — disse Shelby, rindo. — Não vou demorar.

Ele beijou a testa da sobrinha.

— Eu já disse, sem pressa. Você cuidou muito bem da minha irmã e merece todo o tempo do mundo.

— Vejo vocês daqui a algumas horas — despediu-se Shelby, partindo em direção à cidade.

Luke Riordan parou o carro em Virgin River com a Harley presa na caçamba da caminhonete e o pequeno trailer amarrado logo atrás. Fazia sete anos que ele não visitava aquela cidade e algumas coisas tinham mudado. A igreja agora estava cheia de tapumes, mas o chalé abandonado que ficava no centro da cidade tinha sido reformado; ao redor da varanda de entrada havia caminhonetes e carros estacionados e, na janela, um aviso onde se lia ABERTO. Parecia que estava tendo algum tipo de obra na parte de trás, uma estrutura para ampliação do local. Como ele mesmo estava considerando fazer umas reformas, resolveu dar uma olhada no que tinha sido feito no lugar. Estacionou na lateral do chalé, fora de vista, e foi até o trailer para trocar a camisa enlameada por uma limpa antes de entrar no lugar reformado.

A tarde de agosto estava agradável, com uma brisa suave e refrescante; a noite seria fria nas montanhas. Luke ainda não tinha ido à casa em que planejava morar e que se encontrava desocupada havia um ano. Em todo caso, se estivesse inabitável, ele tinha o trailer. Respirou fundo. O ar era tão puro que fez seus pulmões doerem. Era uma mudança e tanto comparado aos desertos do Iraque e de El Paso. Exatamente do que ele precisava.

Entrou no chalé reformado e deparou com um bar rústico muito agradável. Ainda perto da porta, olhou ao redor, admirando o local. O piso de madeira brilhava, brasas cintilavam na lareira, troféus de pesca e caça se exibiam nas paredes. Havia uma dúzia de mesas e um longo e lustroso balcão de bar, atrás do qual se viam prateleiras repletas de garrafas e copos ao redor de um salmão-rei taxidermizado, que devia ter uns vinte quilos na época em que foi pescado. Uma televisão, instalada no alto em um dos cantos, estava sintonizada no noticiário local, mas com o volume baixo. Dois pescadores, fáceis de serem reconhecidos por seus coletes cáqui e chapéus, estavam sentados em uma das extremidades do bar jogando cartas. Alguns homens de jeans e camisas surradas de trabalho bebiam em uma mesa ali perto. Luke conferiu o relógio de pulso: quatro da tarde. Ele foi até o balcão.

— O que posso te oferecer hoje? — perguntou o atendente.

— Um chope gelado, obrigado. Este lugar aqui não existia da última vez que estive na cidade.

— Você não vem aqui há um tempo, então. Eu o abri há mais de quatro anos. Comprei o chalé e transformei nisto aqui.

— Bom, você fez um trabalho excelente — disse Luke, aceitando a bebida. — Eu também vou fazer umas reformas. — Estendeu a mão. — Luke Riordan.

— Jack Sheridan. Prazer.

— Eu comprei os chalés antigos na beira do rio. Eles ficaram meio abandonados nestes últimos anos.

— Os do velho Chapman? — perguntou Jack. — Ele morreu ano passado.

— É, eu sei — disse Luke. — Eu estava aqui, caçando com um dos meus irmãos e uns amigos quando a gente viu os chalés pela primeira vez. Eu e meu irmão achamos que a localização, bem na beira do rio, podia valer alguma coisa. Notamos que estavam desocupados e pensamos em comprar, reformar e vender rápido para fazer um bom dinheiro. Mas o velho Chapman nem quis ouvir nossa oferta...

— Bem, ele teria ficado no olho da rua se tivesse vendido — explicou Jack, limpando o balcão com um pano. — Ele não tinha muitas opções e estava completamente sozinho.

Luke deu um gole do chope estupidamente gelado.

— É, eu sei. Foi por isso que compramos o terreno inteiro, inclusive a casa dele, e dissemos que ele poderia continuar por lá, sem pagar aluguel, até morrer. O que demorou sete anos.

Jack sorriu.

— Bem, foi um belo acordo para ele e vocês foram bem inteligentes. As propriedades por aqui não costumam ficar disponíveis assim.

— A gente viu de cara que o terreno, bem na beira do rio, valia muito mais que os chalés. Eu não consegui voltar aqui desde então, e meu irmão só veio uma vez, para dar uma olhada... e disse que nada tinha mudado.

— O que impediu você de vir?

Luke coçou a barba rala.

— Bem, Afeganistão. Iraque. Fort Bliss e alguns outros lugares.

— Exército?

— Vinte anos.

— Vinte anos também. Mas no Corpo de Fuzileiros — disse Jack. — Quando acabou, decidi passar os vinte anos seguintes aqui, servindo bebidas, pescando e caçando.

— É mesmo? Parece um ótimo plano.

— Bem, saiu um pouco dos trilhos graças a uma enfermeira bem bonitinha chamada Melinda — disse Jack, sorrindo. — Eu teria ficado bem, mas aquela mulher causa um efeito quando coloca uma calça jeans que deveria ser proibido por lei.

— Ah, é? — perguntou Luke.

— Tira qualquer um do prumo — assegurou Jack, dando um sorriso satisfeito.

Luke não se incomodava de ver um homem feliz com a vida que tinha. Ele retribuiu o sorriso e perguntou:

— Você fez tudo aqui sozinho?

— Quase tudo. Eu tive um pouco de ajuda, mas gosto de receber o crédito por aquilo que dá. O bar foi feito sob medida e recebi já todo pronto. Eu instalei as prateleiras e o piso de madeira. Não confiei em mim mesmo para fazer a parte hidráulica e estraguei a parte elétrica a ponto de precisar contratar alguém para refazer tudo, mas sou bom com madeira… Consegui construir um apartamento espaçoso de um quarto nos fundos, para morar aqui. Meu cozinheiro, Preacher, está morando lá agora e ampliando o espaço mais uma vez… A família dele está crescendo, mas ele gosta de morar perto do bar. Você vai fazer alguma coisa com os chalés?

— Primeiro vou dar uma olhada no principal, no que Chapman morava. Ele já estava bem velho quando a gente comprou a coisa toda… provavelmente precisa de algum trabalho. E não faço ideia do estado dos demais, mas não tenho nada melhor para fazer no momento. Na pior das hipóteses, posso consertar as coisas no principal e morar um tempo nele. Na melhor, vou conseguir reformar e colocar todos à venda.

— E seu irmão? — perguntou Jack.

— Sean ainda está na ativa, alocado na base aérea Beale, no U-2. Por enquanto, sou só eu.

— O que você fazia no Exército?

— Eu pilotava um Águia Negra.

— Uau — disse Jack, balançando a cabeça. — Eles se metem numas zonas bem perigosas.

— Nem me fala. Eu saí na marra.

— Você bateu o helicóptero?

— Não, nada disso — respondeu Luke, fingindo indignação. — Eu tive que levar um tiro.

Jack deu uma gargalhada e completou:

— Eita. Pelo menos você completou o serviço.

— Não foi nem o primeiro tiro — acrescentou Luke. — Mas em um momento de plena lucidez, decidi que tinha sido o último.

— Algo me diz que estivemos nos mesmos lugares — sugeriu Jack. — Quem sabe até mais ou menos na mesma época.

— Você viu alguns combates, né?

— Afeganistão, Somália, Bósnia, Iraque. Duas vezes.

— Mogadíscio — confirmou Luke, balançando a cabeça.

— É, nós deixamos vocês numa furada. Eu detestei fazer isso — disse Jack. — Vocês perderam um monte de gente, né? Sinto muito, cara.

— É, foi bem ruim — concordou Luke.

O que havia começado como uma missão de ajuda sancionada pelas Nações Unidas terminou em uma revolta horrível depois que os Fuzileiros Navais foram retirados e o Exército foi deixado para trás. Aidid, o general somaliano, lançou um ataque que matou dezoito soldados norte-americanos e deixou mais de noventa feridos num conflito sangrento.

— Qualquer dia desses a gente enche a cara e conversa sobre as batalhas.

Jack estendeu a mão, segurou com força o braço de Luke e disse:

— Pode apostar que sim. Bem-vindo à vizinhança, irmão.

— Obrigado. Agora me diz, onde eu posso ir curtir uma noitada com mulheres, para quem eu devo ligar se precisar de ajuda com os chalés e quais são os horários em que eu posso beber uma cerveja aqui? — listou Luke.

— Faz um bom tempo que eu não vou para uma noitada com mulheres, amigo. As cidades litorâneas têm uns bons lugares... tente ir a Fortuna ou Eureka. Tem a pousada Brookstone, em Ferndale... com um bar e um restaurante legais. A parte velha de Eureka é sempre uma boa pedida. E, um pouco mais perto daqui, tem um barzinho em Garberville com uma jukebox — disse Jack, dando de ombros. — Eu me lembro de ver uma ou duas garotas bonitas por lá. E eu tenho o cara certo para ajudar na sua reforma. Um amigo meu acabou de abrir aqui uma filial da empreiteira da família dele, que tem sede em Oregon. É ele quem está ampliando o apartamento de Preacher, e ajudou a terminar minha casa. É um baita construtor. Peraí que eu vou pegar um cartão dele.

Jack foi até os fundos e, menos de um minuto depois, duas mulheres entraram no bar e quase fizeram Luke ter um ataque cardíaco. Duas loiras lindas, uma na casa dos 30 e de cabelo cacheado, a outra muito mais nova, com uma trança cor de mel densa e inesquecível descendo pelas costas até a cintura. A jovem que estava no acostamento; a que ele havia salvado do banho de lama, Shelby. As duas usavam calças jeans apertadas e botas. A mais velha usava um suéter largo, e Shelby estava com a mesma camisa branca imaculada de antes, as mangas enroladas, a gola aberta e a parte de baixo amarrada à cintura com um nó. Luke tentou não ficar olhando, mas não conseguiu evitar, muito embora as duas nem sequer tivessem reparado nele. Seu pensamento imediato foi que ele não precisaria ir a Garberville coisa nenhuma.

Elas subiram nos bancos altos do bar enquanto Jack voltava dos fundos.

— Ei, querida — disse ele, se inclinando por cima do balcão na direção da mulher mais velha e beijando-a na sequência.

Ah, pensou Luke, *essa deve ser a dona da calça jeans ilegal que não deixa mais ele caçar por aí*. Mas que homem não abriria mão de azaração para passar mais tempo com uma mulher como aquela?

— Este é o nosso novo vizinho — continuou Jack. — Luke Riordan. Luke, esta é Mel, minha esposa, e Shelby McIntyre… a família dela mora aqui.

— Muito prazer — disse Luke.

— Luke é dono dos chalés que eram do velho Chapman, lá na beira do rio, e ele está pensando em reformar o lugar. Ele foi do Exército, então vamos deixar ele ficar.

— Seja bem-vindo — disse Mel.

Shelby não disse nada, mas sorriu para ele, deixando as pálpebras ligeiramente semicerradas. Luke achou que ela tinha uns 18 anos, que não passava de uma menina. Na verdade, se fosse um pouco mais velha, ele teria pedido o telefone dela lá na estrada. Eureka ou Brookstone não eram páreo para aquilo, embora as duas estivessem claramente fora dos limites de Luke. Mel era a esposa de Jack e Shelby parecia ser uma adolescente. *Uma adolescente bastante sensual*, pensou, sentindo um ligeiro calor de repente. Mas a beleza das duas era bastante promissora. Se duas mulheres lindas como aquelas podiam ser encontradas em um barzinho em Virgin River, devia haver mais algumas espalhadas por aquelas montanhas.

— Pronto — disse Jack, deslizando um cartão de visitas sobre o balcão do bar. — Meu amigo Paul. Ele também está construindo uma casa para a minha irmã mais nova, Brie, e o marido dela bem ao lado da nossa. Além de outra para ele e a esposa.

— Meu primo — complementou Shelby.

Luke ergueu as sobrancelhas, curioso.

— Bom, Paul é casado com a minha prima Vanessa. Eles estão morando na casa do meu tio Walt, e eu estou lá com eles.

— Aceita uma cerveja, Mel? — perguntou Jack à esposa. — E você Shelby?

— Eu vou beber um refrigerante rapidinho com Shelby, depois vou para casa render Brie para ela poder jantar com Mike — explicou Mel. — Eu só dei uma passada para avisar onde vou estar. Vou dar jantar para as crianças e colocar todo mundo para dormir. Você pode levar um pouco do que o Preacher fizer quando for para casa?

— Pode deixar, com certeza.

— Eu vou para casa ajudar com os cavalos — disse Shelby. — Mas, antes, vou beber uma cerveja.

Bom, a garota tinha pelo menos 21, Luke se pegou pensando. A não ser que Jack, naquele barzinho simpático, fosse leviano em matéria de servir bebidas alcoólicas para pessoas que ainda não tinham idade para beber, o que era uma possibilidade.

— É melhor eu ir andando… — disse Luke.

— Fica mais um pouco — sugeriu Jack. — Se você não precisa ir embora, às cinco geralmente chegam os clientes habituais. É a oportunidade perfeita para conhecer seus vizinhos.

Luke conferiu as horas.

— Acho que posso ficar mais um pouco, sim.

Jack deu uma risada.

— Amigo, a primeira coisa que você vai deixar de lado é esse relógio aí.

Então, colocou uma cerveja na frente de Shelby e uma Coca-Cola diante da esposa.

Luke e Jack conversaram um pouco mais sobre a reforma do bar enquanto as mulheres estavam ocupadas com a própria conversa. Nem dez minutos haviam se passado quando Jack disse:

— Já volto, só vou acompanhar minha esposa até lá fora.

Luke ficou no bar, ao lado de Shelby.

— Estou vendo que você trocou de roupa — comentou a garota.

— Hum, não tinha como não trocar, né? A motorista escolar me pegou de jeito.

Ela deu uma risadinha.

— Eu nem agradeci. Por ter salvado minha camiseta.

— Não precisa — disse ele, dando um gole na cerveja.

— Eu já vi os chalés — começou Shelby. — Eu gosto de cavalgar na beira do rio. Parecem incríveis.

Ele riu baixinho de novo.

— Pois é. Com sorte, não vão ser um caso perdido.

— São chalés antigos, do tempo em que as pessoas usavam matéria-prima de qualidade — continuou ela. — Aprendi essas coisas com meu primo... Alguns deles são feitos de alvenaria e tudo mais... Hum. Mas então, está esperando sua família chegar?

A pergunta, tão direta e assertiva, o surpreendeu. Luke sorriu para o copo de cerveja, depois olhou para ela.

— Não — respondeu. — Só tenho minha mãe e uns irmãos espalhados por aí.

— Sem esposa? — perguntou ela, um dos cantos da boca se erguendo ao mesmo tempo que uma de suas lindas sobrancelhas espelhava discretamente o movimento.

— Sem esposa.

— Ah. Que pena — comentou ela.

— Você não tem que sentir pena de mim, Shelby. Eu gosto assim.

— Faz o tipo solitário, então?

— Não. Só um cara solteiro.

Luke sabia que aquela era a deixa para perguntar se ela estava em um relacionamento, mas o fato era irrelevante porque não investiria. E, embora soubesse que conhecê-la melhor provavelmente não era prudente, Luke apoiou o cotovelo no balcão do bar, inclinou a cabeça até apoiá-la na mão, olhou Shelby nos olhos e perguntou:

— Você está só de passagem, então?

Ela deu um gole na cerveja e fez que sim.

— Vai ficar na cidade por quanto tempo?

— Isso ainda está meio que em aberto — respondeu Shelby.

Jack voltara para trás do balcão e Shelby pousou seu copo ali, ainda meio cheio, com algumas notas baixas.

— É melhor eu ir cuidar dos cavalos. Obrigada, Jack.

Jack se virou na direção dela e perguntou:

— Shelby, por que você não me pediu um copo de cerveja menor?

Ela deu de ombros, sorrindo. E estendeu a mão para cumprimentar Luke.

— Bom rever você, Luke. Até mais.

— Digo o mesmo — respondeu ele, aceitando o aperto de mãos.

Quando Shelby saiu, ele a acompanhou com o olhar. Luke não queria fazer aquilo, mas era impossível resistir àquela imagem. Quando olhou de volta para Jack, viu que ele sorriu antes de ir fazer alguma coisa atrás do balcão.

Antes das sete da noite, Luke tinha conhecido Preacher — ou John, como a esposa e o enteado o chamavam. Também conheceu Paige, a esposa de Preacher, e a irmã mais nova de Jack, Brie, e o marido dela, Mike. Ele viu o velho dr. Mullins mais uma vez e ficou ali papeando com alguns dos novos vizinhos. Comeu o melhor salmão de sua vida, escutou algumas lendas locais e já estava se sentindo parte da turma. Nesse meio-tempo, outras pessoas apareceram para comer e beber, cumprimentando Jack e Preacher como se fossem velhos conhecidos.

Mais um casal entrou no bar e Luke foi apresentado a Paul Haggerty, o construtor, e sua esposa, Vanessa.

— Jack me ligou — explicou Paul. — Ele me disse que você é nosso novo vizinho.

— Isso é um tanto otimista da parte dele — respondeu Luke. — Eu ainda não fui ver o estado da propriedade.

— Aquele trailer lá fora é seu? — perguntou Paul.

— É uma precaução — explicou Luke, dando uma gargalhada. — Se o chalé principal não estiver habitável, não vou ter que dormir na caminhonete.

— Bem, me avise se precisar que eu vá dar uma olhada.

— Agradeço. Mais do que você pode imaginar.

Luke acabou ficando no bar até muito mais tarde do que tinha pretendido. Na verdade, quando os amigos começaram a se despedir, Luke ainda tomava um café com Jack. Todos ali pareciam ser ótimas pessoas, mas a verdade é que ele ainda estava um pouco atordoado com as mulheres. Jack havia encontrado uma linda, bem ali, mas, para ser honesto, parecia que havia mulheres lindas por todos os lados em Virgin River. Shelby, Paige, Brie e Vanessa eram todas deslumbrantes. Ele se sentiu muito esperançoso de conseguir, pelo menos, se divertir um pouco na cidade vizinha.

— Você vai gostar de Walt, o sogro do Paul — disse Jack. — Ele foi do Exército, se aposentou por lá.

— Ah, sim. Acho que Shelby mencionou isso.

— Três estrelas. Cara bacana.

Luke não conseguiu conter um gemido. Na verdade, ele deixou a cabeça tombar para a frente. E, aparentemente, Jack estava lendo seus pensamentos.

— Pois é. Walt é tio da Shelby — comentou Jack.

— Shelby. Ela tem o que, 18 anos?

Jack deu uma risadinha.

— Ela é um pouco mais velha que isso. Mas é jovem, sim. Nem por isso deixa de ser linda, né?

Impossível não reparar, pensou Luke.

— Dei uma olhada nela e imediatamente pensei que podia ser preso por isso — admitiu ele, provocando uma risada em Jack. — Ela não podia ser mais perigosa, não? Jovem, linda e morando na mesma casa de um general condecorado.

— Pois é — concordou Jack, rindo. — Mas ela é bem crescida. Cresceu direitinho, diria eu.

— Eu é que não vou chegar nem perto dela — garantiu Luke.

— Se você diz… — comentou Jack.

Luke se levantou, colocou o dinheiro no balcão e estendeu a mão.

— Obrigado, Jack. Eu realmente não esperava receber esse tipo de boas--vindas. Que bom que dei uma parada na cidade antes de ir para a casa.

— Se pudermos fazer alguma coisa para ajudar, é só avisar. É bom ter você com a gente, soldado. Você vai gostar daqui.

Capítulo 2

Era comum os membros da família Sheridan jantarem juntos no bar, muitas vezes com amigos e outros familiares, e depois Jack colocava sua pequena família no carro e os despachava para casa, para que Mel pudesse colocar as crianças na cama enquanto ele seguia trabalhando até o fechamento. Naquela noite em particular, Mel tinha ido cedo para casa para que Brie pudesse descansar depois de cuidar dos sobrinhos. Jack saiu do bar um pouco mais cedo e levou o jantar.

Ele ainda se surpreendia com a satisfação que sentia ao chegar em casa e encontrar a família. Três anos antes, ele era um homem solteiro, vivendo em um cômodo anexo ao bar, completamente desinteressado pelos laços domésticos como os que no momento o prendiam. Agora, não conseguia sequer imaginar outro tipo de vida. Jack achava que a intensidade de seus sentimentos pela esposa já deveria ter virado uma espécie de complacência, mas a paixão por ela, a profundidade do amor que sentia simplesmente aumentavam a cada dia. Ela havia envolvido o coração de Jack com um amor tão doce que o conquistara. Era a dona do corpo e alma dele. Jack não sabia como tinha vivido tanto tempo sem aquilo; não sabia por que outros homens fugiam desse tipo de vida, e ele finalmente compreendia os amigos que a viviam havia muitos anos.

Não era luxuosa: uma refeição na mesa da cozinha, um pouco de conversa sobre a reforma no bar, sobre o recém-chegado à cidade, sobre Shelby ter voltado para passar uma temporada enquanto se candidatava às universidades. Mas, para Jack, era a parte mais importante do dia, quando as crianças já tinham dormido e ele tinha Mel toda para si.

Quando a louça foi lavada, Mel seguiu para tomar banho primeiro. Jack trouxe lenha para dentro de casa e acendeu o fogo na lareira da suíte principal; as noites já estavam ficando geladas. O outono chegava cedo nas montanhas. Depois, ele circulou pela casa, recolhendo o lixo que levaria para a caçamba da cidade pela manhã. Tirou as botas perto da porta dos fundos e, ao passar pela lavanderia, tirou a camisa e as meias, deixando-as dentro da máquina de lavar. Quando voltou para o quarto, o chuveiro já estava desligado. Jack pendurou o cinto no armário e foi para o banheiro da suíte.

Ao chegar à porta, flagrou Mel em frente ao espelho, rapidamente puxando a toalha para cobrir o corpo. A expressão da mulher traía culpa e, quando seus olhos se encontraram no reflexo do espelho, ele perguntou, abrindo o zíper para tirar a calça e entrar no banho:

— O que você está fazendo, Melinda?

— Nada — respondeu ela, desviando o olhar.

Ele franziu o rosto e deu um passo na direção dela. Então, ergueu o queixo da esposa e voltou a fitá-la nos olhos.

— Você está escondendo seu corpo? De mim? — perguntou ele, atônito.

— Jack, eu preciso ir ao banheiro — disfarçou ela, segurando a toalha ainda mais firme.

— O quê? — perguntou ele, e a risada transpareceu em sua voz. — Do que é que você está falando?

Ela respirou fundo.

— Meus peitos estão caídos, minha bunda caiu tanto que está lá no meio das coxas, estou com pochetinha e, como se isso já não fosse ruim o suficiente, estou coberta de estrias. Pareço um balão de aniversário murcho.

E, colocando a mão sobre o tórax firme como pedra do marido, continuou:

— Você é oito anos mais velho do que eu e tem uma forma física perfeita.

Ele começou a gargalhar.

— Eu achei que você estivesse tentando esconder uma tatuagem ou algo assim. Mel, eu não tive dois filhos com um ano de diferença entre eles. Emma ainda é um bebezinho de meses. Dê um tempo para você, certo?

— Não consigo evitar. Sinto falta do corpo que eu tinha antigamente.

— Oh-oh — disse ele, abraçando-a. — Se você está pensando assim, então não estou fazendo meu trabalho direito.

— Mas é verdade — insistiu Mel, encostando a cabeça nos pelos macios do peito do marido.

— Mel, você fica mais linda a cada dia. Eu amo seu corpo.

— Mas ele não é mais como era…

— Aham, é melhor — argumentou Jack, e, puxando a toalha que ela segurava, continuou: — Vem aqui.

Ela soltou a toalha.

— Ah — disse então, sorrindo ao vê-la nua diante de si. — Para mim, esse corpo é maravilhoso… incrível. Cada dia mais sensual e irresistível.

— Você não pode estar falando sério — retrucou Mel.

— Estou, sim. — Ele baixou a cabeça e tocou os lábios da esposa com os seus, uma mão pousada em um seio e a outra descendo devagarinho pelas costas até chegar à bunda dela. — Esse corpo me deu tanta coisa: eu venero esse corpo. — E, ao dizer isso, ele levantou um pouco o seio que segurava. — Olha só — incentivou.

— Eu não consigo — reclamou a esposa.

— Olha, Mel. Olha para o espelho. Às vezes, quando vejo você assim, nua, mal consigo respirar. Para mim, todas as mudanças, até as menores, só deixam você melhor, mais deliciosa. Não é possível que você ache que eu sinta qualquer coisa diferente que completa admiração pelo corpo que me deu meus filhos. Você me dá tanto prazer que às vezes eu penso que vou ficar louco. Meu amor, você é perfeita.

— Estou com dez quilos a mais, se compararmos com a época em que nos conhecemos — argumentou ela.

E ele deu outra risada.

— Você veste quanto agora? Trinta e oito?

— Você não sabe de nada. É muito mais que trinta e oito. Estou chegando nos quarenta e muitos.

— Meu Pai do Céu — disse ele. — Mais dez quilos para eu me deliciar.

— E se eu continuar engordando?

— Você ainda vai estar dentro do seu corpo? Porque eu amo você. Eu amo o seu corpo, Mel, porque ele faz parte de você. Você entende isso?

— Mas…

— Se eu sofresse um acidente que arrancasse as minhas pernas, você ia deixar de me amar, de me desejar?

— É claro que não! Isso não é a mesma coisa!

— Nós não somos os nossos corpos. Nós tivemos sorte com os corpos que temos, mas somos muito mais que isso.

— Foi a minha bunda dentro de uma calça jeans que chamou sua atenção…

— Meu amor por você é muito mais profundo que isso, e você sabe. Só que… — Ele sorriu cheio de malícia e continuou: — Você ainda acaba comigo dentro daquela calça jeans. Se você ganhou dez quilos, eles foram para os lugares certos.

— Estou pensando em… fazer uma plástica na barriga — admitiu ela.

— Que maluquice — disse ele, baixando de novo a cabeça para beijá-la com intensidade e paixão. Suas mãos percorriam as costas nuas da esposa e, em questão de poucos segundos, ela estava se soltando com aqueles toques. — A primeira vez que a gente transou eu pensei que tinha sido a melhor relação da minha vida. Da vida inteira. A melhor experiência, sem dúvida. Eu realmente não achava que poderia ficar melhor… só que ficou. Cada vez é mais rica e profunda do que a anterior.

— Eu vou parar de comer a comida engordativa do Preacher — disse ela, embora um pouco sem fôlego. — Vou insistir para que ele comece a preparar umas saladas.

Jack tomou a mão de Mel entre as suas e a colocou sobre a barriga dela, deslizando-a a seguir para baixo.

— Não vai dar tempo de tomar aquele banho — disse ele, com a voz rouca, seus lábios tocando o pescoço dela. — A não ser que você queira entrar de novo no chuveiro, comigo.

— Jack…

— Sabe aquele desejo que senti por você na primeira noite? — sussurrou ele contra a bochecha dela. — Desde aquele dia, toda noite eu quero você ainda mais. Vem cá... — disse ele, pegando-a no colo. — Vou te mostrar como você é linda.

E, carregando-a até a cama, ele a deitou devagar sobre os lençóis e se ajoelhou por cima dela, um braço apoiado de cada lado do corpo de Mel.

— Você quer que eu acenda o fogo? — perguntou, dando uma risadinha.

Ela passou a mão nos quadris estreitos do marido, puxando a calça jeans para baixo.

— Jack, promete que você vai me contar se começar a me achar pouco atraente? Por favor? Enquanto ainda der tempo de correr atrás do prejuízo?

Ele cobriu a boca de Mel com a sua, beijando-a profundamente.

— Se isso acontecer algum dia, Melinda, pode deixar que eu conto para você — disse ele, e a beijou de novo. — Meu Deus, você tem um gosto maravilhoso.

— Você também é uma delícia — sussurrou ela, fechando os olhos.

— Algum pedido especial? — perguntou ele.

— Tudo que você faz é especial... — sussurrou ela.

— Muito bem — disse ele. — Nós vamos fazer tudo, então...

Parado diante dos chalés na escuridão da noite, Luke usou uma lanterna enorme para iluminar as construções. A eletricidade havia sido desligada no ano passado, quando o sr. Chapman faleceu. Tudo que ele conseguiu distinguir de fato era uma casa negra como piche, alguns chalés com telhas caindo e umas janelas tapadas com placas de madeira. Uma inspeção mais minuciosa precisaria esperar o dia amanhecer.

Mas o som do rio correndo era incrível. Que lugar maravilhoso era aquele. Ele se lembrou do quanto tinha gostado da primeira vez que o viu: o som do rio, as corujas, o vento entre os pinheiros, o grasnar ocasional de um ganso ou de um pato.

Como estava frio, ele pegou mais cobertores para poder dormir com uma das janelas do trailer aberta, a fim de escutar o rio e a vida selvagem.

Assim que a primeira luz da manhã surgiu, vestiu a calça jeans, calçou as botas e saiu, encontrando uma manhã que ainda tingia o céu em tons de cor-de-rosa e trazia um ar úmido e fresco. Logo depois do banco de areia o rio fluía em cascatas naturais, nas quais, durante o outono, os salmões saltariam correnteza acima para se reproduzir. No lado oposto do rio, quatro cervos bebiam água. E — como esperado — Luke viu que a casa e os chalés estavam em péssimo estado. Uma tremenda espinha no rosto daquela linda paisagem.

Exatamente como ele imaginara. Muito trabalho pela frente, mas com um potencial imenso. Daria para vender tudo imediatamente, pelo valor do terreno, ou ele poderia arrumar as construções e conseguir um preço muito melhor. E ele precisava de alguma coisa útil para fazer enquanto planejava o próximo passo. Quem sabe poderia conseguir trabalho como piloto de helicóptero nas redondezas. Havia mercado: helicópteros de reportagem, de transporte médico, transporte privado. Luke respirou fundo. Por enquanto, aquele pedacinho de terra na beira do rio estava perfeito.

A primeira coisa que fez foi inspecionar a casa. A varanda da frente era grande e muito boa, mas precisaria ser reforçada, lixada e envernizada ou pintada. A porta estava emperrada e ele precisou forçá-la, o que fez com que a madeira apodrecida ao redor do batente se partisse um pouco. É claro que o lugar estava imundo — não apenas não via uma bela limpeza desde antes da morte do sr. Chapman, como alguns animais fizeram ninhos por ali e usaram o lugar para dormir. Ele escutou o som de alguma coisa rastejando, viu marcas de patas no chão empoeirado e a bancada da cozinha sugeria que ali tinham estado muitos animais selvagens. O lugar devia estar cheio de ratos, guaxinins, talvez gambás. Felizmente, os ursos não tinham feito toca.

Ele precisaria dormir no trailer por um tempo.

O cheiro também não era nada bom. Tudo tinha sido deixado do mesmo jeito desde o dia em que o sr. Chapman faleceu; a cama estava desfeita, como se o antigo morador tivesse acabado de se levantar. Roupas sujas se acumulavam pelo chão, havia comida podre e endurecida na cozinha, todos os móveis ainda estavam em seus lugares. Nojentos, mofados, manchados e nas últimas. Os eletrodomésticos também pareciam ter um milhão de anos e ninguém tinha esvaziado e limpado a geladeira antes de a eletricidade ser desligada. Estava completamente destruída pelos odores que precisariam ser expurgados dali.

Bem diante da porta da frente havia uma sala de estar de tamanho decente, com uma lareira de pedra muito bonita. Logo à esquerda havia uma sala de jantar grande e vazia, e um balcão empenado que servia de mesa para refeições e de separação da cozinha, grande o suficiente para comportar uma mesa e quatro cadeiras ou, ainda melhor, uma ilha de cozinha.

À frente havia um corredor pequeno — de um lado, um banheiro espaçoso com uma banheira de pés de metal esculpidos no formato de garras, do outro, um quarto de entulhos. Mais adiante ficava o quarto. Não havia closet, uma casa à moda antiga. O velho morador tinha deixado cômodas e guarda-roupas grandes. A cama também era larga, com quatro colunas de madeira. Luke não gostou muito da mobília, mas pensou que, como se tratava de peças de freixo sólidas, pesadas e duráveis, provavelmente tinham valor.

Ele deu meia-volta e retornou à sala de estar. Encontrando a escada para o segundo andar, subiu com cuidado, sem saber se poderia confiar nos degraus. Além do mais, estava escuro lá em cima. Se ele bem se lembrava, o segundo pavimento tinha dois quartos de bom tamanho, mas nenhum banheiro. Ele ouviu mais ruídos de coisas se arrastando com pressa, então desceu correndo. Poderia dar uma olhada lá em cima depois de dedetizar a casa.

De pé na sala de estar, fez um inventário mental. A boa notícia era que, aparentemente, o lugar não precisaria ser colocado abaixo e reformado por completo para se tornar habitável. A má notícia, porém, era que as obras necessárias seriam caras e demoradas. Tudo, menos a mobília de freixo do quarto, teria que ser retirado. De preferência para algum lugar bem longe dali. Não dava nem para doar as coisas como móveis de segunda mão. O piso teria que ser lixado, os armários precisariam ser desmontados e substituídos, os balcões precisariam de novos tampos, o velho papel de parede teria que ser arrancado, toda a madeira da casa — o peitoril das janelas, as portas, batentes, molduras de janelas e rodapés — precisaria ser lixada e envernizada, ou simplesmente substituída.

Mas, primeiro, ele teria que fazer uma imensa remoção de lixo e dedetização, o que daria muita dor de cabeça. Pelo menos era um trabalho que ele seria capaz de fazer, com a ajuda de uma empresa especializada em dedetização, é claro. Ele inspecionaria o telhado mais tarde.

Luke saiu da casa e escancarou a porta do primeiro chalé. Mais do mesmo. Os móveis estavam apodrecendo, o piso coberto de escombros. Eram todos construções de um cômodo único e não eram usados havia muitos anos, então os pequenos fogões e os frigobares estavam ultrapassados e, provavelmente, não funcionavam mais. Luke era bom com madeira e pintura, mas não confiava no próprio talento para reparos que envolvessem gás e eletricidade. Estava diante de seis chalés que precisavam de novos aquecedores de água, fogões, frigobares e móveis. Ele também teria que checar os telhados de todos para ver o estado depois de tantos anos de descaso. De onde estava, parecia que quase todas as telhas estavam faltando ou apodrecidas. A parte externa precisava ser raspada, lixada e pintada. Todas as janelas, substituídas.

O novo proprietário fez um cálculo de cabeça. Era quase setembro. De janeiro a junho, antes de os veranistas chegarem para acampar e fazer trilhas, chovia muito por ali e as coisas ficavam devagar. Se ele conseguisse colocar a casa e os chalés no jeito até a primavera, poderia vender ou abrir para os turistas. Se, quando isso acontecesse, ele estivesse entediado da vida nas montanhas, no fim das contas, bastaria fechar tudo e seguir para San Diego, onde seu irmão Aiden estava morando e onde havia muitas praias e gente usando roupas de banho. Ou iria para Phoenix, onde sua mãe, viúva, morava. Ela ficaria eternamente grata pela presença do filho. Em todos esses lugares poderia ir atrás de um emprego como piloto.

Luke desconectou o trailer da caminhonete, retirou a Harley da caçamba e estacionou a moto em frente à casa. A seguir, pegou luvas grossas de trabalho, uma vassoura e uma pá que também estavam na caçamba, a caixa de ferramentas que estava no trailer e começou a limpar a casa. Ele poderia, ao menos, encher a caminhonete de lixo e, quando estivesse a caminho de Eureka para solicitar que religassem os serviços básicos do imóvel, poderia contratar alguém para fazer a dedetização e alugar uma grande caçamba de entulhos; seria ainda possível deixar uma boa quantidade de lixo no aterro sanitário.

Por volta de meio-dia, ele já tinha acumulado uma pilha enorme de lixo e começou a colocar tudo o que recolheu na caçamba da caminhonete. O sol forte da tarde tinha elevado a temperatura e ele suava como um fazendeiro, por isso tirou a camisa. Luke estava colocando uma enorme poltrona estofada com três pés na parte de trás do veículo quando a avistou. Congelado, ficou segurando a peça acima da cabeça.

Parada na clareira, montada em um cavalo de raça, ela sorriu para ele com uma doçura pura e inocente. Luke estava petrificado. O cavalo era lindo, com um metro e meio, no mínimo. Shelby usava shorts cáqui, com a barra dobrada, expondo bem as coxas bronzeadas, um par do que pareciam ser botinas para caminhada com meias brancas aparecendo acima do cano longo, uma camiseta de manga curta branca e um colete de pescador também cáqui. Com o cabelo loiro-claro preso em uma longa trança que descia pelas costas e um chapéu Stetson na cabeça, seria facilmente confundida com uma menina de 15 anos. Pequena, mas encorpada. Na mesma hora Luke pensou que a imagem também representava uma sedução de menores e sentiu cada um dos seus 38 anos.

O cavalo dançou e bateu as patas no chão, depois bufou e jogou a cabeça para trás, mas a jovem sentada na sela sequer notou. Lidou com o animal com facilidade e finesse.

— Só queria ver com meus próprios olhos — disse Shelby. — Você realmente está fazendo isso, trabalhando nessa bagunça. E parece que você vai estar ocupado por um tempo... — disse ela, dando uma risada.

Luke jogou a poltrona na caçamba e puxou um trapo do bolso, para enxugar o rosto suado.

— Talvez você não enxergue o potencial que existe aqui — disse ele. — Nesse caso, prepare-se para ficar impressionada.

— Eu já estou impressionada — respondeu ela. — Mas me parece uma tarefa monumental. Na cidade onde cresci tinha um monte de chalés como esse, só que na beira da praia. Quando eu era adolescente eles raramente estavam em uso e a garotada da região costumava entrar escondido. Para fumar maconha... e outras coisas. Até que um dia desapareceram. Completamente destruídos.

— Quando você era adolescente — repetiu ele, enfiando o trapo de volta no bolso. — Isso foi o quê? Semana passada?

— Ei — disse ela, rindo. — Estou falando de dez anos atrás.

— Então você não envelhece.

— Por que você simplesmente não pergunta? — desafiou ela.

— Beleza, quantos anos você tem? Exatamente?

— Vinte e cinco. E você?

— Cento e dez.

Shelby deu mais uma gargalhada e, ao fazer isso, jogou a cabeça para trás, fazendo com que aquela trança balançasse em suas costas.

— É, eu pensei mesmo que você fosse bem velho. Quantos anos?

— Eu tenho 38. Bem longe do que deve ser a sua média de idade.

— Isso depende — disse ela, dando de ombros.

— Do quê?

— De se eu tenho ou não uma média de idade.

Deus do céu, pensou Luke, sem forças. Ela gostava dele. Não era uma pequena provocação, mas um flerte íntimo, apenas entre eles. Luke era um homem com poucos escrúpulos e ainda menos controle. Não era uma boa ideia que ela fizesse aquilo. Shelby era atraente demais.

— Você é muito boa com esse *paint*. Uma raça linda.

— Esse é o Chico — disse ela. — Um bebezão. Tio Walt adotou quando ele era um potrinho... Era para ele ser mais comportado. Vejo que você entende de cavalos...

— Vi um monte de cavalos selvagens quando sobrevoei o deserto. São criaturas incríveis.

— Você sabe montar?

— Faz alguns anos que não subo num cavalo.

— E pescar? — perguntou ela de novo.

— Pesco quando posso. Você caça?

— Não — disse ela. — Nunca atirei em nada vivo. Mas sou boa atirando em pratos. Ultimamente, tenho praticado jardinagem e cuido de crianças. E leio bastante.

— O que é que você está fazendo aqui? — perguntou ele, caminhando na direção dela.

— Em Virgin River? Vim passar um tempo com a minha família antes de voltar para a faculdade. Tio Walt, Vanessa e Paul, meu primo Tom... ele está no treinamento básico do Exército, e logo, logo vai ter que ir embora...

— Não — disse ele, sorrindo. — Aqui. Dando uma conferida em mim?

— Se enxerga, eu vim ver os chalés — respondeu ela, devolvendo o sorriso. — Eu passei algumas vezes por aqui a cavalo no último verão. Eu realmente achei que eles iam desaparecer em algum momento. Não seria mais fácil construir novos?

— Mais fácil talvez, mas não mais barato. E eu estava procurando alguma coisa para fazer.

— Por quê? Você foi demitido ou alguma coisa assim?

— Eu me aposentei pelo Exército.

Shelby ergueu as sobrancelhas.

— Que nem o meu tio!

— Não, nem um pouco parecido. Eu me aposentei como um subtenente, piloto de helicóptero. Jack contou que seu tio é general de três estrelas. São coisas completamente diferentes, garota.

Shelby sorriu para ele, e as bochechas coraram de leve.

— Aham, mas não esquece que ele está aposentado. Não está mais no comando.

Luke reparou nas bochechas rosadas. É claro que flertar daquele jeito era intencional da parte dela, mas não era natural, dava para ver. Ele poderia facilitar as coisas. Afinal, sabia como acalmar uma mulher, fazê-la relaxar. Só que ele estava gostando daquilo.

Ao perceber que estava tendo um ataque de desejo, Luke disse a si mesmo para cortar o mal pela raiz. Shelby disse que tinha 25 anos, mas havia uma boa chance de, em qualquer outro bar que não fosse o de Jack, pedirem que ela mostrasse a identidade. Ele pegou a camisa, pendurada no corrimão da varanda.

— Não precisa fazer isso — comentou ela. — Não por mim… não vou ficar. Passei só para ver como está o projeto. Estava aqui pelas redondezas.

Ele deu uma risadinha e vestiu a camisa mesmo assim, embora não tenha abotoado nenhum botão.

— É, nós somos vizinhos — constatou ele, sorrindo para ela. — Bem, melhor eu voltar para o trabalho, a não ser que você esteja precisando de alguma coisa.

— Não — disse ela. — A gente se esbarra depois, no bar do Jack.

— É o único lugar da cidade para beber cerveja, então tenho certeza de que nos veremos lá, sim.

— Muito bem, então. Boa sorte aí — despediu-se ela, erguendo as rédeas.

Chico caminhou para trás, pronto para voltar à liberdade.

— Até mais — gritou Shelby, saindo da clareira e entrando na trilha às margens do rio.

Luke assistiu àquela partida. Quando se viu entre as árvores, Shelby enterrou os calcanhares no animal para fazê-lo correr. Curvada bem junto à sela, a sua trança dançava às costas enquanto ela seguia cada vez mais rápido. *Estou dentro agora*, pensou Luke.

Luke observou aquela bunda se movendo em sincronia com o cavalo, firme sobre a sela. *Deus amado, onde eu estou com a cabeça?*, perguntou-se ele. *O que é isso que estou sentido?* Shelby não tinha ideia do que sua imagem montada naquele cavalo enorme causava nele! Era quase o maior erro que Luke já tinha considerado cometer. Mas não dava para ignorar o fato de que ele gostaria de sentir cada parte daquele corpo. Luke começou a rezar para que tivesse inteligência e autocontrole. O que seria uma novidade.

Shelby voltou para a casa de tio Walt e, ao longo de todo o caminho, pensou em como Luke poderia ter achado que ela estava flertando, embora ele *não* fizesse o tipo dela de jeito nenhum.

Ela estava totalmente concentrada em seus planos. Enquanto esperava pelas cartas de aceite das universidades, viajaria mais um pouco. Sozinha. Tinha sido muito empolgante visitar a Costa Leste e a Europa com os primos durante os verões. Mas ela ainda não conhecia as ilhas do Caribe, o México, a Itália, a França e o Japão. Gostaria de fazer um cruzeiro, depois sair de férias — quem sabe na Itália, no sul da França ou no Cabo San Lucas. Depois, tiraria um tempo para recarregar as energias, se organizaria na faculdade, encontraria um trabalho que pudesse conciliar com os estudos e faria algumas aulas durantes as férias, antes de o curso começar oficialmente no outono. Só para voltar ao ritmo dessa rotina acadêmica.

Mas talvez ainda desse tempo de viver uma aventura em algum lugar por aí. Quem sabe no cruzeiro, em uma dessas viagens.

Não com aquele tipo de homem, é claro. Luke era maduro demais, para início de conversa. Bastou um olhar para que ela tivesse certeza: ele sabia tudo a respeito de homens e mulheres, enquanto Shelby, quase nada. Além disso, ele parecia meio perigoso e muito, muito ligado ao corpo. Assustador. Ele tinha aquela aparência de guerreiro, com tatuagens e tudo.

Shelby ficou um pouco abalada com a visão do peitoral nu dele, mas estar montada em um grande cavalo lhe conferiu confiança o suficiente. Os ombros de Luke eram muito largos, fortes e cheios de músculos, e havia uma tatuagem de arame farpado circundando os bíceps bem torneados do seu braço esquerdo. A barriga era chapada e firme, com uma trilha de pelos que desaparecia dentro da calça jeans. A barba por fazer ao longo da linha do queixo tornava seu sorriso um tanto provocante e definitivamente cheio de malícia; o conjunto da obra a fizera estremecer. Luke tinha um ar displicente, tinha cara de quem faria o que quisesse com ela e depois a jogaria fora. Cara de quem já teria se esquecido dela antes mesmo da manhã do dia seguinte chegar.

Mas, olhando para Luke sem camisa, Shelby sentiu todo o corpo esquentar. Havia alguma coisa nele, um quê de fruto proibido, que era completamente delicioso. Até sujo como estava ele parecera atraente. A despeito do próprio bom senso, Shelby se pegou pensando: *não seria interessante?* E o pensamento seguinte: *Não, não. Com ele não! Minha aventura vai ser com alguém de camisa polo, bochechas tão lisas quanto um bumbum de bebê, cabelo com um corte estiloso, nada de tatuagens e, se tudo der certo, um cara já formado. Não vai ser com um piloto do Exército com um doutorado em casos de uma noite só!*

Mel entrou correndo na cozinha do bar. Preacher estava de costas para ela, com as mãos dentro da pia.

— Ei, Preach.

Ele nem se virou.

— Preach? — chamou Mel de novo.

Nada.

— John! — gritou, enfim.

Ele deu um pulo, surpreendido, se virou para ela e tirou os tampões do ouvido.

— Nossa, Mel — disse ele. — Você me assustou chegando assim sem fazer barulho.

— Bom, não foi bem assim. Eu gritei.

— Pois é, bom, depois de um tempo todo aquele barulho me dá dor de cabeça. Era para eu ter ido pescar, mas tinha coisas para fazer aqui.

— Escuta — disse ela, se sentando no banco alto que havia em frente à ilha de trabalho do cozinheiro. — Temos que ter uma conversa, eu e você.

— Claro.

Ela respirou fundo.

— Eu engordei dez quilos desde que cheguei aqui. Quase dez quilos em um ano. Se continuar assim, quando eu tiver 40 anos, vou estar com noventa quilos.

O homem franziu o cenho. Ele sabia muito bem o que devia dizer. Enfim, deu um sorrisinho e respondeu:

— Bom, fico feliz por você.

— Isso não é bom!

Preacher quase deu um pulo com a reprimenda, mas então franziu o rosto mais uma vez.

— Escuta — recomeçou ela. — Você precisa começar a cozinhar umas coisas menos calóricas, Preach.

— Até hoje ninguém reclamou da minha comida, Mel. São coisas gostosas…

— Eu sei, eu sei, mas você está cozinhando para homens que levam uma vida cheia de demandas físicas. Tirando você… Aliás, você passa o dia todo nessa cozinha e eu sei que prova de tudo. Não sei como você não engorda.

— Eu faço muito trabalho de limpeza — respondeu ele. — Faço musculação… mas não tanto atualmente, com duas crianças.

— Bem, você é bem musculoso e isso consome muitas calorias. Mas nós mulheres não temos esse metabolismo, John. Você precisa parar de usar essa quantidade enorme de creme de leite e manteiga, coisas assim. De uma forma ou de outra, não é saudável, sabe? Engorda, prejudica o colesterol, a pressão, o coração. Faz umas saladas, uns legumes que não estejam nadando na manteiga. Não é possível que eu seja a única pessoa da cidade que esteja engordando com a sua comida.

— Salada? — repetiu ele. — Eu não costumo fazer muita salada.

— Eu sei — disse Mel, transparecendo cansaço na voz. — Mas a gente precisa mudar umas coisas. Fazer uns pequenos ajustes. Compra um pão integral e com pouca gordura para fazer os sanduíches. Nada de macarrão, pães e batata em todas as refeições. Prepara umas saladas, compra umas frutas frescas.

— Tem muita fruta por aqui — disse ele.

— Aham, mas todas dentro das tortas.

— Que você come quase todo dia — argumentou o cozinheiro. — Você adora as minhas tortas, Mel. Eu acho que mais que qualquer outra pessoa.

Ela fez uma expressão brava, depois sorriu.

— Eu vou parar de comer. Sério, Preach. Será que você pode, por favor, preparar umas opções mais leves? Ou então eu vou ter que parar de comer aqui sempre. Vou precisar fazer uma marmita, preparar meu próprio jantar em casa. Essa loucura tem que parar. Não posso continuar engordando desse jeito. Eu não vou ficar gorda!

Preacher inclinou a cabeça para o lado.

— Jack está reclamando da sua aparência? — perguntou ele, com cuidado.

— É claro que não — respondeu ela, com ar de frustração. — Ele acha que eu estou perfeita.

— Exatamente.

— John, acho que você não está entendendo. Eu *preciso* fazer uma dieta. Você quer que eu escreva o que eu preciso?

— Não — disse ele, infeliz. — Acho que entendi.

— Obrigada. Era só isso. Eu só preciso de uma ajudinha, é só isso.

— Nós queremos que você fique feliz — acrescentou ele, medindo cada palavra.

— Isso me faria feliz — disse Mel, e desceu do banco. — Obrigada.

Depois que Mel saiu, Preacher passou um bom tempo na cozinha, pensando. Então, foi até a parte de trás do bar, onde os rapazes estavam trabalhando. Ele avistou Jack de pé no local onde costumava ser seu quarto, conversando com Paul. Os dois usavam capacetes. Como ele mesmo estava sem, Preacher aguardou até que os dois finalmente se viraram. Paul suspirou, balançando a cabeça com impaciência; então, deu dois passos enormes, pegou um capacete e deu para Preacher.

— Eu não vou repetir — começou Paul. — Você não pode vir aqui sem proteger a cabeça.

— Tá, beleza — disse Preacher, colocando o capacete, que era pequeno demais e acabou não encaixando direito.

— Você é o mais alto — disse Paul. — Já estamos subindo a estrutura do segundo andar. Você é um acidente ambulante.

— Tá, já entendi. Escuta — começou Preacher, voltando sua atenção a Jack. — Mel acabou de sair daqui. Ela estava reclamando da comida.

— Oi? — respondeu Jack. — A Mel?

— É. Ela disse que está ficando gorda por causa da minha comida.

Jack deu uma risadinha.

— Ah, isso. É, ela tem reclamado, mas não se preocupe.

— O tom dela não era muito de "não se preocupe". Ela parecia pronta para arrumar briga.

— Ela teve dois filhos no espaço de quatorze meses e fez uma histerectomia. E... bem, ela não precisa ser lembrada disso, mas está ficando mais velha, então é inevitável. As mulheres vão ficando naturalmente mais cheinhas. Você sabe.

— Como você sabe?

— Tenho quatro irmãs — respondeu Jack. — É uma preocupação constante... com o tamanho da bunda, dos peitos. Ah, e das coxas... as coxas também são muito citadas.

— Ela gritou comigo — disse Preacher, ainda um pouco assustado.

Paul riu e Jack balançou a cabeça.

— Você falou isso para ela? — perguntou Preacher. — Isso de as mulheres ficarem mais cheinhas com a idade?

— Eu tenho cara de quem quer morrer? Além disso, eu não acho que ela esteja engordando... só que a minha opinião não é muito relevante.

— Ela me pediu para fazer saladas. E para providenciar frutas frescas.

— Isso não é muito difícil, é? — perguntou Jack.

— Nem um pouco — respondeu Preacher, dando de ombros. — Mas eu não enfio as tortas pela goela dela todos os dias.

Paul não conteve a risada, que soou como um grunhido rouco, e Jack explicou:

— É, mas acho bom você dar um jeito nisso, Preach.

— Ela quer que eu use menos manteiga e creme de leite, para ficar menos calórico. Só que assim não vai ficar tão gostoso, Jack. Não dá para fazer cremes e molhos sem creme de leite, manteiga, gordura, farinha. As pessoas amam essas coisas, salmão com molho de alcaparra, macarrão com molho branco, truta recheada, creme de lagosta e purê de batata com alho. Ensopados com um molho bem encorpado. As pessoas vêm de longe para comer minha comida.

— É, eu sei, Preach. Você não precisa mudar tudo… mas será que pode fazer umas coisinhas pensando nela? Uma salada, um peito de frango grelhado, peixe sem molho de creme de leite, esse tipo de coisa. Você sabe o que fazer, certo?

— Claro. Você não acha que ela quer colocar a cidade toda nessa dieta, acha? Porque ela está falando que o jeito como cozinho não é saudável.

— Nah, relaxa. É só uma fase, acho. Mas, se você não quer ouvir mais sobre esse assunto, só providencia um pouco de alface para ela. — Jack sorriu. — E a maçã *in natura* em vez de dentro da torta.

Preacher balançou a cabeça.

— Eu acho que não importa o que diga, isso vai deixar Mel irritada.

— Mas ela disse que é isso que ela quer, não disse?

— Aham.

— Que a força esteja com você — respondeu Jack, abrindo um sorriso.

Capítulo 3

Nas primeiras semanas em Virgin River, Shelby precisou fazer alguns ajustes inesperados. Na casa da família Booth ela era parte do grupo: o quinto membro de uma família cheia de vida, ocupada e muito presente. Era uma experiência nova.

Logo depois da chegada de Shelby, Tom voltou do treinamento para passar dez dias de folga antes de voltar para West Point. Vanni e Paul levaram o bebê para o quarto deles e Shelby ficou no cômodo que era uma mistura de quarto de hóspedes com quarto de bebê, para que Tom pudesse ter o quarto dele de volta. E, se Tom estivesse em casa, sua namorada, Brenda, estaria presente — os dois eram inseparáveis. A casa era espaçosa, mas Shelby sentia que estavam apertados ali feito sardinhas enlatadas. Afinal, estava acostumada a ter muito espaço em sua pequena casa em Bodega Bay, onde morava só com a mãe. Períodos de solidão. Silêncio. Agora não existia nada disso, a não ser que ela saísse para cavalgar. E, invariavelmente, alguém queria ir com ela.

E um novo acontecimento tomou Shelby completamente de surpresa; algo que ela jamais teria imaginado. Certa noite, Vanni sussurrou uma revelação para a prima, quando Tom estava com Brenda e Walt de saída, dizendo que estava indo beber uma cerveja.

— Cerveja uma ova. Eu aposto que ele vai ver Muriel e que vai demorar um tempão nessa cerveja aí. Nem vai vir para jantar — disse Vanni, dando uma piscadinha. — Papai arrumou uma garota.

— Mentira! — disse Shelby.

— Juro — confirmou Vanni, sorrindo. — Eu desconfiava que eles iam acabar mais do que vizinhos, mas aí você chegou, Tom veio passar esses dias em casa, e ele tem ficado bastante tempo por aqui.

— Você conhece ela?

Vanni sorriu de novo.

— Já viu aquele filme *Nunca é tarde demais*?

— Já — respondeu Shelby, perplexa. — Eu *amo* esse filme.

— Então, Muriel St. Claire. Ela interpretava a recém-divorciada.

Shelby ficou sem ar, surpresa.

— Ela está *aqui*?

— Ela comprou o rancho mais adiante, a uns dois quilômetros daqui, descendo o rio. Ela não quer mais fazer filmes, se aposentou. Agora veio para cá e está reformando a casa sozinha. Eu só vi o papai no mesmo cômodo que Muriel três vezes… Eles estão indo bem aos poucos. Mas de uma coisa eu sei: ele fica com os olhos brilhando quando estão juntos. Eu perguntei se a gente pode chamar ela para jantar, mas ele disse que gosta de poder passar um tempinho fora de casa de vez em quando. E também disse que vamos ter tempo de sobra para isso. Eu acho que ele está tentando mantê-la só para ele. Apostaria minha vida que aí tem coisa, mas nenhum dos dois vai confessar. Sempre que pergunto alguma coisa, ele se fecha.

— Tio Walt, com uma *namorada*? — perguntou Shelby, chocada. — Uma *atriz* famosa?

— Bom, estava demorando, né? Acho que isso nem passou pela cabeça dele depois que a mamãe morreu. Mas faz cinco anos, já estava na hora. Todo mundo precisa ter alguém. E idade não tem nada a ver com isso. Eu só queria que eles relaxassem um pouco. E que ela contasse coisas sobre todas as pessoas famosas que conhece.

Shelby se pegou pensando que agora todos ali tinham alguém especial, do primo mais novo até o tio Walt.

Na adolescência, Shelby tinha sido uma garota típica em muitos aspectos, embora um tanto tímida. Tirava boas notas, tinha amigas, era participativa nas atividades escolares. Ela trabalhava meio período na biblioteca depois da escola, o que era bem legal, e tinha até namorado alguns garotos. Ia a jogos, chopadas, festas. Suas amigas costumavam andar mais em bando do que em casais; algumas namoraram sério durante o ensino médio, mas a maioria, inclusive Shelby, estava mais que satisfeita se tivesse um par com quem ir ao baile da escola.

Ela tinha sido até mais cuidadosa do que a média das adolescentes. A mãe fora bastante honesta sobre a gravidez indesejada aos 18 e seu curto casamento que acabou não indo para a frente, já que ela se divorciou quando Shelby ainda era bebê. Shelby não deixaria algo assim acontecer de jeito nenhum. Ela sabia que sua vida de verdade começaria mais tarde.

Ela só não achou que seria *tão* tarde…

Shelby tinha só 19 anos quando a vida típica de uma garota da sua idade foi interrompida e toda uma nova série de responsabilidades recaíram sobre ela. Tio Walt estivera mais que disposto a pagar os custos de uma clínica de repouso para a irmã, mas Shelby dissera:

— Não vai demorar muito, tio. Na verdade, eu sei que ela vai embora bem mais rápido do que eu gostaria. Ela dedicou toda a vida adulta dela a mim, sempre me colocou em primeiro lugar. Se eu não devolver alguns anos da minha vida para cuidar dela, o resto que eu tiver não vai valer nada.

Até que um dia a mãe partira e havia chegado o momento de pensar no que viria pela frente. Antes de Vanni ter contado o que contou sobre tio Walt, Shelby vinha pensando: *Quero a mesma coisa que as mulheres da minha idade, a mesma coisa que todas as minhas amigas, tanto as antigas quanto as novas, quero ter o que elas têm: a construção de um relacionamento, amor romântico e físico, idealismo e paixão, até mesmo as dificuldades.*

Shelby queria tudo. Ela estava pronta. Queria ser *completa.*

Ela queria um *homem.*

Walt bateu algumas vezes na porta da casa de hóspedes de Muriel, então abriu a porta. Muriel tinha consertado o velho barracão para poder morar ali enquanto trabalhava na casa maior. Diferentemente de todas as outras ocasiões em que ele apareceu ali, quando a encontrou usando roupas velhas e esperando até que ele chegasse para ir se limpar, desta vez ela não só tinha tomado banho e trocado de roupa, como também havia arrumado uma pequena mesa com pratos, talheres e uma vela no centro. Ele sorriu e entregou a ela uma sacola com a comida que trouxera do bar de Jack, a seguir se abaixou para fazer carinho atrás das orelhas de Luce e Buff, os dois labradores.

— Parece que temos uma comemoração aqui — comentou ele, indicando a mesa.

— E temos mesmo. Eu terminei o piso do andar de cima. Uma demão de tinta no quarto e no hall e eu já posso entrar. E ontem eu comprei uma cristaleira para a sala de jantar. Achei lá perto de Arcata, em um antiquário pequenininho. É um móvel grande, eu não consegui tirar da caçamba da caminhonete, por isso estacionei no celeiro. Será que você pode me ajudar amanhã?

— Claro.

Muriel olhou para dentro da sacola e absorveu os aromas.

— O que temos aqui?

— Bisteca, batata vermelha e vagem.

— Torta?

— Com certeza.

— Você disse para a sua filha e a sua sobrinha que estava indo aonde? — perguntou ela, inclinando a cabeça para um dos lados e sorrindo.

— Disse que estava indo beber uma cerveja — respondeu, e sorriu.

— Walt — ralhou ela. — Você não acha que nós já nos divertimos muito com isso? Aposto que você não está mais enganando ninguém. Além do mais, não sei muito bem como me sinto com você me escondendo assim…

Ele pareceu surpreso.

— Muriel, eu não estou escondendo você. De jeito nenhum! E eu realmente bebi uma cerveja enquanto esperava a comida ficar pronta.

— Então, por que você não me convida para ir jantar com a sua família?

— Você quer ir jantar com a gente?

— Walt, não vou deixar você se safar assim, ok? Eu sei bem o que estou fazendo, eu conheço bem vocês, homens. Você não dá um passo à frente, não recua. Por mim, ser sua amiga está mais do que bom, desde que não exista nada de errado.

Ele fitou o chão por um breve momento.

— Certo — disse ele, desconfortável. — Você me pegou. Eu estou adorando isso, Muriel. Os passeios a cavalo, nossos jantares, até quando ajudo você a pintar, lixar ou mudar algum móvel de lugar. Mas... acho que estou esperando você fazer alguma declaração hollywoodiana, sabe, tipo: "Eu acho relacionamentos amorosos banais e abaixo de mim". E estou com medo disso.

Muriel riu.

— Mas o que é isso aqui se não um relacionamento? Eu também estou gostando. Além disso, não é assim que as coisas são em Hollywood.

— É? Como elas são?

— Bom, está quase sempre nas manchetes, nos estandes que ficam perto dos caixas dos supermercados, e geralmente são coisas do tipo: "St. Claire flagrada em romance sórdido". Ou: "Marido de St. Claire é visto com modelo". Ou garota de programa. — Muriel deu de ombros. — Ou qualquer coisa igualmente grosseira.

Walt tinha uma expressão tão branda naquele rosto lindo e normalmente severo que Muriel arregalou os olhos, surpresa. Ela colocou a sacola da comida do bar de Jack sobre a mesa e as mãos na cintura.

— Ah, meu Deus. Você está achando que eu estou deixando você vir aqui em casa e me encher a paciência o tempo todo porque é o único homem disponível na minha faixa etária?!

Ele ergueu uma sobrancelha grossa.

— Eu sou?

— Isso é tão irrelevante! Ir atrás de um garotão de trinta *nunca* me interessou.

Walt gargalhou. Um aspecto fundamental: ela sempre o fazia rir.

— Isso não me surpreende. Não que haja muitos desses também.

— Walt, pelo amor de Deus, eu tenho meu próprio meio de transporte, caso Virgin River não seja mais divertido o bastante para mim.

Ela se apoiou nele, pôs os braços sobre seus ombros, subiu na ponta do pé e o beijou na boca, o que o fez arregalar os olhos de susto. Muriel continuou o beijo até que Walt finalmente enlaçou o corpo esguio com seus braços enormes, puxando-a com firmeza para dentro do abraço, abriu os lábios e experimentou, pela primeira vez desde que eles se conheceram três meses antes, um beijo totalmente apaixonado e profundo. E foi *fantástico*. Um beijo delicioso. E longo. Quando Walt enfim relaxou um pouco os braços, Muriel o puxou para perto de novo e deu um soquinho no peito dele.

— Agora você deixa de ser bobo, ou vai estragar tudo, ok? Eu vou jantar com vocês na sexta. Você cozinha e eu levo o vinho.

— Certo, tudo bem — concordou ele, um pouco sem fôlego. — Jantar. Com a família.

— *Não* porque eu estou me preparando para pedir sua mão em casamento, mas porque eu gostaria de conhecer a sua família. E, mais especificamente, porque eles querem me conhecer, para ter certeza de que você não está correndo perigo.

Então, Muriel foi até a sacola e começou a tirar as embalagens de papelão, colocando-as em cima da mesa.

— Você acha que vamos repetir essa dose aí? — perguntou ele. — Esse tipo de beijo?

— Muito melhor do que aqueles selinhos e tapinhas amistosos, concorda?

— É, sou obrigado a concordar.

Nada como uma estrela na terceira idade para deixar um general velho e bravo caidinho. De fato, ele pensou ter sentido as pernas ficarem bambas e um pequeno arrepio percorrer sua pele. Era questão de tempo até sentir uma outra coisa; uma que não costumava sentir com muita frequência, embora com frequência o suficiente para saber que ainda funcionava.

— Quem sabe depois de comermos. Nesse momento, estou um pouco irritada com você.

— Que pena — comentou ele. — Porque eu estou completamente feliz com você.

— Eu não devia ter dado o primeiro passo — reclamou Muriel. — Meu Deus, vocês, homens. Ou são ambiciosos demais, ou não são ambiciosos o bastante.

O telefone dela tocou.

— Com licença, um segundo.

Walt entreouviu o lado dela da conversa.

— Hum... Bom, por mais que eu fique grata por você se lembrar de mim, só uma coisa monumental me faria voltar para o cinema... Daqui a um ano? Vamos ver o que você vai ter daqui a um ano, Mason. Mas, sério, não vou voltar para Los Angeles para fazer uma merda de papel coadjuvante num filme B... Estou superfeliz aqui. E tenho cavalos e cachorros... que não são fáceis de transportar. Não, isso não tem a ver com os cavalos e os cachorros, mas sim com o fato de que eu me *aposentei* e não acho que você tenha um projeto bom o bastante e que me interesse... Tá bom, tá bom... Pode mandar o roteiro que eu dou uma olhada, mas duvido muito que ele me faça mudar de ideia, então se prepare para ouvir um não, ok? Certo, Mason... você também.

Ela desligou.

Walt parecia desgostoso.

— Você se importa se eu perguntar...

— Mason, meu agente.

— E ex-marido? Quinze anos mais velho do que você? Ele mesmo não está quase se aposentando... Ele não tem 71 anos?

— Não dá para saber. O homem vai dançar no meu túmulo.

— Tentando fazer você voltar? — perguntou Walt.

— Tentando me fazer *trabalhar*. E eu não estou inclinada a fazer isso... — Muriel olhou para Walt e por um segundo franziu a testa para a expressão carrancuda dele, antes de dar uma gargalhada. — Ah, Walt, você está preocupado? Relaxa. Ele me liga quase todos os dias. E me manda uns roteiros às vezes... nada além de lixo. Mas Mason sempre foi do tipo que atira para tudo quanto é lado para ver se acerta em alguma coisa. — Muriel foi até Walt e passou as mãos em seu peito. — Sério, ele teria que chegar com uma coisa tão boa quanto *Gata em teto de zinco quente* ou *E o vento levou...* para sequer chamar minha atenção — explicou ela, sorrindo. — Agora, será que a gente pode comer o *brisket* do Preacher? Você está dando trabalho essa noite e não é do seu feitio. Estou morrendo de fome!

Ele passou as mãos grandes e ásperas no cabelo macio e loiro dela.

— Você? Morrendo de fome? Quando nos conhecemos, você só comia homus com aipo.

— É, eu sei. E o resultado de passar tanto tempo com você está começando a aparecer na minha bunda.

— O que me parece ótimo, Muriel. Agora vamos lá, acende a vela e faz seu prato — disse Walt, sorrindo.

Alguns dias depois, Vanessa e Shelby estavam em um frenesi de empolgação enquanto arrumavam a casa à espera da convidada famosa. Estavam combinando entre si para monopolizar Muriel e fazer todas as perguntas possíveis sobre as estrelas de cinema. Queriam saber das fofocas, mas sem soar invasivas como os tabloides. E, é claro, elas queriam saber coisas do tipo quem tinha sido o homem mais sensual com quem ela já tinha ido para a cama.

— Você não pode perguntar uma coisa dessas! — disse Shelby, arfando de surpresa.

— É claro que não — concordou Vanessa. — Tente pensar num jeito de perguntar para ela qual foi o grande galã de Hollywood que acabou se revelando o maior fiasco.

As duas caíram na risada.

Walt, que estava na cozinha por insistência própria, já que prometera a Muriel que prepararia o jantar, ouviu a maior parte da conversa e se pegou pensando sobre qual seria a resposta para aquelas perguntas. Vanessa e Shelby não deveriam perguntar aquilo, mas, em dado momento, *ele* poderia.

Tom, que ainda tinha mais alguns dias de folga antes de ir para West Point, trouxe Brenda para o jantar. Os dois chegaram poucos minutos antes de Muriel e, assim que Brenda se juntou a Vanni e Shelby, a animação voltou a crescer.

Quando Muriel colocou os pés na casa, entregou duas garrafas de vinho ao anfitrião. Então, ao se virar, encontrou três rostos femininos um tanto corados e que a encaravam cheios de expectativa e ansiedade. Ela deu uma gargalhada.

— Bom, antes de vocês começarem, gostaria de avisar que eu não faço fofoca sobre a vida sexual das pessoas.

Os três pares de bochechas ficaram vermelhos, mas elas se desmancharam em gargalhadas.

As coisas transcorreram muito bem depois disso. Todos se sentaram à grande mesa da sala de jantar e beberam vinho, degustaram os aperitivos e fizeram perguntas sobre Hollywood. Vanni, Brenda e Shelby retribuíram a honestidade: compartilharam todas as fofocas de Virgin River das quais se lembravam ou que tinham ficado sabendo. O fato era que, se aquelas jovens acompanhavam mesmo a vida das estrelas, saberiam que Muriel era esperta e contava apenas as histórias que já tinham sido publicadas e todo mundo conhecia. Já tinha pisado em terrenos como aquele antes. O estilo de vida que ela levava era uma fantasia para os meros mortais, mas Muriel era completamente honesta sem ser indiscreta e não contava mesmo histórias íntimas. Ela sabia de coisas que fariam tabloides como o *Enquirer* oferecer um bom dinheiro. Todas guardadas no cofre de sua memória.

Pelo que ela podia ver, todas as histórias de Virgin River, dos romances apaixonados às brigas, mortes, desesperos e vitórias, tudo aquilo era real.

— E um dos romances mais comentados aqui da cidade, no momento, tem como protagonistas uma certa aluna muito popular e inteligente que está terminando o ensino médio e um cadete de West Point — disse Vanni, erguendo uma das sobrancelhas.

— Mentira! — disse Brenda, chocada. — As pessoas falam da gente?

Todos riram da ingenuidade dela.

— Mas coisas ruins?

Ainda mais risadas

— É claro que não, Brenda — disse Muriel enfim. — Vocês são um casal muito querido. Está todo mundo torcendo para que vocês continuem namorando mesmo à distância, torcendo para que fiquem juntos. Vocês parecem perfeitos um para o outro.

— Jura? — perguntou Brenda, erguendo a cabeça e esticando o pescoço, cheia de orgulho.

Era um feito e tanto ter 17 anos e ser elogiada por alguém como Muriel St. Claire.

Embora o jantar tenha durado até tarde, com direito a café e cheesecake ao final, em algum momento a noite precisava chegar ao fim. Walt e Muriel insistiram em lavar a louça juntos.

— Muriel prometeu. Ela prefere doar um rim antes de sequer considerar a ideia de cozinhar — explicou Walt a todos.

E, assim que ficaram sozinhos na cozinha, ele a abraçou por trás e beijou sua nuca.

— Você lidou maravilhosamente bem com aquele inquérito das meninas. Um exercício de reconhecimento clássico: evasão, resistência e escapada. Você teria se saído bem no Exército.

Ela se virou dentro do abraço para ficar de frente para ele.

— O emprego que escolhi era muito mais perigoso. Mas concordo com você: eu *sou* boa nisso.

— Então, vamos limpar essa cozinha, assim eu posso ir com você para casa e ficar um tempinho longe das crianças.

— Gostei da ideia — disse ela, sorrindo.

Do outro lado da casa, Tom acompanhou Brenda até a porta da frente e a puxou para dentro de um abraço, o que a fez dar risada. A seguir, cobriu os lábios dela com um beijo apaixonado e, ainda colado à boca da namorada, perguntou:

— E aí, como você se sente sendo a metade bonita do casal queridinho da cidade?

— Não gosto nem de pensar nisso — respondeu. — Isso me faz lembrar que só temos mais dois dias juntos antes de você ir embora.

— Então é melhor a gente ficar sozinho. Que tal?

— Por favor. Quanto mais cedo, melhor.

E, na sala de estar, em frente à lareira, Paul estava sentado em uma grande poltrona de couro com Vanessa no colo. Ela passava os dedos ao redor da orelha do marido e beijava com delicadeza sua têmpora. Dali, dava para escutar Muriel e Walt rindo na cozinha, o ruído da pequena caminhonete de Tom dando a partida para levar Brenda embora.

— Como está a contagem regressiva para a casa? — sussurrou ela.

— Estou trabalhando o mais rápido que posso. Mal posso esperar para termos o nosso próprio canto — disse ele, beijando-a de leve. — Assim que a coisa engrenar lá na obra, vamos fugir para Grants Pass sem avisar para ninguém.

Ela deu uma risadinha.

— Paul, a gente só precisa deixar o bebê com a sua mãe. Ninguém vai encher nosso saco se ela estiver podendo segurar o Matt o quanto quiser. E a gente também vai poder fazer o que quiser.

Ele grunhiu e esfregou o nariz no pescoço dela.

— Tem alguma dúvida sobre o que eu quero?

Ela suspirou, se aconchegando junto a ele.

Do lado de fora da casa, deitada no deck, longe das risadas na cozinha, do motor da caminhonete e dos beijos em frente à lareira, Shelby olhou para cima, para o céu límpido do início do outono. Tentou imaginar o rosto da mãe entre as estrelas, do jeito como ela era antes de ficar doente — tão cheia de energia, tão linda, bem-humorada e atrevida. Como costumava fazer com bastante frequência, iniciou uma conversa com ela.

Queria que você pudesse ter estado no jantar com a gente hoje à noite; foi tão legal… Todo mundo estava rindo, fazendo gracinhas, contando piadas, fofocando. Uma barulheira. E ver o tio Walt com alguém… É tão diferente do jeito como ele tratava a tia Peg. Mais brincalhão. Ele está feliz, mãe, se divertindo de um jeito que nunca imaginei que ele fosse capaz. E Muriel, para uma pessoa famosa, é muito gente boa e divertida. E você devia ver Vanni e Paul juntos. Eu fiquei tão preocupada com ela depois que ela perdeu a mãe e o marido tão jovem… Fiquei com medo de ela nunca mais conseguir ser feliz de verdade. Paul é uma bênção para ela, para a família toda. E eu sei que Tom e Brenda só pensam em como vai ser difícil ficarem separados, mas basta ver como eles se olham… Me faz lembrar um pouco de todos aqueles filmes água com açúcar que a gente assistiu juntas, lembra? Nossa, o amor está no ar por aqui, viu? Sério, eu não imaginava que esta cidadezinha tivesse tanta coisa acontecendo, tanto romance. Me sinto muito privilegiada por ter esse lugar na minha vida, por estar aqui com a minha família…

Mas, mesmo com toda essa gente por perto, eu ainda sinto muita saudade de você…

Às vezes, eu ainda me sinto muito sozinha…

Você acha que algum dia a minha vez vai chegar? Eu me pergunto isso o tempo todo.

* * *

Mel Sheridan tinha trabalhado com o dr. Mullins por mais de dois anos e, neste período, se casou com Jack e teve dois filhos. O trabalho não era fácil, dada a extrema rabugice do médico, mas os dois tinham desenvolvido uma relação profissional afinada e uma amizade bastante especial. Não concordavam em muita coisa, mas compreendiam um ao outro muito bem. Ela gostava de seguir todas as regulamentações à risca, ao passo que ele estava mais preocupado em garantir que as pessoas e a cidade ficassem na melhor situação possível, a despeito de detalhes como legislações. Trocando em miúdos: o dr. Mullins arriscaria qualquer coisa para realizar seu trabalho, e para realizá-lo bem.

Em dado momento Mel se deu conta de que, provavelmente, o dr. Mullins tinha acompanhado o parto da maioria das pessoas da cidade; ao menos todas com menos de 40 anos. Ali, ele era muito mais que um médico: ele era a espinha dorsal daquela comunidade; era o confidente, o amigo e o curandeiro das pessoas. O dr. Mullins não tinha parentes. Os moradores de Virgin River cumpriam esse papel na vida dele.

Embora nenhum dos dois fosse nem um pouco sentimental, Mel e o doutor tinham aprendido a se amar. Havia um respeito mútuo que se manifestava por meio de implicância; ele mantinha a posição de que não precisava de nenhuma enfermeira metida para fazer o trabalho dele, ao passo que ela reclamava que ele era tão teimoso e difícil de lidar que os residentes babacas de cirurgia com quem ela trabalhara em Los Angeles pareciam uns bunda moles em comparação. Era amor verdadeiro.

Mullins não a via como uma filha nem Mel o enxergava como uma figura paterna, mas ele considerava os filhos dela como se fossem netos. Ele nunca disse isso com todas as letras, mas o brilho em seus olhos quando ele segurava uma das crianças no colo era o suficiente. E isso enchia o coração de Mel de orgulho e afeição.

Era bem cedo pela manhã e Mel estava encostada contra a pia da cozinha da clínica, bebericando café, quando ele entrou mancando.

— Bom dia — resmungou ele.

— Bom dia, flor do dia — disse ela, sorrindo. — Como está a artrite hoje?

— Pior dia da porcaria da minha vida.

E ao dizer isso, o dr. Mullins esticou o braço para alcançar o armário em cima da pia e pegou um frasco com anti-inflamatórios, colocando alguns comprimidos em sua mão.

— Pior do que ontem, que foi o pior dia da porcaria da sua vida?

Ele se virou para olhá-la e ergueu uma das sobrancelhas.

— Aham — disse ele, e engoliu o remédio sem água.

— Hum, sinto muito, então. Deve ser horrível. Ah, uma coisa... eu andei conversando com a Shelby. A garota é um anjo do céu, sério. Ela vai ser babá das crianças. Brie está ficando muito barriguda e, apesar de ela adorar cuidar das crianças para mim às quartas, eu acho que é uma boa ideia poupá-la, deixar ela curtir o barrigão e o pacotinho de felicidade. Além do mais, Shelby adora ficar por aqui. Então, vamos deixar a garota ajudar com as coisas por aqui, olhando as crianças, ajudando nos exames, aprendendo como funciona uma clínica do interior. Talvez seja uma oportunidade para ela ver um lado da medicina que não se limita a cuidar de pacientes em estado terminal. Ela está superanimada com a ideia. O que você acha?

— Ter uma babá vai ajudar você — começou o médico. — Não sei se vamos ter trabalho suficiente por aqui para precisar da ajuda dela.

— Eu sei. Mas ela está com tempo livre. E o trabalho da enfermagem é diferente do trabalho de cuidadora. Sei que não é a experiência que ela vai ter quando finalmente entrar na faculdade, mas já é alguma coisa. Quem sabe você não baixa um pouco a guarda e conta umas histórias sobre como é ser médico no interior... Aposto que ela adoraria isso. E, quando eu tiver pacientes, ela fica comigo. Além disso, eu gosto da companhia dela. Shelby é gentil, esperta. Vejo ela como uma espécie de protegida. Nunca tive uma antes. Sempre fui eu a protegida dos outros.

Mel sorriu para o dr. Mullins.

— Melinda, você vai matar a garota de tédio — disse.

— Bem, você pode aproveitar para ensinar ela a jogar Gin. Talvez ela seja a primeira garota que você consiga vencer.

— Me dá azia só de pensar em mais uma mulher por aqui — disse o homem.

— Você não devia estar sentindo tanta azia assim, principalmente depois de ter tirado a vesícula. Talvez seja refluxo. Você está sentindo dor?

— Dor — repetiu ele. — Eu tenho 72 anos e artrite. O que você acha?

Ela deu de ombros.

— Acho que você devia dar uma olhada nisso.

— Nah — desmereceu ele. — Eu estou bem. Só estou velho, só isso. Um cavalo rodado e cansado.

Ela riu. O velho Mullins não tinha mudado nada ao longo daqueles dois anos trabalhando juntos. Vinha usando bem mais a bengala nos últimos tempos — a artrite estava acabando com ele. Era um homem de 72 anos cuja vida não tinha sido fácil. Tinha trabalhado durante toda a faculdade e especialização sem receber ajuda da família, e passou os quarenta e cinco anos seguintes cuidando sozinho de uma cidade, tendo apenas um equipamento rudimentar e nenhum seguro contra processos. Quando tinha ficado sabendo disso, Mel arregalara os olhos.

— Ninguém processa ninguém por aqui — dissera o doutor, dando de ombros. — Pelo menos não por conta de atendimento médico.

Ele não tinha se casado nem tido filhos e não tinha nenhum parente conhecido. Mel sentia muito carinho pelo chefe, mesmo que ele a irritasse de vez em quando. Ele, de fato, vivera uma jornada dura.

— Se for refluxo, tem umas coisas ótimas para isso hoje em dia — comentou ela.

— Sei disso, Melinda. Sou médico.

— E não é qualquer médico — acrescentou ela, sorrindo. — É o médico mais chato em todos os três condados. Enfim, faça como achar melhor.

De repente, Mel teve uma ideia.

— Sabe, você pode pedir para o Preacher criar uns pratos que não irritem tanto essa azia aí…

— Por que eu faria isso? A comida dele é maravilhosa.

— Bom, eu pedi para ele preparar uns pratos menos gordurosos e ele foi bem receptivo, para o padrão dele. É que eu engordei um pouco desde que cheguei aqui.

O dr. Mullins levantou os óculos e os encaixou na cabeça, olhando para a parte inferior do corpo dela.

— Hum — comentou ele.

— Você *não* fez isso!

— Ué, eu por acaso disse alguma coisa? — perguntou ele, deixando os óculos caírem de volta no lugar.

Mel resmungou e cruzou os braços sobre o peito, encarando-o.

— Pare de reclamar do peso, Melinda — disse ele, passando uma das mãos sobre a barriga volumosa. — Pelo menos você tem a desculpa de ter dado à luz.

Ela ergueu uma das sobrancelhas, com uma expressão malvada no rosto.

— No seu caso é só parar de beber uísque todo dia. Isso deve ajudar com a azia.

— Melinda — advertiu ele, sério. — Prefiro enfiar agulhas nos meus olhos.

Capítulo 4

Não demorou muito para Luke fazer os ajustes necessários para que pudesse dormir em uma cama de verdade, em uma casa de verdade, usando um chuveiro de verdade. Primeiro, a empresa de dedetização cobriu buracos e instalou armadilhas. Luke fez uma bela limpeza na casa e retirou uma montanha de lixo. Comprou um conjunto de cama box com colchão e uma geladeira que funcionava, ambos transportados na própria caminhonete e levados para dentro de casa com a ajuda de um carrinho. Em poucas semanas, a diferença era enorme. Mas todos os dias de trabalho ali eram longos e sujos. O corpo dele doía. Havia uma quantidade infinita de coisas a serem feitas.

Ainda não eram cinco da tarde quando, já de banho tomado, ele saiu para beber uma cerveja e comer uma das excelentes refeições servidas no bar de Jack. Não fazia nem um minuto que tinha chegado quando Mel entrou toda atrapalhada. Estava com o bebê apoiado no peito, de mãos dadas com o filho mais velho e uma bolsa pendurada em um ombro. Ainda perto da porta, o mais velho caiu de joelhos e começou a chorar bem alto.

— Ah, querido — disse ela, a seguir avistou Luke e disse: — Ah, Luke, toma.

Ela empurrou o bebê para o homem, de modo que pudesse se abaixar para pegar no colo o menino que chorava.

— Está tudo bem, meu amor — consolou Mel, passando a mão para limpar um pouco os joelhos ralados. — Não chora, você nem quebrou o chão. Está tudo bem.

Ela estava prestes a se levantar quando escutou a voz do marido.

— Mel.

Ela se levantou. Jack, que estava atrás do balcão, inclinou a cabeça na direção de Luke, sorrindo. Luke segurava o bebê com o braço esticado e uma expressão de pavor enquanto Emma chutava e se contorcia.

Mel caiu na risada, depois cobriu a boca com uma das mãos. A seguir, foi até ele e pegou a filha.

— Desculpe, Luke — disse ela. — Faz um bom tempo que só convivo com homens que sabem o que fazer com bebês.

— Desculpe — respondeu ele. — Não tenho muita experiência.

— Tudo bem, o erro foi meu. — Mel não conseguiu conter mais uma risada. — No dia em que conheci Jack, tinha uma bebê recém-nascida na clínica e ele a pegou no colo como se fosse um profissional.

— Porque eu *sou* um profissional, Mel — argumentou Jack, dando a volta e saindo de trás do balcão. — Quatro irmãs, oito sobrinhos e mais um a caminho — explicou.

— Família grande — observou Luke. — Eu não sei muita coisa sobre bebês.

— Se estiver querendo aprender sobre o assunto, veio ao lugar certo — comentou Mel. — Acho que não existe mais nenhuma virgem em Virgin River. A taxa de natalidade aqui só aumenta.

— Eu e bebês... somos incompatíveis. O que me agrada.

Jack se agachou em frente ao bar.

— Vem aqui, caubói — disse ele, estendendo as mãos enormes para David. — Vem com o papai.

— Pá! — gritou David, chacoalhando seus bracinhos gordos e andando sem firmeza, mas em alta velocidade, na direção de Jack.

Jack levantou o menino e o encaixou na cintura, dando a volta e indo para trás do balcão na sequência.

— O que você quer? — perguntou a Luke.

— Um chope gelado.

— Pode deixar — disse ele, tirando o chope habilidosamente com uma só mão. — Como vai indo a casa?

Luke pegou a bebida, bem mais feliz em segurar o copo do que o bebê.

— Um verdadeiro ninho de rato. Um desastre completo. Talvez fosse melhor colocar fogo em tudo — disse ele, e bebeu um longo gole. — Mas já tirei todo o lixo e limpei o suficiente para conseguir dormir e tomar banho. Agora comecei a limpar os chalés. Vou ter que pedir uns conselhos para Paul.

— Você já deve ter percebido que ele é a pessoa perfeita se a sua ideia for fazer a maior parte por conta própria, né? Ele pode chegar junto para resolver as coisas mais complexas. Gostaria de ter tido ele por perto quando estava fazendo o bar.

Com um timing preciso, Paul entrou no bar, a roupa de trabalho coberta de poeira. Logo atrás dele, o dr. Mullins chegou mancando e se juntou a eles no balcão, onde ergueu um dedo para Jack, que imediatamente soube que ele queria um uísque. Alguns vizinhos chegaram e se sentaram às mesas. O bar tinha uma rotina, na qual todos sabiam seus respectivos lugares e, assim, podiam relaxar bebendo alguma coisa no fim do dia, antes do jantar.

Paul perguntou sobre a casa e os chalés.

— Vou pedir para você dar uma olhada, Paul. Mas antes tenho que terminar de tirar o lixo dos chalés. Aluguei uma caçamba em Eureka e contratei uma pessoa para dedetizar. Se você visse o estado deles, sairia correndo.

— Não me assusto fácil — desafiou Paul. — Mas manda brasa. Quando estiver pronto é só me chamar.

Luke tentou não ficar de olho na porta. Durante duas semanas, tinha dito a si mesmo que não estava frequentando o bar para vê-la. Não, ele ia ao bar de Jack porque as pessoas e o clima eram exatamente o que ele procurava em um barzinho acolhedor de uma cidade do interior. Os homens tinham boa índole e eram solícitos, as mulheres, surrealmente lindas. O fato de que ele não tirava da cabeça a imagem de Shelby em cima daquele cavalo enorme, a trança voando enquanto ela cavalgava, bom… coisa de homem. Não dava para evitar.

Jack se debruçou sobre o balcão e disse em voz baixa:

— Nas próximas semanas, alguns amigos vão chegar para pegar um pedacinho da temporada de caça.

— Jack — disse Mel do outro lado do salão. — De novo não!

Ele a ignorou enquanto Paul dava uma risadinha.

— Ela acha que nós torturamos os cervos — explicou Jack, voltando a usar seu tom de voz normal. — Ela adora os meus amigos, mas odeia nos ver caçando. Por que você não compra uma licença? Vem com a gente.

— Parece um ótimo plano — respondeu Luke.

— Ah, Luke, e eu tinha grandes esperanças em relação a você — gritou Mel do outro lado do salão.

— Passe no banco e saque um dinheiro — aconselhou Paul. — Sempre rola um pôquer.

Luke deu um sorriso largo.

— Podem contar comigo.

Uma mulher mais velha usando galochas enlameadas, com cabelo branco e crespo e uns óculos pretos enormes entrou no bar e se sentou em um dos bancos altos ao lado do médico.

— Luke, esta é Hope McCrea, a intrometida da cidade — disse Jack.

— Senhora McCrea — cumprimentou Luke, educado.

— Outro fuzileiro? — perguntou ela, dirigindo-se a Jack.

— Esse não. Estamos deixando um pessoal do Exército ficar por aqui, desde que sejam poucos.

— Você tem algum talento especial? — perguntou ela para Luke, sem rodeios.

— Especial? — repetiu Luke, inclinando a cabeça para o lado.

— Estou atrás de um professor e um padre para atuar aqui na cidade — explicou Hope. — Muito trabalho, salário baixo. — Ela ergueu um dedo para Jack, que foi preparar a bebida para ela. — Trabalhos dos sonhos.

Luke riu.

— Tenho certeza de que não consigo preencher nenhuma dessas vagas.

Então, ela entrou no bar. A garota. Luke engoliu em seco e sentiu o corpo formigar até a altura dos joelhos. Ela estava de cabelo solto e ele reparou que era um cabelo cheio e encaracolado, do tipo de emaranhar as mãos de um homem. Imaginou as dele, grandes, em cima daquele quadril. O rosto dela exibia frescor e, exceto por alguma coisa brilhante nos lábios, parecia que não usava qualquer maquiagem, coisa da qual ela sem dúvida não precisava. Quando Shelby o viu, desviou o olhar, fechando os olhos rapidamente, mas sorriu. Recatada. Vulnerável e precisando de um homem forte. *Merda.*

Logo atrás dela veio um homem alto, de ombros largos, grisalho e na casa dos 60 anos. Não exatamente o pai, mas algo perto disso. A visão atingiu Luke na boca do estômago e, por força do hábito, ele ficou de pé na mesma hora. Luke reconhecia um general quando via um, estivesse ele de uniforme ou não.

Com uma das mãos no ombro de Shelby, Walt estendeu a outra mão na direção de Luke.

— Ah, você deve ser o novato? Walt Booth. Como vai, filho?

— Senhor — respondeu Luke, aceitando o cumprimento. — Luke Riordan. Prazer em conhecê-lo.

— Descansar — disse Walt, dando um breve sorriso. — Seja bem-vindo, Luke. Jack, que tal uma cerveja?

— Sim, senhor — concordou o homem, servindo um chopp na mesma hora.

Shelby deu um empurrão de leve em Paul, para que ele saísse da frente e ela pudesse se sentar no banco ao lado de Luke, o que fez com que Paul levantasse uma sobrancelha, curioso. Mas Luke não se sentou. Pelo menos não até que o general o fizesse. Ele não tinha saído do Exército havia tempo o bastante para relaxar em relação a coisas como patentes. No entanto, deu uma olhada na direção de Shelby, que sorriu para ele, os olhos cintilando de leve, talvez gostando da tensão evidente que ele exibia perto de seu tio. Luke reparou em como os olhos cor de mel dela eram profundos e atraentes. E pensou: *Meu Deus, eu tenho que superar isso.* Havia cinquenta coisas muito erradas com a inquietação que ele sentia toda vez que a via. Ele não gostava de situações que envolvessem tios protetores de patente alta e jovens inocentes que claramente estavam em busca do amor verdadeiro.

Luke não se apaixonava. Tinha acontecido com ele uma única vez, quando era muito, muito mais novo, e essa paixão havia deixado um buraco tão grande em seu coração que daria para um tanque atravessá-lo. A experiência fez dele alguém que não conseguia criar vínculos; ele era um leviano, um jogador, não era o tipo de homem que entrava em relacionamentos. Nunca tinha permanecido em um só lugar nem ficado com uma única mulher por muito tempo.

Shelby era tão transparente que deixava poucas dúvidas sobre o que queria. Sobre o que precisava: prender o cara com seus sentimentos, amarrá-lo a seu coração e depois partir o cara ao meio. E, quando o cara fosse embora, era Shelby quem ficaria partida ao meio. Arrasada. Um jovem coração em frangalhos, arruinando tudo para o cara certo que talvez aparecesse depois para fazê-la feliz.

Walt finalmente se sentou e conversaram amenidades sobre o Exército. Os dois relembraram várias missões em que lutaram ou que comandaram e, durante todo o tempo em que conversou com o general, Luke sentiu o aroma doce que emanava de Shelby. O perfume rodopiava ao redor de sua cabeça, deixando-o confuso, nublando a mente.

Quando Walt finalmente voltou a atenção para o dr. Mullins e Hope, Luke sentiu a respiração suave em seu rosto quando ela chegou perto para perguntar:

— E aí, conseguiu progredir bastante na casa e nos chalés?

Ele queria parecer mais distante ao falar com ela, desinteressado, até cruel ou indiferente serviria, mas, quando se virou para olhá-la, Luke derreteu feito manteiga.

— O máximo possível. Agora tenho um lugar para morar que não está sobre rodas. Mas vai dar bem mais trabalho do que eu tinha previsto. E você, o que tem feito?

— Tenho ajudado Mel com os filhos enquanto ela trabalha, às vezes também ajudo com os pacientes. Eu também ando a cavalo, cuido do bebê de Vanni e Paul, fico de olho no tio Walt… Quase nada, na verdade. Eu posso ajudar você a tirar o lixo se quiser.

— Não, melhor não — disse ele. — É um trabalho horroroso. Tem sujeira demais para você.

— Eu posso ficar só olhando — insistiu ela, e sorriu de um jeito tão lindo que o coração de Luke quase saltou pela boca.

— Se você fizer isso, Shelby, não vou conseguir fazer nada. Você é uma distração.

Ela o olhou completamente surpresa.

— Que gentileza da sua parte dizer isso — disse ela.

E, em um gesto rápido, Shelby colocou a mão em cima da mão dele. O simples toque foi o bastante para enviar uma descarga elétrica por todo o corpo de Luke. *Merda, estou ferrado.* Ele não sabia bem do que mais tinha medo: de nunca conseguir ter mais um pouquinho dela ou da repercussão com o general caso isso acontecesse.

— Esse lugar não é maravilhoso? — perguntou ela.

— Virgin River?

— Também. Mas estou falando do bar. Desse pedacinho específico da cidade. Eu amo vir aqui e sempre encontrar um rosto conhecido.

— Eu vim aqui algumas vezes nas últimas semanas e não vi seu rosto conhecido — disse ele, depois xingou a si mesmo em silêncio.

Não força a barra, Luke.

— Ah — respondeu ela, rindo. — Tom, meu primo, estava aqui na cidade tirando uns dias de folga. A gente veio ao bar algumas vezes, mas ficamos a maior parte do tempo em família mesmo. Tem uma pequena multidão na casa do meu tio, com todos nós e Tom com a namorada. Mas agora ele está voltando para West Point, então imagino que eu vá aparecer mais vezes por aqui.

— E você gosta daqui — observou ele.

— Eu cresci em uma cidadezinha no litoral... muito maior do que essa, mas aconchegante também. Tinha um bar chamado Sea Shack, com redes de pesca e conchas penduradas nas paredes, frequentado pelo pessoal da região, mas também alguns ciclistas e turistas. Sempre as mesmas caras no fim das contas. Você nunca precisava se preocupar em não ter companhia.

— Qual cidade?

— Bodega Bay, ao sul. Enquanto aqui é só sequoia, veado e urso, em Bodega Bay é só oceano, barcos de pesca, umas encostas rochosas, baleias e golfinhos.

Luke apoiou a cabeça na mão, gradual e completamente hipnotizado. Ele a imaginou na praia, com um biquíni bem pequenininho.

— Parece ótimo — comentou. — Você mora lá?

— Morava — respondeu ela. — Perdi minha mãe faz pouco tempo. Eu herdei a casa, mas resolvi vender.

— Sinto muito — disse ele, um pouco surpreso com a informação.

— Obrigada. Eu não vou ficar muito tempo aqui em Virgin River... Estou só passando umas férias enquanto me inscrevo em algumas universidades. Vou cursar uma, finalmente.

— E quanto tempo vão durar essas férias? — perguntou ele, sem conseguir se conter.

— Provavelmente uns meses. Assim que o ano virar quero viajar... Estou pesquisando na internet, dando uma olhada nos pacotes. Depois que escolher a universidade e encontrar um apartamento, a ideia é arrumar um trabalho de meio período e fazer umas aulas para retomar o ritmo. Mas vou ficar aqui até ver meu primo de novo, ele vai vir para as festas.

Walt interrompeu os dois ao chamar a atenção de Luke.

— É sério isso que Jack está dizendo? Que você tem um irmão que também pilota helicópteros? Todo mundo na sua família é maluco?

Luke se virou na direção do general e torceu para que seus olhos não traíssem o desejo que sentia.

— Pega leve, senhor — disse. — Pelo menos não são tanques.

— Mas é que de tanques eu gosto, filho.

Quando Luke saiu do bar, pegou o carro e foi direto para Garberville, mas, na verdade, o que queria mesmo era dormir. Embora o corpo estivesse cansado até os ossos, o cérebro estava fazendo hora extra. E havia uma parte do corpo que estava mais alerta do que ele gostaria. Fazia muito, muito tempo que não tinha uma reação tão intensa quanto aquela e, coincidentemente, a última vez também tinha sido com a filha de um general. Acontecera anos antes, e Luke fora esperto de um jeito que não era comum para ele: simplesmente se afastara sem olhar para trás. A garota era chave de cadeia.

Luke estava tentando parar de pensar naquela coisinha linda; fazendo de tudo para parar aquelas pontadas de desejo percorrendo seu corpo.

Não demorou para achar o lugar. Um buraco, que fez com que se sentisse bem-vestido demais e totalmente militar com o cabelo cortado à escovinha e a camisa passada. Muitos dos homens do lado de fora vestiam camisa de flanela xadrez ou de cambraia, vários de cabelo comprido, rabos de cavalo, bigodes e barbas. Havia uma profusão de caminhonetes grandes e carros estacionados do lado de fora. O lugar devia estar lotado.

E estava mesmo. Luke conseguiu encontrar um banco alto livre junto ao balcão do bar naquele salão bastante barulhento. Pediu uma dose de uísque e uma cerveja. Era hora de acalmar a mente e parar de pensar em Shelby. Quando deixou o bar de Jack, estava começando a ser atormentado por visões nas quais ele colocava as mãos no corpo dela e levava um tiro do general.

Virou a dose de uísque e bebeu a cerveja com avidez. *Que maravilha, hein, Riordan?*, pensou Luke em autocensura. *Você se muda para uma cidadezinha em que toda a meia dúzia de moradores se conhece e se encontra algumas noites por semana no mesmo bar, e em menos de vinte e quatro horas você fica caidinho pela única mulher que deveria ser evitada a qualquer custo.* Mas o desejo era uma fera e Luke estava irremediavelmente atraído.

Ele entendia muito bem que o problema não seria tocá-la. Os dois eram adultos, não adolescentes. Ele poderia conquistar Shelby, levá-la para a cama, os dois poderiam curtir bons momentos e não haveria muito problema nisso. Afinal, tinha a impressão de que o general e Paul tinham gostado dele de fato. Era o depois que causaria problemas — ele não conseguiria construir um relacionamento sério, seguiria em frente, magoaria Shelby. Ela claramente era o tipo que gostaria de viver um amor verdadeiro, algo estável, e Luke não estava apaixonado. A coisa acabaria mal; no caso dele, não era uma premonição, mas destino. Fazia mais de dez anos que ele não conseguia sentir nada parecido com o que Walt Booth provavelmente gostaria que sua sobrinha recebesse.

Depois de cerca de vinte minutos, mais uma cerveja foi colocada na frente de Luke e ele olhou para o atendente atrás do balcão.

— Cortesia das garotas na ponta do balcão — explicou.

Pensando nela, Luke não tinha reparado em mais ninguém. Ergueu os olhos rapidamente e deu um sorriso discreto.

— Agradeça a elas — pediu Luke.

— As três querem saber se você quer ir até lá beber alguma coisa com elas.

— Ah, eu estou indo embora daqui a pouco — disse.

Mas, enquanto isso, pensava: *isso aqui é mais a minha praia*. Umas garotas atiradas, do tipo que pagam bebidas para desconhecidos, no bom e velho estilo estadunidense.

— Eu pensaria duas vezes — sugeriu o atendente, erguendo uma sobrancelha.

— É mesmo? — perguntou Luke, e sorriu ao dizer isso. — Bem, por que não?

Luke deixou dinheiro sobre o balcão para pagar as bebidas que consumiu, ergueu a cerveja e foi até a outra ponta do balcão.

Eram três. Uma de cada de tipo: ruiva, loira e morena. Pareciam ter uns vinte e tantos anos e estarem doidas para curtir todas.

— Senhoritas — cumprimentou ele. — Obrigada pela bebida. Noite das garotas hoje?

Muitas risadinhas foram ouvidas.

— Bom, agora não mais — respondeu uma delas.

O trio abriu espaço para que Luke se acomodasse em um dos bancos do meio.

— Vocês são daqui da cidade? — perguntou ele.

— Aham, de Garberville — disse uma delas. — E você?

— Estou só de passagem — mentiu. — Tenho uma casa na beira do rio. Pensei em caçar um pouco. Pescar.

Elas se chamavam Luanne, Tiffany e Susie. Eram secretárias, estavam no bar desde o happy hour e não pareciam ter elegido a motorista da rodada. Duas eram divorciadas e uma, Luanne, disse que nunca tinha sido casada. Todas vestiam roupas de noitada: saias curtas exibindo pernas compridas, salto alto e camisas justas que acentuavam os decotes. Todas com seios grandes e empinados, cabelos volumosos. Luke não pôde evitar de pensar por um instante em como Shelby era muito mais sensual usando calça jeans, botas, camiseta branca com as mangas dobradas e o rosto lavado, deixando todo o restante do trabalho para a imaginação.

Como as três tinham sido criadas na cidade, Luke perguntou quais eram seus lugares favoritos para sair à noite. Admitiu que tinha se aposentado recentemente do Exército depois de passar muito tempo pilotando helicópteros, mas evitou falar de qualquer coisa relacionada às batalhas em que atuou. Aquelas garotas não estavam interessadas em eventos internacionais e, depois que ele disse que tinha ficado alocado no Texas recentemente, elas não quiseram mais detalhes. Queriam saber de coisas mais importantes: ele era casado? Ficaria ali por muito tempo?

Passados dez minutos de conversa, Luanne pousou a mão no joelho dele por baixo do balcão do bar. Luke quase deu um pulo de susto. Quando ela deslizou a mão pela parte interna da coxa dele, Luke a segurou pelo pulso.

— Eu gostaria de poder me levantar daqui, Luanne — disse.

E ela achou aquilo muito engraçado.

Nesse momento Luke soube que, se quisesse descarregar um pouco a tensão, não seria uma negociação difícil. Vergonhosamente, aquela situação não era bem uma raridade para ele. Luke considerou por um instante a alternativa que se apresentava, mas foi um instante muito rápido. Ele simplesmente não conseguia abraçar a ideia.

Como se estivesse tudo arranjado de antemão, as amigas, Tiffany e Susie, se afastaram, seguindo na direção do banheiro feminino, embora Luke tenha notado que elas acabaram se desviando e indo para outras mesas no bar, e nunca mais voltaram. Estavam deixando Luke e Luanne a sós. Ele tentou estabelecer uma conversa, mas a garota só conseguia falar do trabalho como secretária, roupas e amigas. Além disso, tinha um hábito muito irritante de jogar o cabelo para trás do ombro o tempo todo.

Luke precisou retirar a mão de Luanne de sua coxa mais uma vez. E, se inclinando para perto dela, disse:

— Escuta, você não quer me atiçar, ok?

Luanne chegou bem perto e, roçando a bochecha na dele, rebateu:

— E seu eu quiser?

— Vai estar cometendo um erro. Eu não estou exatamente disponível.

A seguir, ele se perguntou por que tinha dito aquilo. Ele estava mais que disponível, na verdade: estava à beira do desespero.

— Não é como se eu me importasse — sussurrou ela.

Luke não estava muito em forma para levar o joguinho adiante. Por isso, pediu desculpas, se levantou e disse que voltaria logo, deixando-a no bar. Sentiu alívio enquanto seguia para o banheiro masculino. Não havia lugar seguro, percebeu. Ele não estava seguro com Shelby nem longe dela. A tal Luanne fazia mais o tipo dele — alguém que parecia disposta a fazer sexo sem compromisso. Mas havia um pequeno porém: ela não estava fazendo aquilo por ele. E quanto mais ela se jogava, menos atraente ficava. A simplicidade de Shelby já tinha estragado a possibilidade de um lance casual de uma noite. Luke decidiu que seria melhor sair pelos fundos do bar do que atravessar o salão.

Mas, ao sair do banheiro, foi jogado contra a parede do corredor estreito e mal iluminado. Luanne.

— Ei — disse ele, com as mãos para cima para evitar tocá-la.

Ela olhou para ele com olhos sedutores, já meio bêbada, deu um meio-sorriso e enfiou alguma coisa no bolso da frente da calça jeans de Luke. De onde estava, e olhando para baixo, Luke tinha a visão de um decote impressionante com dois seios muito saudáveis imprensados contra si. Ele costumava pensar que, se Deus tivesse lhe dado seios, não sabia se conseguiria não ficar mexendo neles o tempo todo. Provavelmente seria visto caminhando por aí segurando os dois.

Com os braços em volta dele, ela o pressionava contra a parede do corredor que conduzia aos banheiros. Um homem passou por eles, deu uma olhada, sorriu um pouquinho e seguiu em frente. *Putamerda*, pensou ele, sentindo as partes íntimas começando a endurecer. Com os braços em volta dele, Luanne o empurrou para o lado e, então, entrou com ele no banheiro feminino. Enquanto o encurralava contra a pia, ela fechou o trinco da porta com tamanha desenvoltura que não restava a menor dúvida de que não era a primeira vez que executava o movimento.

Mais uma vez vergonhosamente, também não era a primeira vez que Luke passava por aquela situação. No entanto, não conseguia se lembrar de jamais ter ficado chocado com isso. Pelo que se lembrava, tinha sido mais ou menos a essa altura que tirara uma camisinha do bolso e se deixara levar. Fazia um tempo desde que Luke tinha estado com uma mulher; não demoraria muito. Luanne tinha passado do estado "desejosa" — já estava no estado "desagradável". Ele deslizou uma das mãos e a enfiou no bolso da calça, para descobrir o que ela havia colocado ali, e puxou alguma coisa macia, de renda. Uma calcinha minúscula. Vermelha e preta. Que *não* estava mais sendo usada.

— Você está de sacanagem comigo — murmurou ele, enfiando a peça de lingerie de volta no bolso.

— Parece que estou? — rebateu ela, com a fala meio enrolada.

Ele colocou a mão no cabelo preto dela.

— Luanne, não vai rolar. Não vou fazer isso aqui.

— Quer ir para algum lugar?

— Não, meu bem. Nós não vamos a lugar algum. Hoje não vai rolar — disse ele, dando uma palmadinha de leve no quadril dela.

— Aposto que consigo fazer você mudar de ideia.

Ele balançou a cabeça, negando.

— Não. Não vai rolar mesmo. Pode me deixar sair do banheiro feminino, por favor?

— Por que não? Não costumo levar um fora assim.

Que currículo fantástico, pensou ele. Uma risadinha bem discreta escapou.

— Tenho uns vinte motivos, meu bem. Você está bêbada, está fora de si, não me conhece e eu não sei por onde você andou. Mas desconfio que tenham sido muitos lugares. — Luke a segurou pelo braço, com firmeza, mas delicadamente, e a afastou de si. — Você não devia fazer isso. Pode se machucar.

Ele passou por ela e destrancou a porta. Quando a abriu, uma senhora esperava para entrar no banheiro. Ele a cumprimentou com um breve aceno de cabeça.

— Senhora — disse, e logo seguiu adiante.

Luke foi andando com o passo apressado até a caminhonete, torcendo para conseguir atravessar o estacionamento antes de ser abordado no meio da escuridão por uma Luanne sem calcinha. Apesar do bom senso que vinha demonstrando, tinha medo de ter um lapso momentâneo e se enfiar debaixo daquela saia curta. Estranho, porque Luke nunca tinha sentido medo disso antes. Já na estrada, abriu a janela do carro e deixou a pequena peça de renda vermelha e preta sair voando.

Então, parou em uma loja no meio do caminho para comprar um *pack* com seis cervejas. Teria que evitar o bar de Jack por um tempo. Pelo menos até que o cérebro se desconectasse das partes baixas.

O jantar com a família Booth tinha sido tão bom que Muriel foi convidada a se juntar a eles na semana seguinte. Ela nutria uma esperança secreta de que aquilo se tornasse um evento regular. Estacionou a caminhonete perto da casa de hóspedes ao voltar do evento. Tinha deixado uma luz acesa para os cachorros e pôde escutá-los latindo antes mesmo de fechar a porta do carro. *Esta é minha família*, pensou. Buff, que tinha poucos meses de vida, precisava ser mantido no canil quando ela saía de casa, pois ainda era bastante destrutivo e, quando se trata de labradores, a destruição é quase uma forma de arte. Luce, agora com quase dois anos, estava mais calma e passava a maior parte do tempo colada ao canil, cuidando de Buff.

Ela abriu o canil para soltar o cachorrinho e se abaixou para fazer um carinho e brincar com ele.

Tinha tido uma noite maravilhosa com Walt e a família dele. Era uma injeção de ânimo estar com eles, todos tão cheios de vida e risonhos, muito embora cada um tivesse passado por momentos incrivelmente difíceis. Claro que Walt valorizava a família, não havia dúvidas quanto a isso. Eles eram muitíssimo divertidos. Mas será que ele sabia o quanto eles eram incríveis?

Naquela noite, todos tinham perguntado como ela começou a atuar.

— Foi totalmente por acaso — contou Muriel. — Eu tinha uns 14 anos e fui escolhida na escola para aparecer em um comercial sobre um serviço público. Na ocasião, um agente abordou meus pais e conversou sobre a possibilidade de eu fazer um teste para um filme. Para uma menina de 14 anos e sem qualquer experiência ou treinamento, eu até que me saí bem. Depois, peguei um papel um pouco maior, depois outro um pouco maior e assim fui crescendo. Com 17 anos eu estava correndo para terminar o ensino médio antes do tempo para poder participar de outro filme.

— Seus pais não piraram? — perguntou Vanessa.

— Meus pais não eram do tipo que piravam. Eles estavam maravilhados pelo que estava acontecendo comigo. Eu estava ganhando dinheiro e abalando a indústria cinematográfica… Hollywood sempre se concentrou nos estreantes, os aspirantes, os muito jovens. Mas… com 21 eu me casei com meu agente, que tinha 36 na época. Meu pai quase enlouqueceu com isso, mas, como era um fazendeiro durão, acabou superando. As coisas eram bem diferentes no meu tempo. No interior, se uma menina de 15 anos aparecia com um cara acima de 30, o pai dela obrigava os dois a se casarem. Hoje em dia, teriam mandado prender o cara.

— Vocês ficaram muito tempo casados?

— Cinco anos — respondeu Muriel. — Ele ainda é o meu agente. E meu amigo.

— E por que o casamento acabou? — perguntou Shelby.

Muriel deu de ombros.

— Ele não me amava do jeito que eu queria ser amada. Eu queria uma casa, uma família, uma vida. Queria criar raízes. E ele queria um Oscar.

— Desculpe estar tão por fora, mas você ganhou um? — perguntou Vanessa.

— Fui indicada três vezes — respondeu Muriel. — Era para ter ganhado, mas me passaram para trás.

E Muriel também não conseguira formar uma família. Nem ter o casamento sólido que, mesmo sem filhos e Oscars, teria lhe servido de base. Depois de conhecer a família de Walt, Muriel pensou que, mesmo se tivesse tido a chance de formar uma família, de jeito nenhum teria conseguido criar adultos tão fortes, independentes e bem ajustados como aqueles. Não com a profissão que tinha.

Então, ela afagou as orelhas e o pescoço dos dois labradores e falou com eles de um jeitinho fofo, dando beijos e dizendo o quanto os amava.

De repente, ouviu um ruído. O motor de uma caminhonete que logo parou. Ouviu uma porta se fechando e os passos de alguém que parecia usar botas andando pela varanda. Todos aqueles sons lhe eram familiares. Alguém bateu à porta. Isso não era inesperado…

— Pode entrar, Walt.

Ele permaneceu à porta vestido com sua jaqueta de suede, calça jeans e chapéu. Olhou para ela, que ainda estava no chão com os cachorros, e sorriu. Os cães saíram correndo na direção do recém-chegado, enroscando-se nas pernas dele, e Buff começou a pular. Muriel teria que controlar aquele hábito antes que saísse do controle, pensou.

— Por acaso você trouxe um pedacinho daquela sobremesa deliciosa? — perguntou Muriel enquanto se levantava.

— Sinto muito, não trouxe — respondeu.

— Veio tomar um café? — perguntou ela.

— Se eu tomar café, perco o sono — disse ele, jogando o chapéu na cadeira e estendendo a mão para ajudá-la a se levantar. — Vem cá.

Walt a puxou para junto de si. Então, passou a mão no rosto dela, acompanhando a linha do queixo.

— Onde os cachorros dormem?

— Na cama, comigo — disse ela com uma risadinha e inclinou a cabeça para fitá-lo.

Muriel se perguntou se Walt sabia o quanto era bonito. E sólido, também: um homem em quem se podia confiar tranquilamente. Walt era inabalável, tanto literal quanto metaforicamente. Ela gostava dessas características.

— Acha que eles ficariam bem se dormissem uma noite no chão?

— Você está mesmo propondo o que eu acho que está propondo?

Ele a beijou de um jeito que com certeza respondeu à pergunta.

— Muriel, eu tenho 62 anos. Não esperava viver isso.

— Você não está com medo de virarmos assunto?

— Garota, eu já tomei bronca de um presidente. Não tem fofoquinha nenhuma que me assuste. Minha preocupação é só você me achar velho demais.

Ela deu uma gargalhada.

— Você é só um pouco mais velho do que eu. E é de uma beleza quase irresistível.

Walt ergueu uma sobrancelha.

— Você me acha bonito?

— E sexy.

— Ora, ora. É mesmo? Bem, pois fique você sabendo que quero tocar cada parte do seu corpo e depois assistir ao sol nascer do seu lado.

Os cachorros estavam em volta deles, abanando o rabo, rodopiando, batendo com o traseiro nas pernas deles, tentando convencer alguém a brincar.

— Mas talvez você precise dar um jeito nesses dois.

— Já, já eles se acalmam — disse ela. — Já você, não posso dizer o mesmo…

Capítulo 5

Certa tarde, em um encontro que acabou se tornando bastante frequente com o passar do tempo, Shelby, Mel e o dr. Mullins estavam jogando Gin na mesa da cozinha da clínica enquanto os bebês dormiam. O doutor não estava se saindo muito melhor enfrentando Shelby do que vinha se saindo contra Mel ao longo dos últimos anos. Aquelas mulheres estavam acabando com ele.

— Parece que vou acabar sem a minha aposentadoria. Vocês são implacáveis.

— Acho que me lembro de você ter ganhado algumas partidas na semana passada — observou Mel.

— Bah — resmungou ele.

Com dificuldade, ele ficou de pé, pegou sua bengala e saiu a passos cambaleantes da cozinha.

— Posso ajudar vocês com mais alguma coisa além de ser a terceira pessoa para jogar cartas? — perguntou Shelby. — Precisam que eu organize as fichas dos pacientes? Posso limpar o armário de medicamentos, ou a sala de atendimento… Ou preferem que eu confira o estoque, ou compre alguma coisa ou veja se algo está faltando no laboratório?

— Amanhã é dia de consultas e eu tenho três pré-natais e quatro coletas de material para o Papanicolau. Você pode ser minha assistente nos atendimentos. Que tal? — perguntou Mel.

— Parece que vai ser um dia bem devagar.

— Atendimento médico no interior é oito ou oitenta — explicou Mel. — A cidade é tão pequena que às vezes a gente passa dias, semanas, sem que nada interessante aconteça. Mas basta um vírus qualquer começar a circular e todo mundo começa a tossir como se fosse cuspir os pulmões. E aí, ao mesmo tempo, acontecem um monte de acidentes e mulheres em trabalho de parto. É preciso estar preparada para tudo, e para nada.

Shelby nunca se cansava das histórias que Mel contava sobre a vida de enfermeira, desde os dias insanos trabalhando na emergência de uma cidade grande até a transição para uma clínica de cidade pequena. Para Shelby, trabalhar na emergência frenética de um hospital urbano parecia empolgante, muito embora ela se perguntasse se gostaria de morar em uma cidade grande. Mas ser enfermeira em uma cidadezinha como aquela não parecia uma opção muito atraente. Shelby pensava cada vez mais que talvez pudesse acabar trabalhando na emergência ou no centro cirúrgico de um lugar como Santa Rosa — que era uma cidade de médio porte. Ou, quem sabe, em Eureka ou Redding.

— Apesar de ter vindo de um hospital de cidade grande, uma coisa me pegou de surpresa aqui — começou Mel. — Em muito pouco tempo os pacientes viram amigos. Quando a gente não consegue ajudar a tempo, a sensação de fracasso é dobrada. Por exemplo, quase nenhuma mulher por aqui vinha fazendo mamografias regularmente, e quando eu enfim consegui que uma ONG trouxesse uma máquina portátil para examinar as moradoras de Virgin River, uma das minhas melhores amigas foi diagnosticada com um câncer de mama agressivo e em estágio avançado. Ela morreu… e até hoje eu me culpo por não ter agido a tempo.

— Você deve sentir que nunca dá para fazer tudo.

— Pelo contrário — corrigiu Mel. — Sinto que tenho que pensar em tudo, e que *preciso* fazer tudo. Para muitas dessas mulheres da área rural, sem plano de saúde, eu e o dr. Mullins somos tudo que elas têm. Esses exames de Papanicolau, por exemplo… eu convenci cada uma delas a fazer. Eu ligo, insisto, trago as mulheres aqui e cobro só a parte laboratorial.

— É uma coisa que pode ser facilmente negligenciada, imagino — comentou Shelby.

— Mas não pode ser assim — disse Mel.

— Bom, confesso que no meu caso isso não foi bem uma prioridade nos últimos anos — disse Shelby, dando uma risada. — Mas eu queria conversar com você sobre isso já tem um tempo…

Mel endireitou as costas na mesma hora.

— Há quanto tempo você não faz um?

— Eu nunca fiz — admitiu Shelby.

— *Oi?*

— O risco é extremamente baixo para mim — disse ela, e depois, baixou o olhar. — Eu sou virgem.

Mel chegou para a frente na cadeira.

— Hum… Não é muito comum. Na sua idade.

— Eu nunca namorei. Até saí com uns caras no ensino médio, mas nada sério. Sou fruto de uma gravidez não planejada e minha mãe me criou sozinha. Se não tivéssemos a sorte de ter o tio Walt, nossa vida teria sido bem mais difícil. Minha mãe sempre se sentia culpada por precisar de tanta ajuda dele. Eu ficava apavorada de acontecer uma coisa parecida comigo. Além disso, sempre tive medo de decepcionar minha mãe e meu tio.

— Você foi muito cuidadosa…

— Fui sim. E eu era bem tímida. Então fiquei praticamente reclusa, cuidando da minha mãe. Os únicos homens com quem tinha contato eram os médicos, casados, enfermeiros ou voluntários da casa de repouso. E bem, aqui estou, provavelmente a primeira paciente de 25 anos virgem. — Shelby fez uma careta ao dizer isso e logo acrescentou: — Por favor, não quero que toda a cidade fique sabendo que eu sou uma pobre coitada tentando vencer a timidez e que morou com a mãe durante vinte e cinco anos.

— Shelby, você sabe que tudo que acontece aqui na clínica é confidencial… Você fez o juramento quando decidiu ajudar. Além do mais, o que você fez pela sua mãe é motivo apenas de admiração por aqui — garantiu Mel. — Foi muito generoso da sua parte. E se você não se importa de eu dizer isso, você me parece uma garota bem segura de si.

— Ah, eu venci grande parte da timidez enquanto cuidava dela. Precisava ser assertiva para ter certeza de que ela estava recebendo o tratamento necessário. Quando você aprende a enfrentar um neurologista arrogante, consegue lidar muito bem com o empacotador do supermercado. A minha timidez não me limita mais. Mas ainda sou novata nesse mundo enorme e cheio de liberdade — explicou ela. — E não quero estar despreparada…

— Sinceramente, eu não quero que a primeira coisa a entrar em você seja um espéculo, mas você precisa, sim, fazer um exame. Existem outras preocupações, não só câncer de colo de útero. Tem câncer de útero, de ovário. E, além disso, você precisa estar protegida. Preparada. Para quando chegar a hora você não ter que se preocupar com muita coisa… Duvido que você ainda tenha o hímen intacto com todos esses passeios a cavalo.

Shelby suspirou.

— Eu me pergunto se isso vai acontecer algum dia.

— É claro que vai — disse Mel, sorrindo. — Deixa eu perguntar uma coisa… é muito importante para você que a primeira vez seja evidentemente a primeira para o seu parceiro?

— Não, não tenho problemas com isso.

— Acho que consigo fazer o exame sem ser muito invasiva — disse Mel, e respirou fundo. — Vamos fazer, então.

— Agora? — perguntou Shelby, com a voz esganiçada.

— Aham, coloca uma camisola e me encontra na sala de exames. Você sabe onde fica.

Alguns minutos depois, Mel entrou na sala e encontrou Shelby sentada na mesa de exames.

— Respira fundo — disse Mel, sorrindo. — Vai ficar tudo bem.

Ela ajudou Shelby a se posicionar, mantendo a mão em cada coxa dela, para que ela não escorregasse muito para baixo.

— A boa notícia é que as minhas mãos são bem pequenininhas.

— Deus é bom o tempo todo, né?

Mel deu uma risadinha e pegou o banco, calçando as luvas na sequência. Então, escolheu um espéculo, mas o trocou por outro ainda menor.

— Vou bem devagarinho… — disse ela, deslizando o objeto para dentro do corpo da paciente. — Bom, olha só que surpresa. Seu hímen está parcialmente intacto. Depois de todos esses passeios a cavalo, estou impressionada.

Mel então coletou o material para realizar o exame e retirou o espéculo.

— Consegui passar com o cotonete pelo hímen, mas quando eu palpar seu útero e checar os ovários, talvez acabe rompendo o que resta da membrana.

— Confesso que estava esperando acontecer como acontece com as outras garotas — disse Shelby. — Mas em algum momento ela vai ter que sair daí, né?

— Vai dar tudo certo. Vou esperar seus resultados e depois prescrever uma pílula segura para você. Nada de surpresas para Shelby.

— Agora me diz, uma virgem de 25 anos... Com que frequência você vê um caso assim fora de um convento?

— Você não é a primeira — respondeu Mel, levantando-se do banco e, com gentileza, palpou um pouco do útero. — Já que você não tem qualquer sintoma ou problema, não vou avaliar mais profundamente por enquanto. Sua menstruação é regular?

— Extremamente.

— Não sente dor entre elas?

— Nada.

— Maravilha, Shelby. — Ela tirou as luvas. — Eu costumo começar examinando as mamas, mas diante das circunstâncias, quis resolver logo o exame pélvico. Agora vamos dar uma olhada aqui — disse ela, puxando a camisola para um lado, depois para o outro para examinar os seios em busca de nódulos.

— Vou precisar que você me explique como funciona o anticoncepcional, mesmo que eu ainda não vá usar — disse Shelby.

Não seria ético da parte de Mel perguntar se Shelby já tinha alguém em mente. Outra desvantagem de ser uma profissional da saúde em uma cidade pequena: testemunhar as intensas trocas de olhares no bar.

— Bom, acho que é saudável ter uma vida sexual com um parceiro responsável — concluiu ela. — Ao contrário de uma gravidez indesejada. É importante escolher bem, ser esperta e estar preparada — aconselhou. — Ah, e mais uma coisa. Eu provavelmente não preciso dar nenhum sermão nessa área, mas...

— Camisinha — completou Shelby, sorrindo enquanto um rubor se espalhava por suas bochechas. — Provavelmente é melhor que eu ande com algumas na bolsa, certo? Só por desencargo…

Mel fez um carinho na mão da jovem.

— Eu amo o fato de que minhas pacientes são mulheres lindas e inteligentes. Pode se vestir que eu vou pegar umas coisas para você.

Shelby estava saindo da clínica quando algo chamou sua atenção. Ela fez o retorno e entrou de novo no estacionamento.

— Mel?

— Hum? — respondeu Mel, tirando os olhos do computador. — Que foi?

— Tem um senhor morando na igreja que está cheia de tapumes?

— Quê?

— Vem cá ver — pediu Shelby.

Mel foi até a varanda e olhou para o outro lado da rua. Jogada à porta da igreja, usando um casaco esfarrapado, uma calça masculina bem larga e botas, estava Cheryl Chreighton.

— Meu Deus…

— O quê? — perguntou Shelby.

— Ela voltou.

— Ela quem?

— Cheryl. Conheci ela quando cheguei aqui. Ela é alcoólatra, jovem, na casa dos 30 anos. Eu estava determinada a conseguir algum tratamento para ela, mas ela desapareceu. Faz um ano mais ou menos que não a víamos. Eu poderia ter procurado mais por aí, só que… Bem, eu não insisti porque ela não é minha paciente. E depois eu fiquei grávida, depois grávida de novo, então…

Ela suspirou. *Então tive dois filhos e fiz uma histerectomia*, pensou. Já tinha sido difícil demais acompanhar os pacientes que estavam de fato sob seus cuidados. Mas, embora Cheryl não fosse paciente dela, ainda era uma moradora da cidade. E Mel não suportava a ideia de ver uma mulher de 30 e poucos anos ser a bêbada da cidade. Isso a deixava arrasada. Cheryl deveria ter uma segunda chance.

E agora ela estava de volta à Virgin River.

* * *

Luke evitou o bar de Jack por um tempo; evitou Shelby. Ele tinha esperanças de tirá-la da cabeça, mas o desejo tem vida própria. Ele pensava nela, depois se condenava por ser um idiota, depois voltava a pensar nela. Era com Shelby ali, sempre em algum cantinho da mente, que ele progredia nas reformas da casa e dos chalés e bebia cerveja comprada no mercado.

O Exército enfim entregou sua mobília, que ficou quase tanto tempo em um depósito — enquanto ele estava no quartel ou fora do país — quanto tinha estado em uma casa.

Luke tinha comprado um duplex em El Paso e alugara metade do imóvel para outro militar. Quando foi dispensado do Exército, vendeu o imóvel. Tinha pouca mobília, o que acabou sendo uma boa coisa, mas o pouco que tinha eram peças de qualidade. Luke decidiu colocar os móveis antigos de freixo em um dos quartos do andar superior. Ele tinha um sofá seccional, em forma de L e forrado de veludo, uma poltrona extragrande e uma peça estofada que podia servir de mesinha de centro, banco ou um pequeno apoio para os pés. Uma bandeja era mantida sobre o pufe, para colocar um copo ou caneca. Ele colocou tudo na sala de estar e cobriu os móveis com lençóis até terminar de lixar, pintar e envernizar tudo.

Havia um belo conjunto de mesa com cadeiras da Pottery Barn que ficou perfeito na sala de jantar; uma mesa escura e quadrada acompanhada por oito cadeiras — uma excelente mesa de pôquer. Ele poderia achar bancos de bar que combinassem, mas o plano era reformar o balcão antes. A cozinha ficou muito melhor com os novos eletrodomésticos, mas quando os armários e as bancadas fossem substituídos, o lugar ganharia vida nova. Foi até o Home Depot em Redding para fazer sua encomenda: ele mesmo instalaria tudo. E já que estava ali, comprou ainda betume, verniz e metros de carpete para cobrir o piso de madeira.

Entre as coisas que vieram na mudança estavam os utensílios de cozinha, a roupa de cama, um aparelho de som estéreo, uma televisão de tela grande para a qual havia encomendado uma antena parabólica, um monte de fitas, DVDs, livros e CDs. Mas poucas roupas. Durante muito tempo ele praticamente só usou uniforme. Seu armário sempre fora enxuto e funcional, o que atendia muito bem às suas necessidades.

Ele estava pronto para arriscar uma volta ao bar de Jack. Parte de si torcia para que ela não estivesse lá, assim Luke poderia ficar em paz com relação à sua decisão de ficar longe dela. Outra parte queria que ela estivesse, sim, porque a decisão não parecia ser definitiva.

Shelby fizera alguma coisa com ele. No começo, Luke achou ter ficado atraído porque estava em uma cidade com poucas opções, mas então se lembrou de Luanne e das mulheres no outro bar e percebeu que não era bem assim. Mesmo se Luanne não fosse o tipo dele, muito provavelmente uma mulher mais bonita apareceria. De um modo geral, se ele se sentia atraído por uma mulher que sabia ser uma furada, não precisava de grande esforço para partir para outra e escolher uma menos complicada. Mas fato é que Luke estava com dificuldades de deixar para lá o quer que estivesse sentindo em relação à Shelby.

Mas, o que quer que fosse, não tinha chegado ao fim para ele. Nem de longe.

Luke estava saindo do chuveiro no fim de um longo dia de trabalho quando viu uma figura passando perto da casa. O rio estava longe o bastante para que as pessoas que passassem por ali caminhando, pescando ou correndo não chegassem tão perto assim. Com a toalha enrolada na cintura, ele espiou pela janela do quarto. Nada. Passou, então, pela sala de estar, chegou à cozinha e olhou pela janela da sala de jantar. Havia um garoto grande ou um homem vasculhando sua caçamba de lixo. Era uma pessoa corpulenta e ligeiramente corcunda. Luke ouvira dizer que havia andarilhos morando na floresta. Ele poderia ter gritado para que a pessoa saísse dali, mas que mal tinha aquele homem revirando o lixo? Ele não estava bagunçando as coisas nem nada disso. Além do mais, para não atrair ursos, Luke não deixava restos de comida ali.

O homem se virou e Luke quase deu um pulo com a surpresa. Não dava para calcular muito bem sua idade, mas duas coisas eram evidentes: ele tinha síndrome de Down e estava com um olho roxo horroroso.

Luke se manteve fora de vista, pois não queria assustá-lo.

Uma hora depois, no começo da noite, Luke saiu de casa para beber uma cerveja no bar de Jack e, ao entrar na rodovia, viu a porta do chalé seis se fechar bem devagarinho. Era o chalé que ficava mais afastado da casa.

Ora, ora. Ele tinha um inquilino.

Luke tinha passado uns dias bem longos em profunda solidão. Nada lhe cairia melhor do que uma cerveja gelada e um pouco de companhia. Quando entrou no bar, Jack o cumprimentou como a um velho amigo.

— Ei, cara. Não tenho visto muito você ultimamente. Como vai?

— Sujo e feio — disse Luke, dando um sorriso largo. — Mas estou fazendo um progresso bem legal.

— Cerveja?

— Com certeza. O que Preacher preparou para hoje? — perguntou Luke.

— Ensopado de carne de veado. O melhor do mundo. Você vai ficar para jantar?

— Agora vou ter que ficar.

Quando Luke já estava na metade da cerveja, Paul entrou, ainda com a roupas de trabalho. Ele olhou para baixo, verificando a sola da bota, e saiu. Dentro do bar, as pessoas escutaram Paul chutando os degraus da varanda para tirar a lama seca que estava grudada nelas. A seguir, voltou a entrar e se sentou em um banco ao lado de Luke.

— E aí, Luke? Tudo bem? — perguntou Paul.

— Tudo ótimo. Estava mesmo pensando em te ligar, Paul. Será que tem como você pedir para alguém ir lá em casa dar uma olhada numas coisas? Eu preciso que um profissional examine o telhado da casa e dos chalés e cheque a fiação para mim.

— Com prazer, amigo. Na verdade, eu mesmo vou até lá dar uma olhada. Jack — chamou, levantando um dedo.

Uma cerveja gelada apareceu na mesma hora diante dele.

— Que tal amanhã à tarde? Pode ser por volta das cinco, quando ainda teremos luz do dia?

— Perfeito.

Luke olhou rapidamente por cima do ombro algumas vezes. Fazia tanto tempo que não a via. Esperava que ela continuasse longe, mas rezava para que chegasse logo.

— Você vai ficar para jantar? — perguntou Luke.

— Não — respondeu Paul, bebendo um gole generoso. — Uma ruiva maravilhosa vai fazer o jantar para mim hoje. E, se Deus existe mesmo, o general vai estar fora.

O bar ficou cheio. Alguns vizinhos, um ou outro pescador e um pequeno grupo de jovens caçadores entraram no salão. Luke pediu uma segunda cerveja, decidindo adiar um pouco o jantar, e então aconteceu. Ela finalmente entrou.

Ele tinha acabado de se convencer de que tinha conseguido resistir à tentação naquela noite, mas não: a coisa seria pior do que de costume. Shelby usava uma calça jeans justa, camisa de seda sob um colete jeans, o cabelo totalmente solto, implorando pelas mãos de Luke.

Ela foi direto até o bar e, na mesma hora, Paul a abraçou.

— E aí, garota?

— E aí, Paul, tudo bem? — respondeu ela. — Oi, Luke.

— Oi, você — disse Luke.

— Como estão as coisas com os chalés? — perguntou ela.

— Estão caminhando — disse ele. — Já melhores.

— Estou indo nessa, pessoal — anunciou Paul, bebendo a cerveja de uma vez. — Você janta em casa? — perguntou para Shelby.

— Tio Walt vai passar a noite fora — disse ela, e deu um sorriso malicioso. — Acho que vou jantar aqui mesmo. Luke parece estar solitário. Vou para casa mais tarde.

Paul a beijou na testa e disse:

— Que Deus abençoe você. E que Deus abençoe Muriel.

E, então, foi embora tão rápido que Shelby gargalhou.

— Será que ele poderia ser mais óbvio do que isso? — perguntou ela para Luke.

— Muriel?

— Uma coroa muito bonita que se mudou para uma casa logo depois das pastagens. Tio Walt tem ficado bem ocupado durante muitas noites desde então.

— É mesmo? — perguntou Luke, arregalando um pouco os olhos.

O general? Apaixonado por uma mulher?

Shelby apoiou o cotovelo no balcão do bar e pousou a cabeça na mão.

— Tudo bem se eu te fizer um pouco de companhia?

— Na verdade, eu acho que já vou indo…

Obviamente depois de escutar o comentário de Luke, Jack, que surgiu em pé na frente deles, comentou:

— Pensei que você fosse ficar para o jantar. Uma cerveja, Shelby?

— Obrigada.

Quando a cerveja foi servida e Jack sumiu de novo, ela completou:

— Então é só eu chegar para você querer ir embora? Isso não é muito educado.

— Acho que consigo ficar para jantar — respondeu ele, constrangido.

— Não precisa fazer esse sacrifício — disse ela. — Eu posso encontrar outra companhia.

— Não, não. Tudo bem.

— Eu não venho aqui todas as noites, por isso tinha achado que estávamos nos desencontrando. Mas aí perguntei a Jack… e você nunca mais apareceu para tomar uma cerveja. Acho que já tem umas semanas…

Onze dias, pensou ele, miseravelmente.

— E foi só eu aparecer para você já querer dar o fora… Não imaginei que você estivesse me evitando. Eu deixo você nervoso ou alguma coisa assim?

— Nossa — começou ele, balançando a cabeça. — Não é isso, é que não faz muito tempo que saí do Exército, então ainda não superei essa coisa de patente. E o seu tio…

— Não está em lugar algum por aqui — completou ela, interrompendo-o. — É só por causa dele mesmo?

— Você é linda, Shelby — disse ele. — E muito nova. Isso me deixa nervoso, sim.

— Bem, acho que estamos quites, então — disse ela. Luke olhou para ela com a expressão perplexa e a jovem continuou: — Você é bem bonito, mais velho, e está na cara que é bem mais experiente. Assustador.

Ele deu uma gargalhada diante da honestidade.

— Pronto… é tipo usar gasolina para apagar fogo. Vamos ficar numa boa, beleza? Agora me conta como foi seu dia.

— Nada de mais. Mas estávamos em um assunto interessante. Eu queria entender o que é que está rolando aqui. Então, basicamente é porque eu sou muito mais nova do que você? Ou você simplesmente não gosta de mim?

E ao falar isso, as bochechas dela coraram, o que fez com que Luke se remexesse sobre o banco. Estava claro que ela precisou reunir coragem para insistir no assunto. Então, ele decidiu contar tudo a ela.

— Sabe o que é, Shelby? — começou. — Você é jovem e muito linda. E eu sou um demônio.

Ela deu risada e rebateu:

— Aposto que você geralmente acha um jeito de ignorar tudo isso.

Bom, ela não se assustava facilmente, percebeu Luke, um tanto admirado. E eis por que ele estava ferrado: não foi só o fato de ele ter olhado uma única vez para Shelby e sentido aquela pontada de desejo já bem conhecida. Parecia que o mesmo tinha acontecido com ela. Exceto pelo fato de que ela era do tipo que poderia ficar perdidamente apaixonada, enquanto os sentimentos que Luke alimentava eram todos superficiais, carnais. Assim que o desejo dele fosse satisfeito, ele não teria muito a oferecer a ela. Shelby acabaria se arrependendo. Luke sempre conseguira evitar esse tipo de coisa, mas, dessa vez, a situação estava lhe dando nos nervos. Seria uma tortura simplesmente continuar evitando Shelby. E desistir da luta poderia ser uma missão suicida.

— Eu só queria que seu tio fosse um sargento aposentado, em vez de um general — admitiu ele.

Luke costumava limitar suas investidas a uma ou duas cidades, assim não precisava ficar encontrando a pessoa várias vezes depois que o lance acabava. Ou o tio dela. Antes de entrar embaixo dos lençóis, ele teria "a conversa" com ela: ele não se apaixonava, não estava interessado em relações de longo prazo ou compromissos. Luke tinha seus motivos, que eram sérios e pessoais, para acreditar que um relacionamento duradouro não era uma possibilidade para ele.

Ele se perguntava como Shelby encararia isso. Considerando sua idade, provavelmente ficaria mal.

Luke vinha tentando não tocar nela, mas só de estar sentado a seu lado — bebendo uma cerveja, sentindo o perfume doce que ela exalava e olhando dentro daqueles enormes olhos cor de mel — já deixava claro que ele falharia em seu propósito. Era só questão de tempo, quem sabe horas.

— Bom, eu admito: você também não é exatamente o tipo de cara que eu tinha em mente. Estava pensando em alguém com uns 20 e poucos, mais cabelo, camiseta polo ou, quem sabe, uma camisa social branca, elegante — disse ela, sorrindo.

Luke ficou completamente chocado. Ele tinha passado todo aquele tempo lutando contra a atração que sentia quando Shelby tinha outra coisa em mente?

— Sou velho demais para você, simples assim — destacou ele.

— Provavelmente, mas parece que não existem muitos homens solteiros por aqui. Você meio que se destaca.

— Bem, basta jogar sua isca mais longe.

— Bem, acho que estamos sendo ridículos. É só uma cerveja e um jantar. Não importa quantos anos você tem ou quem é o meu tio.

Ele sorriu. Shelby era uma garota brilhante. Sagaz. Parecia mais velha do que era. Em geral, o problema com as meninas da idade dela era que elas costumavam ser muito bobas. Mas ela não. Shelby era honesta e direta. Luke admirava isso.

— Você tem andado a cavalo — observou o homem. — Ficou com o rosto queimado de sol.

— Todos os dias. Às vezes, duas vezes até.

— Há quanto tempo você monta?

— Desde bem novinha. Sou filha única da única irmã do meu tio e meus pais se separaram quando eu era bebê. Então meu tio meio que me colocou embaixo da asa dele e me ensinou a montar… Ele achou que isso aumentaria minha confiança em lidar com animais de grande porte. No fim das contas, acabou que eu *só* me sinto confiante com animais de grande porte. — Ela deu de ombros e desviou o olhar para baixo. — Eu era bem tímida.

A lembrança da imagem de Shelby montada naquele cavalo de raça imenso voltou à mente dele.

— Você não parece nem um pouco tímida em cima daquele cavalo — observou ele. — E você não é tímida comigo.

— É, eu sei. Trabalhei muito nisso. Mas vamos falar de você? Não sei muito a seu respeito, só que você pilotava helicópteros no Exército. E família? Tudo que sei é que você tem um irmão que também pilota e que está no Oriente Médio.

O pai de Luke tinha sido caminhoneiro de transporte de animais, eletricista e, apesar de trabalhar duro para ser um bom provedor, não tinha conseguido custear algumas coisas, como a faculdade. Afinal, eram cinco meninos para cuidar e educar na família.

— Eu era o mais velho e fui o primeiro a entrar no serviço militar. Não foi uma decisão difícil, eu sempre gostei da ideia. O Exército era um lugar onde eu podia mostrar do que era feito, e eu me dei bem lá. Amava o desafio. Colin acabou seguindo meus passos e entrou no Exército assim que saiu do ensino médio. Ele foi para a Warrant, a escola preparatória de oficiais, e depois virou piloto de helicóptero dos Black Hawks. Aiden subiu um pouco mais: foi para o Corpo de Treinamento de Oficiais da Reserva e conseguiu uma bolsa da Marinha para cursar medicina. Não me pergunte como, mas Sean conseguiu entrar para a Academia da Força Aérea e pilota um U-2. Sean é o irmão que comprou os chalés comigo. E o Paddy… Patrick, entrou na Academia Naval e pilota um F-18, o caça supersônico.

E, então, sorriu, porque Shelby ficou de queixo caído.

— Nossa senhora, são cinco caras iguais a você!

— Pois é. — A essa altura, Luke pensou que teria que sentar em cima da própria mão para não tocar no cabelo dela. — Uma família irlandesa prolífica — disse Luke. — Sean e Patrick acham que, quanto mais rápido, mais legal, com os jatos deles. Mas só acham isso porque nunca pilotaram helicópteros.

— Mais rápido, mais alto e talvez mais seguro — argumentou ela.

Luke soltou uma gargalhada.

— Provavelmente.

— Quantas vezes você já caiu com o helicóptero?

— Nem uma — respondeu ele, esticando a coluna, todo orgulhoso. — Mas já fui muito bem alvejado em três ocasiões. Mogadíscio, Afeganistão e Iraque. Para mim chega de levar tiro no céu. Hoje a experiência mais perigosa que eu quero enfrentar é correr o risco de martelar um dedão.

Passaram um tempo conversando sobre as reformas, sobre o que ele planejava fazer com os chalés. Luke queria se concentrar na parte externa enquanto o tempo ainda estava bom para que, quando esfriasse e os ventos do Pacífico trouxessem a umidade e o frio, ele pudesse trabalhar na parte interna.

— Chapman deixou a casa principal em péssimo estado, mas a estrutura parece firme. Vai dar trabalho consertar tudo. É um lugar pequeno, mas grande o bastante para mim. E se um ou dois irmãos vierem, tenho espaço para receber. Mas, em todo caso, é tudo temporário. Quando a reforma acabar vou procurar um trabalho como piloto por aí: em helicópteros de resgate ou de televisão, ou como piloto privado. Mas é um mercado bem limitado, vai ser bom ter alguma coisa que me mantenha ocupado enquanto dou uma procurada.

— Para onde você vai? — perguntou ela.

— Não tenho uma preferência específica — respondeu ele, dando de ombros.

Durante a conversa, Shelby ficou sabendo que os irmãos eram próximos e que sempre se encontravam quando estavam na mesma parte do mundo. O pai havia falecido, mas a mãe morava em Phoenix e eles se reuniam sempre por lá. Todos os cinco irmãos estavam dispostos a viajar, caso houvesse uma oportunidade para que se encontrassem. Quando Shelby perguntou se ele tinha uma porção de sobrinhos e sobrinhas, Luke disse:

— Todos estão solteiros. Não tem criança nenhuma.

Shelby não tinha contado muito a respeito de si, apenas que enfim se sentia pronta para seguir em frente nos estudos, que faria a inscrição nos processos seletivos para cursar uma faculdade.

— Tenho o dinheiro das mensalidades separado, reservei uma parte do que recebi com a venda da casa. Queria viajar primeiro, quem sabe um cruzeiro, já que não vou poder voltar a estudar em tempo integral até o segundo semestre do ano que vem. Mas estou bem ansiosa com isso, faz muito tempo que parei de estudar.

— Você vai arrasar — incentivou ele, sentindo-se curiosamente orgulhoso da ambição dela.

— E, por enquanto, vou ficando por aqui.

— Por enquanto é quanto? — perguntou ele.

A resposta dela foi um dar de ombros.

— O plano é até o começo do ano que vem pelo menos. Não tenho muita coisa para fazer, a não ser ajudar quem precisa, e confesso que já estou ficando meio entediada.

Shelby parecia relaxada, rindo das coisas que Luke dizia. Ela pediu uma segunda cerveja e ele a acompanhou.

— Você está pronta para jantar? — perguntou ele, enfim.

— Estou morrendo de fome.

Quando Jack colocou o ensopado na frente deles, muitos dos clientes habituais já estavam indo embora, mas ainda havia alguns pescadores, de modo que Luke e Shelby puderam comer com calma.

Depois, pediram café e conversaram por mais uma hora antes de Shelby olhar para o relógio e dizer:

— Você acha que dei tempo o bastante para os dois pombinhos?

— A julgar pela expressão no rosto de Paul, não há tempo que baste.

— Nem me diga.

Ela se levantou e enfiou a mão no bolso da calça jeans.

— Poder parar, Shelby. Deixa comigo — disse Luke.

E pegou a carteira, colocando algumas notas sobre o balcão.

— Cuidado, Luke — provocou ela. — Pagando meu jantar assim vou acabar achando que você gosta de mim.

Ele colocou a mão na base das costas dela.

— O problema é esse: eu *gosto* de você.

Luke notou que qualquer preocupação quanto à idade de Shelby, ou com seu tio, tinham desaparecido. Ele levaria aquilo adiante. E, quando o caso acabasse, ele seria morto, com toda certeza. Mas ele estava a fim dela. Shelby o fisgara. Luke torcia para que a morte inevitável fosse rápida e indolor.

Um arrepio de excitação percorreu o corpo de Shelby enquanto ela caminhava na frente dele e saía do bar. Do lado de fora, ela parou na varanda e olhou para o céu límpido e claro, pontilhado de estrelas. O vento assobiava entre os pinheiros e uma coruja piava de vez em quando.

Luke parou atrás dela e, enlaçando-a pela cintura, a puxou para junto de seu corpo. Shelby fechou os olhos devagar, desfrutando a sensação daquele corpo firme tão junto ao seu. Ele enfiou o nariz no cabelo dela e, mesmo com o ruído do vento entre os pinheiros, ela ouviu quando ele inspirou. E sentiu quando ele tirou o cabelo da frente e pousou os lábios e a língua sobre seu pescoço.

— Hum… — disse ele. — Isso é bom. Muito bom…

Quando sentiu beijos molhados na nuca, Shelby inclinou a cabeça, oferecendo uma área ainda maior.

Aquele gesto foi um convite muito maior do que Luke geralmente exigia. Luke levou Shelby para longe da porta do bar, encurralando-a na beirada da varanda, onde estava escuro. Sentiu-se zonzo apenas com a sensação na pele da nuca dela em seus lábios. O aroma suave e doce de Shelby o envolvia, fazendo-o querer levá-la para algum lugar, tirar sua roupa, provar aquele corpo por inteiro.

Ele a encarou, olhando-a bem fundo nos olhos.

— Tenho certeza de que isso é um erro enorme — afirmou ele em um sussurro rouco. Ela acariciou o braço de Luke e simplesmente sorriu daquele jeito doce, delicado e encantador. — Você é completamente irresistível, Shelby. E eu nunca tive muita força de vontade.

— Bem, sou nova nessa coisa de flertar com homens mais velhos e perigosos — disse ela. — É nesse ponto da história que peço desculpas?

— Nova? — perguntou ele. — Acho que você tem um talento natural. Funcionou direitinho…

— Bom, talvez eu tenha mais habilidades sociais do que imaginava, então — comentou ela, dando uma risada.

Não havia meio-termo: Shelby havia tomado uma decisão louca e repentina. Não esperaria por um homem mais novo e mais estiloso. A única coisa sobre a qual Luke a alertara para que tivesse cuidado seria, na verdade, uma vantagem para ela. Ele era experiente. Sabia o que estava fazendo. Shelby precisava disso. Os braços de Luke ao redor de seu corpo e os lábios dele em seu pescoço traziam sensações maravilhosas. Ele seria perfeito.

— Você sabe o que significa se envolver com um tipo feito eu? — perguntou ele, a voz rouca.

— Correr riscos? Ficar mal depois? — sugeriu ela, e, respirando fundo, continuou: — Viver uma aventura? Você me assusta na mesma proporção que eu assusto você, Luke.

Devagar, ele abaixou a cabeça para que seus lábios chegassem muito perto dos dela.

— Você tem certeza? Porque acho que você sabe aonde todo esse flerte vai nos levar. Não estou brincando. Vamos acabar pelados em algum lugar...

— Devagar, mocinho — rebateu ela, com um sussurro fraco. — Não vou tirar minha roupa.

— Não hoje?

Luke estava com os lábios tão próximos aos dela que Shelby conseguia sentir a respiração dele, seu hálito quente e sensual.

— Talvez nunca...

— Talvez — devolveu ele, bem baixinho. — Eu gosto desta palavra: *talvez.*

Então, Luke lhe deu um beijo delicado e correu as mãos pelas laterais do corpo de Shelby, segurando seus braços e os colocando ao redor do próprio pescoço. Envolvendo a cintura de Shelby, ele a puxou para bem junto de seu corpo e a beijou mais intensamente. Sentiu os seios firmes dela contra o peito e desejou loucamente colocar a boca em um deles, mesmo sabendo que Shelby não era uma mulher para devorar. Era uma mulher a ser conduzida. Além do mais, a varanda do bar de Jack não era lugar para fazer nada disso. Para as coisas que ele queria fazer, os dois precisariam de mais privacidade. Ele abriu os lábios, sugando os dela para dentro de uma mordidinha. Shelby retribuiu, usando a língua para lamber delicada e suavemente a boca de Luke, o que o fez soltar um grunhido profundo e intenso. Luke pegou Shelby pela bunda e a puxou com força contra si. Ela tinha acabado com ele: Luke já estava duro.

Algo parecido com um gemido saiu de dentro dela quando Shelby pressionou o corpo contra o dele, e deixou que Luke colocasse a língua ainda mais fundo em sua boca. O beijo foi longo, quente, molhado, intenso. Sobre uma coisa ele estava certo: ela conseguia colar aquele corpinho no dele de um jeito que o deixava completamente louco. O que ajudou Luke a manter a sanidade foi ter certeza de que, quando finalmente o fato fosse consumado, seria maravilhoso. Para os dois.

— Mas eu tenho a impressão de que não sou quem você estava esperando — sussurrou ela contra os lábios dele. — Eu não tenho muita experiência.

— Já sei disso — respondeu ele. — Mas eu sou experiente.

E a beijou mais uma vez, abraçando-a com força, e com isso a sentiu tremer de leve em seus braços. Luke se afastou dos lábios dela, ainda segurando-a pela bunda e mantendo a pressão que o quadril dela exercia em seu corpo, então murmurou:

— Mas você tem razão, Shelby. Você é realmente cheia de surpresas.

— Você não faz ideia… — disse ela, sorrindo e suspirando.

— Shelby, como é que uma garota linda como você não tem ninguém? — perguntou Luke, passando a mão pelo cabelo dela.

Ela olhou brevemente para baixo antes de responder.

— Não tive tempo para isso. Minha mãe… Ela dependia completamente de mim, sabe? Eu tomei conta dela em tempo integral. Até ela morrer.

Luke ficou atônito e sem palavras por um instante.

— Quanto tempo?

— Cinco anos mais ou menos.

— Ah, Shelby…

— Foi escolha minha. Eu quis assim.

Ele baixou a cabeça e pressionou os lábios com doçura na cabeça de Shelby.

— Nem todo mundo faria uma coisa dessas.

— Ah, provavelmente mais gente do que você pensa.

Luke ficou bastante surpreso ao notar o quanto aquele gesto o comovia, enternecia. Ele levantou o rosto de Shelby pelo queixo e a beijou de leve na boca. Deslizou a mão até a nuca dela e enlaçou aquele cabelo volumoso enquanto a beijava na boca, nas têmporas, nos olhos. E na boca de novo.

Ele disse, enfim:

— Não. Só certos tipos de pessoas é que fazem coisas assim. Pessoas como você.

Aquela mulher era a materialização de todas as coisas maravilhosas com as quais Luke jamais sonhara, tanto física quanto emocionalmente.

— Eu vou levar você até o seu carro agora.

— Parece que alguém mudou de ideia a respeito dessa coisa de... flerte...

Luke só fez que não.

Quem dera, pensou. Ele gostaria de ter mudado. Ele *deveria* ter mudado. Mas não. Quando chegasse o momento para ela e a tensão tivesse dado lugar à necessidade, quando não houvesse mais dúvidas a respeito de nada, Shelby viria até ele, mansa e cheia de desejo, e ele faria amor com ela de um jeito maravilhoso, demorado e delicioso. E que se danassem as consequências. Ele garantiria que ela não se arrependeria da experiência. Não aconteceria muito rápido e nem cedo demais. Não era uma boa ideia, é claro, mas era a única que ele conseguia ter.

— Não — respondeu. — Eu sou muito focado.

Ela soltou uma gargalhada.

— Que surpresa...

— Mas, antes de seguir em frente com isso, nós vamos ter uma conversa sobre algumas coisas — explicou.

— Que coisas?

— Expectativas. Necessidades. Você tem que saber no que está se metendo. Enquanto ainda tem tempo de mudar de ideia.

Ela tocou o rosto dele.

— Mal posso esperar por isso.

Luke a beijou rapidamente e encerrou a conversa:

— Vamos. Hora de você ir para casa.

Capítulo 6

Shelby não estava pronta para deixar Luke; ela queria mais daqueles beijos e toques. Mas, pressentindo que ele estava certo ao criar um pequeno espaço entre os dois, caso não estivesse pronta para avançar, ela se deixou ser acompanhada até o Jeep e foi para casa. Quando chegou, estava tudo quieto e mergulhado na penumbra. No hall principal, uma luz havia sido deixada acesa para ela, e a grande picape Tahoe de tio Walt não estava na frente da casa. Eram dez da noite, mas não havia qualquer dúvida de que Vanni e Paul tinham ido para o quarto assim que o bebê dormiu.

Shelby estava agitada demais para dormir. Então tirou as botas, acendeu o fogo, puxou o cobertor que estava no sofá e se aninhou na grande poltrona de couro perto da lareira. E ficou ali enrolada, sonhando acordada.

Cerca de quinze minutos haviam se passado quando Vanni saiu do quarto usando um robe e chinelos com forro de pelúcia. Ela sorriu para Shelby, depois foi até a outra poltrona em frente à lareira, descalçou os chinelos e se sentou, puxando os pés para cima da poltrona e ajeitando o robe de modo que ele cobrisse suas pernas.

— Acordei você? — perguntou Shelby, bem baixinho.

— Eu não estava dormindo.

Shelby deu uma risadinha conspiratória.

— Mas incomodei vocês?

— De jeito nenhum. Na verdade, eu estava pensando em você, me perguntando quando você chegaria em casa.

— Você ficou acordada por que estava preocupada comigo?

— Não — respondeu Vanni, que deu um gargalhada e acrescentou: — Bem, um pouco, sim. Paul disse que você ficou no bar para jantar com Luke.

— Fiquei. E não só Paul veio para casa e me dedurou, como cada pessoa que saiu do bar deu uma olhada na gente. Que bom que não estou tentando esconder nada, né? Que bom que não tenho 15 anos, certo?

— Claro, mas acho que Luke talvez seja um pouco velho para você, não?

— Ele é. E deixou bem claro também que eu sou nova demais para ele… — disse Shelby e, com um risinho, acrescentou: — Se ele soubesse da missa a metade.

— Eu cresci rodeada de militares, sabe? Eles não são os mais delicados do mundo, Shelby. Faz parte da natureza da coisa. A vida que eles levam, as coisas que precisam fazer, é tudo muito duro. Eles acabam embrutecidos, às vezes podem ficar insensíveis, imprudentes e… Bem, eles aprendem a viver o momento, sem olhar para trás, se é que você me entende.

— Você diria que o tio Walt é assim? E Jack ou Paul?

Vanni fez que não.

— Bem, esses três são especiais. — E, depois de ficar quieta por um instante, continuou: — Você passou tanto tempo com sua mãe que praticamente perdeu o começo verdadeiro da vida de uma mulher. E agora, no momento em que precisava da sua mãe para conversar… Bem, talvez seja melhor a gente trocar uma ideia sobre algumas coisas. Sobre homens. Relacionamentos.

— Ah, Vanni… você está preocupada comigo.

— Não dá para evitar. Eu sei quantos anos você tem. Mas eu também sei o quanto você é inexperiente.

Mas ele *tem experiência o suficiente por nós dois*, foi o que Shelby quase disse.

— Sabe, não dá para você conversar comigo as mesmas coisas que conversaria com uma menina de 13, 16 anos. É verdade, eu não fiz muita coisa, mas não sou uma idiota. Enquanto estava em casa, adiando o momento de viver a minha vida, eu ainda tinha acesso a livros, seriados… Posso não ter muita experiência prática, mas aprendi bastante com a teoria. Assisti todos os tipos de problemas amorosos, de Scarlett O'Hara a Anna Kariênina. E não estou nem citando os que apareceram no horário nobre da televisão. Mas vá em frente, Vanni — incentivou ela, sorrindo. — Qualquer coisa que você acha que eu devo saber... pode mandar ver.

— Você gosta dele — disse Vanni, sem rodeios.

— Gosto. Não esperava que isso acontecesse, mas não consegui evitar.

— E você sabe *exatamente* o que está fazendo.

Ela deu uma gargalhada.

— Não. Eu sei o que eu *gostaria* de fazer, mas sou tão atrapalhada que é impressionante ainda não ter matado aquele homem de tédio. Sou uma mulher de 25 anos que está no meio da puberdade. Quando eu deveria ter aprendido tudo isso, ainda na escola, eu era tímida demais. Tinha medo de flertar, tinha medo de que os meninos rissem de mim. Eu devia ter me aventurado um pouco mais depois que fiquei mais velha e mais corajosa, mas aí eu estava ocupada. E agora aqui estou, tentando fazer isso pela primeira vez na vida. Com um cara que deve ter tido a primeira vez dele antes mesmo de eu nascer.

— Eu não quero que você se machuque — sussurrou Vanni. — Você é a pessoa mais doce e querida que conheço.

— Vanni, eu mal conheço Luke Riordan, mas está bem claro que ele não é meu príncipe encantado. Ele já fez todo o possível para tentar me desencorajar, mas, se for para sermos sinceras... não foi ele que partiu para cima. Ele admitiu que tentou me evitar por causa da minha idade. O covarde!

Vanni riu.

— Assim, sendo bem sincera, minha primeira escolha seria um tipo completamente diferente. Mais da minha idade, menos experiente, alguém que não chegaria e diria sem rodeios que vai acabar comigo e...

Vanni se sentou com as costas retas na mesma hora, os olhos arregalados.

— Ele *disse* isso?

— Não com todas essas palavras, mas eu entendi o recado. — Um arrepio delicioso percorreu seu corpo. — Além do mais, mesmo se eu arrumasse um cara mais novo, ainda assim ele poderia muito bem ter mais experiência do que eu, até já ser divorciado e ter filhos. Mas eu já sei umas coisas sobre Luke. Ele faz o tipo durão, mas no fundo é um cara superdoce. Gentil. Paciente. — Os olhos de Shelby brilharam. — Ele me beijou — sussurrou ela para a prima, como quem conta um segredo. — Eu *nunca* tinha sido beijada daquele jeito. Foi inacreditável.

— Eita, sério?

— Sério. E você nem imagina como ele é bom nisso, aff… Mas não se preocupe… eu avisei a ele que não ia passar disso. Embora eu bem que quisesse e…

— Shelby! — disse Vanni, chocada.

— Ué, mas eu queria mesmo! Só que a varanda do bar do Jack não pareceu o lugar certo para isso. Além do mais, estava bem frio. Quer dizer, eu não estava com frio… Com Luke me abraçando daquele jeito que parecia até uma camisa de força.

Vanni não conseguiu segurar uma risadinha, e Shelby continuou:

— E ele gosta de mim. E detesta gostar… Ele morre de medo do tio Walt. Mas, sabe do que mais? Eu amo o fato de que, apesar do medo, ele não consegue resistir. Você tem alguma ideia do que isso significa para uma pessoa feito eu?

Vanni ficou calada um tempão, depois disse:

— O que posso fazer?

— Vamos ter a tal conversa, ora essa. Vai ser bom ter com quem falar sobre esse assunto. Acho que já deixei claro onde essa história vai parar, certo? Você consegue conversar comigo sem contar todos os meus detalhes pessoais para Paul?

— Lógico que sim — garantiu Vanni, sorrindo. — Os homens não ligam para essas coisas mesmo. Por onde devemos começar?

— Por que você não começa me contando sobre as suas primeiras experiências? — sugeriu Shelby.

— Bom — disse Vanni, olhando para o colo por um segundo. — Primeiro de tudo… eu não era tímida na época da escola. Nem na faculdade. Ou na fase em que trabalhei na companhia aérea…

Shelby deu uma risada.

— Ai, meu Deus, isso vai ser maravilhoso! Mal posso esperar!

* * *

Como sempre, Luke se levantou cedinho na manhã seguinte. Tinha uma missão a cumprir no chalé seis. Pegou pão, maionese, mostarda, mortadela e queijo e fez meia dúzia de sanduíches, depois embrulhou e guardou tudo em uma sacola de tecido. Também pegou um pacote grande de batatas chips e duas latas de refrigerante. O sol estava nascendo quando ele abriu a porta do chalé.

O homem estava todo encolhido em um sofá quebrado no canto da sala, seu corpo adormecido parecendo uma bola grande e rechonchuda coberta pela jaqueta. A cabeça repousava em um dos braços da mobília. Luke se agachou ao lado dele, mas o rapaz não moveu um músculo sequer. Constatando que o homem fedia, Luke se perguntou quanto tempo fazia que ele se encontrava desabrigado. Ele sacudiu o ombro do invasor, que abriu os olhos lentamente. Ele rolou um pouco, esfregou os olhos e ficou sentado com dificuldade.

— Há quanto tempo você está dormindo aqui? — perguntou Luke.

Ele deu de ombros. E bocejou.

— Algumas noites — respondeu. — Mas eu vou embora.

— Trouxe uma coisa para você comer — disse Luke, entregando a sacola para ele.

— Eu não tenho mais nenhum dinheiro.

— É de graça. Eu trouxe de casa para você. Qual é o seu nome?

— Art.

O rapaz abriu a sacola e remexeu lá dentro até puxar um sanduíche. E, então, comeu praticamente tudo em uma bocada.

— Devagar — pediu Luke, rindo um pouquinho. — Quem bateu em você, amigo?

— Ele não quis fazer isso — respondeu Art, mastigando e engolindo ruidosamente. — Ele disse que não quis fazer isso.

— Quem não quis fazer isso? — insistiu Luke.

— Stan. — E, engolindo o último pedaço, Art enfiou a mão na sacola para pegar outro sanduíche. — Meu chefe lá no mercado.

— Hum. E de onde você é?

— Eureka — disse ele enquanto desembrulhava outro sanduíche. — Eu vim pelo meio das árvores grandonas. Eu gosto delas. Das árvores enormes.

— As sequoias. Você andou isso tudo?

Ele deu de ombros e engoliu, fazendo barulho.

— Peguei umas caronas. Não é para ficar pegando carona, sabe. Depois eu vim andando entre as árvores.

— Pelo bosque, né? — confirmou Luke. — É, as árvores são legais. Quantos anos você tem?

— Trinta. Meu aniversário é em novembro. Então, vou fazer 30.

Art devorou outro sanduíche.

— Seus pais moram em Eureka?

— Não. Minha mãe já morreu. Eu divido uma casa com outras pessoas, mas se eu ficar lá tenho que trabalhar no mercado. Para o Stan.

Luke permanecia agachado sobre os calcanhares. Quando era pequeno, só tinha conhecido uma pessoa com síndrome de Down, um garoto da vizinhança. Era mais novo que ele — da idade de seu irmão Sean —, e Luke e os irmãos cuidavam dele. Ninguém ousava mexer com ele, caso contrário teriam que lidar com os valentões irlandeses da família Riordan. Ele era o garotinho mais doce do mundo; Luke descobriu que as pessoas com síndrome de Down tinham fama de serem aquelas com a natureza mais delicada de todas. Mas aquele homem na sua frente tinha apanhado do chefe, e no rosto. Por que uma pessoa faria uma coisa dessas? Art, portanto, estava fugindo de um agressor. Será que o cuidador dele não tinha que tomar uma providência? Corrigir a situação? A não ser que o cuidador também fosse agressor…

Luke pensou em ligar para alguém, para pedir ajuda para o rapaz. Mas o pensamento durou apenas cinco segundos. Ele não podia deixar uma agência qualquer enfiar Art de volta em uma casa compartilhada com outras pessoas e na qual ele era maltratado.

— Você precisa de um emprego onde ninguém bata em você, amigo?

Ele deu de ombros mais uma vez e seguiu comendo.

— Eu ando precisando de ajuda aqui — continuou Luke. — O que você acha do seguinte: se eu deixar você dormir aqui enquanto estou reformando os chalés, você pode fazer umas tarefas em troca de comida e outras coisas. Interessa?

Art fez que sim com a cabeça sem estabelecer qualquer tipo de contato visual.

— Você sabe contar?

Art olhou para cima, engoliu e disse:

— Claro que eu sei contar. Não sou burro.

Aquilo provocou um sorriso em Luke.

— Claro que você não é. Beleza, então. Você pode dormir no trailer por umas noites, enquanto eu ajeito o chalé para você. Tem água encanada no trailer. Vou arranjar um saco de dormir para você e umas roupas limpas. Que tal?

Art engoliu o último sanduíche.

— Qual é o seu nome?

— Luke — respondeu ele, ficando de pé.

— Certo. Luke.

— Quando terminar de comer aqui, vai lá no trailer tomar um banho. A água não é muito quente, mas vou trazer um sabonete e algumas toalhas. E venho encontrar você aqui daqui a pouco, pode ser?

— Certo. Luke.

— Lá no trailer é só um teto e uma cama, ok? Não é tão ruim assim, mas vou dar um jeito no chalé o quanto antes para você ter um pouco mais de espaço.

— Obrigado. Luke.

— De nada, Art.

Luke voltou para a casa e vasculhou suas coisas. Ele era um cara grandalhão, mas a cintura era fina, por isso nenhuma de suas roupas caberia em Art. Por fim, pegou um roupão que nunca tinha usado e, carregando toalhas, sabonete, travesseiros e um saco de dormir, voltou ao chalé número seis. Estava vazio. Ele torceu para que Art não tivesse ficado apavorado e fugido, porque o rapaz precisava de um pouco de ajuda.

Mas Art tinha ido para o trailer, como havia sido instruído. O chuveiro minúsculo e cuja temperatura da água era sempre meio fria estava ligado. Luke bateu à porta.

— Art? Ei, Art?

— Sim?

— Posso entregar um sabonete para você? Deixar um roupão de banho e umas toalhas?

— Pode — respondeu. — Não olhe para mim.

— Não vou olhar. Você pode vestir o roupão e eu acho que vou lavar essas roupas que você estava usando, ok? Elas estão nojentas.

— Elas estão sujas — corrigiu Art.

Para lá de sujas. Luke entregou um sabonete para Art dentro do chuveiro e pendurou as toalhas e o robe nos ganchos que ficavam do lado de fora da porta. A seguir, tirou as roupas do chão e, deixando os sapatos ali, carregou-as para dentro de casa. Mas, antes de entrar, mudou de ideia. As peças estavam tão imundas e provavelmente tão infestadas que Luke não queria usar sua máquina de lavar. Elas também estavam puídas, a cueca, cinza... Luke lembrou do hematoma de Art, que parecia recente. Ele entendeu que aquelas eram as roupas que Art vinha usando dentro da casa que dividia com as outras pessoas. Então, Luke procurou uma fita métrica em sua caixa de ferramentas e voltou para o trailer. Encontrou Art no roupão azul atoalhado que lhe emprestara. O homem deu um pulo com o susto que tomou.

— Não se preocupe — garantiu Luke. — Eu dei uma olhada nas suas roupas e elas estavam ruins. Eu não tenho nada que caiba em você, mas já que você vai trabalhar para mim, vou comprar alguma coisa do seu tamanho. Por acaso você sabe quanto veste?

— Cem.

— O que quer dizer com esse cem, Art?

Ele deu de ombros.

— Certo, não tem problema. Vou medir sua cintura. Aposto que é aí que você tem cem centímetros. Só que eu vou ter que...

Luke parou. Não poderia medir a parte interna das coxas do homem. Art tinha pedido para que ele não o olhasse e Luke, por um instante, ficou desconfortável ao pensar que algo ruim, se não péssimo, poderia ter acontecido ao rapaz. Ele tiraria as medidas da calça que tinha ido para o lixo. Serviria.

Art ficou imóvel enquanto Luke usava a fita para medir o tamanho de sua cintura. Cem centímetros — o cara era esperto. O tempo diria o quão esperto ele de fato era, mas Luke já havia tomado sua decisão. Ele daria àquele rapaz uma chance de ter uma casa e de não apanhar. Pensaria nos detalhes depois.

— Quanto você calça?

— Quarenta e dois — respondeu o outro. — Tem que ter a forma larga. Bem larga.

— Ótimo. Eu vou fazer o seguinte: vou comprar umas roupas para você porque as suas estão acabadas. Depois vou trazer o seu jantar. E amanhã nós podemos conversar sobre as suas tarefas. Você pode esperar aqui dentro até eu voltar? Vai demorar mais de uma hora.

Ele olhou para o saco de dormir que estava enrolado em cima da cama do trailer.

— Eu posso abrir aquilo? Pode ser?

— Claro. Se quiser, tire um cochilo. — Luke sorriu para Art. — Você ficou ótimo todo limpinho assim. Por quanto tempo você ficou por aí, amigo?

Art deu de ombros de novo. Mas não poderia ser um tempo muito longo — o hematoma ainda estava recente. Art deve ter passado por poucas e boas em um curto espaço de tempo para ficar tão imundo.

— Já volto. Fique aqui dentro. Não quero você assustando ninguém com esse seu roupão.

— O roupão é seu — corrigiu Art.

Não restava dúvida de que ele levava as coisas ao pé da letra.

— Estou dando o roupão para você, amigo. Eu nunca usei. Acho que foi minha mãe que me deu. E acho que ela me dá um roupão novo todo Natal. Talvez ela esteja tentando evitar que eu saia andando pelado por aí.

— Minha mãe já morreu.

Luke esticou a mão e apertou com carinho o braço de Art.

— É, você me disse. Sinto muito, cara.

— Eu moro em uma casa com outras pessoas. Mas não quero mais aquele emprego.

— Eu entendo, Art. Você não precisa mais daquele emprego. Ninguém vai bater em você aqui no seu novo emprego. Estamos entendidos?

Ele deu um sorriso. Um sorriso discreto, cansado, faminto e derrotado.

— Estamos entendidos. Luke.

Duas horas depois, Art tinha roupas novas. Peças funcionais. Uma calça jeans larga e camisas macias de algodão, camisetas brancas novas, meias limpas e um par de tênis novo — preto, porque as tarefas sujariam o calçado. Ele também tinha uma escova de dente, pasta de dente, um pente, aparelho de barbear descartável e creme de barbear. Para o jantar, Luke preparou um hambúrguer e fez questão de explicar onde estava cada coisa no trailer. Depois, supervisionou enquanto Art fazia a barba, para ter certeza de que ele sabia manusear o aparelho com segurança.

— Você vai ficar bem aqui sozinho hoje à noite? — perguntou ele.

— Eu gosto daqui — respondeu Art. — Quando vi, fiquei pensando que queria que este trailer fosse meu.

— É mesmo? Você não vai fugir, vai?

— Eu agora estou ajudando você, Luke.

— Comprei umas garrafas de água e umas barrinhas de proteína, para o caso de você sentir fome de madrugada. Se você tiver algum problema, sabe onde estou. Lá na casa. Certo?

— Certo.

Art sentou na pequena cama, abraçou os joelhos e ficou se balançando para a frente e para trás.

— Você precisa de mais alguma coisa, Art?

— Não.

— Então, vejo você amanhã de manhã. Vamos tomar o café da manhã juntos.

— Certo. Obrigado. Luke.

Luke voltou para casa. Ele passaria a noite ali, para o caso de Art precisar de alguma coisa, embora isso significasse que ele não encontraria Shelby. Luke se sentiu desapontado. Passar mais uns quinze ou vinte minutos sentindo o corpo dela contra o seu não seria nada mal. Mas agora ele tinha outro projeto, um para o qual não havia se preparado. Se Art fosse mesmo bom de serviço, aquele arranjo poderia ser bom para os dois. Se o rapaz precisasse de mais ajuda do que Luke pudesse oferecer, então ele buscaria ajuda. Mas, por enquanto, o rapaz ao menos tinha encontrado uma finalidade para um dos muitos roupões que sua mãe lhe dera.

Alguns dias depois, Shelby foi montada em Chico até a clareira que fazia fronteira com os chalés de Luke e parou antes de chegar perto demais. Ela havia selado e trazido Pura junto. A tarde de setembro estava agradável e ensolarada, e ela conseguiu avistar Luke agachado no telhado de um dos chalés, arrancando telhas apodrecidas. Embora estivesse fresco o bastante para que ela precisasse de uma jaqueta, Luke estava com as costas largas e bronzeadas à mostra, voltadas para ela. Uma visão muitíssimo agradável, e ela absorveu cada segundo daquilo, em silêncio. Ele se levantou e, com cuidado, se virou na direção dela, equilibrando-se sobre o telhado inclinado. Um sorriso grudou nos lábios dela. Luke era muito lindo: sem camisa, barba no rosto, de calça jeans e com um cinto de ferramentas. Ela se perguntou por um instante o que havia no cinto… O que foi mesmo que ela havia dito sobre o cara que tinha em mente? Rosto bem barbeado, camisa polo impecavelmente bem passada? Que nada…

— Parece que você perdeu um cavaleiro aí — provocou ele.

— Na verdade, estou em busca de um — respondeu ela. — Quer fazer uma pausa? Ver se consegue montar em um cavalo?

— Isso é algum tipo de teste? — perguntou.

— Não — disse ela, rindo. — Eu ainda vou gostar de você se cair.

Ele desceu pela escada, pegando a camisa que estava pendurada no último degrau e vestindo-a a seguir, sem abotoar. Shelby estava com os olhos fixos no cinto de ferramentas. As mãos dele estavam na fivela, prontas para abri-la, mas permaneceram imóveis ali. Quando ela ergueu o olhar até os olhos dele, viu que Luke sorria. Pega em flagrante. *Mas que m…*, pensou ela, retribuindo o sorriso.

— O que você está fazendo aqui? — perguntou ele.

— Já tem uns dias desde a última vez que nos vimos. Você está me evitando de novo?

— Eu deveria, mas não é o caso. Estou resolvendo umas coisas. O general sabe que você está aqui? — perguntou ele.

— Claro que sabe. Os cavalos são dele.

— Ah, Shelby — disse ele, soando um tanto miserável. E tirou o cinto de ferramentas e abotoou a camisa. — O que foi que ele disse?

— Disse: "Cuidado com ele. Os Black Hawks têm fama de abusarem das mulheres".

Luke começou a enfiar a camisa dentro da calça.

— Meu Deus — gemeu. — Por que é que você não vai embora antes que eu leve um tiro?

Ela deu uma gargalhada.

— Ele não falou nada disso. Ele disse: "Não se esqueça de avisar a Luke que a Pura morde e dispara". Ela é bem difícil. Você vai ter que prestar atenção.

— Ela dispara?

— Geralmente não quando tem alguém montando. Mas, se você apear, continue segurando as rédeas. Ela pode dar bastante trabalho quando se comporta mal, mas costuma ser uma égua boa de montar.

— Nossa, tenho a sensação de que isso vai ser humilhante. Aonde a gente vai?

— Que tal subirmos o rio para ver as folhas mudando de cor? Acha que consegue?

— Vou tentar — respondeu ele. — Volto em um minuto.

Luke foi até o primeiro chalé e enfiou a cabeça para dentro da porta. Art estava fazendo exatamente o que lhe havia sido pedido: varrendo a sujeira da obra, juntando tudo em uma pilha arrumadinha no meio do chalé cujos móveis tinham sido retirados.

— Ei, Art — chamou Luke. — Vou sair um pouquinho. Você vai ficar bem, né?

— Vou — respondeu Art, sem desviar o olhar de seu trabalho.

— Aviso quando voltar.

— Certo. Luke — disse ele.

Luke voltou até Shelby e os cavalos, afagando o pescoço de Pura com cautela. A égua arreganhou os beiços, como se fosse mordê-lo, mas conseguiu se controlar.

— Você tem alguma coisa aí com você? Tipo uma arma? — perguntou ele a Shelby.

— Para?

— Ursos. Eles ainda estão por aí. Pescando.

— Ah, eu tenho uns repelentes aqui. Além disso, eu sou bem rápida.

— É — concordou ele, sorrindo. — Eu vi da última vez que você esteve aqui. Só que *eu* não sou. Estou torcendo para conseguir ficar em cima da sela.

Luke foi até a caminhonete e pegou a espingarda Remington .338 da caçamba.

— Vou me sentir um pouco melhor se não depender de você para me proteger.

— Seu bobo — disse ela, sorrindo. — É uma arma bonita, mas muito mais do que você precisa.

— Eu me sinto um homem com H maiúsculo com ela — respondeu ele.

Enquanto ele prendia a espingarda nas tiras da sela, Art apareceu na porta do chalé e ficou observando o casal, segurando a vassoura.

— Quem é aquele? — perguntou Shelby.

— Já explico — respondeu, subindo na sela. — Vai na frente.

Ele a seguiu até as margens do rio e, quando já estavam afastados dos chalés, Luke disse:

— Aquele cara se chama Art. Eu o encontrei dormindo em um dos chalés... imundo, machucado e fugindo. Então, agora ele está trabalhando para mim em troca de comida e um lugar decente para dormir.

— Ele está na casa com você? — perguntou Shelby.

— Não. Eu coloquei ele no trailer enquanto ajeito um dos chalés para ele poder morar. E esse é o motivo pelo qual já tem uns dias que não apareço no bar... Eu queria ter certeza de que ele é capaz de ficar bem sozinho. Mas aparentemente tudo que ele precisa é de água quente, um pouco de cereal no café da manhã, sanduíches de queijo com mortadela na hora do almoço, um pouco de comida no jantar e algum lugar macio para dormir. O cara é incrível. Ele não é rápido, mas é cuidadoso e muito esforçado. No fim das contas, é um bom ajudante, mas não vamos contar para ninguém que ele está aqui até eu descobrir direitinho qual é o problema no qual ele está metido. Eu não sei de quem ele estava fugindo, mas sei que ele não quer voltar para lá. Alguém deixou o olho dele roxo. E ele não tem mais família.

Ela olhou para Luke com uma expressão de surpresa.

— Você está protegendo ele.

— O cara estava revirando o meu lixo, como se estivesse precisando de alguma coisa, sabe? — disse Luke, dando de ombros na sequência. — Eu não fiz nada de mais.

— Você poderia ter dito para ele ir embora.

— Não, não tinha motivo para isso. Ele tem síndrome de Down... Art não passa de uma alma de bom coração. Mas se o babaca que bateu nele estiver por aí atrás dele, não quero que corra a notícia de que ele está se escondendo aqui. Não até eu descobrir o que fazer a respeito da situação.

— Você tenta esconder o fato de que, no fundo, é uma pessoa bem bacana, né? Acho que é da sua natureza essa bondade.

— Agora isso... — advertiu ele. — Assim você vai acabar com a minha reputação.

— Você ainda não tem reputação nenhuma — rebateu ela. — Ninguém sabe muito bem quem você é.

Ela levantou o rosto, olhando para os pinheiros altos, as sequoias enormes, a clareira, o céu claro. Aqui e ali havia carvalhos e medronheiros cujas folhas estavam amarelando ou ganhando tons alaranjados.

— Isso não é incrível?

— Muito incrível — concordou ele. — Como tem sido morar aqui em vez de no litoral?

— Por enquanto tem sido uma mudança maravilhosa — disse Shelby, com os olhos brilhando. — Eu vejo muito potencial aqui.

— Lá vem você de novo... — provocou ele. — Você não se preocupa de estar dando um passo maior do que a perna, garota?

— Você também não está fazendo isso? — devolveu ela.

Luke gemeu.

— Eu *sei* que estou.

Shelby gargalhou.

Então foram cavalgando ao longo do rio, subindo as colinas, Luke não pôde evitar pensar que andar a cavalo era bem divertido, uma experiência bastante agradável. Desde que Pura ficasse ao lado de Chico, e não atrás, ela mantinha as boas maneiras, sem mordidas. Eles foram trotando e conversando e, depois de uns vinte minutos ao longo do rio, Shelby parou com Chico no início de uma trilha bem íngreme que seguia para dentro das colinas. Era um caminho bem delineado, de terra batida, que levava a um platô.

— Você acha que consegue seguir por ele? — perguntou Shelby. — A vista lá de cima é fantástica.

— Posso tentar — respondeu ele. — Deixa eu ir na frente, assim ela não vai morder a traseira do Chico.

— Pode ir — disse ela.

A trilha era larga o bastante para que eles cavalgassem confortavelmente, com muitas curvas acentuadas para a direita, para a esquerda, depois para a direita de novo, em um zigue-zague que amenizava o esforço da subida. Levaram cerca de vinte minutos para alcançar o topo e, uma vez lá, o vale se descortinou diante deles, com o rio atrás e o que parecia ser um vinhedo se esparramando lá embaixo. Luke respirou fundo e admirou o cenário. Dava para ver uma série de trilhas e algumas estradas abandonadas que, provavelmente, tinham servido para o escoamento de toras de madeira.

Shelby se aproximou e também respirou fundo, absorvendo a vista. Eles conseguiam enxergar muitos quilômetros à frente, por cima dos topos dos pinheiros e abetos. Ela tirou o chapéu que usava e sacudiu a trança que prendia seu cabelo, deixando que a brisa do outono a refrescasse.

Ficaram muito tempo ali em silêncio. Os minutos se passaram e, então, Luke escutou um ruído. Um farfalhar seguido não exatamente de um rosnado, mas algo mais parecido com um gemido profundo. Um choramingo. Ele olhou para a direita e viu que, na base de uma árvore imensa, um filhote de urso rolava no chão, brincando. Embora fosse bem grandinho, devia ter uns quatro meses, ainda um bebê.

— Merda — disse Luke. — Puta merda…

Onde há um filhote sempre há uma mãe. E, então, vindo na direção deles pela esquerda, avistaram a mamãe ursa. De algum modo, Shelby e Luke tinham sem querer se colocado entre o filhote e a mãe. E, nossa, a mãe era *grande*.

— Vamos descer, vamos, vamos! — disse ele para Shelby. — Vai na frente! — disse ele, chegando para trás e saindo da frente dela.

Shelby disparou pela trilha que descia a montanha, Luke vinha logo atrás, mas mantendo um ritmo tão intenso na corrida que Pura não teve qualquer oportunidade de morder Chico. Como as patas dianteiras dos ursos são mais curtas do que as traseiras, seria uma péssima ideia correr subindo uma montanha ou mantendo-se no plano, pior ainda seria subir em uma árvore. Mas, quando a presa desce pela montanha, o urso fica em desvantagem. Depois de uns três ou seis metros, o bicho tropeça e sai rolando. Mas os ursos, com aquelas patas dianteiras curtas, conseguem subir as montanhas mais rápido do que qualquer pessoa. Ou do que um cavalo carregando alguém.

Shelby usou a ponta da rédea para bater em Chico, e Luke afundou os calcanhares no corpo de Pura. Ele esperava conseguir se manter ali, montado na égua — já que não chegava nem perto da habilidade de montaria de Shelby. E aquele não era um caminho reto até o sopé da colina: havia todas aquelas curvas acentuadas para atravessar. Atrás deles, a mamãe urso saiu em disparada depois de dar um rugido enorme e assustador. Se ela chegasse perto, a esperança de Luke era conseguir pegar a espingarda a tempo. Shelby e Luke foram descendo pela trilha sinuosa, mas a ursa descia em linha reta, passando por entre as árvores e os arbustos.

Luke viu Shelby com apenas uma mão nas rédeas e, com a mão livre, ela tentava alcançar o spray repelente. Luke até pensou em ficar um pouco afastado, para o caso de ela decidir usar o repelente e ele acabar atingido sem querer. Mas fugir era sua prioridade — ele não queria ter que atirar na mãe com um filhotinho.

Cerca de seis metros abaixo, aconteceu: a ursa se atrapalhou com as patas dianteiras mais curtas, virou uma enorme bola de pelos e começou a rolar colina abaixo, descontrolada. Tanto Shelby quanto Luke puxaram as rédeas que seguravam e observaram enquanto o animal passava rolando por eles, descendo mais quase dez metros.

— Fica aqui — disse Luke, baixinho, e soltou a espingarda das tiras da sela e preparou a arma para ser usada.

— Não atire nela — pediu Shelby.

— Só vou fazer isso se for preciso — respondeu ele. — Vamos bem devagar agora.

A mamãe ursa se ergueu e sacudiu o corpo, exibindo toda a sua altura imponente, ameaçou os dois com o rosnado mais agressivo que conseguiu emitir e partiu colina acima, aos tropeços, indo na outra direção o mais rápido possível. Estava indo de volta para seu filhote, evitando os dois humanos à sua frente.

— Que tal a gente dar o fora daqui? — sugeriu ele.

Shelby deu um tapa na anca de Chico, instigando-o a seguir em frente, e, para o fascínio de Luke, começou a gargalhar enquanto descia a colina. Ele a seguia de perto, acompanhando-a muito bem para alguém que estava relutante em abaixar uma espingarda maior do que o próprio braço.

Quando chegaram à base da colina, ela não desacelerou. Pelo contrário: enfiou os calcanhares em sua montaria e zuniu ao longo do rio, com sua risada ecoando em meio às árvores altas enquanto ela conduzia seu cavalo. Nem mesmo as origens árabes de Pura estavam ajudando Luke a manter o ritmo. Não havia ninguém às margens do rio, mas ele não pôde deixar de se perguntar como alguém interpretaria aquela cena: ele cavalgando atrás dela com uma espingarda na mão. Shelby, porém, ria escandalosamente e, curvada sobre a sela, mostrava seus encantos; ela era incrível. Leve, habilidosa, destemida, veloz. Correu até alcançar os chalés e, quando enfim desacelerou, estava com as bochechas coradas, os olhos brilhando e um imenso sorriso vitorioso enquanto atravessava a clareira.

Naquele momento, Luke descobriu algo inesperado: aquela era uma jovem que gostava de aventuras. De velocidade. O susto com a ursa a fizera brilhar mais que o sol, sem dúvida. Não se iludia mais achando que sabia tudo a respeito das mulheres, mas sabia quando prestar atenção. Shelby, de repente, estava mais cheia de vida do que tinha estado durante toda a tarde. E o desejo que isso provocou nele foi quase insuportável.

— Isso foi divertido — comentou ela.

— Foi, depois que a ursa foi embora. Você é uma exibida.

— Eu consigo me exibir em poucos momentos — respondeu ela. — Sou boa em cima de um cavalo.

— É, você é mesmo — concordou Luke. E guiou Pura mais perto, de modo que pudesse encarar Shelby. — Vem cá.

Ele chegou para a frente e ela se aproximou também, cheia de desejo, inclinando-se na direção dele. Luke virou um pouco a cabeça e o beijo foi breve e sensual. Ele a beijou bem devagar, com profundidade. Cada beijo o deixava mais perto de concretizar aquela que tinha sido a pior ideia que ele já tivera na vida e que, ao mesmo tempo, era uma sina. Ele a enlaçou pela cintura e Shelby colocou os braços sobre os ombros dele. Quando sentiu os lábios dela, disse:

— Você está me matando. Vamos lá para casa um pouco?

— Não. Ainda não — respondeu ela. A seguir, deu de ombros. — Sinto muito por estar provocando você.

Ele se afastou e apeou.

— Você não parece estar sentindo muito. Acho que você está no controle aqui e tentando me fazer sentir culpado — rebateu ele, embora não conseguisse parar de sorrir.

— Vejo você à noite. Tomamos uma cerveja?

— Quem sabe.

— Qual é — disse ela, dando uma gargalhada. — Não é possível que eu seja mais corajosa do que você. Quantas vezes você já esteve na guerra?

— Isso é totalmente diferente! Estamos em uma cidade pequena. Você é a sobrinha do general.

— Aham — disse ela, pegando as rédeas de Pura enquanto sorria com malícia. — Vê se cria coragem.

Luke conseguiu criar coragem o bastante para ir ao bar por cinco noites seguidas. Quando Shelby ia com o general, Luke ia embora antes do jantar, e levava as delícias preparadas por Preacher para jantar em casa, incluindo as tortas que Art amava. Quando ela estava sozinha, jantavam juntos. Já tinham uns cem anos que Luke não brincava de namoradinho sem dar uns amassos depois, mas era isso que estava acontecendo, e com Shelby ele ficava ansioso para repetir a dose. Mas em pouco tempo ele sabia que insistiria por mais, para que tivessem a tal conversa e, enfim, chegassem ao evento principal. Pensar nisso o fez sentir faíscas por todo o corpo.

Durante o dia, Luke trabalhava pesado. Garantia que Art sempre tivesse boa comida à disposição: seu cereal matinal com fruta para o café da manhã, seus sanduíches do almoço e pelo menos uma refeição com legumes na hora do jantar, quando Luke saía à noite.

Quase uma semana tinha se passado desde o susto com a ursa. Desde então, Luke havia colocado toda a mobília na sala de jantar e estava lixando o piso de madeira da sala de estar. Ele tinha acabado de começar a pensar em tomar banho e beber uma cerveja gelada com Shelby no bar, de preferência acompanhada de uns bons beijos, quando escutou uma buzina. Desligou a lixadeira e foi até a varanda. Seu irmão, Sean, parou em frente à casa e desceu do Jeep, todo sorridente e com os olhos brilhando. Luke franziu a testa. Não era nada daquilo que ele tinha em mente.

— Ei, cara — saudou Sean. — E aí?

— O que você está fazendo aqui?

— Descolei uns dias de folga e achei que poderia lhe dar o prazer da minha companhia. Vim dar uma olhada no que você tem feito por aqui.

Luke só conseguia pensar em quanto tempo ainda demoraria para que conseguisse ficar sozinho com Shelby.

— Ah, legal — disse ele, sem entusiasmo. — Que ótimo. Por que você não me ligou antes?

— Desde quando faço isso? Você está indo viajar ou alguma coisa assim?

— Não, não. Foi só um longo dia...

— Vai tomar um banho. A gente desce até a praia. A gente bebe umas, vê se dá sorte com umas gatas.

— Eu passo, hoje não estou muito a fim.

— Qual é! Desde quando você recusa uma proposta dessas?

— Eu vou beber uma cerveja aqui no centro de Virgin River mesmo. Tem um barzinho lá. Um lugar ótimo, familiar. Você pode ir comigo ou descer sozinho. Também tem um barzinho na cidade aqui do lado, Garberville. Eu vi umas garotas lá.

— Parece ótimo. Mas o que está rolando com você, está ficando velho? — perguntou Sean.

Luke franziu a testa. Aquele não era um bom momento. Bem quando ele estava prestes a chegar lá com uma gata de 25 aninhos, o que aparecia? Um irmão de 32. O bem-sucedido piloto do avião-espião. Mais novo, mais bonito, cheio da grana, com uma vida superanimada. Um *oficial*. Sem dúvida, o general preferiria Sean. Luke olhou o irmão de cima a baixo; bronzeado, cabelo loiro-escuro, sorriso malicioso com covinhas e um repertório imenso de frases sedutoras. Frases ótimas; Luke, inclusive, tinha pegado algumas delas emprestado.

— Você *não* está feliz em me ver — concluiu Sean. — O que tá rolando, Luke?

— Você vai trabalhar enquanto estiver aqui? — perguntou Luke, um tanto impaciente.

— Durante o dia, sim. Mas depois do pôr do sol, gostaria de aproveitar um pouco a vida. Embora ache que vai ser meio difícil por aqui...

— Hoje eu vou ao bar do Jack. Amanhã a gente conversa sobre como vai ser a noite de amanhã — disse ele, indo em direção à casa.

— Nossa — disse Sean, chateado. — Estou vendo que vai ser uma estadia muito agradável.

Bem nessa hora, Art apareceu na porta do chalé três com sua vassoura.

— Hum, quem é aquele ali? — perguntou ao irmão.

— Art, vem aqui, cara — chamou Luke.

Art foi até a varanda.

— Art, este é meu irmão Sean. Sean, esse é o Art. Ele está me ajudando com as coisas por aqui. Está dormindo em um dos chalés.

— Oi — disse Sean, estendendo a mão.

— Oi, Sean — respondeu Art, aceitando o cumprimento.

Então, Art se virou e entrou de novo no chalé que estava varrendo.

— Luke, pode me explicar?

— Nada de mais, só estou fazendo o que precisa ser feito. Art apareceu procurando um lugar para ficar e ele trabalha pesado o dia todo em troca de casa e comida. Mas não estamos contando para ninguém que ele está aqui porque Art está fugindo de umas pessoas ruins que dividiam a casa com ele. Então vamos manter a discrição por enquanto.

— Jesus, Maria e José — foi a resposta de Sean.

Quarenta minutos depois, os irmãos estavam na caminhonete de Luke, seguindo rio abaixo até Virgin River. Quando Luke parou em frente ao bar, viu a caminhonete Tahoe do general Booth estacionada e torceu para que

Shelby estivesse com o tio. Luke colocou o carro em ponto morto, mas, antes de desligar o motor, se virou para o irmão e disse:

— Se você farejar meu cheiro em alguém ali dentro, caia fora. Se você tocar nela, eu te mato.

Sean abriu um sorriso.

— Ahh, agora estou começando a entender. Nossa, cara, isso vai ser divertido.

Sean saiu do carro e foi entrando no bar, claramente morto de curiosidade. Ele estacou assim que passou da porta. Luke, que vinha logo atrás, quase trombou com ele. Walt e Shelby estavam sentados no balcão do bar e ambos se viraram ao ouvirem alguém entrar. Luke segurou o ombro de Sean com firmeza, em um lembrete bem claro.

— Puta merda — sussurrou Sean.

Luke chacoalhou de leve o ombro do irmão e o empurrou para a frente.

— General Booth — começou Luke. — Shelby. Este é meu irmão, Sean.

— Senhor — disse Sean. — Senhorita.

Do ângulo em que estava, de pé atrás dele, Luke não conseguia ver a expressão de Sean, mas sabia que era um sorriso largo e com covinhas. O que o deixou ainda mais carrancudo.

Deus meu, por que só irmãos homens?

Jack serviu cervejas a todos e Sean começou a se divertir às custas de Luke.

— Eu chamei meu irmão para ir até a praia beber uma cerveja comigo, dar uma azarada, mas sabem o que ele disse? Que não queria… que queria vir para este barzinho em Virgin River. Ele só não me disse o motivo… Que coincidência incrível que você esteja aqui, srta. McIntyre.

Shelby riu, achando Sean engraçado e brincalhão, duas coisas que Luke com certeza não era.

— Por favor, pode me chamar só de Shelby. Seu irmão sabia que eu estaria aqui. É quase um encontro marcado.

— É mesmo, é? E tem mais alguma mulher parecida com você na família?

— Sinto muito, mas não — respondeu ela. — Mas sei que você tem mais um monte de irmãos.

— Aiden, Colin e Paddy. Só que eu sou o mais rico e o mais bonito.

— E o mais pentelho — acrescentou Luke.

— Qual irmão você é? — perguntou Shelby.

— Sou o número quatro. Luke é o mais velho — disse ele, olhando por cima do ombro para o irmão. — Ele é muito velho, sabe. E acho que a minha família e a sua estiveram em guerra por milhares de anos — brincou ele, bebendo a cerveja. — O épico conflito McIntyre *versus* Riordan. Que bom que isso acabou.

— E nenhum de vocês se casou?

— Na última contagem, dois tentaram e falharam. E insistem que não foi culpa deles — respondeu ele, sorrindo.

Luke daria uma surra no irmão quando chegassem em casa.

Mas Shelby estava adorando. O sorriso discreto no rosto do general era inconfundível e as rugas nos cantos dos olhos de Jack sugeriam que ele também estava achando tudo um barato.

E, naquele exato momento, as pessoas começaram a encher o bar. Luke apresentou o irmão a todo mundo. Depois de alguns minutos, Sean se debruçou sobre o balcão e disse a Jack:

— Olha só essas mulheres, cara. Que lugar é este? É o paraíso?

— Todas comprometidas, amigo. A não ser que você consiga tirar aquela garota ali de perto do seu irmão mais velho.

O general e Sean entabularam uma longa conversa sobre os rapazes da família Riordan.

— Como a família toda acabou seguindo carreira militar? — perguntou Walt.

— Não sei, senhor — respondeu Sean. — Acho que foi por falta de criatividade. Luke foi primeiro, assim que terminou a escola, mas conseguiu uma promoção e virou subtenente, foi para a escola de voo e fez tudo isso parecer muito divertido. Uma família irlandesa católica e enorme como a nossa, nosso pai eletricista, não daria para pagar a faculdade de todos, então precisamos de planos B. Escola de oficiais, bolsa de estudos financiada pelo Exército, entrar para a ativa… qualquer coisa. Mas, no fim das contas, eu gosto dessa vida.

Então, Shelby contou a Sean que estava ali só visitando e, pela primeira vez, um pensamento catastrófico passou pela cabeça de Luke: e se ele não estivesse pronto para ficar sem ela quando ela decidisse ir? Tinha dispendido tamanha energia pensando no desastre que recairia sobre ele quando ficassem juntos que nem passou por sua cabeça que poderia acontecer exatamente o oposto.

Se Luke estava mais quieto do que o habitual, isso poderia ser explicado pelo fato de que Sean não calava a boca. Mas também havia o medo de que estivesse perdendo uma chance maravilhosa com Shelby graças ao cara pretensioso que iria embora dentro de alguns dias. Alguns *longos* dias.

Perto da hora do jantar, as pessoas foram juntando as mesas, e Sean pegou a cadeira ao lado de Shelby. Ela estava dando gargalhadas com a conversa. Luke não a fazia rir tanto assim. Bem, ele não fazia o tipo palhaço, como Sean, e, além do mais, ele estava emburrado. Sean tinha roubado a cena. Depois que os pratos foram recolhidos, Luke saiu do bar para a noite fresca de outono.

Não demorou muito para que Shelby se juntasse a ele. Ela deu um sorrisinho e balançou a cabeça.

— Você está tão deprimido — comentou ela, com certo bom humor transparecendo em sua voz.

— Eu odeio ele — admitiu Luke, miserável.

— Ah, qual é — disse ela. — Não precisa ficar tão ranzinza. Eu gostei do seu irmão. — E, chegando perto dele, acrescentou: — Estou vendo que você é do tipo ciumento.

— Acho que sim — resmungou Luke.

A verdade era que ele estava se sentindo velho. Como se tivesse 38, prestes a completar 39 anos. Se sentindo um cara que tinha estudado menos que Sean, se sentindo um cara entediante e aposentado.

— É meio ridículo você ficar enciumado ao mesmo tempo que não para de me dizer que flertar com você é um erro terrível.

— Muito em breve eu ia parar de dizer isso — confessou ele.

— Não que eu estivesse comprando seu papinho — rebateu ela. — Você diz isso e depois me dá uns beijos intensos que parecem que descem até o umbigo. Você é meio óbvio, Luke.

Shelby fez algo que, um ano antes, talvez até mesmo um mês antes, jamais imaginaria fazer. Mas ela tinha bebido umas taças de vinho e Sean a fizera gargalhar a noite toda, mesmo não tendo provocado o mesmo efeito no irmão. Shelby foi até Luke e o abraçou na altura da cintura. Ele retribuiu o abraço na mesma hora.

— Já faz tempo que você não me dá um beijo daqueles. O último foi uns dias atrás — lembrou ela.

Finalmente, depois de todo aquele tempo, ele sorriu.

— Acredite em mim: eu sei bem.

— E agora você está de mau humor.

— Não tem nada a ver com o nosso beijo. Beijar você é ótimo.

— Então, por que você não me beija de novo? Para ver se ainda é bom?

Ele a abraçou com mais força.

— E o general?

Ela deu uma gargalhada.

— Ele provavelmente ficaria feliz com isso. Ele tem estado muito preocupado com a minha baixa capacidade de socialização. Tenho certeza de que ele acha que sou patética e encalhada.

— Você não é.

— Patética?

— Nem encalhada.

Luke deu um beijo poderoso e profundo, um beijo possessivo. Ela abriu os lábios para ele. Por um breve instante, Luke sentiu que precisava possuí-la naquele minuto, mas, primeiro, precisaria ter certeza de que Shelby não esperava ter um relacionamento duradouro. Na melhor das hipóteses, teriam um rolinho. Um rolinho maravilhoso e muito satisfatório. Mas, em vez disso, Luke aceitou a língua dela dentro da boca e gemeu de prazer. Ele não queria que aquilo acabasse nunca mais e se concentrou em fazer daquele o beijo mais longo da história, torcendo para que todos os vissem, para que todos reparassem — aquela era a garota *dele*. Mulher *dele*. Luke sentiu os seios firmes contra seu peito e soube que nenhuma sensação seria melhor do que segurar um deles em sua mão. Pararam de se beijar depois de um bom tempo, mas permaneceram abraçados.

— Seu irmão é bem bonitinho — disse ela, ainda com os lábios colados aos dele.

— Ele vai levar uma surra quando chegarmos em casa.

Ao ouvir isso, ela deu uma risadinha.

— Vocês querem andar a cavalo amanhã? — perguntou Shelby. — Nós temos outra boa montaria. Uma Appaloosa linda, chamada Shasta. Toda pintada e mansa.

— Eu não quero que ele vá a lugar nenhum com a gente.

— Luke — brigou ela.

— Sério. Eu quero que ele vá embora. Tenho planos com você. — E, dando de ombros, prosseguiu: — Cavalgar, beber cerveja, jantar e… outras coisas.

— Espero que você seja paciente.

— Quão paciente eu preciso ser?

Ela lhe deu um beijinho.

— Quanto tempo Sean vai ficar na cidade?

— Sério, eu vou matar meu irmão e depois esconder o corpo.

— Quanto tempo ele vai ficar, Luke? — insistiu Shelby, embora estivesse sorrindo ao fazer isso.

— Ele falou em alguns dias. Só que ele ainda não sabe desse assassinato iminente.

— Que tal amanhã de manhã? Depois que esquentar um pouco. Passem lá em casa e a gente segue ao longo do rio.

— É isso mesmo que você quer?

— Acho que vai ser hospitaleiro da minha parte.

Ele suspirou.

— Tudo bem. Mas não fica rindo das piadas dele, ok? Me irrita demais.

Capítulo 7

Walt deixou que Shelby e Luke ficassem um tempo sozinhos na varanda do bar, mas não muito. Em pouco tempo ele também foi lá para fora, fazendo bastante barulho. Olhou firme por um instante para Luke, só para ver se conseguia fazê-lo vacilar de medo ou culpa. Para mérito do rapaz, não foi isso que aconteceu, mas ele tirou o braço de cima dos ombros de Shelby, bem devagar, e com relutância.

Então era isso. Bem que Walt suspeitou.

— Estou indo — anunciou. — Você vem ou vai sozinha depois, Shelby?

— Vou com você, tio Walt.

No caminho para casa, Walt disse à sobrinha:

— Aposto que esses Riordan deram trabalho em casa.

Shelby suspirou. De um jeito sonhador, na opinião de Walt.

Depois de deixar Shelby em casa, dizendo que tomaria a saideira na casa de Muriel, Walt seguiu seu rumo. Já tinha colocado umas coisas na caminhonete Tahoe: uma surpresa para Muriel.

Ele adorava como ela reconhecia o som do motor de sua caminhonete, de suas botas nas tábuas de madeira da varanda, de sua batida à porta.

— Pode entrar, Walt.

O fato de que não poderia haver mais ninguém chegando ali o deixava louco de alegria. Ele entrou e precisou enfiar as coisas que carregava embaixo do braço para cumprimentar os cachorros, que não o deixavam em paz até receberem um pouco de atenção. Muriel estava usando um moletom confortável, sentada na cama, com o que parecia ser um roteiro no colo e os óculos de leitura na ponta do nariz.

— O que é que você tem aí? — perguntou ela.

— Uma coisinha para distrair e a que eu não queria assistir sozinho.

Ele pousou um aparelho de DVD ao lado dela, junto com quatro filmes que tinham dado um trabalho danado para encontrar. Não havia muitos filmes estrelados por ela disponíveis em DVD.

Ela olhou aquilo tudo.

— Ah, Walt! O que você aprontou? — Então, começou a olhar com mais atenção para os DVDs. — Este aqui não. Eu apareço nua.

— Muriel, eu já vi você nua. É uma visão maravilhosa.

— Eu sei, mas você só me viu nua no escuro, enquanto tentávamos tirar os cachorros da cama. E neste filme aqui estou nua com um ator, um diretor, uma equipe inteira de filmagem e acho que da turma da limpeza até os entregadores de comida.

Ele se sentou na beirada da cama.

— É difícil fazer isso? Ficar nua nessas condições?

Ela fechou a cara.

— Você não vai entender, mas foi mais fácil do que ficar nua na sua frente. Eu não estava nem aí para o que aquelas pessoas achavam de mim... era só trabalho. E fazia sentido dentro da história, caso contrário eu não teria feito. — Ela deu de ombros e completou: — Além do mais, meus pais tinham morrido.

Ele a beijou.

— Foi difícil tirar a roupa para mim?

— Foi — admitiu ela. — Eu queria corresponder às suas expectativas. Estou ficando melhor nisso, já que você decidiu ser insaciável. Tem certeza de que tem 62? Sem dúvida não diminuiu o ritmo.

— Eu me sinto vinte anos mais novo ao seu lado. E você não só correspondeu às minhas expectativas: basicamente me deixou louco. — Pegando o filme rejeitado, Walt continuou: — Vamos assistir este aqui então.

Isso provocou uma gargalhada em Muriel.

— Isso aí é um roteiro? — perguntou Walt, dando uma olhada na resma de papel que ela segurava.

— É, mas não se preocupe. É uma porcaria.

— Ah, sim. Muriel, você precisa começar a vir jantar com a gente no bar do Jack. As coisas por lá estão ficando cada vez mais interessantes. Você não vai querer perder.

— Ah é? — perguntou ela, se sentando de pernas cruzadas.

— Parece que minha pequena Shelby escolheu um rapaz. Não tenho dúvidas de que fez uma escolha complicada, ousada demais para ela... O cara é um Black Hawk casca-grossa de 38 anos que passou quase vinte no Exército. Parece uma pessoa que acabaria com uma gangue de hunos com as próprias mãos. E quando ele olha para ela, dá para ver todo tipo de pecado naquele olhar, mas morre de medo de mim... é lindo de ver. Enfim, hoje à noite ele chegou no bar com o irmão mais novo, que apareceu de surpresa... mais bonito, mais engraçado, muito mais sociável, muito mais seguro de si perto de Shelby... — Walt deu uma gargalhada antes de continuar: — Quase fez o valentão se matar. Você não vai querer perder muito mais dessa história.

— Shelby está interessada no primeiro cara? — perguntou ela. –– No mais velho?

— Com toda certeza. Acho que ela ficou interessada no segundo em que o viu.

— Hum... Ele parece ser do tipo durão. Como você se sente em relação a isso?

Walt se inclinou para tirar as botas. A seguir, endireitou-se e olhou para ela com aquele olhar assustador de general.

— Bem, se ele fizer qualquer coisa que magoe a minha sobrinha, eu mato ele.

Muriel balançou a cabeça e tirou o DVD de dentro da caixinha, colocando no aparelho.

— Shelby deve estar muitíssimo grata — disse ela, em tom debochado.

Walt subiu na cama ao lado dela, encostou na parede, esticou as longas pernas e tirou Buff e depois Luce de cima da cama.

— Acho que, no fundo, ela está gostando do medo que ele sente de mim. Mal posso esperar para ver esse filme.

— É um filminho água com açúcar…

— Mas é com o Clint Eastwood — argumentou Walt, acomodando-se na cama. — Eu adoro ele.

— Você não vai gostar dele nesse filme. Ele está todo romântico. Não explode o cérebro de ninguém e não diz “Faça meu dia” nem uma vez.

— Mas você tirou a roupa na frente dele. Eu quero ver a cara que ele faz.

— Bom, se você olhar bem de perto pode ser que veja uma expressão vazia. Ele já viu um montão de atrizes nuas e controla muito bem as emoções. Não ficou nem um pouco tentado.

— Pobre coitado.

Walt apertou o *play*.

— Você quer mesmo assistir? — perguntou ela.

— Mal posso esperar.

— Nossa, acho que vou morrer de tédio — comentou Muriel, aparentando cansaço na voz.

Ela recostou nos travesseiros e bocejou.

— Quer que eu acorde você quando chegar a parte em que você fica pelada? — perguntou Walt.

— Pode me acordar quando *você* estiver pelado — respondeu ela, bocejando mais uma vez.

Mel recebeu um telefonema muito importante na clínica. Ela desligou, respirou fundo, olhou para o relógio: dez da manhã. Então, pegou o telefone de novo e ligou para Shelby, mas ninguém atendeu no rancho. Talvez estivessem fora, cavalgando. Ela ligou para Brie.

— Oi, Brie. Eu precisava de alguém para ficar com as crianças. Posso tentar encontrar Jack se você…

— Acabei de ver ele saindo do bar de carro — interrompeu Brie. — Mas posso ir aí buscar as crianças, que tal?

— Obrigada. Eu preciso resolver umas coisas e pode ser que demore algumas horas.

Depois de desligar, Mel foi até o consultório do dr. Mullins.

— Consegui — anunciou. — Arranjei uma vaga para Cheryl Chreighton no centro de reabilitação do condado.

— Como você conseguiu isso? — perguntou ele, sem disfarçar a surpresa.

— Não foi fácil. Tive que fazer um milhão de ligações. Teria sido bem mais fácil se ela tivesse cometido um crime e eu pudesse colocar a culpa na bebida, porque aí ela cumpriria a sentença internada compulsoriamente. O outro caminho foi mais difícil.

— Ela não tem ideia de que você fez isso?

— Não. Eu não queria que ela tivesse a chance de pensar no assunto porque sei que simplesmente ficaria bêbada e mudaria de ideia. Mas se eu der uma enrolada, conseguir levá-la até lá e der tudo certo no tratamento, ela vai ter uma chance de mudar de vida.

— Você disse bem, *uma* — sublinhou o dr. Mullins.

— É, eu nunca mais vou conseguir esquematizar isso de novo se ela tiver uma recaída. Vou dar um pulo lá, ok? Vou com a sua caminhonete e você fica com o Hummer, para atender os pacientes.

— A caminhonete de Jack seria melhor... — sugeriu o médico.

— Não dá — insistiu ela.

Jack e Cheryl tinham uma história. Muito tempo antes de Mel, Cheryl tinha sido apaixonada por Jack, e ele precisou colocar um fim àquela situação de um modo bastante duro.

— Não posso envolver Jack nisso, nem se for só usando a caminhonete dele. Pode passar a mensagem errada. Além do mais, eu fico revivendo aquele pesadelo de andar na parte de trás da sua picape com uma paciente, segurando uma bolsa de soro em cima da cabeça. Vou pegar seu carro e deixar você com o Hummer, ok? — repetiu Mel, estendendo a mão para receber a chave.

— Boa sorte — disse o dr. Mullins, entregando-a.

Depois que Brie levou as crianças, Mel dirigiu por alguns quarteirões até chegar à casa dos Chreighton. O lugar estava acabado, como muitas outras casas naquele quarteirão. As pessoas tendiam a se acostumar com coisas como pintura descascando, telhados despencando. Além do mais, eles não tinham muito dinheiro. Só o pai trabalhava, e quando aparecia trabalho era só temporário, apenas bicos, provavelmente sem benefícios.

Mel bateu à porta e demorou bastante até que uma mulher com obesidade mórbida viesse atendê-la. Nunca tinha visto a mãe de Cheryl Chreighton antes, o que, em uma cidade daquele tamanho, era um fato incrivelmente esquisito. Ao que tudo indicava, o motivo era autoexplicativo: ela provavelmente não saía da casa havia muitos meses, talvez anos. A mulher, que segurava um cigarro em seus dedos amarelados e tinha uma expressão fechada, atendeu à porta tossindo forte. Mel esperou até que ela recobrasse o fôlego.

— Olá. Cheryl está em casa? — perguntou a enfermeira.

— Quem é você?

— Meu nome é Mel Sheridan — disse ela. — Sou enfermeira obstétrica. Trabalho com o dr. Mullins.

— Ah, é você — constatou a mulher, olhando Mel de cima a baixo. — A mulher de Jack.

— Isso. Eu mesma. Então, Cheryl está?

— Dormindo para curar a bebedeira.

Depois de responder, a mulher deu as costas e foi caminhando com dificuldade para dentro da casa, deixando Mel para trás.

— Você pode acordá-la para mim? — perguntou Mel, entrando na casa mesmo sem ter sido convidada.

— Posso tentar.

Mel seguiu a mulher até a pequena cozinha, onde era bastante óbvio que a mãe de Cheryl tinha assentado acampamento. Havia uma coleção de jornais e revistas, xícaras com manchas de café e latas vazias de Coca-Cola, um cinzeiro transbordando de guimbas e cinza, uma caixa aberta de rosquinhas, uma televisão pequena em cima da bancada. A sra. Chreighton entrou em um cômodo anexo à cozinha, um puxadinho simples nos fundos da casa. A porta não fechava, não parecia haver uma fechadura ali, apenas um buraco no lugar onde deveria estar a maçaneta.

Mel escutou a mulher gritar lá dentro:

— Cheryl! Cheryl! Cheryl! Tem uma mulher aqui querendo falar com você! Cheryl!

Depois de um tempo, escutou-se um protesto abafado. A sra. Chreighton voltou para a cozinha e sentou-se de novo em sua cadeira.

Aquela era uma casa com muitos vícios, pensou Mel. A mãe era viciada em comida e cigarro, Cheryl em álcool. O pai provavelmente era dependente daquelas duas e seus problemas.

Cheryl apareceu na porta do quarto, com a mesma roupa do dia anterior, uma mecha de cabelo caindo sobre o rosto, os olhos inchados e semicerrados. Mel respirou fundo.

— Oi, Cheryl. Você tem um minuto? — perguntou.

— Para?

— Vamos sair um pouco e conversar?

Mel foi saindo pela porta da frente, esperando que Cheryl a seguisse, e ficou em pé na calçada em frente à casa. Quando Cheryl parou no degrau da porta, Mel perguntou:

— Qual seu grau de embriaguez neste momento?

— Estou bem.

Cheryl passou as mãos na cabeça, usando os dedos para pentear o cabelo escorrido e oleoso.

— Você tem algum interesse em ficar sóbria? Em parar de beber?

— Às vezes. Eu não fico bebendo o dia inteiro e…

— Eu posso colocar você em uma clínica, Cheryl. Para você se desintoxicar, ficar sóbria e entrar num programa. Você participaria de uma terapia de vinte e oito dias de sobriedade e teria uma boa chance de conseguir parar de beber, para valer. Mas tem que tomar a decisão agora.

— Eu não sei, eu…

— Essa é a sua única chance, Cheryl. Se você topar, vamos te colocar no programa e o condado vai pagar a conta, mas você só tem uma chance. Se disser não, acabou. Isso é tudo que posso fazer por você.

— Quem pediu para você fazer isso? — perguntou Cheryl.

— Ninguém. Eu só achei que você pudesse estar precisando de ajuda e encontrei este tratamento. Sozinha. E, não, não mencionei isso nem para Jack. Eu acho que vale tentar, sabe? Você sabe que não vai conseguir sozinha.

— Você falou com minha mãe?

— Não falei com ninguém. Você tem mais de 21, não tem? Pois bem. Se você quiser ajuda, vai lá tomar banho e faz sua mala. Não precisa de muita coisa, eles têm máquina de lavar e de secar. Toalhas e lençóis limpos. Comida saudável. E um monte de gente que também está tentando ficar sóbria. Eu sei que é difícil, mas estamos falando de uma clínica especializada e, se tem alguém que pode ajudar você, são eles.

A mulher olhou para os próprios pés, para as botas desamarradas e sujas.

— Às vezes, os tremores ficam muito fortes — disse ela.

— É bem comum. Na clínica eles vão dar remédios para ajudar você a passar pelos primeiros dias.

Mel olhou para o relógio em seu pulso.

— Não tenho muito tempo, Cheryl.

— Onde é que fica esse lugar?

— Eureka.

Cheryl remexeu um pouco os pés, trocando o pé de apoio algumas vezes.

— Tudo bem — disse ela por fim.

— Ótimo. Vá tomar banho e arrumar as coisas. Volto para te buscar em meia hora.

Mel voltou como combinado e encontrou Cheryl com seus pertences em uma sacola de compras de papel pardo. Ela havia tomado banho; seu cabelo estava lavado, mas ainda úmido. Provavelmente não tinha secador de cabelo. Ela emanava cheiro de sabonete misturado com álcool, provavelmente um golinho para dar coragem, pensou Mel.

— Você contou para os seus pais para onde está indo? — perguntou Mel.

Cheryl deu de ombros.

— Para minha mãe.

— E ela ficou feliz?

Cheryl deu de ombros de novo e desviou o olhar ao responder.

— Ela disse que provavelmente é perda de tempo e de dinheiro.

Mel esperou até que Cheryl voltasse a olhar para ela.

— Não. Não é nem uma coisa nem outra. — Respirando fundo, continuou: — Vamos, é melhor a gente ir andando.

Não conversaram muito durante a longa viagem até Eureka, mas Mel descobriu que Cheryl passara o último ano na casa de um primo, em outra cidade nas montanhas, até que seu pai a trouxera de volta para casa. E que ela cultivara algumas ambições grandiosas e irreais: se juntar ao Corpo da Paz, viajar para o exterior, se formar como enfermeira, professora, veterinária. Mas, em vez disso, ela foi afogando os próprios sonhos com álcool. Não tinha mais nenhum amigo em Virgin River, somente os pais.

— Você não precisa me contar nada que não queira — começou Mel. — Mas estou curiosa. Sei que você não vai ao bar do Jack, então onde você compra bebida?

— Hum — disse Cheryl. — Tem uma loja de bebidas em Garberville, mas geralmente meu pai compra umas coisas para evitar que eu pegue a caminhonete dele.

— Ah... Entendi — disse Mel.

— Eu tento parar toda hora — admitiu Cheryl. — Mas, se começo a tremer ou fico mal, meu pai compra bebida para mim. Só o suficiente para eu ficar bem.

Então o pai era o facilitador, pensou Mel.

Os cuidados pós-internação seriam um grande problema, percebeu a enfermeira. Porque Cheryl só tinha a casa dos pais, que pareciam incapazes de oferecer o apoio necessário para mantê-la saudável. Esse seria um desafio para a clínica. Talvez eles pudessem encontrar um lugar para ela morar em Eureka, onde ela poderia trabalhar, ir às reuniões, se firmar no propósito da sobriedade antes de voltar a Virgin River, onde estaria fadada ao fracasso.

Já era quase noite quando Mel voltou para devolver as chaves do dr. Mullins na clínica.

— Missão cumprida? — perguntou o médico.

— Tudo resolvido.

— Seu marido está atrás de você.

— Que ótimo. O que você disse a ele?

— Que você estava em uma missão. Profissional.

— Aposto que ele ficou radiante... Enfim, vou dar um jeito de explicar, mas antes preciso ir buscar as crianças na Brie. Vou encerrar por hoje, ok?

— Ok. Se alguma coisa animada acontecer, telefono.

Mel se virou para sair, mas o médico a chamou de volta.

— Isso que você fez foi uma coisa boa. As chances dela são baixas, mas o que você fez foi muito bom.

— Obrigada, doutor.

— Durante todos os anos que passei aqui, durante todos esses anos em que assisti a Cheryl ir ladeira abaixo, eu nunca tive tanta esperança assim no caso dela. Que bom que alguém teve. Que bom que você fez isso.

Mel sentiu um sorriso discreto aflorar em seus lábios.

Nas últimas três manhãs, Luke foi com Sean à casa da família Booth para andarem a cavalo. Obviamente, não tinha feito isso por Sean, mas por Shelby, porque ela ficava muito feliz por ter companhia para esses passeios. E, embora isso irritasse Luke, ela achava Sean uma companhia divertida.

No restante do tempo, ele e o irmão trabalharam juntos: terminaram de restaurar o piso da casa, depois partiram para o chalé um, para prepará-lo para o novo inquilino.

— Vai estar tudo pronto para você em alguns dias, Art — avisou Luke.

Art estava animadíssimo diante da perspectiva de ter sua própria casa.

— Já teve uma casa só sua antes? — perguntou Luke.

— Só minha? — repetiu Art. — Nunca.

— Acha que está pronto para cuidar dela sozinho?

— Estou — confirmou o rapaz, assentindo ao mesmo tempo.

— Art, deixa eu perguntar uma coisa: na casa que você dividia com as outras pessoas, quem é que lavava as roupas?

O homem deu de ombros e disse:

— A gente tinha que colocar o nome quando queria lavar roupa.

Luke ficou perplexo diante daquela resposta.

— Colocar o nome? Não entendi.

— No quadro de avisos — explicou Art, impaciente. — Você tem que colocar o nome no quadro de avisos quando quer usar a máquina de lavar e a secadora.

— Hum. Então vocês mesmos lavavam a própria roupa?

— Isso, a gente mesmo lavava a nossa roupa.

— E você precisava fazer outras tarefas na casa onde morava?

— Eu tinha que arrumar a cama, separar as roupas para lavar, manter o quarto arrumado. Lavava louça. Passava aspirador. Limpava o banheiro.

Luke ergueu uma das sobrancelhas.

— É, acho que você está pronto para cuidar da sua própria casa. Mas vai precisar colocar um pouco de mão na massa com relação à máquina de lavar...

Art franziu a testa, parecendo confuso.

— Mão na massa?

Sean deu um tapinha carinhoso nas costas dele e explicou:

— Colocar a mão na massa é quando a gente aprende fazendo, amigo. Vem aqui. Vou mostrar como raspar a tinta velha da parte de fora do chalé, assim a gente pode preparar para pintar.

— Colocar a mão na massa? — perguntou ele.

— Isso mesmo.

Enquanto Art cumpria sua tarefa do lado de fora, Sean entrou e perguntou a Luke:

— O que você vai fazer com ele?

— Ele acabou de chegar, Sean. Nesse momento, só precisa se sentir seguro.

— Ele vai se apegar a você.

— Talvez — disse Luke, dando de ombros. — Olha, o cara tinha um emprego. E, pelo que me disse, cuidava da própria vida. Acho que ele só precisa de um pouco de supervisão. Já que não vou a lugar nenhum, qual o problema de ele ficar por aqui?

Art enfiou a cabeça no vão da porta.

— Sean? Posso colocar mais a mão na massa?

Luke olhou para o irmão.

— Ele vai ficar apegado a *você*.

— Não vou ficar aqui tempo o suficiente para isso.

Eles estavam apenas em três, mas conseguiram finalizar uma porção de coisas na propriedade. No fim do dia, Luke preparou queijo quente e um pouco de sopa para Art, então, por insistência de Luke, ele e Sean foram jantar de novo no bar. Shelby, Walt e Muriel, a nova vizinha da família Booth, estavam lá. Antes de ir embora, Luke pôde, por um instante breve e maravilhoso, beijar Shelby. Mas Sean, infelizmente, não tinha mais nada para fazer com os lábios a não ser falar.

No dia seguinte, Sean disse:

— Hoje à noite vamos até a praia, ou pelo menos até Fortuna. Vou ficar só mais um dia e estou cansado de divertir a sua namorada para você.

— Ela não é minha namorada, mas eu também estou cansado de você fazer isso.

— Aposto que você já ficou com alguma outra garota em algum outro canto por aqui.... uma garota que tenha amigas. Faça um favor para o seu irmão e ligue para ela.

— Não vou fazer nada disso, Sean. Mas, se quiser, pode ir. Vai lá encher a cara.

— O que está rolando, Luke?

Ele respirou bem fundo. Os dois tinham evitado tocar no assunto, embora fosse óbvio como um soco no estômago.

— Você sabe o que está rolando, Sean. E não preciso de você empatando logo agora.

— Qual é, Luke. Você pode retomar as coisas depois que eu for embora.

— Não quero. Tenho outros planos.

— Aham... planos com Shelby. Ah, qual é, cara. Já que não dá para dividir, vamos nos divertir um pouco por aí, hein? Além do mais, o tio está em cima dela feito uma águia.

— Estou resolvendo isso — rebateu Luke. — Agora é sério, Sean. Me deixa em paz, tenho que resolver esse lance com ela, ok?

— Você está se metendo numa furada — advertiu o irmão. — Ela é jovem, toda inocente, qualquer um vê isso. Ela é um amor, eu sei. Mas tem esse ar.... de quem vai se machucar à toa. Melhor você pensar bem.

— Está tudo sob controle — garantiu Luke.

Mas não estava. Ele nunca tinha se sentido tão sem controle na vida. O problema é que não havia mais como ele parar aquilo. No tocante à Shelby, ele era um trem desgovernado.

— Ela é vulnerável. Talvez seja até carente — frisou Sean.

Luke sabia disso. Geralmente, uma mulher de 25 anos não era jovem demais, mas Shelby, a despeito de tudo, parecia ser muito mais inocente do que o padrão da idade dela. Talvez porque dos 19 aos 24 ficara cuidando da mãe e, por conta disso, tenha tido uma experiência de mundo muito limitada. Luke estava mais que ciente de sua vulnerabilidade, do interior delicado que homens como ele, totalmente descuidados, poderiam machucar. E, ainda assim, mesmo sabendo de tudo isso, ele não conseguia se acalmar.

— Vou sair para providenciar umas coisas — informou Luke. — Preciso comprar um aquecedor e uma pia nova para o chalé de Art. Faça o que quiser, e hoje à noite vou levar você para jantar em um lugar legal que não seja o bar do Jack, ok? — Luke não estava no clima de testemunhar mais interações entre Sean e Shelby. — Mas eu não estou interessado em mulher nenhuma. Vamos em dois carros.

— Parece ótimo — disse Sean. — Ótimo para me matar de tédio, mas ainda assim ótimo…

E a programação foi cumprida exatamente como o planejado. Jantaram em um restaurante na Brookstone em Ferndale e, enquanto Sean esticou até o bar, Luke seguiu para casa. O mais novo voltou para casa de manhã cedinho. Estava sorrindo consigo mesmo e não havia qualquer dúvida de que estava mais relaxado do que na noite anterior. Os Riordan concentravam a tensão causada pela abstinência no pescoço e nos ombros.

Luke estava surpreso por ainda conseguir virar a cabeça.

— Perdoe o comentário, mas nunca vi você assim — comentou Sean.

— Assim como?

Sean revirou os olhos.

— Tão tenso que é capaz de trincar os dentes, irmão. Eu sei que você está a fim da garota, mas, além de ela não ser boa para você, você também é um veneno para ela.

Luke considerou tentar explicar que já tinha algumas semanas que não conseguia pensar em mais nada além de Shelby e que ele não conseguia se lembrar de quando fora a última vez que isso tinha acontecido. Que, quando ele a abraçava, se sentia fora de si. Mas conhecia bem os irmãos e sabia que todos agiam da mesma maneira com as mulheres: relacionamentos rápidos e sem compromisso. Sean não entenderia.

Sean colocou a mão no ombro de Luke e apertou. Então, balançou a cabeça, quase com tristeza.

— Boa sorte nessa, cara.

— Não é o que você está pensando.

— Ah… é, sim, o que estou pensando. Você está vidrado nela. Caso perdido. Mal posso esperar para ver onde isso vai dar.

— É. Eu também.

Capítulo 8

No último final de semana de setembro, Jack fechou o bar porque ele, Preacher, Paul, Mike e as esposas iriam para Grants Pass, em Oregon, para o casamento de Joe Benson. Joe era fuzileiro naval e arquiteto, tendo trabalhado com Paul durante anos em Oregon, e projetara a casa de todos. Não era coincidência estar se casando com uma das melhores amigas de Vanni, que tinha sido comissária de bordo com ela. O casal tinha se conhecido em Virgin River quando Nikki visitava Vanessa. O casamento reuniu alguns dos fuzileiros navais que ainda estavam solteiros, mas também foi um encontro de comissárias de bordo.

Para um casamento organizado em pouco mais de um mês, foi um evento lindo e elegante. Ao contrário das celebrações discretas de Virgin River, aquela foi realizada em uma capela charmosa na cidade, seguida de um jantar e uma festa chiques no salão do prestigioso Hotel Davenport. O local estava repleto de pessoas usando smokings e chegando em limusines, sem falar nos arranjos florais deslumbrantes e no cardápio que deixou até Preacher impressionado. Nikki tinha sido madrinha de Vanessa duas vezes, e Vanni ficou contente de retribuir o favor. Com elas, havia ainda mais duas melhores amigas: Abby e Addison.

Quando as quatro começaram a voar juntas, Abby e Addison passaram a dividir um apartamento em Los Angeles, enquanto Nikki e Vanni moraram juntas em São Francisco. As quatro amigas organizavam escalas para que três ou quatro dias por semana acabassem nas mesmas cidades, nos mesmos hotéis. Faziam compras juntas, iam a festas, superaram alguns relacionamentos ruins, seguraram a barra umas das outras durante os tempos difíceis e deram risada nos bons momentos. Com o casamento de Nikki, todas as quatro seriam mulheres casadas.

Vanessa perguntou a Addison:

— Abby não está um pouco quieta demais?

— Ela não quer falar no assunto, mas o marido está viajando com a banda desde que eles se casaram… há mais ou menos um ano, portanto.

— Estou vendo que a situação está ruim — comentou Vanni. — Mas ele não vai nunca para casa? Ela viaja com ele?

— Acho que não. É muito difícil fazer ela falar qualquer coisa sobre ele. E bem, ela veio sozinha…

Abby e o marido tinham se casado após um namoro bem curto e, quase imediatamente após a união, Ross desapareceu, levando consigo a alegria e a palpitação romântica de Abby. Com o tempo, a amiga foi ficando cada vez mais fechada e distante.

— Abby, você está bem? Está tudo bem com Ross? — perguntou Addison, num sussurro.

— Shh — foi a resposta da amiga. — Hoje é o dia da Nikki. Não quero falar sobre isso agora.

Abby manteve a pose. Sorriu para as fotos, ergueu a taça para brindar, mas mais ou menos no momento em que as pessoas começaram a dançar, saiu à francesa da festa. Addison e Vanessa logo repararam e ponderaram sobre se deveriam ir atrás dela, para conversar, quem sabe ajudá-la a sair daquela fossa. Decidiram por fim que era melhor deixá-la em paz. Ela não queria compartilhar o que quer que estivesse acontecendo em seu casamento, sobretudo no dia do casamento de uma das melhores amigas. Talvez ela só precisasse lavar a alma com uma choradeira daquelas sem ter um monte de amigas se metendo.

A churrascaria do Hotel Davenport era um dos melhores restaurantes de Grants Pass, além de ser o favorito do dr. Cameron Michael. Uma vez por mês, ele jantava com seus sócios e os cônjuges, e não era raro escolherem aquele lugar. Cameron dividia uma clínica com três outros pediatras: uma mulher e dois homens. Todos eram excelentes médicos, todos casados. Como vinha se tornando hábito, ele não ia a esses jantares acompanhado. Ele poderia ter encontrado uma acompanhante. As mulheres gostavam de sair com ele e seus sócios estavam sempre arranjando pretendentes. Também havia muitas enfermeiras bonitas que gostariam de assumir essa função.

Mas, aos 36 anos, Cam estava com o coração dolorido. Em sua longa busca pela mulher certa, ele já estava quase perdendo as esperanças. Cam tinha até se apaixonado um pouco pela linda Vanessa uns meses atrás, e doeu bastante quando ela disse que seu coração tinha outro dono. Não só Vanessa amava outro cara, como se casou com ele imediatamente. Na primavera anterior; não fazia muito tempo.

Cam não estava mais apaixonado, e até admirava o camarada com quem ela se casou: Paul Haggerty. Era um sujeito bom. Forte, decente. O problema de Cam não era bem um coração partido, mas sim um coração exausto. Ele era um cara bonito — cabelo escuro e sobrancelhas grossas acima de um par de olhos azuis, covinhas, sorriso luminoso. Era bem-sucedido, másculo, porém gentil. As mulheres se sentiam atraídas por ele. Àquela altura, Cam já deveria ter encontrado uma por quem também se sentisse atraído. Ele queria se apaixonar; queria amar alguém profundamente a ponto de torná-la sua esposa. Ele era médico de família e pediatra, afinal de contas. Ter esposa e filhos significaria muito.

Mas as mulheres que se apaixonavam eram sempre as erradas. Muitas das mães que traziam seus filhos ao consultório olhavam para ele com olhos imensos, vulneráveis e pidões; mulheres jovens, lindas. E casadas. Cam estava em busca de uma esposa, não de um marido furioso atrás dele.

Cam tivera alguns relacionamentos que não duraram muito. E se envolvera com muitas mulheres para passar o tempo: casos breves e superficiais. Sendo sincero, conseguia arrumar uma companhia sempre que queria, mas estava esgotado por causa da longa sequência de relacionamentos sem sentido, cansado das piadinhas das enfermeiras a respeito do pediatra sedutor e exausto de procurar.

Então, seguiu no solitário papel de solteirão do grupo e, recentemente, tinha passado a recusar as apresentações e os encontros às cegas propostos pelos amigos. Tudo aquilo agora o entediava, e Cam notou que começava a ficar mal-humorado de carência. O problema é que qualquer sexo casual deixava um buraco dentro dele. Era melhor ficar sozinho.

Quando o jantar com os sócios terminou, ele observou os casais de amigos irem embora juntos, para suas casas, seus leitos conjugais e seus filhos enquanto ele voltaria para sua casa grande e silenciosa demais.

A perspectiva o deixou triste o bastante a ponto de ir beber a saideira no bar do hotel. Já era tarde e o local estava quase deserto; a maioria dos hóspedes parecia reunida em uma festa de casamento barulhenta e irritantemente feliz que acontecia no salão. No bar, pediu um Chivas, puro. Cam estava tão a fim de beber quanto estava de voltar para casa, por isso passou mais tempo olhando para o copo do que bebendo de fato. Trinta minutos depois e com o copo ainda praticamente cheio, começou a pensar em encarar a solidão de sua casa. Cam se levantou e tirou a carteira do bolso, para deixar o dinheiro em cima do balcão, quando a viu, sentada em uma mesinha no canto escuro do estabelecimento. Ela também olhava para seu copo, igualmente solitária.

Cam pensou em ir até lá, falar com ela, mas lembrou a si mesmo como aquele tipo de encontro costumava terminar. Ele não queria experimentar outra conexão vazia ou, ainda pior, alguém de quem pudesse gostar e acabar sendo rejeitado. Mas a mulher era bonita e parecia estar um pouco triste…

O atendente do bar se aproximou.

— Mais alguma coisa, doutor? — perguntou.

— Não, obrigado. Ela está ali há muito tempo? — perguntou Cam, indicando a mesa no canto do bar com um aceno de cabeça.

— Há mais tempo do que o senhor.

— Sozinha?

O atendente deu de ombros.

— Não sei dizer. Acho que sim.

Ah, que se dane… Cameron pousou uma nota no balcão e pegou sua bebida, indo até a mesa dela. Assim que chegou perto, um lindo par de olhos castanhos se ergueu. A mulher tinha uma aparência clássica, sofisticada, com um cabelo loiro-acinzentado brilhando em ondas que desciam até os ombros. O rosto oval, maçãs do rosto protuberantes, sobrancelhas arqueadas no mesmo tom loiro do cabelo, e uma linda boca rosada. Mas ela não sorriu.

— Oi, me acompanha num drinque? — perguntou ele.

— Estou bebendo água com gás. E acho que não sou muito boa companhia.

— Eu também não estou na minha melhor noite. Estava matando tempo no bar. Aposto que vamos levar cinco minutos para descobrir se somos dois pobres coitados.

Os ombros dela se levantaram um pouquinho com um risinho abafado.

— Posso? — perguntou ele, indicando o assento livre.

— Sério, acho que prefiro ficar sozinha…

Mesmo assim, Cam ocupou a cadeira diante dela e perguntou:

— Tem certeza de que não quer uma coisa mais forte? Algo me diz que você está precisando.

— Tenho. E, falando sério, melhor você ir mesmo.

Ele deu uma risadinha.

— Cara, achei que *eu* estivesse numa pior — comentou Cam. — Você está na fossa mesmo, hein? Qual é o problema? O que houve?

Ela suspirou.

— Por favor, podemos parar com isso? Não estou no clima para cantadas nem quero desabafar, tudo bem?

— Tudo bem — disse ele. — Não vou cantar você nem perguntar sobre os seus problemas.

Ele bebeu o último gole do uísque e foi até o bar, onde pediu mais uma dose e um drinque com champanhe, depois voltou para a mesa. Ele colocou a taça diante dela e voltou ao assento de antes.

— O que é isso? — perguntou ela.

— Pedi um drinque com champanhe. Imaginei que você fosse gostar de alguma coisa doce e sensual.

O sorriso que ela deu foi de deboche.

— Ótima frase de efeito — comentou, em tom jocoso.

— Obrigado — disse ele, sorrindo. — Mas acho que claramente você precisa de umas lições sobre como sentir pena de si mesma. A gente não faz isso bebendo água com gás, para início de conversa.

Ela ergueu a taça e bebeu um gole.

— Isso aí — incentivou ele, sorrindo mais uma vez. Cam esticou o braço por cima da mesinha e segurou as mãos dela. — Tem certeza de que não quer conversar?

— Tenho — respondeu ela, puxando as mãos. — Você quer conversar? Vamos falar sobre você. Você disse que não estava muito bem.

— Justo. Eu vim jantar com uns amigos e, quando eles foram embora, decidi que não estava pronto para voltar para casa. Eu cometi um grave erro... comprei uma casa, linda, mas grande demais. Quieta e vazia demais.

— Já tentou mobiliar? — sugeriu ela.

Ele sorriu.

— Está mobiliadíssima. Seu nome é?

Abby pensou por um instante, tentando decidir se era uma boa ideia criar esse tipo de intimidade. Ela desviou o olhar, fitando na direção do bar, depois olhou de novo para ele.

— Brandy.

— Prazer, Brandy. Eu sou Cameron, mas os amigos me chamam de Cam. E, voltando ao assunto, tenho muitos móveis. Não é isso que está faltando.

— Entendi. O que está faltando é uma mulher, imagino. Quem sabe nas páginas amarelas?

Cameron deu uma gargalhada e um gole em sua bebida.

— Não, Brandy. Na verdade, essa é a última coisa que estou procurando hoje à noite. — Cam se recostou na cadeira antes de prosseguir: — Bem, pensando bem, talvez eu esteja, sim, procurando uma companhia, mas não como você deve estar pensando. Não estou querendo ficar com alguém. Já saí com gente o bastante. Estou um tanto surpreso por ter 36 anos e ainda estar solteiro.

— Nunca se casou?

— Nem perto — disse.

Ela inclinou a cabeça para um dos lados, encarando-o.

— Qual é o seu problema?

— Não sei. Quer dizer, tenho um bom emprego, bons amigos, uma casa linda e grande, escovo os dentes, passo fio dental...

— E não é tão feio assim — acrescentou Abby. — Nunca imaginei que um cara como você pudesse ter dificuldades em encontrar uma mulher que queira se casar com você, gastar seu dinheiro — disse, dando um risinho.

— Nossa, impressionante. Você não se parece em nada com a minha mãe, mas falou igualzinho a ela.

— Você fugiu da prisão? É um *serial killer* ou algo assim?

— Aqui em Grants Pass? — perguntou ele em meio a uma gargalhada. — Aqui nesta cidade a gente não consegue se safar nem de pagar um estacionamento. Não, sou bem certinho. E nem dirijo rápido.

Abby levou a taça aos lábios.

— Acho que você tinha razão a respeito da água com gás — admitiu ela. — Não é uma bebida boa para sentir pena de mim mesma. — E deu mais um gole antes de completar: — Quando foi a última vez que você… hum, você sabe, esteve envolvido com alguém?

Cam passou para a cadeira ao lado dela.

— Hum, bastante tempo — disse ele. — Eu fiquei bem apaixonado uns meses atrás, mas antes de a coisa engrenar, ela se casou com outro cara. Bem rápido. Ela estava com esse outro cara na cabeça durante todo o tempo em que tentei conquistá-la.

— Ah… — disse ela. — Temos um coração partido aqui.

— Não, não. De jeito nenhum. Nós não estávamos envolvidos. Eu tinha esperança de me envolver com ela, mas, quando acabou, percebi que a coisa sequer tinha começado. Ela não estava nem um pouco a fim. E você? Faz quanto tempo?

— Putz… — disse ela, baixando o olhar e balançando a cabeça. — Não sei nem por onde começar. Talvez a gente tenha isso em comum… eu estava envolvida. Ele não.

Cameron buscou a mão dela de novo, e desta vez ela aceitou o toque.

— Término recente? — perguntou ele.

— Não, já faz um tempo. Ele já está com outra pessoa há pelo menos seis meses.

— E você ainda está sofrendo?

Ela respirou fundo.

— Eu acabei de sair de uma festa de casamento, um lugar horroroso para pessoas desacompanhadas. Só funciona bem nas comédias românticas porque é tragicamente engraçado.

— É, você parece mesmo alguém que escapuliu de um casamento.

— Só de pensar que a noiva ia jogar o buquê e que eu poderia entrar no grupo das solteiras me fez correr para o bar.

— Para lamber suas feridas bebendo uma água com gás? Que bom que apareci, então. — Cam se virou, chamou a atenção do atendente e levantou dois dedos. — Me fala um pouco sobre essa festa — pediu ele, indicando o salão ao lado.

— Ai, meu Deus. — Parecendo exausta, Abby pousou a cabeça na mão. — Nem queira saber.

— Por quê?

— Porque tem tanto amor verdadeiro lá dentro que dá vontade de vomitar.

Ele riu.

— Jura? E você representa o lado meloso da noiva ou do noivo?

— Da noiva — disse ela, sem conseguir segurar uma risadinha. O atendente chegou com mais duas bebidas. — Está tentando me embebedar? — provocou ela.

— Não, mas você está triste e estou tentando fazer você passar por essa provação. Você é bonita demais para ficar triste. Vamos beber, vai se sentir melhor. — E, abrindo um sorriso, completou: — Ou pelo menos mais estúpida.

Ela deu uma risada.

— Como se isso fosse possível…

— Eu já tive um milhão de noites ruins assim — disse ele. — Quando parece que as coisas dão certo para todas as outras pessoas menos para a gente. Mas se eu estivesse tentando embebedar você, você estaria com o uísque e eu com a champanhe. Isso aí é fraco tipo suco. E bem, você vai superar. Eu mesmo já estou quase imune a esse tipo de dor. Agora anda, me fala sobre esse casamento aí. Estou precisando rir.

Abby deu o último gole e empurrou a taça para longe.

— Bem, vejamos. Eles se conheceram há cinco meses, quando tiveram um encontro apaixonado ou algo do tipo, depois ficaram dois meses sem se ver, então voltaram a ficar juntos. No total, têm dois ou três meses de namoro. Os dois dizem que foi paixão à primeira vista. Vivem grudados. As faíscas são tantas que dá até medo de chegar perto e levar um choque.

E, como se aquilo não fosse ruim o bastante, continuou ela, a festa estava cheia de amigas de longa data que estavam completamente apaixonadas por homens lindos, sensuais e maravilhosos que conheceram nos lugares mais inesperados. Abby, no entanto, sempre teve azar com o sexo oposto. Desde a quarta série, para ser mais exata.

Em pouco tempo, Cam e Abby estavam imersos na conversa, rindo enquanto contavam a respeito dos piores encontros e relacionamentos possíveis. Falaram sobre encontros desastrosos, encontros sinistros com potenciais *stalkers*, as coisas mais constrangedoras. Ficaram basicamente competindo pela melhor história de horror sobre relacionamentos, mas aquilo fez com que ambos começassem a se sentir melhor. Ajudava ter alguém que achasse graça naquilo tudo. Parecia que eles eram duas pessoas que nunca tinham encontrado boas companhias na vida. Ele tinha 36 e ela, 31, e nenhum dos dois tinha encontrado a pessoa certa. Durante a conversa, Cam às vezes segurava a mão dela, que Abby mantinha pousada sobre a mesa. Sem que nenhum dos dois reparasse, mais de uma hora havia se passado, de forma agradável e em meio a gargalhadas, o que surpreendeu mais ela do que ele. Cam levantou dois dedos; mais dois drinques foram servidos.

— Quais são as chances deles, na sua opinião? — perguntou ele. — Os pombinhos lá?

— Sou a última pessoa para quem você deveria perguntar isso — disse ela. — Afinal, não sou uma boa julgadora.

— Bem-vinda ao clube — respondeu ele. — Bem, desejo o melhor ao casal. — E, sorrindo para ela, continuou: — E desejo o melhor para você também, Brandy. Isso que está acontecendo… vai passar. Só de olhar para você, de trocar essa ideia bebendo um drinque, sei que você vai se restabelecer, encontrar o cara certo. Mas me diz, o que uma mulher como você procura em um cara?

— Estamos falando de um encontro? Ou algo mais?

— Os dois, quem sabe? — sugeriu ele. -- Primeiro o encontro.

— Certo, em um encontro… educação. É a minha única exigência para sair com alguém, desde que o cara seja simpático e eu me sinta atraída por ele. Para as outras coisas, eu tenho uma lista. São dez requisitos, em ordem de importância.

Cam caiu na gargalhada.

— Você está brincando comigo?

— Não — disse ela, com ar de indignação. — Minha tia Kate, um tempo atrás, disse que era melhor fazer uma lista. Como ela é ótima e sempre tem razão, eu fiz. O único problema é que às vezes eu tento me enganar que determinado cara tem as qualidades certas. Sempre que faço isso, pago um preço. Bem alto.

— Eu preciso saber o que tem nessa lista, Brandy, me fala.

— Não posso, é muito pessoal.

— Olha — disse Cam. — Talvez eu precise criar uma lista também. Talvez seja justamente esse o meu problema: a falta de uma lista. Me conta. Eu juro que não conto para ninguém.

— Bem — começou ela, relutante. — Pode ser que eu não me lembre da ordem certinha. Os tópicos quatro, cinco, seis e sete são meio que intercambiáveis. E não posso falar o número um, então você vai ter que aceitar isso.

— Tudo bem. Pode começar.

— O número dois é bom humor. Depois vem honestidade. Ele tem que estar disposto a se comprometer. Ser confiável. Certinho. Não todo meticuloso e tal, só não desleixado. Tem que ser bonito… quero dizer, para os meus padrões. Não precisa ser todo musculoso, mas eu tenho que me sentir atraída, sabe? Tenha em mente que acho o Liam Neeson um gato — acrescentou ela, o que fez com que Cam risse. — Ele precisa gostar de crianças. Eu sei que é fatal dizer isso para um namorado novo, então tento não sair falando de cara, mas quero ter filhos. Aos 31, não tenho muito tempo sobrando. Ele precisa ter uma renda razoável. E me achar irresistível.

Cam se recostou na cadeira, um tanto surpreso.

— É uma lista muito boa. Vejo que pensou bem nela.

— Obrigada. Investi muito tempo nisso.

Cameron balançou a cabeça. Se ele fosse ter uma lista, poderia usar aquela. Na verdade, não conseguia pensar em nenhum requisito da lista de Abby que ele não atendesse; isto é, se a parceira em potencial o achasse atraente. E, mesmo assim, ele continuava sozinho.

— Uma lista perfeita.

— Considero isso o básico.

— Certo, então onde é que os homens da sua vida estão falhando?

Ela deu um gole demorado enquanto pensava.

— Hum. Sinceramente, nas áreas de gostar de criança e de me achar irresistível. Um pouco na parte de ser certinho. E até agora os homens que achei que fossem confiáveis simplesmente não me davam a mínima. E em relação ao lance do comprometimento? Esbarrei com vários infiéis. Os quais acho que posso considerar que também eram desonestos. — Abby sorriu para Cam. — Esse negócio aqui não é refresco coisa nenhuma. Estou meio altinha…

— Que bom. Isso vai fazer você tirar a festa de casamento da cabeça. Então, Brandy, você já comparou a lista de atributos das pessoas com quem tem se envolvido com esses seus requisitos aí? Você tem se apaixonado por homens bonitos, engraçados, que ganham bastante dinheiro e são bons no número um. — Ele sorriu ao ver a expressão de choque no rosto dela. — Sou bem mais esperto do que pareço.

— Você não está nem um pouco bêbado. Bem inteligente da sua parte.

O sorriso dele desapareceu e Cam a olhou no fundo dos olhos.

— Estou muito feliz por você não ter ficado lá para pegar o buquê.

— Acho que eu também estou — admitiu ela.

— Você é linda quando ri.

— Você está dando em cima de mim — constatou ela. — Era mais sutil antes.

— Eu bebi pelo menos três doses — disse ele. — Minha sutileza foi pelos ares.

— Pelo menos?

— Eu bebi vinho no jantar.

Cam pegou a mão de Abby, virou-a para cima e pousou um beijo suave em seu pulso. A expressão no rosto dela era de surpresa, talvez apreensão. Ela começou a puxar a mão, mas Cam a segurou. Então, escorregou a outra mão pelo braço da mulher, segurou o cotovelo dela e pousou um beijo na dobra interna daquele cotovelo. Ao erguer a cabeça, Cameron notou que o olhar daqueles belos olhos castanhos estava mais intenso. Ele tocou sua cintura e beijou seus ombros de leve, o que a fez inspirar lentamente. Cam chegou mais perto e suas bocas ficaram a poucos centímetros de distância. Dava para sentir o hálito dela em seus lábios.

— Brandy — sussurrou ele.

Ela emitiu um pequeno ruído enquanto fechava os olhos lentamente. Cam a beijou com delicadeza e, quando sentiu Abby ceder, intensificou o beijo, mas por pouco tempo. Ao se afastar, disse:

— Eu sou muitíssimo educado.

— Já notei — concordou ela. — Eu devo estar bêbada. Estou beijando um estranho num *bar*.

— Acho que ficamos bem amigos — argumentou ele. — Conhecemos os segredos mais obscuros e constrangedores um do outro.

— Não nos conhecemos bem o bastante para nos beijarmos num *bar*.

— Olha só — começou ele. — Eu já disse que vou passar a noite aqui hoje? Provavelmente não devo dirigir. Vou fazer o *check-in* e já volto, ok? Podemos beber mais um drinque ou uma água com gás, ou podemos ir lá para cima, se você quiser. Podemos assistir a um filme ou alguma coisa assim. Conversar. Beber mais e não nos preocuparmos com nada. O que você quiser. Ficar menos solitários.

— Isso seria completamente absurdo — disse ela. — Você costuma fazer esse tipo de coisa?

Ele fez que não com a cabeça.

— Faz alguns anos desde a última vez. Eu fazia um monte de idiotices quando era mais novo, mas chega uma hora que a gente cresce. Quando cheguei perto oferecendo companhia para beber, eu não tinha nada disso em mente. O que você acha?

— Acho que você está mentindo — respondeu ela. — E não é uma boa ideia.

— Estou falando a verdade. Não estou bêbado, mas não vou dirigir. Vou pegar um quarto de uma forma ou de outra.

— E se quando você voltar eu não estiver aqui?

— Acho que seria esperto da sua parte. Mas não queria que você fosse embora. Espera só eu voltar da recepção. Aí, se não quiser subir comigo, a gente fica aqui mais um pouco, até o bar fechar, depois eu peço um táxi para você, só por segurança. Gostei de você, Brandy. Vamos só ficar aqui conversando. Rindo. Talvez nos beijando.

— Num bar? — perguntou Abby, mas dessa vez ela estava sorrindo.

Ele deu risada antes de responder:

— Já olhou em volta? Só tem eu e você aqui — disse ele.

E, apertando a mão dela, Cameron se levantou. Depois, se inclinou e deixou seus lábios roçarem o rosto dela.

— Já volto. Fica aqui… não vou forçar você a subir comigo, você está totalmente segura. — E, indicando o atendente do bar com a cabeça, emendou: — Ele está de olho, e me conhece… Com certeza não vou arrastar você para longe daqui. Como eu disse, sou muitíssimo educado.

Cam deixou o bar e fez exatamente o que disse que faria: check-in para uma noite. Já era tarde e não havia nem um hóspede na recepção, por isso ele demorou apenas alguns minutos. Cameron recebeu um quarto para não fumantes com cama *king size*, banheira de hidromassagem e frigobar. Ele pediu um kit com material para se barbear e, ao abrir a tampa da caixinha de papelão, viu que havia ali uma série de itens essenciais: barbeador descartável, creme de barbear, pasta de dentes, escova de dentes, pente, preservativos. Então, voltou para o bar e deu uma olhada. Brandy tinha ido embora, é claro, como qualquer mulher com um pingo de juízo faria. Cam ficou absolutamente decepcionado; não deveria ter saído do bar tão cedo, sozinho. Mas devia ter esperado por isso: bastaram cinco minutos para que ele soubesse que ela era inteligente e elegante; uma mulher como ela não iria para um quarto de hotel com um estranho.

Ainda assim, tinha alimentado a esperança de que ela ficasse um pouco mais ali no bar, ao menos.

Assim que se deu conta que sua tentativa patética de levar uma desconhecida, sensual, linda e divertida para o quarto tinha fracassado, Cam poderia ter cancelado o quarto e ido para casa. Mas como não estava de plantão e não precisaria trabalhar na manhã seguinte, decidiu ficar e dormir ali mesmo, talvez assistir a um filme. Qualquer coisa em vez de ir para sua casa grande demais para escutar o silêncio ensurdecedor que fazia lá dentro. Ele caminhou na direção dos elevadores e, ali, de pé em frente às portas, usando um vestido elegante de seda dourada e macia, estava a estranha perfeita. Brandy. Os olhos dele brilharam de emoção. Sentiu o sorriso se espalhar até alcançar o coração.

Cameron foi até ela e pegou suas mãos. A seguir, se inclinou e a beijou na testa. As portas do elevador se abriram e ele a puxou para dentro, abraçando-a com delicadeza.

— Você está tremendo — comentou ele, baixinho. — Está com medo?

— Morrendo — foi a resposta. — Jamais imaginei fazer isso.

— Não precisa ter medo. Eu adoraria se você subisse comigo, mas não precisa fazer isso se não quiser — reforçou.

— Posso estar cometendo o maior erro da minha vida — disse ela, e deu uma gargalhada antes de acrescentar, baixinho: — Ou, pelo menos, o segundo maior.

— Está tudo bem, você vai ver. Não sou do tipo que força a barra. Já sabemos que temos muito sobre o que conversar… — Ele ergueu o rosto dela pelo queixo e o beijo que deu na boca de Abby foi breve e suave. Depois, ele a beijou de novo, de leve, brincando com os lábios dela. — Você pode mudar de ideia e ir embora a qualquer momento, ok? Não vou criar nenhum tipo de problema.

— E se esse for o maior erro da *sua* vida?

— Não estou preocupado. Você é linda, gente boa e gostei de você. Não me importo.

Cam a beijou de novo, dessa vez com mais intensidade. Então, as portas do elevador se abriram e eles seguiram pelo corredor até o quarto. Uma vez lá dentro, ele deixou de lado o kit de higiene pessoal e colocou a mão no rosto dela, enrolando os dedos em seu cabelo e puxando-a com delicadeza para junto de sua boca. O beijo foi sensual, a língua dele brincava sobre os lábios dela e ele também a mordiscava de leve. Quando a língua de Abby se juntou a dele na brincadeira, Cam gemeu de prazer e provou o gosto daquela boca; o sabor que sentiu foi champanhe com morangos. Então, sentiu a língua dela invadir sua boca, deslizando. Deliciosa... Ele mal conseguia respirar.

— Uísque — disse ela.

— Posso mudar o gosto para o de pasta de dente, se você quiser — ofereceu ele.

— Eu gosto de uísque — disse ela, inclinando-se para beijá-lo de novo. — Seu gosto é muito bom.

Ele a enlaçou dentro de um abraço.

— Meu Deus — sussurrou contra os lábios da mulher. — Já estou me sentindo melhor. E você?

— Estou me sentindo maluca. Completamente louca.

— É — concordou ele, rindo. — Isso é bem louco mesmo. Mas estou gostando até agora.

Envolvendo Cam pelo pescoço, Abby se encaixou no corpo dele. Sentiu as mãos dele escorregarem por suas costas, chegando até sua bunda, onde ficaram, puxando-a para ainda mais perto. Cam tinha braços fortes, firmes, mas não era um abraço controlador; ela poderia muito bem se livrar deles com o mínimo de esforço. Em vez de se sentir ameaçada, Abby começou a se sentir segura. Amada. Claro que ela sabia que não se tratava de amor, era uma questão puramente física. Mas, enquanto sua vida estava fora de controle, espiralando, aquele estranho lindo parecia uma âncora.

Um único pensamento cruzou sua mente e deveria ter sido o suficiente para fazê-la sair dos braços daquele homem e ir embora daquele quarto. Mas o que aconteceu foi justamente o contrário. Ela se lembrou de que tinha um marido. E um acordo pré-nupcial que a fizera jurar fidelidade. Em caso de divórcio, ela não receberia pensão alguma se tivesse sido infiel. Óbvio que *ele* não estava cumprindo nada disso, já que estava vivendo com outra mulher havia seis meses. Ele pedira o divórcio nove meses antes, mas Abby não assinara os papéis nem contara para as amigas.

Ela não se importava com a pensão; mas seu coração estava partido em mil pedaços. Não havia dinheiro no mundo que colasse de volta esses pedacinhos.

Ela colou o corpo no de Cam.

— Isso é errado… — comentou.

— Isso é um monte de coisas, linda, mas não é errado — argumentou ele. — Somos solteiros, adultos e estamos fazendo isso porque queremos e…

— Eu não sou — anunciou ela.

Ele congelou por um instante.

— Certo, sem dúvida nós dois somos adultos, então suponho que você queira dizer que não é solteira.

Ela fez que sim e seus olhos brilharam perigosamente.

— Putz… — comentou ele, se afastando um pouco, embora parecesse incapaz de soltá-la por completo. — Espero que ele não esteja do lado de fora daquela porta segurando uma arma enorme…

— Ele está morando com outra mulher há seis meses. E pediu o divórcio nove meses atrás. Eu é que estava adiando o inevitável. Não que eu queira ele de volta, mas é que… — Abby baixou o olhar antes de prosseguir: — Eu nem deveria ter me casado com ele, para começar. Mas nunca imaginei que fosse me divorciar poucos meses depois. Que eu fosse ser abandonada depois de poucas semanas casada…

Ele a olhou com empatia.

— Uau, caramba… Bem, não é à toa que você esteja tão machucada. Sinto muito, linda. Isso é um pouco pior do que uns encontros péssimos e não deveria acontecer com ninguém. Reparei que você não está usando aliança.

— Eu estava durante a festa, porque estava na frente das minhas amigas. Quando cheguei no bar, decidi que bastava. Não posso viver essa mentira. Guardei a aliança na minha bolsa. Me desculpe por não ter falado a verdade, Cameron. Você não tem nada a ver com isso. Melhor eu ir embora agora…

— Relaxa. Geralmente eu sairia correndo feito o diabo da cruz de mulheres casadas, mas não é como se estivéssemos exatamente traindo esse desgraçado, né? Fica. Tira isso tudo da cabeça por um tempo.

Cam intensificou o abraço mais uma vez, beijando-a profundamente.

Abby se deixou envolver e correu as mãos pelas costas dele enquanto se perdia naquela boca, naquele beijo intenso. As mãos dele eram grandes, gentis e confiantes, seu peito firme contra seus seios. Abby sentiu um formigamento entre as pernas e soube que cruzaria a linha, que deixaria aquilo acontecer. Ela precisava sentir alguma coisa; fazia muito tempo que tudo que sentia era dor ou indiferença. E, além do mais, ela iria embora antes de amanhecer. Voltaria para casa e assinaria os papéis do divórcio para reorganizar a vida. Era hora de seguir em frente.

Abby retribuiu o beijo com um ardor tão real, sensual e ousado que quase se esqueceu de tudo por que passara até chegar àquele bar, do quanto tinha sentido pena de si mesma. Eles se entregaram um ao outro por um minuto, depois dois, então quatro, completamente perdidos naqueles beijos tão intensos e penetrantes que a deixavam de pernas bambas. Ela estava começando a sentir de novo, e a sentir algo de bom.

Abby chutou os sapatos. Ela ia ficar.

Pegando-a pela mão, Cam a levou até a cama, onde se sentou na beirada, olhando para ela. Puxando-a de leve, fez com que Abby se sentasse em seu colo. Com os braços envolvendo sua cintura, os braços dela em volta do pescoço dele, se deixaram levar pelos beijos molhados, apaixonados e que duravam uma eternidade. Ela sentiu quando a mão dele roçou em seu seio, e isso provocou ondas de arrepio que percorreram todo o seu corpo. Ele a manteve ali, com as mãos em sua cintura, enquanto as dela começaram a abrir o zíper do vestido, bem devagar. Cameron levou as mãos até as dela e abriu o que restava. Ela tirou o vestido de seda dourada, desvencilhando-o dos ombros e depois puxando-o para baixo, até cair sobre a cintura, deixando-a apenas com o pequeno sutiã rendado.

— Meu Deus, você é linda — murmurou ele, enterrando o rosto na seda e nas rendas, beijando-a através da peça íntima.

Ela o segurou ali, pressionando-o contra seu corpo, com a cabeça pousada no cabelo macio de Cam.

— Eu acho que enlouqueci… — soprou Abby no ouvido dele. E deslizou as mãos para desabotoar a camisa dele. Ao abri-la, correu as mãos por aquele peito musculoso e sem pelos. — Acho que perdi completamente o juízo…

— Eu posso parar — sugeriu ele. — Se você não quiser, a gente para… Mas talvez seja bom você avisar logo.

— Não pare — pediu ela.

Através do vestido de seda e da calcinha pequena e delicada, Abby sentia que Cam endurecia sob seu corpo, e uma sensação de prazer a arrebatou enquanto ela se roçava nele.

Com as mãos na bunda dela, Cameron a puxou mais para perto, a ereção ainda presa na calça. Ela se esfregou no colo dele, o que o fez gemer profundamente, um som gutural. A seguir, ele buscou mais uma vez os lábios dela ao mesmo tempo que fez com que o sutiã desaparecesse. Os seios de Abby ficaram imprensados contra o peito nu dele. Ela os sentia pesados, cheios de desejo, e logo Abby começou a sentir uma dor naquele local que, por muito tempo, permanecera vazio e insaciado. Ela só conseguia pensar em se sentir bem, satisfeita, completa.

Cameron se deitou na cama, trazendo-a com cuidado para o seu lado. Ele a beijou ao mesmo tempo que encheu as mãos com seus seios. Então, levou os lábios até os mamilos e, a seguir, beijou, lambeu e sugou delicadamente um de cada vez, fazendo com que Abby emitisse, baixinho, um gemido maravilhoso de prazer. Quando voltou a beijá-la na boca, foi a vez dele de gemer quando a língua dela o tocou. Ela era tão deliciosa! A boca de Abby parecia um veludo molhado e ele usou a língua para explorar todo seu interior.

Ele deslizou a mão pelo quadril dela, depois mais abaixo, entrando sob o vestido dourado. Então, tirou a peça enquanto ela erguia o quadril para ajudá-lo. O vestido escorregou perna abaixo e ela o chutou para longe. Restava a calcinha minúscula. Cam colocou a mão em concha por cima dela…

— Eu quero tirar essa calcinha. Mas preciso que você me diga que tudo bem — pediu ele, com a voz rouca.

— Pode tirar — sussurrou ela de volta.

Ele deslizou a mão por dentro do tecido.

— Já faz um tempo que você anda sofrendo, não é, linda? — perguntou ele.

— Cam, não estrague as coisas…

— Certo, vamos nos concentrar no que posso fazer para ajudar — disse ele, puxando a calcinha e abrindo as pernas dela com a mão.

Logo aqueles dedos longos e delicados alcançaram um lugar escuro e úmido, provocando nela um gemido baixinho e profundo. Ele escorregou os dedos mais para baixo, e encontrou o ponto intumescido e delicado, fazendo-a perder o ar; Cam cobriu a boca aberta de Abby com a sua e começou a manipular aquele pontinho vulnerável. A resposta foi instantânea, o que ele amou. A seguir, puxou a língua dela para dentro da boca enquanto enfiava um dos dedos dentro dela e, com o dedão, desenhava círculos bem devagarinho ao redor do clitóris.

— Ai, meu Deus — disse ela, pressionando-se contra a mão dele.

— Você é perfeita — murmurou ele em resposta, sobre os lábios dela. — Isso, linda, aproveita. Aproveite… Você merece se sentir melhor.

Ela começou a friccionar o quadril contra a mão dele e ele afundou o dedo mais fundo ao mesmo tempo que pressionava o polegar com mais força. Ele manipulou aquele pontinho macio e logo ela ergueu o quadril, prendeu a respiração e toda a parte de baixo do seu corpo se contraiu, envolvendo a mão de Cameron nos mais deliciosos espasmos. Um orgasmo instantâneo. E um dos intensos, que durou por muito tempo, provocando tremores até que Abby se deixou cair de novo nos braços dele. Cameron manteve a mão parada, mas no mesmo lugar. Ele apenas a beijou na boca em meio aos suspiros, de um jeito delicado, demorado, sugando os lábios de um modo sensual enquanto ela recobrava o fôlego. E, enfim, uma vez que a respiração de Abby se normalizou, ele tirou a mão de lá, bem devagar.

— Acho que você estava precisando disso — disse ele.

— Ahhh — foi a resposta.

Ele deu uma risadinha.

— Está melhor?

— Você não faz ideia.

— Ah, faço ideia, sim — disse ele, dando outra risadinha.

— Por que você fez isso? — perguntou ela.

— Porque senti que você precisava. E tudo mais que rolar aqui vai ser sobre isso, sobre o que você quer. Não vou me aproveitar de você.

— Você não fez isso.

— Acha que está pronta para tirar a minha calça?

Ela correu as mãos pelo peito de Cam, alcançando sua barriga. Então, segurou no cinto dele, desafivelando-o, abriu o botão da calça e desceu o zíper.

— Graças a Deus — disse ele, respirando fundo de alívio.

Ela o segurou e ele estremeceu involuntariamente, porque a sensação era absurdamente deliciosa.

— Melhor a gente se proteger, certo? Um segundo.

Ele foi rapidamente até o kit com os itens oferecidos pelo hotel e, na volta, chutou os sapatos para longe. A seguir, tirou o preservativo da caixa, deixou a camisa escorregar ombro abaixo e a calça cair no chão, desvencilhando-se de tudo na sequência. Despido e pronto, ele se ajoelhou na cama, se debruçou para pousar um beijo nos lábios dela e disse:

— Qualquer coisa que você queira. De qualquer jeito que você peça. Ainda é sua vez.

Como resposta, ela se abriu para ele. Cameron se ajoelhou entre as pernas dela e, delicadamente, a preencheu com sua ereção pulsante, empurrando-se para dentro dela bem devagar. Ela acompanhou seus movimentos, arqueando-se contra ele, e ele gemeu por causa do esforço que fez para se segurar. Havia muito tempo que Cameron não transava com ninguém, o que prejudicava sua qualidade como amante. Foi preciso se segurar, mas Cam curtiu estar se segurando. Tudo que importava era fazer com que aquela fosse uma noite da qual ela não tivesse qualquer arrependimento. Cameron sentia-se em uma espécie de transe, maravilhado como estar com ela parecia algo puro e certo, como a sensação era de familiaridade, como se já estivessem estado juntos antes. O modo como ela o acompanhava a cada balanço era natural e causava a impressão de que praticavam aquilo havia alguns anos.

Ele não se lembrava de ter se sentido desse jeito antes e se perguntou se estava ficando louco. Então, se perguntou se existiria mesmo um par perfeito para cada homem? Para cada mulher? A gente passava anos procurando essa pessoa e de repente esbarrava nela sem querer? A pessoa com o cheiro, o gosto e o toque perfeitos?

Ele se empurrou ainda mais fundo dentro dela, dando estocadas lentas, escutando cada ronronar e gemido que ela emitia e que garantiam que ele estava fazendo a coisa certa. Abby sincronizou os movimentos do quadril com os dele e, então, acelerou ao mesmo tempo que ele investia contra ela com mais força, mais velocidade e mais profundidade. Cameron estava se segurando, como se sua vida dependesse disso, dando a ela a chance de sentir mais um orgasmo antes que ele mesmo gozasse. E não demorou muito; ela estava muito excitada. Abby ergueu o quadril contra o corpo dele, prendeu a respiração e ele a sentiu pulsar em volta dele.

— Humm, isso... — sussurrou ela.

Estremecendo, Cameron se deixou levar, alcançando um clímax arrebatador com ela.

Abby desmoronou sob ele, e Cam a segurou, fazendo um carinho naquele corpo macio enquanto ela se recuperava. Ele se sentia relutante de deixá-la se afastar, de se retirar de dentro do corpo dela. Por isso, ficou ali um bom tempo, sustentando seu corpo sobre a estrutura delicada dela até que finalmente deslizou para fora dela, embora tenha continuado a abraçá-la um pouco mais.

— Você está bem, linda? — perguntou ele.

— Hum. Estou.

— Como eu me saí no número um? — perguntou ele.

Ela não pôde conter uma risadinha.

— Se tem uma coisa que eu aprendi nessa vida foi que elogiar um homem por sua performance na cama é um erro.

— Bem, você foi maravilhosa — disse ele. — Fenomenal. Como uma locomotiva, a vapor. Forte e quente. Meu Deus. Achei que fosse desmaiar — admitiu ele.

Ela deu uma gargalhada.

— Você não se saiu muito mal.

— Obrigado. Só a título de curiosidade: por que esse aspecto é o número um?

Ela deu de ombros.

— Eu acho que não conseguiria abrir mão disso. É uma parte muitíssimo importante na vida de um casal.

— É, sim — concordou ele, então, a beijou no rosto e continuou: — Com licença, só um minutinho.

Cameron foi ao banheiro. Quando voltou, ele estava com o semblante preocupado e usava uma toalha ao redor da cintura. Ele sentou ao lado dela na cama e disse:

— Brandy, a camisinha… estourou.

— Não… mentira… — disse ela, com a voz trêmula.

— Tudo bem… eu sei exatamente o que fazer. Sou médico. Tem um contraceptivo de emergência que serve justamente para esse tipo de problema. Se você for ao médico na segunda, ele ou ela vai prescrever alguma coisa para evitar que você engravide. Se você não conseguir marcar uma consulta, pode vir à minha clínica na segunda que eu passo a receita para você.

— Eu tomo pílula — disse ela.

— Ah, ufa. Que bom… Mas, que merda, né? Eu sinto muito. Acho que a gente devia processar o hotel.

— Vai ficar tudo bem, não vai?

— Você deve ficar bem. Eu tomo muito cuidado… você não foi exposta a nada. — Ele afastou o cabelo do rosto dela. — Mas, mesmo assim, me desculpe. A última coisa que eu queria é que você ficasse preocupada com alguma coisa. Ainda mais agora, que sei tudo pelo que você já passou.

Ela sorriu para ele.

— Você não está preocupado de ter sido exposto a alguma coisa? Você não me conhece.

— Eu consigo lidar com as minhas preocupações — disse ele, sorrindo. — Eu tenho um belo desconto em exames, se achar que eles são necessários.

— Você não tem motivos para acreditar em mim, mas precisei fazer um check-up completo depois do meu… Depois que ele saiu de casa. Já faz um tempo.

— Obrigado por me informar. — Ele deitou na cama e a puxou junto. — Desde que você esteja bem, por mim tudo bem também. E, até onde eu saiba, você conseguiu cobrir tudo que estava na lista. Bom trabalho.

— Queria que isso nunca acabasse — disse ela.

— Bem, não precisa — respondeu ele, beijando-a no pescoço. — Deus é testemunha de que eu mesmo não quero que isso aconteça.

— Mas vai… — disse ela, com uma nota de tristeza na voz.

— Depende de você. Eu gostaria de conhecer você melhor.

— Preciso pensar a respeito.

— Pense, então — disse ele. — Vou tentar oferecer uns incentivos.

As mãos dele começaram a se mover e ela gemeu, reagindo na mesma hora ao toque dele. Cameron estava ficando ereto de novo, e isso ficou óbvio contra a coxa dela.

— Você acha que o próximo preservativo vai aguentar? — perguntou ela.

— Acho que não faz muita diferença, né? Não mais.

Demoraram muito a dormir, pois fizeram amor diversas vezes, e cada uma delas foi com mais carinho do que a anterior, mais satisfatória que a anterior. Não deveria ser tão fácil, tão maravilhoso, mas foi. Para alguém que estivera tensa e amedrontada, Abby logo se libertou das inibições e desabrochou com os toques dele, respondendo com uma sensualidade e paixão maiores do que ele esperava, mais profundas do que ele podia imaginar. Cameron tinha tido sua cota de casos de uma noite só, mas não conseguia se lembrar de nenhuma vez que tivesse se sentido assim. Ele queria mais daquela mulher, e não só na cama.

Pela manhã, bem cedo, quando o sol mal tinha nascido, ela já estava acordada e o tocava.

— Preciso ir agora — murmurou Abby.

— Mas já? — disse ele, esticando a mão na direção dela. — Não vai ainda…

Ela fez um carinho na têmpora de Cameron, na linha do cabelo que crescia ali.

— Foi uma noite maravilhosa, mas eu tenho que ir.

— Quero ver você de novo — disse ele. — Como posso te encontrar?

— Minha vida está de pernas para o ar neste momento, Cameron. Eu sei que você entende, caso contrário a noite passada não teria acontecido…

— Não tenho medo de um pouco de confusão…

— Vamos fazer assim: eu vou e resolvo o que tenho que resolver, ajeito as coisas, depois te procuro. Pode ser assim?

Ele a beijou intensamente.

— Acho que, se passarmos mais tempo juntos, podemos nos apaixonar, sabia? Quero saber se isso é uma possibilidade. Tenho uma sensação muito boa em relação a você.

Ela não conseguiu conter uma risada.

— Cameron, você me conheceu em um bar...

— Eu sei. Que baita sorte, não acha? Quando é que uma coisa maravilhosa dessas acontece? Não quero deixar você ir embora.

— Você não vai tentar me impedir de ir embora, vai?

— Claro que não, mas queria pedir o café da manhã. Já que você não vai ficar, queria pelo menos ter a chance de poder ver você de novo. A gente podia sair, conversar...

— Anota seu número. Ou me dá seu cartão — pediu ela.

— Quero saber seu sobrenome. Me dá você o seu telefone. Você sabe que não precisa ter medo de mim.

Ela suspirou e o beijou de leve no rosto.

— É muito importante que eu me sinta no controle neste momento. Você pode, por favor, entender isso?

Ele pensou por um instante, depois sorriu para ela. Cameron deu um beijinho em Abby e saiu da cama. No chão, encontrou o sutiã e a calcinha, que entregou para ela. Sua calça estava pendurada em uma cadeira, ele a vestiu, sem a roupa de baixo, enquanto ela vestia suas peças íntimas. A seguir, ele segurou o vestido de seda dourada e a ajudou a vesti-lo, virando-a de costas para fechar o zíper. Então, ele puxou a carteira do bolso de trás da calça, abriu e tirou lá de dentro seu cartão de visitas.

— Quero que você se sinta segura e no controle, do mesmo jeito que esteve na noite passada. A noite toda. Então, manda brasa, pode pesquisar sobre mim.

Cameron colocou o cartão na mão dela.

— Talvez *você* queira pesquisar sobre mim — sugeriu ela, dando um sorriso suave.

— Não — disse ele, balançando a cabeça. — Vou deixar você me contar tudo o que quiser. É melhor começarmos assim.

— Obrigada — sussurrou ela.

— Não me faça esperar muito, Brandy, por favor — pediu ele. — Mesmo que a gente não possa se ver até você resolver suas coisas, eu gostaria de conversar. Só para saber como você está. Por favor manda notícias, ok? Juro que vou ser paciente em relação ao resto.

Ela sorriu e disse:

— Eu mando. Prometo.

Capítulo 9

O mês de outubro chegou nas montanhas e as primeiras semanas trouxeram consigo um arco-íris de cores que se espalhou por toda Virgin River. Mel, Jack e seus amigos tinham voltado do casamento de Joe em Grants Pass havia duas semanas e era possível sentir o frescor outonal no ar, com as noites frias e as montanhas em plena folhagem de outono, os tons de fogo salpicando a paisagem em meio aos pinheiros verdes.

O dr. Mullins estava no computador, na mesa da recepção, quando Mel entrou, saindo da cozinha.

— As crianças estão tirando uma soneca — disse ela. — O que você está fazendo?

— Brincando um pouco — respondeu ele. — Ah, eu estava para perguntar… alguma notícia de Cheryl Chreighton?

— Não. O tratamento é confidencial. Se Cheryl não nos colocar na lista de contatos, não teremos notícias nem informações. Liguei para saber como ela estava e me disseram que eu não estava na lista dela… o que quer dizer que provavelmente ela ainda está internada. Eu poderia tentar falar com a mãe dela, mas não sei. A sra. Chreighton é…

— Ela não está bem, e não é nada receptiva — completou o doutor. — Cruel feito uma víbora, na minha opinião. Se eu fosse Cheryl, não teria colocado a mãe na lista.

— Eu ia dizer exatamente isso, mas de um jeito mais delicado — disse Mel, sorrindo.

O médico raramente media as palavras.

— Você vai estar por aqui por mais uma ou duas horas? — perguntou Mel.

— Pensando em dar uma volta? — perguntou ele, olhando para ela por cima dos óculos.

— Não quero abusar, mas é que as crianças estão dormindo na cozinha…

O dr. Mullins tornou a olhar para o computador.

— Cuidar das crianças nunca é um abuso. Eles são um dos seus melhores trabalhos.

Ela deu uma gargalhada.

— Se eu não concordasse, ficaria um pouco chateada por você não me dar metade do crédito que mereço pelo meu trabalho como enfermeira.

— Você se acha demais — disparou ele. — Vai lá. Pode sair um pouco. Eu grito quando eles acordarem.

— Tem certeza? Porque se sua artrite ou seu refluxo estiverem incomodando, nem que seja só um pouquinho, eu…

— Nada me incomoda tanto quanto você, Mel — disse ele. — Diga a Jack que está chegando a hora de ir até o rio.

— Ele está na varanda do bar, arrumando as iscas. Acho que ele já está bem mais adiantado do que você.

Quando não era dia de atendimentos na clínica, Mel levava as crianças consigo para o trabalho. Como David estava ficando mais rápido e mais bagunceiro, ele passava muito mais tempo com Jack. Ele levava o filho quando precisava sair para comprar suprimentos para o bar ou deixava o pequeno no *sling* enquanto servia aos clientes, mas ele tomava a mamadeira da tarde com a mãe, na clínica, e depois tirava uma soneca no chiqueirinho que tinha sido montado na cozinha do lugar. Emma, depois de mamar, tirava seu cochilo na mesma hora que o irmão, no bercinho portátil que também ficava na cozinha.

O doutor, é claro, ficava mais que feliz em cuidar, trocar as fraldas e brincar com os filhos de Mel. As crianças o adoravam. Ele resmungava um pouco quando a tarefa recaía sobre ele, mas nunca recusara, nem uma única vez. Na verdade, quando Mel sugeria colocar alguém no lugar dele, o dr. Mullins parecia ficar decepcionado. Talvez ofendido, como se tivesse sido considerado velho demais.

Aquele era um dia típico, uma linda tarde de meados de outubro. Mel deixou as crianças dormindo na clínica por volta de uma e meia da tarde e encontrou Jack na varanda do bar, exatamente como ela dissera: preparando iscas lindas e cheias de penas. A temporada de pesca estava começando a ficar boa — o outono era uma época excelente para salmão, esturjão e truta. Jack era um pescador incrível.

— Coisas bem interessantes têm acontecido no seu bar — comentou Mel.

— Interessantes e quentes, hum? — disse ele, com uma gargalhada. — Acha que a gente devia avisar o Luke e lhe dar um sermão?

— Achei que você tivesse, finalmente, aprendido a lição — provocou ela. — Você se mete em quase todo relacionamento amoroso que acontece nessa cidade...

— É, só que nesse caso é diferente. Assim que Shelby pôs os olhos nele, acionou uma mira. Ela quer o cara de todo jeito. E você consegue ver o sofrimento no rosto dele? Ele está ficando com rugas.

— Pois é, para que isso? — perguntou Mel. — Shelby é adorável. Seria de imaginar que ele fosse ficar todo animado.

— Bem, na noite em que eles se conheceram, ele disse que olhou uma vez para ela e achou que acabaria preso. Pode ser que ele esteja tendo um pouco de dificuldade em aceitar a idade dela.

— Até parece, Jack. Nós dois temos uma bela diferença de idade, por exemplo — disse ela, e pegou na coxa do marido. — Mas estou alcançando você.

— Tem também o general — continuou Jack. — É uma situação meio intimidadora...

— Ah, qual é. Walt é um carneirinho — disse ela. — E acho que ele gosta de Luke. Os dois foram do Exército.

— Bem, ou o Luke vai ceder, ou explodir — constatou Jack.

— Como você sabe que ele ainda não cedeu?

— Qual é, Mel. Você realmente deu uma boa olhada nele? Na postura dele, no olhar? Acredite em mim, ele estaria muito mais relaxado se tivesse cedido. Ele não se alivia já tem um bom tempo.

— Jack!

— E o mais engraçado é que Shelby está lá, completamente serena — completou Jack, ignorando a expressão de reprovação da esposa. — Ela é uma mulher muito atípica.

— Como assim?

— Você já se viu no espelho quando passamos muito tempo sem? Fica na sua cara quando você precisa de um cuidado especial — disse Jack, e sorriu cheio de malícia.

— Não fica *nada*! — disse ela, dando um cutucão no braço de Jack.

Mas, apesar disso, Mel riu, pois sabia, no fundo, que ele tinha razão. Shelby, virgem, ainda não tinha experimentado esse tipo de coisa, então provavelmente não estava sofrendo tanto.

— A gente nunca ficou muito tempo sem — frisou ela.

— Do jeito que eu gosto — rebateu ele. — Agora dá uma olhada no Walt... — comentou. — Aquilo sim é um homem satisfeito...

— Não dá para ter certeza, Jack. Walt não tem nada de diferente na aparência ou na maneira de ser — insistiu ela.

— O general parece um cara que está tentando ser um bom vizinho para a linda mulher que se mudou para a casa ao lado. Tem um brilho nos olhos e um sorriso bem discreto.

Mel estreitou os olhos.

— Você acha mesmo que sabe reconhecer que um cara transou só pela expressão dele?

— Acho mesmo — garantiu Jack, sorrindo. — Na verdade, me considero um especialista.

Mel ficou ali com ele por cerca de uma hora, basicamente conversando sobre os novos romances que floresciam na cidade. Na verdade, era o assunto de todos. Ninguém sabia o que estava rolando das portas do bar para fora, mas Shelby e Luke iam com frequência beber uma cerveja ali, às vezes jantar, e os dois eram inseparáveis. Eles olhavam um para o outro como se tivessem contado os segundos para estarem juntos durante aqueles minutinhos.

Por outro lado, Walt era visto com menos frequência pela cidade, e as pessoas começavam a especular que estivesse passando tempo com a ex--atriz de cinema que morava mais adiante na estrada.

Eram três da tarde quando um ônibus escolar vazio atravessou a cidade a toda velocidade: Molly a caminho de buscar as crianças. Como acontecia em todas as cidadezinhas da região, ela buscava alunos de todas as idades, do ensino fundamental ao médio, e no fim do dia as trazia de volta à cidade. Era um dia longo para as crianças das fazendas e dos ranchos, que de manhã eram levadas de carro pelos pais até a cidade para que o ônibus as buscasse, e depois refaziam o percurso após as aulas. Molly buzinou e acenou para Mel e Jack.

— Essa mulher vai para o céu — comentou Mel. — A minha definição de inferno é ficar presa em um ônibus escolar cheio de crianças barulhentas e bagunceiras duas vezes por dia. Não sei como ela consegue.

Mel deu uma olhada no relógio; dava para acertar o horário só com a pontualidade do ônibus de Molly. As crianças estavam perto de acordarem da soneca. Mel foi caminhando sem pressa, atravessando a rua e indo em direção à clínica naquela tarde de outono perfeita. Mas, quando chegou perto da varanda da clínica, ouviu as crianças chorando. Este fato isolado não era por si só um mau sinal — eles poderiam ter acabado de acordar. Mas o dr. Mullins geralmente avisava quando isso acontecia se Mel e Jack estivessem por perto. Se não fosse possível, ele mesmo tratava de acalmá-las.

Em seu coração, Mel soube imediatamente que havia algo de errado. A dez passos da varanda, começou a correr. Subiu as escadas, atravessou a porta e a cena a deixou em pânico. O dr. Mullins estava caído no chão, de bruços. A pequena Emma, que tinha apenas 5 meses de idade, estava bem ao lado dele, deitada de costas, com o rosto vermelho por causa da dor, do medo ou das duas coisas. David ainda estava dentro do chiqueirinho na cozinha, mas gritando alto.

Mel não soube quem socorrer primeiro: o médico ou a filha. Emma estava chorando, então pelo menos estava consciente, mas o dr. Mullins estava imóvel. Ela fez o que seus instintos mandaram: se virou para a porta aberta e berrou:

— JAAAAAAACK!

Como tinha visto a esposa entrar correndo na clínica, o marido já estava a caminho. Quando ela gritou, ele já estava lá, totalmente em sintonia com a intuição dela. Assim que Mel o viu, pegou Emma e a colocou direto nos braços do pai e depois foi até o dr. Mullins, ajeitando o braço esquerdo dele de modo que conseguisse rolá-lo e então colocá-lo em decúbito dorsal.

— Veja se Emma está bem — gritou Mel. — Pode ser que ele tenha deixado ela cair quando apagou.

Mel viu que os olhos do médico estavam abertos e inertes. Fez uma averiguação rápida: sem pulsação, sem respiração.

— Merda!

Mel inclinou a cabeça dele ligeiramente para trás, para garantir que as vias aéreas estivessem desobstruídas, e soprou o ar para dentro dos pulmões duas vezes — duas longas respirações. Na sequência, começou a massagem cardíaca de ressuscitação.

— Ela está bem? — perguntou para Jack.

— Acho que sim — respondeu ele, um tanto desamparado. — Está estressada, mas não está machucada nem sangrando.

Mel colou a boca na do médico mais uma vez e soprou. Então, durante as trinta compressões cardíacas, perguntou:

— Algum galo?

Jack passou a mão na cabeça macia e careca da filha.

— Não estou sentindo nenhum.

Mel terminou a massagem e soprou mais uma vez o ar dentro da boca do médico. Sem fôlego, disse:

— Vai lá ver como David está. Se ele estiver bem, chame o resgate por helicóptero. Mas antes pegue o desfibrilador. E a minha bolsa.

Jack foi correndo até a cozinha. David estava de pé dentro do chiqueirinho, aos berros. No segundo em que viu o pai, seu choro se transformou em pequenos soluços e ele esticou uma das mãozinhas.

— Pa! — gritou. — Pa!

— Aguenta aí, amigão — disse Jack, deixando Emma deitada em seu bercinho.

Então, voltou correndo para a porta da clínica, localizou a bolsa de Mel embaixo da mesa da recepção e a entregou para ela, aberta. Depois foi até a sala de atendimento e pegou a maleta do desfibrilador. Ao voltar, viu que Mel tinha rasgado a camisa de Mullins.

— Ai, pelo amor de Deus, doutor — resmungou ela, voltando a fazer mais uma rodada de respiração boca a boca.

Jack estava com o celular na mão quando escutou o som de passos pesados e apressados. Preacher parou assim que chegou à porta aberta. Ele deu uma olhada rápida, avaliou a situação e correu para dentro da clínica, ajoelhando-se em frente à Mel. Ela estava contando.

— Eu posso ajudar — disse ele, retirando as mãos dela e assumindo a massagem cardíaca.

Na mesma hora, Mel abriu a maleta do desfibrilador e ligou o aparelho. O desfibrilador portátil era do mesmo tipo usado em aviões comerciais, com adesivos no lugar de pás. Ela colou os adesivos no peito do dr. Mullins e disse:

— Cuidado com o choque, Preach.

A máquina zuniu e eles ouviram uma voz eletrônica. *Avaliando o paciente. Aguarde. Afaste-se para o choque.*

— Afaste-se! — pediu Mel.

Preacher tirou as mãos do médico e Mel pressionou o botão, liberando a descarga. A seguir, buscou sinal de pulsação. Nada.

— Que merda, doutor! — resmungou baixinho.

Mel vasculhava a bolsa enquanto Preacher fazia respiração boca a boca no homem, recomeçando, depois, as compressões no peito. Ela acessou uma veia e passou a administrar uma bolsa de soro, levantando-a bem alto. Jack segurou a bolsa de soro imediatamente. Livre, Mel examinou os rótulos de dois frascos e pegou duas seringas. E acrescentou epinefrina ao acesso intravenoso. A seguir, injetou a atropina.

Jack estava ao lado dela, agachado, segurando a bolsa de soro acima da cabeça.

— O resgate aéreo está vindo. Eu liguei para Shelby, para ela vir ajudar. E June Hudson, em Grace Valley.

— Obrigada — disse Mel, pegando a bolsa de soro. — Traz para mim um suporte de soro que está lá na sala de atendimento? Depois pode ir ficar com as crianças.

Quando ele retornou e pendurou a bolsa no suporte, ela acionou mais uma vez o desfibrilador.

— Outro choque, Preach!

Preacher colocou as mãos para cima e Mel pressionou o botão mais uma vez. O corpo do dr. Mullins arqueou com o choque.

Mel auscultou o peito do amigo.

— Pelo amor de Deus, doutor… — pediu. — Eu *preciso* de você!

Ela afastou as mãos de Preacher e recomeçou a fazer a massagem.

— Dois sopros bem fortes na boca dele no trinta, Preach. Dez, onze, doze…

Mel sequer notara que as crianças tinham parado de chorar. Jack estava de pé atrás dela, segurando os dois filhos no colo. Ela aplicou outra dose de epinefrina, mais dois choques e auscultou o peito do homem. O médico seguia completamente irresponsivo. Quando escutou o som das hélices do helicóptero, Mel chorava abertamente sobre o peito do médico, mas não parava de realizar o procedimento de ressuscitação. Preacher se sentou sobre os calcanhares.

— Não pare! — gritou ela.

O homem enorme se inclinou para a frente e soprou, inutilmente, mais duas vezes na boca do médico.

— Como você pode fazer uma coisa dessas!? — berrou Mel para o corpo sem vida sob suas mãos.

Os paramédicos entraram correndo na clínica e assumiram suas posições dos dois lados do corpo do médico, rapidamente tirando Preacher e Mel do caminho. Fizeram uma avaliação rápida enquanto Mel explicava quais medicamentos tinham sido administrados, quantas vezes tinha usado o desfibrilador. Os eletrodos de um aparelho de eletrocardiograma portátil foram posicionados no peito do paciente enquanto um paramédico seguia fazendo as massagens cardíacas.

Mel se afastou e foi ficar perto de Jack e as crianças, que estavam apoiadas uma em cada lado do quadril do pai. Ela afundou o rosto no peito do marido. *O dr. Mullins não pode morrer assim, desse jeito*, pensou, desesperada. David, que vinha chorando com tanta intensidade que sua respiração estava entrecortada por soluços, enfiou o rosto molhado no ombro do pai. Mel pegou Emma no colo, deu uma olhada rápida na filha, só para ter certeza de que estava mesmo bem, e voltou a observar os paramédicos, que insistiam no procedimento de ressuscitação.

Os minutos foram passando. Shelby entrou correndo na clínica.

— Pegue Emma, por favor, Shelby? — pediu Jack. — A gente encontrou ela caída no chão, ao lado dele. Acho que ele pode ter derrubado ela quando apagou. Não conseguimos tirar a roupa dela e olhar bem para ver se tem alguma coisa, mas ela parece bem.

Shelby levou a bebê embora da recepção e, alguns minutos depois, voltou com a menina bem quietinha deitada em seu ombro.

— Tirei toda a roupa e aparentemente está tudo bem. Nenhuma protuberância, hematoma nem nada assim.

— Talvez ele tenha sentido a coisa vindo e a deitou no chão — sugeriu Mel. — Afinal, ele não estava caído em cima dela... — Ela se virou com os olhos lacrimejantes para Jack. — O que poderia ter matado nossa filha.

Jack apertou o ombro da esposa.

Depois de vinte minutos, um dos paramédicos se sentou sobre os calcanhares e olhou por cima do ombro na direção de Mel.

— Sabe se ele tem um documento pedindo a não ressuscitação?

— Nunca conversamos sobre isso — respondeu a enfermeira.

— Ele está sem resposta, Mel. Vamos ter que declarar o óbito — informou ele.

— Não! — gritou Mel, dando um passo adiante.

Jack a segurou pelo ombro, impedindo-a de avançar mais.

— Mel, ele se foi. Ele se foi, meu amor.

— Não... — repetiu ela, dessa vez com a voz mais contida, embora balançasse a cabeça.

— Ele não respondeu nem a você nem a nós, Mel — argumentou o homem. — Quem é o seu legista?

— Você está atendendo ele — disse ela, fungando. — Se não é um homicídio, o dr. Mullins é quem cuida de tudo, assina as certidões de óbito, etc.

— Ele recebeu toda a medicação necessária e ainda os choques, senhora — disse outro paramédico. — Quer que a gente cuide do transporte?

Ela prendeu a respiração.

— Vamos levá-lo para Redding, quero uma autópsia. Tenho que saber o que aconteceu com ele.

— Sim, senhora. Mas aposto que a gente sabe.

Ela estava balançando a cabeça.

— Ele não tinha problemas cardíacos.

Os paramédicos se levantaram.

— Pois é. Aí é que está: você pode tratar problemas cardíacos. Só que não dá para superar um problema coronariano imenso, um derrame fatal ou um aneurisma se você não sabe que o problema existe. Preciso cuidar da papelada. Não saia daí.

O primeiro paramédico voltou para o helicóptero enquanto o segundo guardava as coisas. Mel foi até o corpo do médico, ajoelhou-se ao lado dele e, delicadamente, fechou seus olhos. Ela retirou os eletrodos do desfibrilador e, então, com a expressão ausente, em um gesto cheio de carinho, ajeitou os pelos brancos e esparsos que existiam ali. Correu a ponta dos dedos sobre as sobrancelhas despenteadas, alinhando-as. A seguir, se inclinou e beijou a testa do amigo, deixando suas lágrimas caírem ali.

— Você é um pé no saco, sabia? — sussurrou ela. — Como você ousa me deixar assim?

Ela pousou a testa na dele por um breve instante. Ele já estava ficando frio.

Mel seguiu os paramédicos quando levaram o corpo. Uma pequena multidão aguardava do lado de fora da clínica. Alguns de seus amigos: Paige e Brie, Connie e Ron, Lydie Sudder, entre outros. Ela olhou para cada um deles e uma lágrima gorda escorreu por seu rosto.

— Sinto muito — disse ela. — Sinto muito mesmo. Eu tentei. Eu tentei de verdade.

E, então, Jack se colocou ao lado dela, abraçando-a.

Na noite da morte do dr. Mullins, depois de colocar as crianças na cama, Jack foi até a cozinha e serviu duas taças de conhaque, para ele e para Mel, e as levou até o salão, onde a esposa estava em posição fetal no sofá, em frente à lareira. Ele colocou as bebidas na mesinha lateral e se sentou na grande poltrona de couro na frente de onde Mel estava.

— Vem cá, meu amor — disse ele, estendendo um dos braços.

Ela se levantou do sofá e foi até ele, acomodando-se em seu colo. Ele entregou a ela o conhaque e, então, com a mão que estava atrás dela, pegou sua própria taça.

— Ele cumpriu a missão dele — começou Jack. — Vamos deixar que ele vá em paz, assim ele vai poder cuidar de nós lá de cima.

— Está sendo bem difícil para mim — admitiu Mel.

— Eu sei, por isso que temos um ao outro, meu amor. Precisamos nos lembrar de quem ele era e do que gostaria que fizéssemos. Com certeza o velho ia querer que a gente brindasse a ele, que a gente agradecesse pelo seu bom trabalho e que as despedidas fossem com o mínimo de sofrimento. O dr. Mullins era duro na queda, você sabe. Nunca gostou de sentimentalismos.

— Queria ter conseguido dizer que eu o amava — lamentou-se Mel, os olhos cheios de lágrimas.

Jack deu uma risadinha.

— Ele sabia. E, se você tivesse tentado se declarar, sabe que ele daria um chega para lá daqueles.

— Vai ser difícil para a cidade ficar sem ele — disse ela.

— Ele seguiu o destino dele, e a gente vai seguir em frente, meu amor. — Jack deu um beijo na têmpora dela. — Mel, ligue para o hospital amanhã. Diga que não precisa de autópsia. Não vamos remexer no corpo dele, poxa… A gente não precisa saber de mais nada.

— Eu tenho que saber se eu poderia ter salvado ele… — disse ela, baixinho.

— E o que você acha que ele diria sobre isso? — perguntou Jack, no mesmo tom de voz.

— Ele diria: "Não gaste sua energia nisso".

Uma lágrima enorme rolou pelo rosto de Mel e Jack deu um beijo na trilha úmida.

— Bem, ainda temos um monte de coisa para fazer. Temos que ver as coisas dele — acrescentou ela. — Como vamos ficar sem médico na cidade, Jack?

— Você vai ter Shelby ajudando por um tempo. E vamos procurar alguém. Amanhã cedo vou dar um pulo na clínica com você para darmos uma olhada nas coisas e ver se tem algum tipo de diário ou anotação com os últimos desejos. Vamos cuidar de tudo para que o pessoal possa se despedir do nosso amigo o mais rápido possível e depois processar a perda.

— Tem razão — concedeu ela. — Ele não ia querer que a gente ficasse sofrendo.

— Não ia.

— Não sei o que seria de mim sem você — disse ela.

Jack sorriu com ternura.

— Você ficaria péssima — disse Jack. Batendo de leve os copos dos dois, completou: — Ao doutor.

— Ao dr. Mullins, o médico mais chato das redondezas. Vou morrer de saudades.

Embora Mel e o dr. Mullins nunca tenham conversado sobre o futuro da clínica se algo acontecesse a ele, o médico não tinha qualquer intenção de deixar a cidade e sua enfermeira obstétrica em maus lençóis. Datado de dois anos antes, portanto logo depois que Jack e Mel se casaram, o doutor tinha tornado Mel sua herdeira oficial em testamento, deixando a clínica para ela. Era engraçado pensar que ele tivesse feito algo tão prático, tão moderno; era impossível imaginá-lo contratando um advogado. Além disso, na primeira gaveta de sua mesa, bem à vista se Mel tivesse olhado com mais atenção, havia uma caderneta bancária velha e surrada. Ao longo de quarenta e cinco anos, ele havia guardado um dinheirinho — e, cerca de um ano antes de sua morte, acrescentara o nome de Mel à conta. Certa vez ele pedira que ela assinasse uma série de documentos, e Mel o fizera acreditando que se tratava de exigências do contrato de trabalho, mas na verdade, sem saber, ela assinara a papelada da conta conjunta. O dr. Mullins deveria ter feito uma baita viagem para pescar no Alasca em vez disso, porque Mel já tinha dinheiro o suficiente, mas ele não se permitia sair da cidade por mais de um ou dois dias. Mesmo assim, Mel ficou muitíssimo emocionada. Mesmo sem dizer uma palavra, e até sendo um tanto mesquinho na hora de elogiá-la, o doutor a tinha visto como uma parceira apenas seis meses depois de Mel ter chegado a Virgin River.

Mas o médico deixara um pedido: não era propriamente uma carta, mas apenas algumas frases escritas com seu garrancho e enfiadas dentro da velha caderneta — ele queria ser cremado e que suas cinzas fossem espalhadas no rio. Mel chamou Harry Shipton, o padre de Grace Valley, e organizou para que ele dissesse algumas palavras enquanto eles jogavam as cinzas na curva mais ampla do rio Virgin. Avisos foram fixados no bar e no Hospital Valley.

Quatro dias depois de sua morte, Mel e Jack fecharam o bar e a clínica, pegaram o carro e foram até o rio, mas mal conseguiram acessar a estrada, coisa que não deveria tê-los surpreendido. Centenas de pessoas de Virgin River, cidades vizinhas e funcionários do hospital haviam se reunido nas duas margens. Enquanto seguiam a pé em direção ao rio, repararam em uma picape estacionada no meio do caminho e cuja caçamba estava coberta de flores — tinham gladíolos, cravos, rosas em miniatura, margaridas e crisântemos. Um homem entregou a Mel e Jack flores com caules bem compridos.

June Hudson, da clínica de Grace Valley, seu marido, Jim Post, e seu pai, Elmer Hudson, que ocupara o cargo de médico no Valley antes de ela assumir a posição, estavam na margem do rio ao lado de John Stone, colega de trabalho de June, e Susan, sua esposa. Mel ficou ao lado deles, recebendo e oferecendo abraços e condolências.

— Mel, se você precisar de qualquer ajuda na clínica, John e eu podemos dar uma mãozinha, ok? — disse June.

— Obrigada. Pode ser que eu precise encaminhar pacientes para vocês durante um tempo. Não sei como vamos fazer com relação a um novo médico.

— Muitas cidades pequenas por aqui conseguem ficar bem sem médico... os pacientes só têm que dirigir um pouco mais. Em todo caso, eles ainda têm você.

— Olha só quanta gente — disse Mel, um tanto chorosa. — Quem diria que um homem genioso daqueles arrastaria uma multidão assim.

— Genioso e mal-humorado — acrescentou Elmer Hudson. — Eu fiquei assim depois de velho, mas o Mullins sempre foi pavio curto, desde que eu o conheci, há quarenta anos.

Mel sentiu uma risadinha abafada escapar em meio às lágrimas.

— Na minha primeira noite em Virgin River, ele tirou meu carro de uma vala. Minha BMW conversível novinha em folha. As primeiras palavras de carinho que ele dirigiu a mim foram: "Essa sua lata-velha não vai ajudar muito por aqui" — disse Mel, balançando a cabeça. — Que droga, vou sentir saudades desse velho. Ele era como um avô para as crianças.

— Quando eu partir, quero ter, no mínimo, vinte pessoas a mais no meu funeral, só para poder me vangloriar quando eu me encontrar com ele — disse Elmer Hudson e, olhando para a filha, completou: — Se for preciso, contrate umas pessoas, June.

— Claro, pai.

Harry Shipton foi até a beira do rio. A multidão se afastou para que ele pudesse passar. Usando uma camisa simples de cambraia azul-claro e calça cáqui, a Bíblia na mão, ele disse:

— Estamos aqui reunidos para nos despedirmos de um bom amigo. O dr. Mullins atendeu às necessidades médicas de Virgin River e adjacências durante mais de quarenta anos e, a julgar pelo que as pessoas que o conheciam há mais tempo me disseram, nunca se preocupou com agradecimentos ou pagamentos. Tudo o que importava para ele era que sua cidade, sua família, sempre recebesse todo cuidado que ele pudesse oferecer. Ele salvou vidas, curou doentes, trouxe novas almas ao mundo e, respeitosamente, fechou os olhos daqueles que partiram. Oremos.

As pessoas baixaram a cabeça enquanto ele recitava a oração de São Francisco de Assis, depois o Salmo 23 e, enfim, o Pai-Nosso.

— Poderíamos falar mais um pouco sobre nosso amigo, mas tenho medo de sermos fulminados por um raio caso nos excedamos. O velho gostava de algumas coisas na vida: palavras diretas e honestas, trabalho duro, bons amigos e uma dose de um uísque decente no fim do dia. — O celebrante aceitou a urna com as cinzas e as espalhou sobre a água. A seguir, pegou um copo com uma dose de um líquido cor de âmbar; um pouco de uísque Jack Daniel's. — Vá com Deus, velho amigo. Descanse em paz.

Quando as cinzas começaram a descer pela correnteza, as pessoas às margens jogaram flores para acompanhar sua passagem final. Devagar, talvez com certa relutância, a multidão começou a se afastar do rio.

E, então, Jack abriu o bar para todo mundo que quisesse brindar à partida do amigo.

Com toda a cidade de luto, receber os amigos fuzileiros de Jack que chegariam algumas semanas mais tarde seria uma boa distração. Eles sempre vinham para pegar o final da temporada de caça. Não era o esquadrão completo, até porque toda a tropa já tinha estado em Virgin River recentemente, para ajudar a debelar um incêndio florestal que ameaçou a cidade. Josh e Tom chegaram de Reno. Joe Benson e sua nova esposa, Nikki, vieram de Grants Pass e ficaram hospedados na casa do general, com Vanni e Paul. Com Mike Valenzuela, Preacher e Jack, só Corny e Zeke estavam faltando.

Quem estava ansiosa pela visita, embora ainda se sentisse um pouco preocupada demais para aproveitar totalmente, era Mel. Com a ajuda de Shelby, ela vinha administrando a clínica, telefonando para os pacientes e organizando os papéis e itens pessoais do dr. Mullins, tudo ao mesmo tempo. Mais de quarenta anos de acumulação tinham seu preço, inclusive emocional. Ela estava esvaziando o consultório do médico, doando suas roupas, livros e móveis enquanto preparava o quarto que fora dele para transformá-lo no que poderia ser um quarto de hóspedes ou as acomodações para um novo médico, se tivessem a sorte de encontrar alguém para ocupar o posto.

Mel sentia muita saudade. Superadas as diferenças, ela começara a gostar das caras feias que ele fazia e achava graça da sua rabugice.

Finalmente, ela ouviu a buzina soar e levantou a cabeça, parando de ler os velhos calendários do médico.

— Eles chegaram — comentou com Shelby.

— Quem? — quis saber a jovem.

— Os rapazes. O esquadrão de Jack. Vamos encerrar o dia. Vamos dar umas boas risadas com eles, acredite em mim.

Mel pegou Emma, e Shelby se responsabilizou por David. Elas atravessaram a rua, indo na direção do bar. Mal tinham passado pela porta quando Mel foi agarrada e rodopiada por Tom Stephens, enquanto Josh tirava, na mesma hora, David do colo de Shelby e o levantava no ar para verificar seu peso.

— Shelby, este é Josh Phillips — apresentou Mel, um pouco sem ar. — Ele é paramédico em Reno. E este selvagem é Tom Stephens, piloto de helicóptero de um grupo de comunicação, também em Reno.

Tom, que estava com um braço sobre os ombros de Mel, perguntou à esposa do amigo:

— Sei que você teve umas semanas difíceis, querida. Posso fazer alguma coisa para melhorar?

Ela deu uns tapinhas de leve no peito do homem e respondeu:

— Só sinto falta dele aqui comigo, Tom. Foi só o que nos restou por enquanto.

— Ah, querida… sei que ninguém queria que o velho garotão partisse. Mas aposto que onde quer que ele esteja vai ter uma boa pesca.

— A julgar como ele era intratável, é bem capaz de os peixes estarem fritos no lugar onde ele está agora — brincou ela. — Que bom que vocês estão aqui. Estamos precisando de um pouco dessa energia. Este bar tem ficado muito quieto. Quer dizer, exceto pelas marteladas.

— Bom, nossa especialidade não é exatamente o silêncio. — Ele deu uma gargalhada e pegou Emma dos braços da mãe. — Agora me deixa ver a nossa garotinha. Uau, ela está ficando pesada. Graças a Deus que ela se parece com você, Mel. Eu detestaria se ela tivesse a cara feiosa do seu marido.

— Eu acho ele muito bonito — rebateu ela.

De algum modo, o alarme anunciando a chegada deles soou, provavelmente emitido por Jack e seu telefone na cozinha. Com isso, vieram Mike e Preacher e, da casa do general, Walt, Joe e Paul. Às cinco horas, todos os homens estavam reunidos e os vizinhos começaram a aparecer: a família Carpenter, Connie e Ron da loja da esquina, Joy e Bruce, Harv, o técnico de comunicações da região, Hope McCrea e, finalmente, Muriel St. Claire.

Mel não conseguiu ficar totalmente alegre como de costume, mas seu humor melhorou com a presença dos amigos. Pouco depois das cinco, Luke Riordan apareceu e Mel reparou que os olhos de Shelby assumiram um brilho bastante familiar. Desde a morte do médico, as reuniões que aconteciam no bar no início da noite vinham acontecendo muito esparsamente; até Shelby estava de luto. Mas, com a presença dos fuzileiros, tudo parecia estar um pouco melhor.

Luke foi recebido muito bem pelo grupo e envolvido com aprovação amistosa. A conversa logo passou a girar em torno de missões e comandos, enquanto os homens tentavam descobrir se tinham amigos em comum ou servido ao mesmo tempo e nos mesmos locais. A seguir, mais mulheres começaram a chegar e Luke observou com curiosidade os cumprimentos calorosos, como se cada uma pudesse ser uma irmã ou uma amiga. Quando Paige surgiu com a filha, a garotinha passou de mão em mão por todos os homens, que a tomaram em seus braços cheios de carinho, elogiaram sua beleza e a abraçaram como qualquer tio afetuoso faria. Seu filho, Christopher, logo estava sendo carregado em vários ombros enquanto Paige era abraçada.

Brie saiu do motor home estacionado atrás do bar, seu lar até que a casa nova estivesse terminada, e todos os convidados passaram a mão naquela barriga, como se eles mesmos tivessem colocado o bebê ali dentro. Depois de sentir o volume da gravidez, todos parabenizaram Mike por sua potência excelente.

— Você fez um bebê e tanto nela, irmão — comentou Josh.

— Minha querida, você está mais linda do que nunca! — elogiou Tom.

Então, apareceram Vanessa e Nikki e todo o processo se repetiu, com abraços de quebrar costelas e beijos babados. Era toda uma nova experiência para Luke. Mesmo em sua própria família, com seus irmãos de sangue, ele nunca tinha visto algo assim. Aquilo o deixou curioso, o modo como aqueles homens se comportavam com as esposas uns dos outros, como se fosse aquilo o que esperavam deles. Como se eles idolatrassem as esposas alheias tanto quanto as próprias, tratando-as com um carinho que não era superficial; uma intimidade que era ao mesmo tempo muito profunda e totalmente respeitosa. A confiança era implícita; a afeição parecia autêntica. A segurança que sentiam em seus relacionamentos era evidente.

Luke nunca tinha vivido em um mundo como aquele.

Preacher estava cozinhando peixe, arroz e legumes e servindo uns petiscos. Aquele homem tipicamente sério tinha ficado alegre e Luke nunca o tinha visto com um sorriso tão largo. Todos comeram e beberam, e o local foi ficando mais barulhento à medida que a noite avançava. Aos poucos, as mulheres começaram a desaparecer, indo cuidar dos filhos.

Cheio de gratidão, Luke se deixara arrebatar por aquela sensação de irmandade. Isso aliviou um incômodo que ele vinha sentindo havia algum tempo: a falta que sentia dos próprios irmãos. Mas, quando reparou que as mulheres estavam começando a ir embora, procurou por Shelby. Mel tinha vestido a jaqueta e Jack a ajudou a sair do bar com as crianças. Shelby ficou sozinha.

O relacionamento deles estava começando a esquentar quando o dr. Mullins morreu. Nas semanas que se seguiram, Luke tinha estado com Shelby algumas vezes, mas ela só encostava a cabeça em seu peito e suspirava pesado, cansada e triste. Estava sendo pesado enfrentar aquela perda, tanto em termos emocionais quanto em termos de carga de trabalho, e o evento tirou dos trilhos o que, para Luke, vinha sendo um processo sério de sedução.

Ele foi até ela antes que Shelby pudesse ir embora ou começasse a conversar com alguém. Quando se aproximou, ficou animado ao vê-la sorrir.

— A gente tem se visto menos do que eu gostaria…

— É, as coisas estão bem difíceis… Você está bem? — perguntou ela.

— Estou ocupado. Sem você para me distrair, terminei um monte de coisas. Mas e você?

Ela deu de ombros.

— Temos ficado ocupadas resolvendo as coisas do dr. Mullins. Não tem sido fácil para Mel. Ela está arrasada, mas é uma mulher forte.

— Eu sinto muito pela perda, Shelby.

— Obrigada. Eu estou bem, eu não era tão próxima dele quanto ela. Eles tinham uma relação bem intensa. Divertida, com alguns conflitos, mas de confiança. Como eles viviam às turras, não estava na cara… mas eles se amavam. Ela tem me contado todas as histórias sobre ele… quando ele foi para a floresta, entrou em acampamentos cheios de pessoas que poderiam ser perigosas, tentando ajudar sem se preocupar com o risco que corria. Também contou sobre como o dr. Mullins costumava burlar as regras em prol do bem-estar da cidade, das pessoas. Sério, o cara era um ícone. Tenho aprendido muito.

— Você parece cansada — constatou ele, passando um dedo na pele macia do rosto dela.

— A rotina da clínica é cansativa. Não sei o que seria da Mel se eu não estivesse aqui, viu? Mas e as reformas, como estão?

— Estou com um vazamento no telhado, Paul vai voltar para ajudar — respondeu Luke, sorrindo. — Mas lixei e envernizei os pisos, pintei e texturizei as paredes, instalei portas, janelas e rodapés, tudo novo, também coloquei bancadas e armários novos. A varanda está firme e todos os chalés agora têm telhados novos, graças à equipe que o Paul cedeu para me ajudar — explicou Luke, e seu sorriso se alargou. — Ainda falta muita coisa a fazer para ficar tudo legal, mas eu posso acender a lareira de noite e o banheiro já está funcionando. Ah, e o chalé do meu vizinho Art ficou bem legal. Ele está bem orgulhoso. É a primeira vez na vida que tem a própria casa.

— Quando terminar de resolver as pendências do dr. Mullins, vou passar para dar uma olhada.

— Nós precisamos de um tempo a sós, eu e você.

— Isso seria ótimo. Mas tem a temporada de caça…

— Tem a temporada de caça — confirmou ele. — Depois a temporada vai acabar e nós vamos pensar em alguma coisa.

— Eu me comprometi a ajudar Mel na clínica de segunda à sexta — explicou.

— Tudo bem, sem problemas. Agora vamos dar um pulo ali na varanda? — sugeriu ele. — Queria abraçar você um pouquinho antes de você ir embora.

— Com certeza. Essa é a melhor parte do meu dia — disse ela, saindo com ele porta afora, de braços dados.

Quando todas as mulheres se foram, os baralhos e os charutos surgiram. Os homens juntaram as mesas e deram as cartas. Luke puxou uma cadeira e aceitou com bastante avidez um charuto de bitola grossa. Todos se sentaram, menos Jack.

— Estou indo para casa, gente — anunciou. — Mel disse para eu ficar, mas ela não está muito legal e…

— É… — disse alguém.

— Ela está arrasada, né? — completou outro.

— Diga a ela que a gente a ama — acrescentou um terceiro. — Perder alguém tão próximo machuca demais.

— Vou falar, podem deixar — disse Jack. — Mel é dura na queda, mas, às vezes, ajuda se eu estiver por perto. Quatro da manhã? — perguntou.

— Quatro da manhã — confirmou Preacher.

— Escuta, se eu não estiver aqui… — começou Jack.

— Relaxa, camarada — interrompeu Paul. — Mel é prioridade.

— Ela detesta quando atiro em animais. E, normalmente, eu atiraria neles mesmo assim…

— Não precisa dar nenhuma explicação, sargento — disse Joe. — É uma época daquelas…

— Não destruam o bar — pediu Jack, pegando a jaqueta.

Algumas semanas tensas e frustrantes se passaram para Cameron, e Brandy não deu nenhum sinal desde aquela noite que eles passaram juntos. *É a história da minha vida*, pensou ele. Parecia que todas as vezes que tinha uma mulher interessante nos braços, alguém que poderia se apaixonar por ele, ela desaparecia antes que Cam pudesse conquistá-la.

No dia em que ele voltou ao Hotel Davenport, encontrou o mesmo rapaz atendendo no balcão. Cameron não sabia o nome dele, mas o jovem o tratou de maneira bem íntima:

— Como vai, doutor? Aceita uma bebida?

— Sim, sim. Você se lembra da mulher que eu conheci aqui há algumas semanas? Não voltei aqui desde então.

— Lembro vagamente — respondeu ele, dando de ombros, um gesto muito significativo.

Cameron tinha certeza de que ele se lembrava direitinho, já que o bar estava praticamente vazio, mas o trabalho dele era não reparar nas coisas.

— Estou tentando encontrá-la. Não sei o nome dela.

— Desculpe, doutor. Eu também não.

— Bom, como ela pagou pelo que bebeu antes de eu chegar?

— Ela assinou a comanda, estava hospedada aqui.

— Graças a Deus! Você pode dar uma olhada nos recibos dela? Qualquer coisa?

— Se eu fizer isso — explicou o bartender com um tom de voz grave —, serei demitido.

— Ela disse que estava em um casamento. Quais as chances de eu conseguir descobrir quem eram os noivos?

— O gerente pode passar os nomes da conta. Tinha um letreiro no lobby. Os sobrenomes não vão ser muito úteis, acho, mas talvez ligando para o jornal o senhor possa investigar se eles publicaram algum proclame.

E essa foi a próxima missão de Cameron, que felizmente se provou bastante fácil de ser cumprida. Ele conseguiu descobrir que era o casamento de uma moça de sobrenome Jorgensen e Joe Benson, arquiteto em Grants Pass.

Então, ele foi até a empresa onde Joe trabalhava, entregou um cartão e disse:

— Conheci uma convidada do seu casamento no bar do Davenport. O nome dela é Brandy, mas não tenho o sobrenome. Gostaria de chamá-la para sair. Você pode me ajudar?

— Brandy? Não conheço ninguém com esse nome.

— Tem certeza? Uma mulher linda, cerca de um metro e sessenta, cabelo loiro-escuro ou castanho bem claro e olhos escuros bem grandes. Ela tem 31 anos, estava usando um vestido dourado...

— Amigo... — Ele deu uma gargalhada. — Você acabou de descrever metade das mulheres que estavam no meu casamento. Todas as madrinhas estavam de vestido dourado. Minha esposa era comissária de bordo e o lugar estava lotado de mulheres lindas mais ou menos dessa idade. Como foi que você a perdeu?

— Nem queira saber — disse Cameron, olhando rapidamente para baixo. — Parece que não sou mais tão irresistível para as mulheres.

— Sinto muito, amigo. Mas vou guardar seu cartão e perguntar para minha esposa. Pode ser?

— Não vai ajudar muito, mas melhor do que nada. A maioria dos seus convidados era de Grants Pass mesmo?

— Não, para falar a verdade… a maioria veio de fora da cidade. Minha família está aqui, mas a família da Nikki é de São Francisco. E as amigas dela vieram de todos os lugares. Literalmente.

Cameron ficou calado por um instante.

— Eu e ela realmente nos demos muito bem.

— E como assim você não pegou o nome e o número dela? — perguntou Joe.

Cameron riu, sem achar a menor graça.

— Ela disse que entraria em contato, mas nada. Não faço ideia do porquê. Sério, foi… — Ele engoliu em seco. — Não faço ideia do porquê — repetiu.

Joe enfiou as mãos nos bolsos, fitou o chão e balançou a cabeça.

— Acredite em mim, amigo. Sei o que você está sentindo. Só não sei se consigo ajudar.

— Mas você pode perguntar para sua esposa?

— Posso, claro.

— Beleza, eu volto a entrar em contato então. Obrigado — disse Cameron.

Alguns dias depois, Cameron telefonou para Joe, mas ao que parece a esposa dele não tinha nenhuma amiga chamada Brandy. A descrição da mulher que ele procurava combinava com a de duas ou três amigas, todas casadas.

As possibilidades eram infinitas. Ela inventou o nome, talvez tenha brigado com o marido, poderia estar enfrentando um divórcio bem complicado. Ou quem sabe ela estava reconsiderando a decisão de se divorciar. Ou o marido estivesse. Se o desgraçado fosse esperto, não deixaria uma mulher como aquela ir embora.

Qualquer que fosse o motivo, a verdade é que Brandy não quis entrar em contato, caso contrário teria telefonado.

É isso, disse Cameron para si mesmo. *Chega. Acabou. Nada mais de conversas com mulheres lindas e solitárias em bares de hotel.*

Mas Cameron não se sentiu mais leve com essa decisão. Um dos sócios comentou que ele parecia meio deprimido ultimamente. Cam disse que não era nada, distraindo o interesse do cara, mas sabia exatamente o que havia de errado. Aquela mulher dos sonhos desaparecera por completo e ele não parava de se perguntar por quê. Tudo de que ele se lembrava daquela noite dizia que eles tinham uma chance. Cam se esforçara para tratá-la como o ser humano mais especial do mundo e, na verdade, não tinha sido esforço algum agir assim. Porque ela realmente era o ser humano mais especial que ele já conhecera.

Certa noite, quando só havia sobrado ele na clínica, Cameron decidiu organizar a sala de espera. Brinquedos e revistas estavam espalhados por toda a parte e a recepcionista nova não era muito boa em ajeitar as coisas no fim do dia. Bastariam quinze minutos para que ele organizasse tudo e a equipe de faxina pudesse fazer uma bela limpeza depois. Depois de guardar os brinquedos, ele começou a empilhar os livros infantis e as revistas dos adultos.

E, então, lá estava ela: seu rosto o encarava de uma fotinho no canto da capa da revista *People*. Ele se sentou pesadamente em uma cadeirinha de criança da sala de espera e ficou olhando para a página. Se não era ela, com certeza era bem parecida.

KID CRAWFORD SE SEPARA PELA TERCEIRA VEZ.

Ele leu a matéria. Kid Crawford, famoso astro do rock, tinha se casado com uma comissária de bordo que conhecera durante um voo. A união durou menos de um ano. Cameron fez umas contas — Brandy dissera ter recebido os papéis do divórcio nove meses antes, o que fazia com que o casamento tivesse durado menos de três meses. Uau. Considerando o motivo pelo qual ele mesmo estava péssimo, conseguia imaginar muito bem o mal que aquilo devia ter feito a ela. Não era à toa que estava deprimida.

Havia mais fotos na reportagem, além de fotos das duas primeiras esposas e da nova namorada, com quem, supostamente, ele já estava morando seis meses antes de se divorciar. Talvez a coisa mais difícil de aceitar fosse que aquela mulher tão elegante, tão doce e cheia de qualidades tivesse se casado com um cara horroroso, barbudo e com aspecto de sujo, que usava calça jeans rasgada, óculos escuros, correntes e tatuagens espalhafatosas.

Não era de se espantar toda a dor e a solidão que ela deveria estar sentindo. Ele levou a revista até empresa de Joe Benson. Joe se levantou e estendeu a mão para cumprimentá-lo.

— Ei, doutor. Desculpe, mas eu realmente não tenho mais nenhuma novidade sobre a convidada misteriosa do nosso casamento.

Cameron mostrou a revista.

— Você conhece ela? — perguntou.

A expressão no rosto de Joe disse tudo. Ele não conseguiu disfarçar.

— Abby — disse ele, enfim. — Sinto muito, cara. Eu tinha um pressentimento de que pudesse ser ela.

— Mas você não me disse…

Joe deu de ombros.

— Eu não podia. Sendo bem sincero, simpatizei com você, de verdade, mas não me sinto confortável falando sobre uma mulher vulnerável para alguém que eu não conheço direito. Mesmo sentindo que você está sendo sincero.

— Entendo.

— Minha esposa disse que Abby teve um ano bem ruim. Eu detestaria complicar ainda mais as coisas para ela — disse Joe, dando um tapinha na revista. — Tem sido simplesmente horrível.

Cameron franziu a testa e balançou a cabeça para os lados.

— Como foi que ela acabou com um idiota desses?

— Ele é mesmo um idiota, mas isso que você está vendo aí é só fachada. Ele nem tem essa aparência. Tenho certeza de que metade dos fãs nem o reconheceriam no dia a dia. O nome dele é Ross e eu nunca estive com ele pessoalmente, mas minha esposa foi ao casamento secreto dos dois e disse que ele é bonito, bem-cuidado e charmoso. Só que acho que agora ele não é mais nada disso.

Cameron deixou a cabeça pender por um instante, processando as informações.

— Entendi. Você ainda tem o meu cartão? — perguntou, mexendo no bolso de trás da calça, em busca de sua carteira.

Joe ergueu uma das mãos.

— Tenho — disse.

— Se você puder só mandar um recado, dizendo que eu gostaria de vê-la em algum momento…

— Claro. Vou pedir à minha esposa para falar com ela.

Alguns dias se passaram sem que recebesse qualquer telefonema e, então, ele soube: ela não ligaria. Se Brandy, Abby, tivesse qualquer interesse, aquele seria um bom momento para entrar em contato com alguém que se importava com ela, que queria começar um relacionamento que não fosse a piração de um astro do rock. Ele se forçou a aceitar os fatos: tinha sido só por uma noite. Nada mais.

Capítulo 10

Abby MacCall Crawford, também conhecida como Brandy por uma noite, tinha traçado um plano muito simples ao voltar para Los Angeles do casamento em Grants Pass. Ela assinaria os papéis do divórcio, se livraria rapidinho daquilo e reconstruiria sua vida. Afinal de contas, seu casamento com Ross Crawford tinha terminado praticamente no momento em que começou e, embora, em termos técnicos, ela tenha sido a sra. Crawford durante dez meses, ele já morava com outra mulher havia seis e fazia nove que ela não o via ou conversava com ele. Seria uma mera formalidade. Que já deveria ter sido resolvida havia muito tempo.

Mas não seria tão fácil assim.

Primeiro, ela precisaria contratar um advogado porque havia "termos" no acordo oferecido por Ross. Seu marido tinha contraído umas dívidas impressionantes em cartões de crédito, a maior parte durante o período de separação, e essas dívidas também recaíram sobre ela, muito embora seus rendimentos não chegassem à décima parte dos dele. A simples negociação do valor para um terço do que Ross exigia custaria a ela uma enorme soma em honorários dos advogados e, mesmo assim, ela ficaria com uma conta que jamais conseguiria quitar.

Abby estava se perguntando pela milionésima vez como tinha se enfiado naquela confusão.

Ross Crawford a deixara caidinha com suas cantadas bem elaboradas e ela se apaixonou perdidamente, e bem rápido. Ross era baixista de uma banda bem famosa, tinham se conhecido num voo. Na primeira classe, ele era completamente diferente do cara que se apresentava nos palcos: com uma calça cáqui elegante e uma camisa branquíssima, o cabelo bem aparado, o rosto barbeado e um sorriso inebriante. O homem tinha tanto *carisma*, tanto *bom humor*! No palco, ele usava calça jeans rasgada, correntes e exibia uma barba de três dias por fazer que ele deixava crescer antes de se apresentar, além de um cabelo comprido todo despenteado que não era dele de fato. Ela já conhecia a banda, e ria quando pensava em como aquele cara podia ser o mesmo do voo. Mas fato era que ela se apaixonara por um cara famoso e chegou a ver a própria foto na capa dos tabloides mais de uma vez.

Quando ela o conheceu, Ross estava voltando a Los Angeles depois de passar por um tratamento para dependência química, um segredo muito bem guardado do público. O segredo, no entanto, não era que Ross tinha usado drogas, mas sim que tinha *parado* de usar. Havia uma certa aura envolvendo astros do rock viciados, uma que os faz parecer mais ousados e perigosos, mais populares. O fato de ele estar em recuperação não a impediu de continuar a vê-lo; ela sentia orgulho dele. Ross frequentava duas reuniões por dia e não falava de outra coisa. Os outros integrantes da banda não usavam drogas, disse ele. Na verdade, foram eles que fizeram a intervenção, exigindo que ele mudasse de vida caso quisesse continuar com eles. Ross se convenceu; ficou limpo, como os testes de urina regulares provavam. Ele queria uma vida estável, uma esposa, uma família, alguma coisa pela qual genuinamente desejasse voltar para casa.

Abby se casou com ele rápido demais porque já passava todos os dias e noites ao lado de Ross. Poucas semanas depois da celebração, Ross entrou em turnê. As ligações diárias duraram apenas algumas semanas e, embora ela pudesse facilmente organizar a escala para que seus voos coincidissem com os locais onde tocaria, ele disse que estava ocupado demais com os ensaios, as viagens e as apresentações exaustivas. Mas ela sabia — ele tinha voltado a usar drogas assim que saiu em turnê. Dava para ouvir em sua voz: primeiro o tom arrastado do álcool, depois a euforia intensa da cocaína. E então ele parou de atender os telefonemas dela; as ligações caíam direto na caixa postal.

Ela ficou tão constrangida de sua própria inocência que durante semanas — que viraram meses — tentou fingir que estava tudo bem, que simplesmente era difícil ficar separada dele enquanto a banda estava em turnê. Até que de repente começaram a aparecer na mídia fotos dele com outras mulheres. A seguir, o advogado dele telefonou; ela recebeu os documentos do divórcio. Ross sequer se deu ao trabalho de telefonar. Quando ela se reuniu com algumas amigas no casamento de Nikki em Grants Pass, todo mundo já sabia que seu relacionamento tinha acabado havia muito tempo e ela teve de encarar a pena das pessoas. Por isso, fugiu da festa antes do fim e, no dia seguinte, de manhã bem cedinho, foi embora da cidade.

O ponto de virada tinha sido aquela noite maravilhosa com o desconhecido. Algo completamente acidental. Quando ele a deixou no bar e foi reservar um quarto no hotel, Abby não tinha a menor intenção de passar a noite com ele. Ela se levantou da mesa e foi até os elevadores, para voltar para o quarto. Mas quando Cameron a viu ali e pensou que Abby estava esperando por ele, a expressão em seu rosto foi tão sensual e cheia de ternura que ela se derreteu. Quando ele a pegou pela mão e a puxou delicadamente para dentro de seus braços, a necessidade de ser abraçada e tratada com carinho superou qualquer bom senso.

No fim das contas, ela estava feliz por ter vivido aquela noite. Alguma coisa na experiência era um sinal de que a vida não tinha acabado, que, depois que o processo de divórcio terminasse, ela poderia, de fato, ser feliz de novo algum dia. A ideia dela era simplesmente voltar ao trabalho, tomar cuidado para não se aproximar de qualquer outro passageiro sedutor e se recuperar das expectativas estraçalhadas a respeito do amor. Então, ela recomeçaria tudo. Quando tudo estivesse nos trilhos novamente, ela pensou que talvez pudesse procurar aquele lindo médico e, quem sabe, conhecê-lo melhor.

Mas, nos dias frios do final de outubro, o divórcio ainda não havia sido concluído e ela estava sentada no consultório do ginecologista, com lágrimas rolando por seu rosto.

— Eu simplesmente não sei como isso pode ter acontecido. Sempre tomei pílula e nunca...

O dr. Pollock segurou a mão da paciente.

— Eu explico exatamente como isso aconteceu, Abby. Você estava tomando antibióticos por causa da infecção no ouvido e isso afetou a eficácia do seu anticoncepcional oral. Eles não avisaram isso na clínica? Quando prescreveram o antibiótico?

— Talvez tenham avisado — admitiu ela, fungando.

Na verdade, quem sabia do que eles tinham falado? Havia tanta coisa acontecendo ao mesmo tempo. Primeiro, ela tinha sentido dor no ouvido e, sabendo que entraria em um avião em breve e que não conseguiria resolver o problema a tempo, tinha ido direto para a clínica da companhia aérea. Se houve um aviso sobre o antibiótico afetar a eficácia de seu anticoncepcional, ela sequer pensara no assunto — a pílula que ela tomava não estava sendo usada para nada mesmo... Seu marido tinha ido embora; os advogados ligavam toda semana para falar do divórcio. E, então, um lindo e jovem médico a encontrou triste e solitária no bar do hotel, pagou alguns drinques e a levou para o quarto, onde fizeram um sexo incrível e inesquecível.

Um completo estranho. Ela engravidara de um cara totalmente desconhecido.

— Meu Deus... O que faço agora? — choramingou.

— Você tem algumas opções — sugeriu o médico. — Mas você precisa decidir se quer interromper a gravidez o mais rápido possível. Quanto mais você espera, mais complicado fica.

Por um instante, ela considerou entrar em contato com Cameron Michaels. Nikki tinha ligado para perguntar se ela gostaria de encontrá-lo; ele tinha ido até o escritório de Joe, procurando um jeito de entrar em contato com uma mulher que batia com a descrição dela. Abby se fingiu de boba; não estava querendo contar o que tinha acontecido nem para as melhores amigas, pelo menos não antes de ter um plano.

— Putz — disse ela à amiga. — Eu conversei com uns caras legais no bar do hotel naquela noite, mas não reconheço esse nome.

Agora era tarde demais. Se Abby o procurasse, ficaria presa a ele para sempre, mesmo que ele ocupasse apenas o papel de pai. E se descobrisse que não queria um relacionamento permanente com aquela pessoa? Não podia arriscar. O fato de ele ter sido perfeito por uma noite não significava nada! Até Ross tinha sido perfeito por alguns meses!

Mas em pouco tempo a vida dela tinha virado um caos; como se não bastasse o divórcio em si, Abby começou a ser perseguida por paparazzi, sedentos por detalhes sujos da história, o que piorou bastante as coisas. Ross tinha se transformado em um excelente alvo para as histórias dos tabloides.

E havia mais uma questãozinha persistente: o acordo pré-nupcial. O advogado de Ross começaria a enviar uma pensão mensal — dez mil dólares —, diante da fidelidade dela durante o casamento. Na ocasião em que ela assinou o documento, parecera quase bobo: se ela prometesse ser completamente fiel durante o casamento, receberia aquele valor em caso de divórcio, até se casar de novo. Homens ricos adoravam fazer acordos assim, porque assim esposas com quem ficam pouco tempo casados não acabam recebendo milhões. Abby nunca havia esperado que o casamento durasse pouco.

Quando a gravidez ficasse evidente, Ross ou seus espiões poderiam provar que ela tinha transado com outro homem mais de um mês antes de o divórcio ser encerrado. Abrir mão da pensão não significava nada para ela; Abby não ligava para dinheiro. Mas as dívidas que Ross tinha deixado no nome dela eram imensas. Ela não planejava enganar Ross por causa disso, mas aquelas dívidas que ultrapassavam os quarenta mil dólares eram dele, não dela. Abby poderia ter o bebê se encontrasse um jeito de esconder a gravidez, ou pelo menos a data da concepção.

De volta a Los Angeles, ligou para o advogado e assinou os documentos do divórcio em questão de semanas — mas faltava ainda um mês para que voltasse a ser solteira — e um bom obstetra conseguiria determinar a data provável para o parto com bastante exatidão com a ajuda de um exame de ultrassom. Qualquer dúvida a levaria para a justiça, o que traria custos ainda maiores. Abby não era uma estrela do rock milionária, mas sim uma comissária de bordo cuja renda era completamente consumida pelas despesas domésticas e cuja poupança e o dinheiro guardado para quitar a pequena casa tinham sido consumidos pelos honorários legais. Precisava sair completamente do radar; não podia sequer voltar para ficar com sua família em Seattle até a data do parto.

Decidiu rapidamente. Ela teria o bebê, mas ninguém poderia saber até que tudo tivesse acabado e a criança tivesse alguns meses.

Quando Paul Haggerty decidiu realocar parte de sua empreiteira em Virgin River, deixando Grants Pass, a única exigência de sua mãe foi que ele levasse os netos para visitá-la uma vez por mês. Até agora, a única criança que existia de seu casamento com Vanessa era o pequeno Matt, que era filho do primeiro casamento da esposa, mas, para Marianne Haggerty, Matt era tão seu neto quanto se fosse filho legítimo de Paul. E, para Vanessa, as pequenas viagens para visitar a família de Paul eram pausas maravilhosas. Na verdade, ela se valia daquelas viagens para garantir que Mattie também passasse ao menos uma tarde com os avós biológicos, Carol e Lance Rutledge.

No entanto, naquele fim de semana do começo de novembro, Matt não estava gostando muito da visita, atipicamente. Seus dentinhos estavam nascendo e ele estava com diarreia e uma gripe muito forte. Quando, no sábado de manhã, uma tosse assustadora se instalou em seu peito, Vanni e Paul consideraram fortemente fazer uma visita ao pronto-socorro

Mas Paul queria que o filho fosse tratado por um médico no qual soubesse que podia confiar. Em um impulso, telefonou para Cam.

— Oi, Cameron. Paul Haggerty aqui, tudo bem? Então, cara, sinto muito incomodar você em casa, mas estamos visitando o meu pessoal aqui na cidade e nosso filho está doente. Ele está com febre, diarreia e uma tosse bem feia. Será que por acaso você está de plantão? Ou, quem sabe, pode indicar alguém com quem poderíamos fazer uma consulta?

— Oi, Paul. Pode levar ele lá no consultório, vamos dar uma olhada — disse Cameron. — Chego em meia hora.

— Nossa, cara, você não sabe o quanto eu agradeço. Acho que Vanni está ficando uma pilha. Inferno, na verdade... Eu mesmo estou ficando uma pilha.

Cameron pediu que eles fossem logo para a clínica, e quando Vanni e Paul chegaram com o bebê, Vanni estava quase chorando de tanta preocupação.

— Ei, ei — começou Cameron, passando um braço por cima dos ombros da mulher. — Não vamos ficar preocupados antes de saber com o que devemos nos preocupar, tá? Ei, garotão — disse ele, pegando o bebê do colo da mãe. — Uau, você deve ter dobrado de tamanho!

— Cameron, nem sei como agradecer — disse ela. — Ele estava bem até começar a tossir.

E, como se estivesse esperando a deixa, Mattie começou a dar uma tosse demorada, profunda e carregada, que fez com que seu rosto ficasse vermelho.

Cameron colocou o bebê na mesa de exames e auscultou seu peito antes de tudo. A seguir, mediu a temperatura, verificou os ouvidos e a garganta e palpou aquele corpinho rechonchudo.

— Ele ainda está mamando no peito? — perguntou o médico.

— Algumas vezes ao dia. Umas três... de manhã, na soneca da tarde, na hora de dormir.

— Certo, vamos fazer o seguinte... e ele não vai gostar nem um pouco. Mas isso pode ser um crupe. Ou pelo menos uma bronquite. A cor dele ainda está boa e ele não está tendo dificuldades para respirar, mas essa tosse que parece um latido é uma evidência bem clara. Vou precisar pedir um raio X, mas vou ligar no laboratório para avisar que vocês estão indo... Não quero esse rapazinho esperando junto de um monte de gente doente, nem infectando uma sala lotada de pessoas que só torceram o tornozelo. Vou dar um antibiótico para ele e vou administrar um pouco de oxigênio antes de vocês irem embora, além de uma bela dose de Tylenol para a febre. Também vamos precisar reforçar a reidratação dele, pode ser Pedialyte. Nada de leite materno, leite artificial, suco ou comida. Os antibióticos tendem a causar diarreia e ele já está tendo um episódio, não queremos que piore. Quando vocês chegarem em casa, quero que passem bastante tempo com ele perto de um chuveiro bem quente, para o vapor ir soltando o catarro do peito. Façam isso quantas vezes conseguirem.

— Certo — confirmou ela.

— E aí fiquem de olho, ok? Se Mattie tiver qualquer dificuldade para respirar ou se ficar meio azulado, liguem para mim que eu encontro vocês no pronto-socorro... Vou dar para vocês o número do meu celular. Mas acho que intervimos a tempo. Você sabe o que fazer se ele tiver febre alta de repente?

— Banho frio? — perguntou ela.

— Nem frio nem quente, morno — explicou ele. — Não deixe ele embaixo d'água por muito tempo, mergulhe rapidamente, passe um pano molhado nele e depois o seque. Ele está com trinta e oito e meio, antes do Tylenol, o que não é nada assustador na idade dele. Se ele chegar perto de trinta e nove e meio, aí vocês me ligam na mesma hora. Mas o Tylenol normal deve ser suficiente para controlar a febre.

Cameron preparou a dose para o bebê em seu armário de medicamentos. A seguir, instalou o oxigênio e, segurando o bebê no colo, ajustou as cânulas nas narinas de Matt a despeito do desconforto do pequeno. Cam o segurou enquanto o oxigênio circulava e, então, o bebê se acalmou em suas mãos experientes.

— Quando vocês estão planejando voltar para Virgin River?

— Queremos ir amanhã à tarde — respondeu Paul.

— Eu gostaria que vocês ficassem por aqui até que esteja claro que ele está se recuperando. Vocês não vão querer estar no meio da viagem e essa coisa atacar de novo. Acho que não consigo pensar em nada mais provável de provocar um acesso de tosse do que deixar a criança horas na cadeirinha do carro. As crises de crupe tendem a aparecer durante a noite… Pode ser que vocês não consigam descansar muito esta noite ou na próxima. Vocês têm como adiar a volta até terça?

— Vamos fazer o que você pedir — garantiu Paul, enlaçando a cintura de Vanni.

— Certo, se eu não o vir antes disso, quero dar uma olhada nele, auscultar esse peito, na terça de manhã. Se estiver tudo limpo, vocês podem pegar a estrada. E quem sabe vocês podem pedir ao dr. Mullins para dar uma olhada no Matt quando voltarem para Virgin River. Ele provavelmente já tratou uma penca de crupes em todos estes anos.

Paul e Vanni se entreolharam, chocados, depois se voltaram para Cameron.

— Meu Deus, Cameron, sinto muito — disse Paul. — Acho que você não tinha como saber, mas… o dr. Mullins morreu há pouco mais de um mês.

— Quê? — perguntou Cameron, surpreso. — O que aconteceu?

Paul deu de ombros antes de responder:

— Não sabemos direito. Mel encontrou ele de bruços no chão da clínica e tentou fazer a ressuscitação com massagem cardíaca, mas não conseguiu salvá-lo. A filhinha bebê dela, Emma, estava deitada ao lado dele no chão, como se ele estivesse com ela no colo quando teve um ataque cardíaco ou alguma coisa assim.

— Ai, meu Deus — disse Cameron. — Que horror! E a neném?

— Está bem, graças a Deus.

— E como é que a cidade está diante disso?

— Está todo mundo meio abalado — disse Paul. — Mel está fazendo o melhor que pode lá na clínica. A prima de Vanni, Shelby, já está na cidade faz um tempinho e tem ido à clínica todos os dias para ajudar com as crianças, os pacientes e a papelada. Stone e Hudson, de Grace Valley, estão recebendo os pacientes quando Mel não dá conta. Mas só mexer nas coisas do dr. Mullins… são mais de quarenta anos acumulados, né… já tem ocupado demais o tempo da Mel. Ela está sofrendo e trabalhando demais… e a pequena Emma mal completou 6 meses.

— Pelo menos ela tem Shelby. Por enquanto — disse Vanessa. — Mas minha prima está só de passagem. Ela quer ir embora depois das festas de final de ano. Meu Deus, Cameron, sinto muito por não ter pensado em telefonar para avisar.

— Por que você faria isso, Vanni? Eu encontrei o homem uma vez, conversei com ele por menos de uma hora. Nesse curto período, me diverti muito com o jeito dele e era bem óbvio que ele era uma sumidade quando se tratava de medicina de interior. Era um cara que realmente se importava com as pessoas da cidade. Além de vocês dois, não tínhamos outros amigos em comum. Mas ainda assim é triste. É uma perda e tanto para Virgin River. Sinto muito mesmo.

Matt tinha adormecido nos braços de Cameron e estava respirando melhor, tossindo menos com o oxigênio.

— Mel publicou um anúncio para procurar um novo médico, mas quem é que quer ir morar numa cidade daquele tamanho? Eu não tenho ideia de quanto é o salário... acho que deve ser por rendimento. Sei que Mel e Jack recebem muitos produtos, vinhos e carnes que os pacientes da clínica oferecem como forma de pagamento.

Cameron deu uma risadinha.

— Na verdade, parece ser uma coisa ótima. Mas deve ser uma loucura com os planos de saúde.

Paul deu uma gargalhada.

— Esse não é um problema em Virgin River. Tem pouca gente coberta lá.

Cameron colocou o estetoscópio nas orelhas e auscultou rapidamente o peito de Matt.

— Está um pouco melhor — disse, e continuou com o bebê no colo mais um pouquinho. — Por favor, prestem minhas condolências à Mel — pediu Cameron. Seus olhos se concentraram no bebê enquanto ele completou: — Mullins era meio ranzinza, mas aposto que tinha um coração de ouro. — Então deu um sorriso e mudou de assunto. — Como vocês estão?

— Bem — disse Paul, dando um beijo na têmpora de Vanni. — Estou construindo em Virgin River. Estamos fazendo a nossa casa e mais duas propriedades. Acho que Vanni vai conseguir convencer você de que não cometeu um grande erro ao ficar comigo.

Ela sorriu para Paul, confirmando que estava feliz.

— Ainda estamos morando com o meu pai — completou ela. — Mas a casa vai ficar pronta antes do Natal... e ela fica no terreno dele, então vamos continuar por perto, só que não tanto.

— Parece perfeito.

— E estamos começando a pensar no próximo bebê — anunciou ela.

— Vocês deveriam. É bom ter filhos enquanto somos jovens — disse Cameron.

— O bebê de Paige nasceu no último verão, uma menininha. O parto de Brie está previsto para acontecer perto do Natal.

— Ora ora, eles não param de chegar — comentou o médico, balançando a cabeça ao mesmo tempo que dava uma risadinha.

— Ouvi dizer que Virgin River é bem fértil — disse Vanni, rindo.

— Você pesca, Cameron? — perguntou Paul.

— Olha, Paul, confesso que não tenho feito muita coisa além de ser médico há um bom tempo — respondeu.

— Venha pescar com a gente no rio Virgin — convidou Paul. — Tire uns dias de folga. Está começando a temporada do salmão. Os esturjões estão gordos.

— Deve ser ótimo. Você pesca muito?

— Não por causa das obras, mas se você for eu reservo umas manhãs... agora eu tenho bons supervisores. Ou peço para o Jack levar você. Ele adora qualquer desculpa para ir ao rio.

— Vou pensar — prometeu o médico, e retirou as cânulas das narinas do bebê. — Certo, agora preste atenção, Vanessa. Não importa o quanto ele reclame, só líquidos de reidratação, ok? Se não tratarmos a diarreia junto com os problemas respiratórios das vias superiores, ele vai desidratar. E não esqueçam do banho com vapor, certo?

— Pode deixar — concordou ela, pegando o bebê no colo. — Me passa o valor da consulta, Cameron?

— Fala sério — gargalhou Cameron. — Podem me pagar com um dia no rio, que tal?

— Fechado — disse Paul, sorrindo, e estendeu a mão. — Você ajudou muito mesmo, cara. Não sei dizer o quanto sou grato por isso.

— Fico feliz por vocês terem me ligado. Esse mocinho vai melhorar logo, logo.

Cameron Michaels não telefonou para ninguém em Virgin River. Ele tinha três dias de folga, então simplesmente pegou o carro e foi. Sua primeira parada foi na clínica, onde encontrou Mel sentada em frente ao computador.

— Olá — disse ele.

— Cameron, oi! — respondeu ela, se levantando. — O que te traz aqui?

— Não sei se Paul ou Vanni falaram alguma coisa, mas acabei de ficar sabendo sobre o dr. Mullins, Mel. Eu tinha uns dias de folga e quis prestar minhas condolências pessoalmente.

— Obrigada. Está sendo bem difícil.

— Como está indo a busca por um novo médico?

— Até agora nada — informou ela, dando de ombros. — Mas isso não é nenhuma surpresa... nós mal começamos a procurar. Além disso, Hope passou anos tentando achar outro médico para ajudar o dr. Mullins e ninguém se candidatou. Eu fui a pessoa que mais chegou perto de preencher a vaga e, sinceramente, se não estivesse passando por circunstâncias para lá de especiais, talvez também não considerasse vir para Virgin River.

— Posso perguntar... sobre as circunstâncias especiais?

— Claro. Que tal um café?

— Seria ótimo — disse Cam com um sorriso.

— Espera um minutinho, já volto.

Shelby estava na cozinha, sentada à mesa organizando a papelada enquanto as crianças dormiam — um no chiqueirinho e a outra no bercinho portátil. Mel serviu o café e convidou Shelby a se juntar a eles no consultório do doutor, assim a conversa não acordaria as crianças. Uma vez no consultório, ela os apresentou, e Cameron expressou suas condolências mais uma vez.

— Shelby já deve estar cansada de ouvir as minhas histórias de Los Angeles — disse Mel. — Eu era viúva quando conheci Jack. Meu marido era um médico emergencista. Trabalhamos juntos durante muitos anos antes de ele ser assassinado. Eu queria recomeçar minha vida, longe de Los Angeles. Encontrei Virgin River quando fui deixar meu currículo no banco de registro profissional. Vim para cá às cegas.

— E descobriu que era o lugar perfeito para você? — perguntou Cameron.

— Longe disso — respondeu Mel. — Não tive uma boa impressão da cidade, o salário era uma porcaria, o chalé onde eu poderia morar de graça era um casebre caindo aos pedaços... mas como eu estava fugindo da minha vida e um bebê tinha acabado de ser abandonado na varanda da clínica, acabei ficando por um tempo. — Ela deu de ombros e continuou: — Me apeguei rapidinho. Então, me apaixonei por Jack. Agora estou apegada. A medicina praticada aqui é completamente diferente da que eu conhecia na cidade. É como cuidar de pessoas da família. Essa gente é minha amiga. E, claro, se Jack está aqui, eu também estou.

— Mas como é ser médico por aqui? — quis saber Cameron.

— Temos que ser criativos e flexíveis. Olha… — disse ela, dando uma gargalhada — Seria ótimo ter um pediatra por aqui, não seria, Shelby?

— Ô se seria! Está rolando uma inundação de bebês nesta cidade.

— Não estou muito otimista de que vamos conseguir um novo médico e, para ser sincera, tenho perdido muitas noites pensando nisso. Não quero ser o único recurso se algo grande acontecer por aqui, tipo um acidente grave na estrada ou um acidente de caça. O problema é que não dá para um médico prosperar financeiramente aqui. Um monte de pagamentos é feito com serviços ou produtos que vêm dos ranchos, das fazendas e das vinícolas. Muito mais comida do que consigo comer e bem menos dinheiro do que preciso para sobreviver. Submeti uma proposta de financiamento para cobrir os custos do seguro que pagamos contra processos. O condado está cobrindo o meu seguro pessoal… eles reconhecem a importância de ter uma enfermeira certificada aqui. E, por incrível que pareça, o dr. Mullins nunca teve um seguro desses. Nunca foi processado, acredita? Ele sempre pensou que, se alguém ficasse chateado e acabasse com a carreira dele, tudo bem — disse Mel, dando de ombros. — Estou torcendo para o condado chegar junto se a gente encontrar alguém disposto. Tenho entrado em contato com faculdades de medicina, oferecendo uma vaga para que um residente em medicina da família recém-formado possa praticar um pouco de medicina rural… Ele ou ela poderia ficar aqui sob a supervisão de John Stone ou June Hudson. Se você souber de alguém…

— Talvez eu conheça — disse ele. — Vou falar com algumas pessoas.

— Não sei o que vai ser de mim quando perder Shelby.

Cameron olhou para a jovem.

— Estou aqui temporariamente — disse Shelby. — Passei uns anos cuidando da minha mãe que sofria de ELA e decidi passar um tempo aqui, na casa do meu tio, Walt, antes de tocar minha vida e fazer faculdade de enfermagem.

— Walt Booth? — perguntou ele.

— Aham. Sou prima da Vanni.

— De Bodega Bay — completou ele. — É, eles falaram de você.

— Sério? Você conhece eles?

— Fui apresentado — disse simplesmente. — Gente boa.

— Posso ajudar Mel durante mais um tempinho, mas tenho enviado minhas candidaturas para as universidades. Vai ser difícil, porque estou longe dos estudos e do mercado de trabalho faz bastante tempo. Mas a enfermagem é uma espécie de progressão natural para mim, se a gente considerar os meus anos como cuidadora da minha mãe.

— Mas o que você fez é extraordinário — acrescentou Mel, segurando a mão de Shelby.

— Boa sorte com tudo isso — disse Cam. — Então, Mel... como você está fazendo agora? Com os pacientes?

— Tenho mandado um monte deles para Grace Valley e, às vezes, June ou John passam metade do dia aqui, atendendo.

— Bem, aqui é um lugar maravilhoso para morar — comentou ele.

— É, sim. É lindo. Mas a pessoa tem que ganhar dinheiro para sobreviver, né? Enfim, o que te trouxe aqui, Cameron?

— Ah, o filho do Paul e da Vanni ficou doente enquanto eles estavam em Grants Pass e Paul me ofereceu um dia de pesca como pagamento pela consulta. O problema é que não avisei a ninguém que estava vindo, então não vou obrigá-lo a me oferecer companhia. Pensei em dar uma passada aqui para ver como vocês estavam e fazer uma visita ao meu pacientezinho.

— Ah, fiquei sabendo do crupe do Mattie — disse ela.

— Felizmente, ele ficou bem com o antibiótico, saiu dessa rapidinho. Será que por acaso vocês podem me mostrar a clínica? — perguntou ele.

— Com certeza. É pequena, mas muito funcional — começou a explicar Mel, um tanto orgulhosa. — Por aqui, doutor.

A primeira coisa que ela abriu foi a geladeira e lhe mostrou que havia um estoque tão grande de sangue e plasma quanto de comida, algo de que ele pareceu gostar bastante. Shelby voltou para sua papelada na cozinha enquanto Mel mostrava a Cameron a sala de exames e a sala de atendimento. No antigo consultório do dr. Mullins havia algumas caixas empilhadas no canto.

— São os artigos pessoais dele — explicou Mel. — Vou devolver tudo para a biblioteca da faculdade dele. Vou te mostrar a parte de cima.

Ela lhe mostrou o único quarto hospitalar da cidade, o espaçoso banheiro e o velho quarto do médico, completamente vazio e recém-pintado.

— Os móveis eram quase tão velhos quanto ele — explicou Mel. — Dei tudo e vou comprar móveis novos. Se não conseguirmos um médico, vou transformar em um quarto decente para que eu possa dormir quando tivermos um parto aqui.

— Bem bacana — elogiou ele. — Mas como vocês fazem para fechar as contas?

— Ah, não é tão difícil. Jack tem renda… ele é militar da reserva e o bar não deixa a gente rico, mas traz algum dinheiro para dentro do caixa. Eu tenho dinheiro investido e agora, graças à generosidade do dr. Mullins, sou dona da clínica. É uma contabilidade limpa. Os pacientes que não têm seguro-saúde quase sempre conseguem cobrir os custos dos exames de laboratório, raio X e medicamentos, e de vez em quando a gente recebe uma nota de vinte aqui ou ali. Os pacientes que recebem ajuda do Estado, em qualquer programa do governo, não precisam pagar nada. As pessoas por aqui são muito gratas e dão o seu melhor… costumamos receber um dinheirinho dentro dos cartões de Natal. O mais importante é que nunca ficamos no vermelho. E todos os equipamentos são nossos. Na verdade, desde que Jack abriu o bar, quase nunca cobrava as refeições do dr. Mullins. Jack faz isso com os bombeiros especializados em incêndios florestais, os policiais e os guardas florestais, não cobra nada quando estão a trabalho por aqui. O xerife e seus rapazes também param aqui de vez em quando para comer de graça. Temos um patrulheiro rodoviário que também nos visita. Jack e Preacher servem de graça qualquer um que esteja aqui ajudando com as necessidades da cidade.

Cameron deu uma risada e balançou a cabeça.

— Caramba, mas como eles conseguem bancar isso?

Mel sorriu.

— Quando os pacientes trazem produtos para pagar pelos serviços, eles vão direto para o consumo de todos. As pessoas não trazem coisas só para pagar pelas consultas. É normal trazerem excedentes das hortas, dos pomares, dos animais… Uma cesta de maçãs, uma caixa de frutas vermelhas, uma saca enorme de tomates, uma cesta com vagem… Preacher assa, coloca em conserva, congela e ama cada segundo disso. Um pagamento grande às vezes vem na forma de meio novilho. Ou alguns meses de creme de leite. E, além do mais, Jack tem tudo de que precisa. Quando cheguei aqui eu só enxerguei um dono de um bar e restaurante, mas não demorou muito para que eu descobrisse que ele é muito mais do que isso. Jack faz um pouquinho de tudo, desde pequenos consertos em carros e caminhonetes até construção civil. Ele nunca vai fazer compras sem antes passar na casa de uma dúzia de senhoras ou mães que acabaram de ter bebê para ver do que elas precisam. E, se estou realizando um parto, Jack fica acordado a noite toda, caso eu precise de alguma coisa. Detesto quando ele sai para caçar, mas a gente acaba comendo muita carne de caça deliciosa. E a maior parte do peixe que é servido no bar, ele e Preacher, às vezes até Mike, pescam no rio. Fica tudo no zero a zero — disse ela, dando de ombros. — Aqui é tudo bem simples, Cameron. Às vezes parece mais um povoado do que uma cidade. Mas o Jack... pode perguntar a qualquer um aqui... Jack é o centro desta cidade. É ele quem cuida das pessoas.

— Aposto que, se eu perguntar, eles vão dizer que você também é — disse Cameron, sorrindo.

— Eu faço o meu melhor. As mulheres... são minha especialidade.

— Não demorou muito para você se apaixonar pelo lugar.

— Vale a pena — garantiu ela. — Eu recebia um belo salário no hospital e meu trabalho era bem desafiador, mas Los Angeles é cara demais para viver. Não sei se estava tirando muito mais lá, mesmo com o contracheque gordo. Desde que a clínica me permita comer e pagar os custos do combustível, não preciso receber muito mais em troca. E eu me sinto muito melhor a respeito do que tenho feito aqui. Essas pessoas precisam mesmo de mim.

Ele apenas a olhou por um instante, em silêncio.

— Você encontrou o seu nicho — disse ele.

— Encontrei, sim. Eu tenho tudo aqui... menos um médico — disse ela, com uma risadinha. — Eu preciso mesmo de um. Somos poucos, mas não dá para ficar sem médico.

— Acho que tenho inveja de você.

— Eu também teria — disse Mel, sorrindo. — É um tipo diferente de vida.

— Posso imaginar. — Cameron apertou de leve o braço dela. — Bem, vou passar na casa dos Booth para ver como estão as coisas por lá. Avisar que estou aqui. Você vai jantar no bar hoje à noite?

— Estarei lá às cinco da tarde. Vou ficar só uma horinha. É temporada de caça de aves aquáticas, Jack chega tarde, e preciso colocar as crianças na cama.

— Vejo você às cinco, então — disse Cameron. — E, de novo: sinto muito por sua perda.

— Obrigada, Cameron — respondeu ela, estendendo a mão. — Ele era um pé no saco, mas, nossa, como sinto saudade dele…

Cameron partiu para a casa da família Booth, mas a encontrou vazia. Ele procurou primeiro no estábulo, a seguir pegou o carro e foi até a casa em construção. Havia bastante atividade em volta da obra, então ele atravessou uma tábua que levava à porta da frente e encontrou Paul no meio do grande salão, mãos na cintura, observando o cômodo praticamente acabado.

— Ei — disse Cameron.

Paul se virou.

— Cam! Você por aqui?

— Pois é! Eu tinha uns dias de folga e pensei em prestar minhas condolências a Mel. Mas nem te avisei, então não precisa se preocupar se não der para gente ir pescar.

Paul estendeu a mão.

— Não seja ridículo. Eu posso tirar uma manhã de folga.

— Que nada, não se preocupa, cara. Teremos bastante tempo para ir pescar. Preciso conversar com você sobre outra coisa.

— Claro, meu chapa. O que está pegando?

— Estou prestes a cometer uma loucura. E não posso fazer isso até que esteja bem claro para você que isso não tem nada a ver com a Vanessa.

* * *

As crianças estavam tirando uma soneca na clínica, Shelby bebia um refrigerante no bar e Mel estava sentada nos degraus da varanda quando Bruce trouxe o correio.

— Alguma amostra para o Hospital Valley hoje? — perguntou ele.

— Nada — respondeu a enfermeira, inspecionando os envelopes.

— Ótimo. Vou parar mais cedo hoje. Tenha um bom dia.

Mel se levantou, ajeitou o suéter mais junto ao corpo e entrou. O sol brilhava, mas estava ficando bem frio. Encontrou um envelope enviado por Cameron Michaels e o abriu. A primeira coisa em que ela pensou foi que ele tinha muita classe — provavelmente era uma carta de condolências ou um cartão de agradecimento. De dentro do envelope, ela tirou algumas páginas grampeadas. No topo, em itálico, lia-se: *Currículo de Cameron Michaels, médico, ABFM, ABP*. Mel ficou boquiaberta.

Ela viu as credenciais dele. Cameron era certificado em medicina da família e em pediatria, com anos de experiência no currículo: ou seja, um médico dos sonhos. Ela ainda não tinha fechado a boca quando pegou o celular e digitou o número do consultório dele em Grants Pass. Quando ele atendeu com um "alô", Mel foi dizendo:

— Você ficou louco?

Ele riu.

— Provavelmente. Mas só para você não achar que não é uma loucura completa, pensei em fazer um período de teste. Um ano. Dentro de alguns meses já vou saber se está funcionando para mim, então não vou deixar vocês na mão. Pedi licença do consultório.

— Mas, Cameron, você não tem uma casa aí? Vínculos?

— Eu odeio aquela casa… já coloquei à venda. Se eu voltar para cá, vou procurar alguma coisa bem diferente.

— Mas e quanto aos seus amigos? Família? Alguém especial… você sabe… Você não tem ninguém, um relacionamento?

— Nada me prende aqui, Mel. E posso levar minha mobília.

— Eu falei sobre como é a questão do pagamento…

— Essa não é a minha primeira preocupação. Vou morar na clínica, fazer minhas refeições no bar e eu sei que você vai ser justa na hora de me repassar o salário.

— Nossa senhora — disse ela. — Isso está mesmo acontecendo?

— Está, Mel. Eu realmente preciso de uma mudança na minha vida, sabe? Alguma coisa temporária, senão definitiva. Se você me acha qualificado, posso chegar aí logo depois do Natal.

Mel ficou um minuto sem palavras. Então, disse:

— Ho-ho-ho.

Cameron gargalhou.

Capítulo 11

Os dias frios e repletos de vento de novembro deram lugar a um sábado atipicamente quente e claro, com sol a pino — um dia perfeito para que Luke trabalhasse na área externa da própria casa ou dos chalés. Ou um dia perfeito para outra coisa.

Ele vestiu sua perneira de couro, colocou uma jaqueta de couro bem surrada por cima da suéter e foi ver se Art tinha trabalho o bastante para se manter ocupado durante a maior parte do dia. Shelby teria um dia de folga na clínica. Ainda era cedo quando ele pegou a Harley e foi até a casa dos Booth. A seguir, foi até a porta com o capacete na mão. Shelby abriu a porta de calça jeans, suéter, pés enfiados em meias e cabelo solto.

— Que tal a gente passear numa coisa diferente hoje? — perguntou ele. — Não está muito frio.

Ela olhou para além do ombro dele.

— Naquilo ali?

— Aham, só nós dois. Quer experimentar?

Ela deu um sorriso delicado.

— É seguro?

Ele lhe entregou o capacete.

— Bom, vou pilotar com cuidado. Mas é melhor você pegar uma jaqueta e alguma coisa para enrolar no pescoço. Botas e luvas. E talvez você queira prender o cabelo.

— Bem, por que não? — disse ela. — Entra enquanto eu me arrumo.

Ele entrou na casa e olhou ao redor, impressionado. O general tinha feito um ótimo trabalho reformando o lugar onde passaria o resto da vida. Luke escutou um bebê reclamar em algum lugar do corredor por onde Shelby tinha desaparecido. Ele atravessou o salão até a imensa janela e admirou a propriedade. Os cavalos no estábulo e, não muito distante dali, a casa que Paul estava construindo para ele e a esposa. Ainda havia muita bagunça de obra ao redor da construção, mas, por fora, parecia estar quase completa. Ele também viu o que parecia ser um túmulo no topo de uma pequena colina não muito longe. Ele não fazia ideia do que se tratava.

— Bom dia, Luke.

Ele se virou e viu Vanessa com o bebê no colo.

— Oi, bom dia, Vanessa. A casa está ficando ótima.

— Vamos estar nela antes do Natal, assim espero. Venha ver como está ficando qualquer dia desses. Paul é um gênio.

— Pode deixar.

— E a sua obra, como está indo?

— Melhor do que eu esperava — respondeu ele. — Vou levar Shelby para dar um passeio na Harley. O general não vai achar ruim, vai?

— Shelby já é bem grandinha — respondeu Vanessa, sorrindo.

— Pronto — anunciou Shelby, entrando no cômodo. Ela usava uma jaqueta de suede caramelo com franjas nos braços; franjas que esvoaçariam ao vento. — Essa jaqueta é quente o bastante, não é?

Luke sorriu. Ela estava linda.

— Você vai ficar bem.

— Não sei que horas a gente volta — disse Shelby a Vanessa. — Espero que ninguém precise de mim para nada.

— Você tem trabalhado muito. Só vai e aproveita. E tenha cuidado.

Vanessa não fazia ideia de como estava certa em alertar Shelby, pensou Luke. O perigo não era só a motocicleta.

Shelby enfiou a trança dentro do capacete e subiu atrás dele na moto. A seguir, abraçou a cintura de Luke e eles partiram pela estrada na direção da rodovia e depois em direção à floresta de sequoias. Estava frio entre as árvores altas, mas, assim que venceram a floresta, ele dirigiu pelos sopés ensolarados e subiram os pequenos montes irregulares onde as ovelhas pastavam. A moto sempre fazia Luke se sentir animado; o vento gelado o refrescava e energizava.

Luke gostou da sensação daqueles braços ao redor dele; uma viagem cruzando o interior dentro daquele abraço com certeza era melhor do que sozinho. Às vezes, Shelby pousava a cabeça nas costas dele enquanto seguiam para além das vinícolas que durante o inverno ficavam inativas, pelos pomares esvaziados de frutas. As montanhas estavam em um tom amarronzado agora, mas na primavera o lugar desabrocharia em um tom estonteante de verde. Quando o tempo esquentasse, ele gostaria de levá-la até o litoral pelas falésias da costa. Será que ela estaria ali na primavera? Luke se pegou pensando. Será que *ele* estaria?

Estavam andando na moto havia pouco mais de uma hora quando ele enveredou por uma estradinha de terra que serpenteava ao redor de uma pequena colina onde o gado pastava. Ele estacionou a Harley, passou uma perna por cima do assento e acionou a trava de apoio. Então, tirou o capacete e esticou a mão para tirar o dela. Colocando um capacete em cada manopla, ele se sentou de costas na moto, para ficar de frente para ela. As bochechas de Shelby estavam rosadas por causa do vento frio e seus olhos brilhavam. Ele alcançou a parte de trás das coxas dela e a puxou para junto de si, colocando as pernas dela sobre as coxas dele. Então, com seus braços em volta da cintura da mulher, ele se inclinou na direção dela, beijando-a com delicadeza. Shelby se entregou, abrindo os lábios de uma vez, confiante. A não ser por alguns beijos roubados do lado de fora do bar de Jack, ultimamente eles vinham tendo pouco contato. As demandas estavam pesadas para ela na clínica.

— Gostou de andar de moto, Shelby?

— Amei — disse ela.

— Gosta de velocidade?

Ela riu.

— Eu sempre fui muito cuidadosa — disse ela. — Mas a sensação é boa.

— Tenho tentado não ir muito rápido com você — explicou Luke com uma voz rouca como veludo amassado.

Ele desceu a mão pelas costas dela, acompanhando a longa trança. A seguir, puxou a boca de Shelby contra a dele e, mantendo a mão grande em sua nuca, a beijou com mais intensidade. Derretida, Shelby colocou os braços por dentro da jaqueta dele e alcançou as costas de Luke, abraçando com força, a pequena língua escorregando para dentro da boca dele. Luke se sentiu sair do eixo. Ele explorou o espaço dentro da boca de Shelby em um beijo intenso, puxando-a mais para perto, até que ela acabou sentada no colo dele. As mãos de Luke se encheram com a bunda de Shelby e ele a segurou bem junto de si, satisfazendo-se com os gemidos e suspiros que ela soltava. Ele balançou o quadril dela em seu colo e teve uma ereção instantânea. Se não tivessem a barreira das calças jeans entre eles, aquilo que ele vinha tentando se convencer a evitar já estaria sendo feito.

— Ah, Shelby — murmurou ele contra os lábios dela, mas se afastou.
— Olha, a gente precisa conversar.

Ela sorriu para ele.

— Claro. Já estava esperando por isso. A tal conversa.

— Shelby, você deveria sair correndo, sem brincadeira. Eu nunca fui confiável em matéria de mulheres. E também não tenho muito freio. Só que realmente não quero magoar você.

— Você está tentando me assustar de novo, Luke?

— Sim, estou. Estou tentando te avisar. Use sua cabeça, Shelby. Você é jovem, gentil, e eu não passo de um filho da mãe irresponsável e tarado. Você estaria cometendo um grande erro se misturando comigo.

Ela usou o dedo para traçar o contorno da orelha dele.

— Bom, Luke, eu já estou um tanto misturada com você, não acha? E você comigo?

— Shelby, na melhor das hipóteses, eu sou passageiro. Não vou ficar aqui.

— Nem eu. Era só isso?

Ele suspirou e balançou a cabeça.

— Sou conhecido por atacar as mulheres feito um tubarão atacando um banhista. Eu não seria bom para você.

— Você está dormindo com muitas nesse momento?

Ele não ficava com uma mulher havia tanto tempo que mal conseguia se lembrar quem tinha sido a última. Apenas esse fato fez com que ele ficasse ainda mais vulnerável ao charme incrivelmente sedutor de Shelby.

— Só tenho uma mulher na minha cabeça. Meu cérebro parece a porcaria de um míssil e, se você não sair da frente, acho que vou acabar fazendo coisas pelas quais você vai me odiar mais tarde. E depois disso seu tio vai me dar um tiro.

Isso fez com que ela risse.

— Você sempre avisa às mulheres para não se envolverem com você antes de atacá-las e devorá-las?

— Nunca. Posso acabar nunca mais transando se fizer isso, né? Mas eu me preocupo com você. Consigo ver na sua cara que você quer se apaixonar. Só que eu não me apaixono. Não crio vínculos e não me comprometo.

— Sabe de uma coisa, Luke? — começou ela, sorrindo. — Acho que você está mais preocupado com a possibilidade de se apaixonar por mim do que o contrário.

— Está vendo, você não deveria pensar assim…

— Eu disse que *acho*. Não que estou esperando por isso.

— Não está?

— Eu vou viajar e fazer faculdade. Você vai consertar seus chalés e colocar todos à venda, já deixou tudo bem claro. Já me avisou mil vezes. E, agora, estou avisando você.

— Você quer mesmo ter só um lance? Com um cara feito eu? Velho demais para você?

Ela apenas riu, e a vontade que ele teve foi de sacudi-la.

— Você é bem velho — disse ela. — Logo mais, todos esses avisos nem serão mais necessários. — Ela inclinou a cabeça para trás e caiu na gargalhada.

Com as mãos na bunda de Shelby, ele a puxou mais para perto ainda e a balançou com cuidado. E, com os olhos quentes como brasa, a olhou bem no fundo dos olhos.

— Hmm, mas parece que ainda não está velho demais…

Shelby se inclinou na direção dele para mais um beijo, o que provocou um gemido profundo e miserável em Luke.

— Você deveria levar isso muito mais a sério. Meu histórico não é bom. Já estive com um monte de mulheres e nunca por muito tempo.

— Sinto muito, Luke. Tenho certeza de que você é bem perigoso — disse ela, mas a voz estava repleta de humor. — Eu só não consigo encontrar em mim algo que me desencoraje em relação a você. Eu amo o jeito com que você me beija — disse ela, e então roçou o quadril no corpo dele. — E isso... ? Hum. Não sei o que fazer com isso.

Ele se atirou sobre a boca de Shelby outra vez, com paixão e intensidade. O gosto daquela boca era tão delicioso que ele quase saiu de órbita. Mesmo com toda a conversa sobre as muitas mulheres que teve e como ele não conseguia fazer nada durar, Luke não conseguia se lembrar de ter sentido o coração acelerar daquele jeito com mais ninguém. Ele já tinha se sentido excitado antes, perturbado ao ponto de quase perder a cabeça, mas aquilo que estava acontecendo entre eles era tão intenso que Luke sentia estar perdendo o juízo. Tentou se conter como se sua vida dependesse disso, devorando a boca de Shelby por dois, três, cinco minutos. Mas sentir aqueles seios firmes pressionando seu peito mesmo através do tecido dos suéteres talvez fosse matá-lo.

Shelby correspondeu o tempo todo, abraçando-o, gemendo baixinho contra seus lábios, também brincando com a língua dele, provocando arrepios atrás de arrepios em Luke. Toda ansiedade e timidez da parte dela haviam desaparecido. Ele estava ficando extremamente desconfortável. Mesmo assim, ele a beijou por ainda mais tempo.

— Porra, Shelby — disse ele. — Não diga que não avisei.

— E avisou, e avisou, e avisou...

— Você deveria estar com um cara sério que fosse proteger e cuidar de você, não com alguém feito eu.

— Quem sabe um dia, né? Agora, neste momento, só tenho uma exigência. Uma mulher de cada vez, é só o que peço. Não quero me juntar a um harém. Você consegue fazer isso?

Ele suspirou.

— Eu vou fazer isso, não preciso nem tentar. Você é a única mulher que quero. E estou começando a querer absurdamente.

— O que não me incomoda nem um pouco... — comentou ela, passando delicadamente a parte de fora do dedo na bochecha áspera dele.

— Melhor você pensar bem…

— Não tenho pensado em outra coisa, Luke, e você sabe disso.

— Ok — disse ele, fazendo um carinho que desceu do ombro até a mão dela, e então ele entrelaçou seus dedos nos de Shelby. — Aqui estão as suas opções. Tente ser esperta. Eu posso te levar para a sua casa agora ou te levar para a *minha* casa. Porque ou a gente coloca um ponto-final nisso agora mesmo, ou vamos até o fim.

Shelby sorriu, se inclinou para a frente e pousou os lábios de levinho sobre os dele.

— Vamos até o fim… — sussurrou.

Luke parou a moto diante de casa, desceu do veículo e puxou o apoio. Ele pegou o capacete dela e o pendurou na manopla. A seguir, começou a beijá-la enquanto a retirava de cima da moto e a pegava no colo. Luke a carregou para dentro de casa, trancou a porta e foi na direção do quarto cheio de pressa.

Seu cérebro estava embotado; tudo em que conseguia pensar era que não demoraria para que ele fosse curado. Assim que a possuísse, a insanidade cessaria. Mas, a despeito de seu desespero, estava determinado a não ir tão rápido. Ele faria aquilo devagar, com carinho e de um jeito que fizesse ela se sentir tão bem a ponto de desmaiar. *Aí sim* estaria curado.

Ele a sentou com delicadeza na cama. Deixou a jaqueta escorregar dos ombros e pegou a dela, jogando-a sobre a cadeira em seu quarto. Desafivelou a perneira e tirou as botas. Ajoelhando-se no chão na frente dela, retirou as botas dela lentamente e, com cuidado, tirou também o suéter, puxando-o pela cabeça de Shelby e pousando beijinhos no tórax, nos ombros, nos seios e no pescoço dela. Ela estremeceu e ele a abraçou por um momento, lembrando a si mesmo para não ter pressa, para ir devagar, para mostrar a ela que naquele momento ele não seria um tubarão.

O sutiã de Shelby desapareceu e, com a língua, ele fez os mamilos dela se eriçarem. Luke a empurrou de volta para a cama delicadamente e desabotoou a calça jeans, dando um puxãozinho na peça. Ela ajudou erguendo o quadril e logo a calça deslizou e caiu no chão. Luke pôde enfim ver aquele corpo incrível nu, exceto por um pedacinho de tecido transparente que mal cobria a região abaixo da cintura dela. Ele correu um dedo bem devagar sob o elástico.

Então, tirou o que restava da própria roupa bem rápido, ficando apenas com a cueca boxer. Debruçando-se sobre ela, começou a beijar todo o corpo de Shelby, do pescoço até os joelhos. A seguir, deslizou para cima dela, posicionando as coxas sobre as dela, seu peito sobre aqueles seios, enquanto devorava sua boca. Ele escutou quando Shelby gemeu e, quando ela arqueou o corpo na direção dele, sua ereção latejou contra a barriga dela. Ele prendeu um mamilo dela entre seus lábios e disse:

— Você tem uns dez segundos para mudar de ideia.

Ele olhou dentro daqueles olhos cor de mel e a viu dar um sorrisinho e balançar a cabeça.

— Tem certeza? — insistiu ele.

Ao mesmo tempo, Luke se perguntou o que diabos faria se ela tentasse impedi-lo. Àquela altura, ele era um trem desgovernado, o sangue rugindo na cabeça.

— Você tem camisinha, Luke?

— Vou providenciar — disse ele.

— Então tenho certeza.

Ele arrancou a cueca e pegou uma camisinha na mesinha de cabeceira. E, ao fazer isso, pensou, por acaso, que era esquisito mantê-las ali, já que nunca levava mulheres para casa. Não gostava de recebê-las em seu ambiente particular. Mas Shelby estava ali, e isso parecia perfeitamente natural. Ele botou a camisinha em tempo recorde, mas quando suas mãos a tocaram, fizeram isso lentamente. Ele tirou aquela pequena peça rendada; e pensou ter ouvido algo se rasgar no processo. Talvez devesse a ela uma calcinha nova agora. Ele passou a mão pela barriga dela e foi descendo pelo púbis, depois mais embaixo, até afastar as pernas dela e massageá-la ali, dando atenção especial ao clitóris. Um mero toque a fez gemer e se empurrar contra a mão dele. Luke então penetrou seus dedos mais fundo, encontrando-a molhada e pronta para continuar. Ele estava pronto para oferecer a ela o melhor momento de sua vida.

Calma, Luke. Precisa mesmo ser bom para ela.

Ele se segurou sobre Shelby e, delicadamente, experimentou avançar, pressionando o membro contra a abertura dela. Shelby ergueu o quadril, mas Luke encontrou resistência. Mais uma vez, ele empurrou com cuidado, mas ela era bem apertada. Talvez ele não tivesse investido tempo o suficiente para prepará-la. Ele a olhou nos olhos e afastou o cabelo dela do rosto.

— Nossa, querida... Você é bem apertadinha...

— Está tudo bem — sussurrou ela.

Mas não estava tudo bem; Luke então passou mais tempo estimulando-a e beijando-a, para ter certeza de que ela ficaria totalmente excitada. Estava bem difícil deslizar para dentro dela, mesmo com ela pronta. Luke não queria forçar a situação, não haveria qualquer desconforto. Tudo seria prazeroso.

Ela colocou a mão no rosto dele.

— Está tudo bem, Luke. Vai em frente...

— Tem alguma coisa errada, Shelby... — disse ele, fazendo que não com a cabeça.

— É minha primeira vez — explicou ela, bem baixinho.

Ele se afastou no mesmo instante, por instinto. Luke estava perplexo. A ereção estava quase indo embora...

— Não é possível — disse ele, quase sem voz. — Você tem *25 anos*!

Shelby simplesmente fez que sim com a cabeça, fechando os olhos de leve. Ao fazer isso, derramou algumas lágrimas, que escorreram para o cabelo. A visão partiu o coração de Luke. Como uma mulher linda e sensual como aquela ainda podia ser virgem?

Luke se viu beijando aquelas lágrimas com carinho.

— Ah, Shelby. Isso não é bom.

— Está tudo bem — sussurrou de novo. — Chegou a hora. Eu quero que seja com você.

— Mas eu já fiz você chorar e nem fiz nada ainda...

— Luke, juro, estou pronta. — E, com isso, ela deslizou uma das mãos entre seus corpos para segurar o membro dele, ao que Luke suspirou intensamente. — Já faz muito tempo que eu espero por isso. Por favor não me faça esperar mais.

O lado bom foi que saber que ela ainda era virgem serviu para que ele fizesse tudo mais devagar. Muito mais devagar. Na verdade, ele quase não conseguiu continuar. Mas, como estava completamente louco por Shelby, Luke decidiu buscar explicações mais tarde e, naquele momento, cuidar muito bem dela.

— Certo, meu bem — disse ele, dando selinhos carinhosos em Shelby. — Vou fazer tudo certinho. Vou tentar fazer ser bom para você. Confie em mim e me deixe fazer o trabalho, está bem?

— Uhum.

Ele não era exatamente um especialista no corpo feminino, mas sabia uma ou duas coisinhas. Ele não ia penetrá-la sem dor, a não ser que ela estivesse bem excitada e relaxada, e só havia um jeito de ter certeza disso. Luke foi criando uma trilha de beijos pelo corpo dela e, quando chegou ao meio de suas coxas, estimulou-a com a língua. Assim que sentiu o gosto de Shelby, Luke gemeu de prazer; ela era doce, inebriante. Ela o agarrou pelos ombros e começou a se contorcer, fazendo barulhinhos que o convenceram de que estava no caminho certo. Ele deslizou uma das mãos pelas costelas dela até chegar aos seios e massageou-os delicadamente, roçando de levinho os mamilos com os polegares. Os suspiros dela se transformaram em um arfar, que viraram gritos e ele se enterrou dentro dela até sentir os tremores se transformarem em espasmos intensos. Num determinado momento, Shelby cravou as unhas nos ombros dele e o prendeu com seus joelhos, travando-o ali enquanto ela alcançava um orgasmo poderoso que pareceu durar para sempre. Ele não se moveu até que ela, enfim, tivesse relaxado completamente e despencado, sem forças.

Com certa relutância, Luke tirou o rosto dali e foi fazendo a mesma trilha de beijos, só que agora para cima, até chegar à boca.

— Melhor assim, né? — murmurou.

— Eu quero tudo... — implorou ela, sem fôlego.

— Estamos chegando lá, linda. Temos que ir com calma nisso.

Luke deu alguns beijos delicados nela antes de deixar seus dedos moverem-se para baixo de novo. O que ele não esperava era que seu objetivo mudasse por completo: de alguém louco para entrar no corpo dela e se livrar do desejo insaciável, ele passou a ser alguém que queria transformar aquilo em uma experiência memorável para Shelby, fazer do jeito certo por ela, sobretudo se aquela era, surrealmente, sua primeira vez. Luke encontrou o que sabia que encontraria no meio das pernas dela: a carne intumescida, macia, muito molhada e quente.

Quando percebeu que Shelby tinha se recuperado quase totalmente, ele voltou a usar os dedos para estimular o clitóris dela, excitando-a de novo. Quando ela começou a gemer mais forte, deixando-se levar pelas sensações, ele se posicionou delicadamente para penetrá-la. Posicionado acima dela, Luke observava o rosto de Shelby, pronto para parar no segundo que visse uma expressão de dor, incômodo ou desconforto. Não a machucaria de jeito nenhum. Ainda havia alguma resistência, mas não chegava nem perto do que ele sentira antes. O corpo era algo milagroso; nada como atingir um clímax intenso para fazer com que ele se abrisse. Luke se moveu com cuidado, um pouquinho de cada vez, até conseguir penetrá-la por completo, preenchendo-a. Feito isso, ele ficou imóvel, permitindo que ela se acostumasse com a sensação de tê-lo dentro de si, e logo viu um sorriso lento e satisfeito moldar os lábios dela.

— Você devia ter me contado — disse ele, beijando-a de mansinho.

— Você teria fugido como o diabo foge da cruz.

— Talvez eu tivesse me preparado melhor.

— Parece que você estava bem preparado. E eu quero saber tudo que há para saber... Quero que você me mostre.

Ele começou a se mover, alcançando mais fundo, devagar, com estocadas ritmadas, assistindo ao rosto dela, sentindo prazer em seu sorriso. Ele esticou o braço para baixo e puxou as pernas dela para cima, dobrando os joelhos e posicionando as mãos no quadril dela.

— Mexe um pouco seu quadril, linda... Me ajuda a achar o ponto certo. Nós temos que fazer isso juntos...

Ele beijou a boca arfante diversas vezes. Shelby se moveu um pouco, então, de repente, jogou a cabeça para trás e murmurou:

— Ai, meu Deus, ai, meu Deus... Hum....

Ele sorriu e a fitou.

— Isso, isso… — sussurrou. — É disso que estou falando… — disse Luke, com os lábios colados aos dela. Ele sincronizou os movimentos com os dela, entrando no mesmo ritmo. E, então, deu uma risadinha, que soou profunda e sensual. — Essa é a minha garota. Você sabe o que quer, não sabe, linda? — perguntou em um sussurro rouco.

— Sei… — respondeu ela. — Sei bem…

— Está doendo?

— Não — sussurrou ela. — Ah, meu Deus…

Não demorou muito para que os murmúrios suaves voltassem a ficar mais intensos e as investidas mais rápidas e profundas. O ritmo aumentou e Shelby se lançava na direção dele, até que finalmente ela ergueu a pélvis, instintivamente enfiando os calcanhares na cama para ter mais tração. Shelby foi tomada por mais um clímax frenético. Ela ficou imóvel, prendeu o ar e se fechou ao redor dele com um calor tão intenso e uma força tão grande que o cérebro de Luke parou de processar informações. A sensação a dominou por um momento longo e maravilhoso, um prazer tão inebriante e com espasmos tão fortes que acabaram forçando Luke a atingir o clímax. Ele achou que fosse enlouquecer de tão boa a sensação. Nunca havia sentido nada como aquilo.

— Nossa, Luke! — gemeu ela em meio a um sussurro apaixonado.

O som do nome dele nos lábios dela fez com que a experiência fosse ainda mais incrível.

Shelby voltou pouco a pouco para a realidade dos braços dele e Luke descobriu que aquela era a parte mais maravilhosa. Ele a abraçou, passou a mão lentamente por aquele corpo macio e perfeito, um carinho que durou o tempo necessário para ela retomar o fôlego e se acalmar.

Tinha acontecido algo com ele. A tensão desaparecera, o alívio físico era bem-vindo, mas Luke não se sentia completamente satisfeito. Ele não queria sair de dentro do corpo de Shelby. E se pegou pensando: *estou em um lugar onde ninguém jamais esteve, e é o lugar mais incrível do mundo*. O que ele costumava fazer para provar que sabia como tratar uma mulher, abraçando-a por um longo momento depois do sexo, naquele momento Luke fazia porque simplesmente não queria deixá-la ir embora. Quando Luke pensou que Shelby em algum momento deixaria sua cama, sentiu-se vazio por dentro. Abraçá-la, beijá-la, tocá-la, tudo aquilo parecia a coisa certa. Algo perfeito e normal.

Depois de muito tempo, ela deixou escapar um suspiro profundo e satisfeito.

Com relutância, ele se permitiu sair de dentro dela. Sustentando a cabeça com a mão, ele olhou para baixo, para ela, brincando despretensiosamente com o cabelo de Shelby.

— E aí, foi tudo o que você imaginou? — perguntou ele.

— Nossa — respondeu ela, a voz estremecendo com uma risadinha. — Agora eu sei do que aquelas garotas falavam. Foi melhor do que imaginei.

— Certo, mesmo que eu consiga acreditar que você era mesmo virgem, vai ser muito difícil me convencer de que você nunca teve nenhum tipo de orgasmo. Eu comecei com 12 anos, eu comigo mesmo.

— Ah, eu já tive orgasmos, sim. Mas tem uma diferença bem grande entre aquilo e *isso*...

Luke beijou o pescoço, o ombro, a orelha dela.

— Você vai ter que me ajudar a entender como isso foi possível, Shelby.

— É uma história bastante sem graça, Luke. E você já sabe, se pensar bem. Minha mãe ficou doente quando eu tinha 18 anos. Nunca fiquei muito tempo longe dela desde então — disse Shelby, dando de ombros. — Eu saía um pouco com minhas amigas, mas nunca me envolvi com nenhum garoto. Eu até tive uns encontros, que foram bem ruins. Os últimos dois anos foram todos dedicados a ajudar minha mãe em seus últimos dias — explicou ela, acariciando o cabelo acima da orelha dele. — Eu desabrochei tarde, né?

Ele a fitou, fazendo que não com a cabeça.

— Não sei como isso é possível. Todo mundo em Bodega Bay é cego? Você quase me deixou em coma naquela primeira noite em que botei os olhos em você. Os caras tinham que estar tentando derrubar a porta...

Ela fez um carinho no rosto dele.

— Esse é um mundo novo para mim, Luke. Ter esse tipo de liberdade. Pensar em mim. Flertar com um homem... com um homem perigoso. — O sorriu de Shelby desapareceu. — Uma coisa dessas não poderia ter acontecido enquanto eu estivesse preocupada se minha mãe estava bem em casa.

— Bem, é um território novo para mim também, Shelby. Eu nunca teria planejado isso.

Ela sorriu.

— Bem, eu já suspeitava. Foi por isso que decidi não mencionar. Não até ser tarde demais para você voltar atrás.

— Eu não entro nas situações desse jeito. Tenho mil razões para não estar na cama, nu, com você agora — disse ele, beijando-a de leve na têmpora. — Mil e uma, agora que sei que você é virgem.

— Era — corrigiu ela. — Ninguém nunca fez isso e você… Nossa. — Balançou a cabeça.

— Eu o quê? — insistiu ele, passando a mão no cabelo dela.

Shelby riu baixinho.

— Bem, não conheço muito a respeito de homens, mas desconfio que você seja um pouco mais abençoado do que um cara comum. Além disso, você é incrível. Sempre ouvi dizer que a primeira vez é desconfortável. Mas o que aconteceu entre nós foi ótimo.

— É, acho que, se eu soubesse antes, teria corrido. Ido embora da cidade para sempre.

— Fico muito feliz que você não tenha feito isso. Porque foi perfeito.

— Foi mesmo. Mas, que droga, hein, garota? Eu nunca fiz isso antes.

— O quê?

— Tenho 38 anos. Você é a primeira virgem com quem fico na vida. Aliás, por que chorou?

Ela fechou os olhos.

— Ah, porque é um pouco constrangedor ser velha assim e…

— Ah, linda — disse ele, beijando os olhos fechados dela. — Você é um doce. A coisa mais doce que já me aconteceu.

Ele rolou na cama e se deitou de costas, olhando para o teto. Pensamentos loucos começaram a encher sua mente, o principal deles sendo o fato de que ele não conseguia imaginar outro homem na vida dela, no corpo dela. Luke nunca se sentira possessivo daquele jeito, sentindo como se houvesse um direito de propriedade sobre ela. Não sabia bem se era porque era Shelby ou porque o corpo dela tinha estado imaculado até ele chegar.

— Vou ser sincero com você: isso me deixa um pouco preocupado.

— Reparei — comentou ela, dando uma risada.

— É sério, Shelby. Porque quero você de novo. Não quero que vá embora desta cama.

Ela se virou de bruços e levantou o tronco, se apoiando sobre os cotovelos.

— Bem, vou ter que ir para casa em algum momento. Antes que chamem a equipe de busca.

— Vou atirar em qualquer um que bata naquela porta — disse ele. — Não se mexa. Já volto.

Ele saiu da cama e foi até o banheiro para se livrar da camisinha.

Quando voltou para o quarto, Shelby viu, pela primeira vez na vida, um homem completamente nu. Ela sorriu. Luke era tão lindo. E era incrível ter um homem lindo e cheio de desejo vindo em sua direção. Ele se deitou ao lado dela, puxando-a para junto de seu corpo e pousou a mão delicadamente sobre o sexo dela.

— Como está se sentindo? Aqui?

— Maravilhosa — respondeu ela, colando-se ainda mais ao corpo dele.

— Tem um pouquinho de sangue.

— É. Surpresa nenhuma, certo? Nada com que se preocupar — assegurou ela.

— Nenhuma dor?

Shelby fez que não, e sentiu a resposta dele contra suas coxas. Crescendo.

— Será que algum dia vou conseguir sair dessa cama? — perguntou ela, com bom humor na voz.

Luke encostou a boca na dela.

— Não tão cedo… — sussurrou ele. — Mas não se preocupe. Vou te tratar bem.

Luke levou Shelby para casa em sua caminhonete. A moto teria sido muito desconfortável para as partes íntimas dela. Quando parou em frente à casa do general, ela se inclinou na direção dele e Luke, com a mão enorme, a pegou pelo queixo e a puxou para um beijo. Todos na casa dela ficariam sabendo. A pele do rosto dela estava marcada. As bochechas estavam vermelhas, esfoladas pela barba de Luke. Os lábios estavam bem avermelhados depois de horas de beijos e o olhar em seu rosto refletia toda a tarde passada em meio ao sexo mais incrível que ele já tinha feito.

— Melhor você esconder todas as armas e objetos afiados da sua casa — sussurrou ele contra a boca de Shelby.

— Você se preocupa demais. Sou uma mulher adulta.

— Quando vou ver você de novo? — perguntou ele.

— Em breve.

— Queria manter você na horizontal por um mês.

Ela riu.

— Luke, nunca deixe ninguém dizer que você não é um romântico, viu?

Ela mordiscou o lábio dele e saiu da caminhonete, a caminho de casa.

O lugar parecia vazio, o que era bem conveniente para ela. Shelby não queria chegar em casa no meio do jantar com Vanni, Paul e tio Walt. Na verdade, não havia movimento nenhum na cozinha e ela se perguntou se todo mundo tinha ido para o bar. Ela foi até seu quarto, tirou a jaqueta, descalçou as botas e se jogou na cama. E então ficou ali, olhando para o teto, sonhando acordada. Depois de uns dez minutos, escutou uma porta se abrir no final do corredor. Vanessa, parecendo meio grogue de sono, espiou para dentro do quarto da prima.

— Pensei ter ouvido alguém chegar.

— Achei que não tivesse ninguém em casa — explicou Shelby.

— Ah — disse Vanni em meio a um grande bocejo. — Matt está tirando uma soneca bem longa e eu meio que apaguei com ele. — Ela esfregou os olhos, depois olhou para Shelby. — Aaaaahhh! Aconteceu!

— E aconteceu e aconteceu e aconteceu… — disse Shelby, depois gargalhou e balançou as pernas no ar.

Vanni entrou no quarto e se sentou na cama.

— Seja bem-vinda ao mundo real — disse, com um sorriso delicado no rosto. — Como você está se sentindo?

— Como quem transou a tarde toda e com uma vagina recém-estreada. Acho que vou tomar um longo banho de banheira.

— Foi bom?

— Indescritível. Como se eu nunca tivesse estado viva até hoje. Vanni, ele foi tão gentil comigo…

— Você não está se apaixonando, está? — perguntou a prima. — Porque tenho um pressentimento de que o Luke pode ser um pouco difícil no quesito coração.

— Pois é, ele conversou comigo a respeito. Ele não gosta de compromisso nem de amarras — disse Shelby, gargalhando de novo. — A última das minhas preocupações no momento.

— Ah, querida, olha... Era esse o meu medo. Não sei se você está pronta para isso.

— Você queria que eu ficasse virgem para sempre? Se ele me magoar, vou superar, mas uma coisa é fato: Luke não me trata como um homem que vai partir meu coração, sabe? Além do mais, se ele fizer isso, eu e você já não passamos por coisas bem piores e nos recuperamos? — perguntou ela.

— É, com certeza — concordou Vanni. — Ele tratou você direito, então?

— Não conta para ninguém, para não acabarmos com a fama de mau dele, mas Luke é o cara mais gentil que já conheci. Ele está morrendo de medo de levar um tiro do tio Walt.

Vanni riu, lembrando de quando Paul tinha o mesmo medo.

— Papai com certeza deixa os caras preocupados.

— Cadê todo mundo? — perguntou Shelby.

— Paul ainda não chegou do trabalho e não sei onde está papai. Estou pensando em começar a preparar o jantar. Tem alguma coisa em mente?

— Aham — disse ela, se sentando. — Vou ficar na banheira por uma hora e depois vou voltar para lá.

— Mas já?

— Não consigo evitar. Simplesmente tenho que ir. Você e Paul são ótima companhia, mas eu preciso ficar perto daquele homem. Você acha que tio Walt vai ficar muito chateado?

— Não se preocupe, pode ser que ele nem venha para casa — observou ela, balançando a cabeça. — Ele é bem tranquilo com esse tipo de coisa. Não fez muitas objeções na época em que Paul entrava escondido no meu quarto. Se você quiser ir, pode ir. Eu cuido do time daqui de casa.

— Obrigada, Vanni.

Shelby precisava voltar. Não para transar, porque sinceramente não aguentaria mais. Mas porque queria saber como ele a receberia. Será que seria bem-vinda? Ou Luke já tivera o suficiente dela, ao menos por hoje? Ela estava muito curiosa a respeito do mundo dele — Luke avisara que não era confiável, mas depois a tratou feito uma rainha. Ele não havia prometido amor, mas dissera coisas tão gentis e carinhosas… que ela era linda, que nunca tinha tido uma experiência tão maravilhosa, que não queria que ela fosse embora. Será que ele poderia dizer esse tipo de coisa e ao mesmo tempo não se importar com ela?

Depois de um longo banho de banheira, foi até a cozinha. Vanni estava em frente ao fogão e Matt, na cadeirinha de refeições. Paul estava sentado à mesa da cozinha com o jornal aberto. Ainda usava as roupas empoeiradas do trabalho. Paul olhou para Shelby e seu sorriso se transformou lentamente em uma expressão de reconhecimento e surpresa, com a boca um pouco aberta. Ela devia estar radiante.

Shelby vasculhou os vinhos guardados e escolheu uma garrafa.

— Será que tio Walt vai se importar se eu pegar esse? — perguntou a Vanni.

— De jeito nenhum. Pode levar.

— Não me esperem acordados, ok?

— Shelby — começou Paul. Ele se levantou e foi até ela, colocando o braço sobre os ombros dela e lhe dando um beijinho. — Você sabe que se precisar de alguma coisa, qualquer coisa, pode me ligar.

— Uau. Não existem muitos segredos por aqui, hmm?

— Ninguém me disse nada. Mas nem precisava.

— Alguém avisou Vanni quando você entrava escondido no quarto dela durante a noite? — perguntou Shelby, delicadamente. — Mas, Paul, ele é maravilhoso e eu não sou ingênua. Sei bem o tipo de homem que ele é. E, neste exato momento, ele é exatamente o tipo de homem que eu quero. Ele é muito incrível comigo.

— É melhor que seja mesmo. Pode dizer a ele que, se não for, vai se ver comigo.

— Acho que não vai ser preciso — disse ela, ficando na ponta do pé para dar um beijinho no rosto dele. — Agora me deixa ir. Finalmente tenho alguém.

Talvez não por muito tempo, Shelby lembrou a si mesma. Mas, por ora, aquele alguém era um ótimo homem.

Nossa, que piada, pensou Luke.

Shelby tinha saído por volta das quatro da tarde e ele tinha odiado levá-la para casa. Luke não estava nem perto de estar pronto para ficar longe dela. Em vez do sexo com Shelby tê-lo curado, passou a querer estar com ela ainda mais. E não era só pelo sexo, mas por tudo que havia nela: a risada doce, o cabelo macio, o jeito delicado e seguro com que lidava com ele e tudo mais que existia na vida dela. Ele tinha avisado a si mesmo para não se envolver com uma garota tão inocente e, no fim das contas, *ele* tinha sido o inocente da história — não estava preparado para sentir tamanha avalanche de sentimentos. Todas as vezes que ele se lembrava da voz dela sussurrando "Me mostra, Luke. Quero aprender o que você gosta", uma onda de desejo tão poderosa o tomava que ele quase ficava com as pernas bambas.

Ele não tinha ido ao bar para beber cerveja naquela noite. Não estava com vontade de estar perto de ninguém, a não ser de Shelby. Naquele exato momento, quando pensava nela, seus olhos cintilavam de desejo. Ele sentiu pequenos choques elétricos dispararem por todo seu corpo. Não conseguiria estar no mesmo lugar que ela e não a tocar. Por isso, ficou em casa, para sentir tudo isso com privacidade, sem distrações.

Ele foi até o chalé de Art e ajudou o amigo a preparar um pouco de frango, bolinhos e alguns legumes enlatados. Conversaram um pouco sobre o que fariam nos chalés pela manhã, depois Luke voltou para casa. Preparou um sanduíche, bebeu uma cerveja, tomou um banho, feliz por estar sozinho. Sua mente estava a mil com as lembranças de tocar aquela pele macia como seda, sentindo o hálito morno e perfumado contra seu peito. Ele ainda sentia o cheiro dela, o gosto dela, mesmo depois da cerveja.

Luke nunca tinha se sentido assim na vida. Jamais.

Vestido apenas com uma calça jeans, sem sapato ou camisa, ele se sentou no sofá da pequena sala de estar bem em frente à lareira, com os pés em cima do pufe, segurando uma garrafa de cerveja pelo gargalo, pensando em nada além do corpo incrível de Shelby, seus lábios sensuais e, com muita frequência, nas sensações que experimentou quando estava dentro dela. Ele tinha mesmo pedido para que Shelby tivesse cuidado, pois ele costumava partir corações? Meu Deus, que idiota ele era. Por pensar que nunca teria uma mulher com quem ele gostaria de ficar. Por pensar que ele provaria um pouquinho e seguiria em frente.

Ele escutou um barulho de motor e luzes de um farol brilharam pela janela da frente. Luke se levantou, prendendo a respiração. Por um instante, teve certeza de que Walt tinha vindo dar uma surra nele por ter tocado em Shelby. Foi quando ouviu uma leve batida na porta. E lá estava ela, com uma mochila pendurada em um dos ombros e aquele sorriso provocante nos lábios. Ele sentiu o peito se expandir de jeitos inéditos e soube que seus olhos estavam enormes e profundos.

— Você está aqui — disse ela.

Ele abriu os braços e ela entrou dentro daquele abraço.

— Onde mais você achou que eu estaria?

— Sei lá — disse ela, olhando para cima, para ele. — Talvez tivesse saído para curtir a noite? Ou para caçar?

— Querida, você acabou com todo o meu potencial esta tarde.

Luke fechou a porta sem se separar dela.

— Eu não devia ter voltado, né?

— Por que não?

— Bom, talvez eu tenha exagerado um pouco. Estou meio dolorida, com um pouquinho de sangramento — disse ela.

Ele passou a mão pelo rosto dela, erguendo-o pelo queixo e a beijou de leve na boca.

— Eu só vou ficar abraçado com você. A gente não quer causar nenhum estrago. E sinto muito por ter deixado você dolorida.

— Não foi culpa sua, Luke. Acho que é normal na primeira vez. Você foi supercuidadoso. Mas eu só queria sentir seus braços em volta de mim mais um pouco. — Ela deu uma risada e enterrou o rosto no peito dele. — Queria sentir seu cheiro…

Luke deixou escapar um suspiro profundo e a apertou dentro do abraço. Estava apenas começando a admitir para si mesmo: ele estava apaixonado por Shelby. Completamente.

— Onde a sua família acha que você está?

— Com você. Para passar a noite, se você quiser que eu fique, é claro.

Ele a afastou e sua expressão mudou, ficando séria.

— Você contou para eles?

— Contei. Tudo bem?

— Não me importa quem saiba… mas e quanto a você?

— Na verdade, eu não precisei contar, exatamente — disse Shelby. — Paul e Vanni deram uma olhada em mim e logo estavam pedindo para eu ter cuidado. Eles todos acham que eu sou frágil e você é um rebelde. Coisa que não sou. — Ela sorriu antes de completar: — Nem você.

Ele tirou a mochila do ombro dela, pousando-a sobre a bancada da copa.

— Eu fui um idiota com você mais cedo, Shelby. Quando tentei afastar você, assustar você. Desculpe.

Ela fez que não com a cabeça.

— Luke, eu já tinha tomado minha decisão. Não estava claro?

A revelação estava começando a ficar clara para ele.

— Quando você decidiu?

— Bem, eu precisei conhecer você um pouco melhor. E… — ela deu uma gargalhada —… teve aquele cinto de ferramentas.

— Você tinha um trabalho para mim, não é mesmo, Shelby?

— Tinha — disse ela, rindo. — Tinha que ser alguém irresistível e experiente.

— Às vezes não uso muito a cabeça, sabe? Posso ser insensível. Descuidado com os sentimentos das pessoas — disse ele. — Você não ficou com medo de que eu pudesse machucar você?

— Nem por um segundo — respondeu ela, balançando a cabeça para reforçar. — Trouxe uma garrafa de vinho…

— Vou servir uma taça para você e terminar minha cerveja. — Ele pegou a jaqueta dela, pendurou a peça de roupa nas costas de uma cadeira e começou a desabotoar a camisa dela. — Vamos para a cama.

— É sério, Luke — disse ela. — Acho que exagerei na dose. Talvez eu não devesse mesmo ter vindo e…

— Relaxa, linda. Eu só quero sentir você. Só quero te abraçar. Não vou fazer nada que vá deixar você dolorida. Eu quero mais é que você melhore.

Luke beijou aquela boca deliciosa.

— Pode ser que você precise de uns dias, mas não quero ficar longe de você.

— Mas isso não vai ser tentação demais? Nós dois pelados na cama?

— Não. Você é importante para mim. Vou cuidar bem de você.

Ele abriu a camisa dela e baixou os lábios até os seios dela.

— Meu Deus — disse ela, baixinho. — Pode ser que seja tentação demais *para mim*.

Ele levantou a cabeça e sorriu, fitando-a nos olhos.

— Não se preocupa, linda. Eu sei como cuidar disso. — E a virou na direção do quarto. — Vou trazer uma taça de vinho para você.

Luke estava preso em um sonho incrível, arrebatado de êxtase. Todo o seu corpo tremia frenética e loucamente, enquanto a mulher em seus sonhos envolvia seu membro ereto. Ele estava muito perto, pronto para se deixar levar por um clímax tão grandioso que estremeceria a cama. O som de seu próprio gemido o acordou e ele percebeu que não era um sonho. Quando olhou para baixo, para aqueles cabelos de mel, Luke ficou sem ar.

— Shelby! — Ele esticou o braço na direção dela, agarrou-a pelos ombros e a puxou para junto de seu corpo. — Shelby, vem cá.

Ele puxou o rosto dela na direção do seu.

— Linda, o que é que você está fazendo?

— Machuquei você?

— Me *machucou*? Jesus amado!

— É que eu nunca fiz isso antes, então não sabia muito bem…

— E por que você está fazendo isso agora?

— Bom, eu nunca dormi com um homem antes e você não estava me deixando dormir, cutucando as minhas costas — disse ela, sorrindo para ele. — Quando foi sua vez de me dar prazer, você não titubeou…

— Shelby, você entende o que quase acabou de acontecer?

Ela passou a mão pelo peito dele e mordiscou seu lábio.

— Não tenho experiência, Luke, mas não sou ignorante.

Ele a puxou para junto de si, abraçando-a.

— Ah, querida…

— Foi tão ruim assim? Talvez seja bom você me dizer o que devo fazer.

— Ruim? — disse ele, e soltou uma gargalhada. — Eu quase perdi o controle dormindo!

— Isso quer dizer que foi razoável?

— Você não precisa fazer isso, Shelby. Isso tudo é novidade para você e eu…

Ela sorriu para ele.

— Acontece que é quase tão bom te dar prazer quanto receber prazer. — Ela o beijou. — Relaxa.

Shelby foi descendo pelo corpo de Luke. Seus lábios roçaram a barriga dele e ele estremeceu involuntariamente, deixou a cabeça pender para trás e gemeu. A vida de Luke havia mudado tanto em um dia que era quase incompreensível. Não era possível que ele merecesse aquela mulher tão generosa em seu desejo. Em pouquíssimo tempo, diante daquela carícia, Luke viu estrelas e sentiu seus olhos se encherem de lágrimas. E ele soube que não era por causa do orgasmo.

Shelby deslizou para cima, se deitou por cima de Luke e mordiscou o lábio dele.

— Acho que alguém gostou…

— Meu Deus — disse ele, sem conseguir respirar direito. — Estou morto, só isso. E, contrariando todas as possibilidades, fui direto para o céu.

— Foi bom assim, é?

— Bom? Foi perfeito. Eu nunca tive um dia assim na minha vida.

— Achei que você tivesse tido vários dias como esse — disse ela.

— Nunca, querida, nunca mesmo. Estou com medo de acordar.

Ele trouxe a boca de Shelby para perto da sua e a beijou com paixão, abraçando-a bem forte. Ele não esperava por aquele sexo absurdamente maravilhoso e a mulher mais maravilhosa do mundo fazendo esse sexo com ele.

— Acho que agora vou conseguir dormir um pouco — disse ela com uma risadinha. Depois, com os lábios colados à orelha dele, sussurrou: — Obrigada, Luke. Você fez tudo ser muito maravilhoso. Agora me abraça? Quero dormir assim, nos seus braços.

Ele a abraçou na posição em que estavam, com Shelby sobre seu corpo, a cabeça apoiada em seu ombro. Ela devia pesar uns cinquenta quilos contra os oitenta dele, e se encaixava em seu peito com perfeição. Luke fez um carinho nas costas dela e continuou até chegar àquela bunda macia. Ficou escutando enquanto a respiração dela se acalmava e ela suspirava em seu sono.

Esta é a melhor coisa que já me aconteceu, pensou ele. *Tomara que eu não estrague tudo.*

Capítulo 12

Bem cedo pela manhã, Walt foi ao estábulo e deu um pulo de susto ao encontrar Shelby limpando uma baia.

— Bom dia — cumprimentou ela com alegria.

— Que horas você chegou aqui? — perguntou ele.

— Não faz muito tempo, uma meia hora. Amanheceu um dia tão lindo que decidi vir direto para cá, para ver o que poderia fazer. Vou lavar o estábulo antes do café da manhã.

O general deu um passo na direção dela, com o rosto franzido e uma expressão séria.

— Shelby, você não estava em casa ontem à noite.

— Você quer dizer hoje de manhã, né? Porque você também não estava em casa ontem à noite, tio.

— Shelby...

— Eu estava com Luke. Mas contei à Vanni para onde estava indo, no caso de você ficar se perguntando ou preocupado.

— Você passou a noite lá?

— Passei — respondeu ela com firmeza, erguendo um pouco o queixo.

Walt ficou em silêncio por um bom tempo, olhando para ela sob as sobrancelhas grossas e marcantes.

Shelby deixou a pá de lado e o encarou com coragem, olho no olho.

— Você quer me dizer alguma coisa? — perguntou ela.

— Vamos dar uma voltinha a cavalo... conversar sobre algumas coisas...

— Vou pular o passeio, tio Walt. Eu preciso resolver algumas coisas agora de manhã. Mas nós podemos conversar rapidinho aqui mesmo, para você tirar isso do peito.

— Não sei nem por onde começar — disse ele, e sua expressão se abrandou. — Shelby, querida…

— Walt — disse ela, omitindo a palavra tio de propósito. — Vou te dar uma ajudinha aqui porque vamos encerrar esse assunto bem rápido, ok? Eu gosto do Luke. Ele foi bem legal comigo. Não agi por impulso… pensei muito antes de escolhê-lo. Não tenho qualquer dúvida sobre a índole dele, Luke é um cara legal. Sei que ele banca o durão, com uma atitude de que não está nem aí para nada, mas ele não é assim comigo. Ele é muito atencioso e cuidadoso. Só está bem preocupado com você.

— Não desgosto dele. É só que não o conheço muito bem. E eu sei de muitas coisas a respeito de homens como ele, sabe? Comandei centenas deles.

— Você quer dizer homens como *você* e Luke, então, certo? Militares. Homens que dão duro, que vão para a guerra, que ficam mais calejados, que parecem ter muito pouca consciência… — Walt deixou a cabeça pender por um breve instante. — Mas pode agradecer à Vanni por já ter tido essa conversa comigo… sobre militares, sobre como vocês são treinados, como vivem, a personalidade instável e insensível que se aprende a ter no Exército. Você também é um pouquinho assim, não é, tio Walt? Ignorando os próprios sentimentos, sempre durão e resistente e nunca se permitindo sentir culpa pelo mal que eventualmente cause? É esse o padrão, né? — perguntou ela, chegando mais perto dele. — Passei muitos anos com você enquanto crescia, tio. Eu via os soldados morrendo de medo quando você passava por eles, mas você sempre tratou tia Peg e Vanni como joias preciosas. E, assim como você, o Luke tem um lado doce.

— Prometi à sua mãe que cuidaria de você, que tomaria conta de você…

— E você está fazendo isso — disse ela. — Tenho certeza de que seria muito mais cômodo para você se eu tivesse ficado em casa e esperado que algum jovem bonzinho da igreja viesse até aqui e pedisse sua permissão para me levar para passear de charrete… mas graças a Deus não vai ser assim.

Eu me senti atraída por Luke Riordan quase que instantaneamente, e essa atração foi mútua. Estou saindo com alguém, tio Walt. *Finalmente.* Já passou muito da hora... e você não vai me fazer sentir culpada nem vai deixar ele com medo, ok? Agradeço sua preocupação, mas cabe a *mim* decidir.

Uau, pensou Walt, resistindo à vontade de dar um passo para trás.

— Se estou preocupado é só porque... Ah, querida... Enfim, só quero que você seja feliz... não quero que se magoe. E acho que talvez você não esteja considerando...

Ela deu mais um passo na direção do tio, encarando-o. Havia a mais absoluta convicção em seus olhos.

— Você achou que eu me guardaria até o casamento? — perguntou ela, erguendo uma sobrancelha.

— Sou uma porção de coisas, mas não acho que alguém possa me acusar de ser bobo ou à moda antiga, ok?

Shelby simplesmente inclinou a cabeça para o lado, questionando-o.

— Ou pouco realista — acrescentou, relutante.

Ela riu disso, mas de forma contida.

— Não tenho tanta certeza assim de que Luke vai me magoar, tio — disse ela. — E, seja como for, não tem muito o que qualquer um possa fazer em relação a isso. Não sei se você consegue entender, mas estou feliz de finalmente ter meus problemas amorosos que nem outras garotas. — Ela olhou para o tio com muita seriedade. — Não entendo por que todo mundo acha que eu sou uma fracote. Será que as pessoas acham que os últimos cinco anos foram fáceis? Você não acha que é preciso ser bem corajosa para passar a noite fora com um cara quando meu tio superprotetor pode estar em casa, andando de um lado para o outro, carregando a pistola? Então, tio Walt, pode acreditar: mesmo se Luke Riordan me magoar, ainda assim vai ser muito mais fácil do que algumas das situações pelas quais eu passei nos últimos anos. Essa é uma situação nova para mim... e medo nenhum vai me fazer desistir disso. Porque, assim, falando sério, se alguém no mundo já mereceu viver isso, esse alguém sou eu.

— E quanto aos seus planos? — perguntou ele. — Viajar? Estudar? Uma vida nova?

— Acho que é ridículo você sequer estar perguntando isso, tio — respondeu Shelby. — As mulheres não têm que escolher entre um relacionamento e os estudos, sabe? Não tenho que abrir mão de nada.

Walt estendeu a mão e pegou a trança grossa que descia por cima do ombro da sobrinha e a acariciou entre o polegar e o indicador.

— Não estou aqui para colocar medo em você, e não acho que você seja uma fracote. Na verdade, acho que você é bem durona. Só quero ter certeza de que você está ciente da situação. Às vezes, essas aventuras podem deixar cicatrizes no coração.

— Não tenho medo disso — garantiu ela, balançando a cabeça. — Não seria a primeira pessoa. Vanni disse que ficou arrasada por amor várias e várias vezes.

— A mãe dela lidou com a maioria dessas desilusões — admitiu Walt, dando de ombros. — Você só tem a mim.

— Não é tão ruim assim ter você.

— Só tenha cuidado, ok? — E, estendendo a mão de novo, ele a tocou no rosto com delicadeza. — Eu sempre me esqueço como você é decidida. Pode ser que Luke se arrependa de ter entrado nessa... nesse...

— Romance — completou ela. — Tio, não é possível que seja tão difícil assim de aceitar. Estou saindo com uma pessoa, assim como você. Luke não é casado, um padre, nada disso — disse ela, levantando a sobrancelha. — Todo mundo na nossa família tem alguém, até Tom, que tem 18 anos. É melhor você ir se acostumando com a ideia de que não sou diferente de ninguém.

— Você é um pouco diferente — disse ele, sorrindo. — Para melhor, provavelmente.

— Até parece. Só quero ser *normal*. Você promete que vai se comportar?

— Como assim?

Ela cruzou os braços sobre o peito.

— Você sabe exatamente do que estou falando, tio Walt.

— Só quero ter certeza de que você está bem. Você é uma mulher adulta. Se já tomou essa decisão, só me resta torcer para que tudo aconteça da melhor forma. — Ele se inclinou e beijou a testa da sobrinha. — Você vai estar em casa hoje à noite? — perguntou ele.

— Sinceramente, espero que não — respondeu ela. — Mas aviso quando souber.

Luke estava em cima da escada, raspando a tinta velha do beiral do chalé três quando a caminhonete Tahoe do general estacionou diante da casa. Ele esperava que isso fosse acontecer, mas não sabia como e nem quando. Ele enfiou a camisa para dentro da calça e limpou o rosto com um pedaço de tecido.

— Luke — chamou o general.

E não estendeu a mão, como costumava fazer.

— Senhor.

— Nos últimos dias, minha sobrinha tem chegado em casa só pela manhã.

— O senhor não está armado, está?

— Eu sabia onde ela estava, é claro. Ela teve a consideração de avisar à família, assim ninguém ficou preocupado. Mas acho que eu e você precisamos ter uma conversinha.

— Vá em frente, senhor — disse Luke.

Ele torceu para que não estivesse evidente que seu estômago estava se retorcendo. Não porque ele estava com medo do general, ele sabia que Walt não atiraria nele nem nada disso, mas Luke temia que o general conseguisse, de algum modo, convencer Shelby de que ela estava cometendo um grande erro. Eles mal tinham começado; e Luke não estava nem um pouco pronto para desistir do que estavam vivendo.

Walt ficou muito vermelho e disse:

— Ela tem passado todas as noites com você e não tem andado a cavalo. Não sei o que pensar. É estranho Shelby não estar em cima de um cavalo.

Luke olhou para baixo e sentiu as próprias bochechas esquentarem.

— Senhor, posso dizer com sinceridade que nunca estive tão desconfortável assim na minha vida...

— Ela disse que está com dor nas costas...

— Então talvez ela esteja com dor nas costas...

— Quero que você entenda uma coisa. Shelby pode parecer tímida e, às vezes, não muito segura de si, mas ela é muito teimosa. Faz o que quer.

Sempre foi assim. Ela pode não falar muito, mas, quando toma uma decisão, já era. Várias vezes tentei conversar com ela e pedir para que não parasse a vida para cuidar da mãe. Midge poderia ter ido para uma casa de repouso, pelo menos no fim. Mas não tive sucesso algum porque Shelby já tinha se decidido. — Ele respirou fundo e balançou a cabeça. — Considerei que talvez não fosse a melhor ideia ela se envolver com você, muito embora eu não desgoste da sua pessoa.

— Eu também não queria que ela se envolvesse comigo, senhor. Mas, como o senhor disse, Shelby é teimosa.

— Bom, isso nos leva direto ao ponto… não posso acusar você de coagir minha sobrinha ou tirar proveito dela. Eu estava mais que ciente de que Shelby estava interessada em você, e muito determinada.

— Suponho que o senhor esteja certo.

— Parece que a decisão está tomada. Ela deixou bem claro que planeja passar um bom tempo debaixo do seu teto. Mas, quando ela estiver aqui, Riordan, é melhor que você seja um cavalheiro.

— Com certeza absoluta, general.

— E confesso que estou muito curioso para saber que tipo de planos você tem em relação à minha sobrinha — disse Walt.

— Com todo o respeito, não seria certo discutir qualquer tipo de plano com o senhor antes de conversar com Shelby. E, correndo o risco de ser indelicado, Shelby e eu mal…

— Chega, chega — disse Walt, erguendo uma das mãos. — Sei muito bem como essa frase ia terminar. Vamos deixar assim.

Luke respirou fundo.

— O que eu quis dizer foi… nós ainda estamos nos conhecendo. — Luke deu um passo adiante. — Senhor, eu sei que tenho estado por perto mais que um pai ou um tio gostariam, mas queria que soubesse que Shelby é tratada com o mais absoluto respeito quando está comigo. Considero minha responsabilidade ter certeza de que ela esteja protegida, de que esteja segura quando está comigo. Eu a trato com muito carinho.

— É melhor mesmo que seja assim. Eu amo aquela garota, ela é muito especial.

— Concordo, senhor. Muito especial.

— Não sou um idiota em matéria de relacionamentos, sabe, rapaz? Tenho dois filhos que já passaram por poucas e boas... Minha filha já enterrou um marido, nova daquele jeito.

O túmulo, pensou Luke. Ele precisaria se lembrar de perguntar a Shelby sobre aquilo. Luke presumira que Paul era o primeiro marido de Vanessa.

— Entendo que nem sempre as coisas saem como o planejado — comentou Walt. — Às vezes as coisas não dão certo, não sou ingênuo. Nós ainda veremos se essa coisa entre vocês vai vingar. Mas, enfim, se durante esse tempo você fizer qualquer coisa desagradável com ela... — Walt prendeu o ar antes de completar: — Você está me entendendo?

Luke franziu a testa.

— Não sei muito bem se estou...

— Se você abusar dela, bater nela, trair ou passar alguma doença, se você a tratar com crueldade ou...

— Pelo amor de Deus! — interrompeu Luke, se endireitando com uma expressão de indignação. — Do que diabo o senhor está *falando*? Que tipo de homem o senhor acha que eu sou?

Walt deu de ombros e disse:

— Bom, ainda não tenho motivos para desconfiar que você seja um depravado, mas é que já vi uma porção de coisas. Já comandei uma porção de homens diferentes. Achei que deveríamos deixar as coisas às claras.

— Estão bem às claras, senhor. Eu não faria esse tipo de coisa com mulher nenhuma! Meu Deus!

— Que bom, então. Porque, se fosse o caso, eu teria que matar você.

— E eu teria que *deixar* que o senhor fizesse isso! — disse Luke com veemência. Respirando fundo, acrescentou: — Com todo o respeito, conheci um ou dois generais de merda. Senhor.

— Certo, senti que precisávamos mesmo esclarecer esses pontos.

— Considere esclarecido! — disse Luke, passando a mão na nuca.

— Bom, não vim aqui para tentar convencer você a parar de sair com a minha sobrinha. Considerando que a mãe dela morreu não tem muito tempo, me sinto mais protetor em relação a Shelby do que gostaria. Então achei que não faria mal se você ficasse sabendo... que tenho limites.

— Eu também — rebateu Luke, calmo, mas sério.

— Então acho que estamos conversados.

Walt se virou, como se estivesse para ir embora.

Luke observou o general partir e, por um breve segundo, pensou em como se sentiria se precisasse abrir mão de Shelby para outro homem.

— Senhor — chamou Luke.

O general se virou.

— Agora que superamos isso e que sabemos que nós dois só queremos o bem de Shelby, que isso é a coisa mais importante do mundo, gostaria que o senhor soubesse de algumas coisas. Nós dois sabemos que Shelby poderia ter alguém bem melhor do que eu. Eu não a enganei, ok? Eu a evitei ao máximo, depois tentei desencorajá-la, sendo completamente honesto com ela. Eu disse com todas as letras que não sou um bom partido e que não procuro um relacionamento permanente. E tenho certeza de que ela entendeu. Mas não é minha intenção tratá-la mal, de forma alguma. Pelo contrário, vou dar o meu melhor. Se serve de consolo, minha mãe me *mataria* se eu abusasse de uma mulher algum dia. E, se ela não conseguisse me matar, meus irmãos fariam isso por ela.

— Bom — disse Walt, com um sorriso repuxando os cantos da boca. — Eu gosto de uma família unida.

— Posso ser um canalha, mas sou um canalha minimamente civilizado — disse Luke, e estendeu a mão. — Gostaria que pudéssemos ser amigos. Pelo menos por Shelby.

Walt hesitou, mas aceitou o cumprimento.

— Comporte-se — disse Walt.

— Sim, senhor — respondeu Luke. — O senhor também.

Depois de ter tido um longo dia de trabalho nos chalés, Luke voltou para casa quando o sol começou a descer rumo ao horizonte. Ele acendeu um fogo novo na lareira e tomou um banho. Bem quando ia saindo do chuveiro, escutou a porta da frente se abrir. Enrolou uma toalha na cintura e saiu do banheiro a tempo de ver Shelby entrar segurando uma sacola de papel pardo.

— Uau — comentou ela, olhando para Luke. — Que sincronia perfeita, hein?

— O que você tem aí? — perguntou ele, com as mãos na cintura.

— Quando saí da clínica, passei no bar e peguei nosso jantar, assim podemos ficar em casa essa noite. Estou cansada. Trouxe um pouco de torta, para o Art comer a sobremesa com a gente se quiser.

— Ele vai querer. Art nunca negou um pedaço de torta.

Shelby olhou para baixo, observando o corpo de Luke, e riu.

— Luke — disse ela, balançando a cabeça. — Eu nem tirei minha jaqueta ainda e você já está levantando a toalha...

— Bom, então pode tirar a jaqueta — disse ele. — O jantar pode esperar mais um pouquinho?

Ela pousou a sacola na mesa, tirou a jaqueta e foi para dentro dos braços dele.

— Tive um dia pesado hoje, a clínica estava cheia... Passei o dia com bebês e gente doente. Você pode me dar um tempo para eu trocar de roupa?

Ele a beijou com delicadeza na boca.

— Claro. Fique à vontade.

— Não demoro — prometeu ela, passando por ele e entrando no quarto para tirar as botas e a roupa.

Luke foi para a cozinha e espiou dentro da sacola. Ele pegou a torta e a colocou na geladeira, depois analisou o restante. O cheiro estava maravilhoso, Preacher nunca cozinhava uma refeição sem graça. Ele pegou dois pratos, tirou uns talheres da gaveta e abriu duas cervejas. Então, escutou a água enchendo a banheira e foi lá ver. Havia o aroma de alguma coisa feminina ali. Shelby tinha trazido algumas coisas com ela umas noites antes: xampu, hidratante e tudo mais. Ele lhe dissera para deixar tudo ali — algo que nunca tinha sugerido a mulher alguma. Esse tipo de coisa sempre o fazia se sentir meio claustrofóbico, mas dessa vez a sensação foi extremamente boa, como se não fosse preciso deixá-la ir embora tão cedo. Como se mantendo o xampu e o hidratante em cativeiro, Shelby fosse ficar ali por mais tempo.

Ele chegou bem a tempo de vê-la entrar na banheira. Seu longo cabelo estava preso no topo da cabeça e havia espuma na água. A ideia dele era entregar uma cerveja, se sentar na tampa fechada do vaso e conversarem enquanto ela tomava banho, mas então uma outra ideia o inspirou. Luke nunca na vida tomara um banho de espuma. Ele pousou a cerveja na pia, tirou a toalha e entrou na banheira.

— Você vai inundar o banheiro! — disse ela, rindo.

— Essa banheira não é grande o bastante — reclamou ele, sentando-se de frente para ela, com a torneira incomodando suas costas. Luke colocou as longas pernas para trás do quadril de Shelby, ergueu as pernas dela para que passassem por cima das coxas dele e a puxou em sua direção, abraçando-a.

— Que loucura é essa, Luke? — disse ela, rindo de novo.

— Estou impaciente — explicou ele, com os lábios no pescoço dela. — Mal consigo fazer as coisas ao longo do dia, esperando por você.

— Ainda não terminei de tomar banho...

— Eu ajudo — disse ele, pegando o sabonete.

Ele passou a barra delicadamente pelos ombros dela, desceu pelas costas, passou pelos seios, sob os braços, e foi descendo mais. Ela emitia gemidos de prazer à medida que ele a ensaboava. A seguir, Luke pegou uma toalhinha e, com toda a delicadeza, retirou o sabão.

— Eu queria conversar uma coisa com você.

— Mais uma daquelas conversas? Mais condições?

— Não. Visitei uma clínica em Eureka. Logo depois da nossa primeira noite juntos. Fiz exames para ver se estava com alguma DST. Só para ter certeza, porque eu não tinha muitas dúvidas. Queria que você soubesse que, apesar do meu passado, estou bem. Você não está correndo risco nenhum nesse sentido.

— Ah — disse Shelby, puxando-o mais para perto, colando os seios ao peito dele. — Isso foi muito atencioso da sua parte.

— Bem, eu sou seu primeiro, né? Quero que você esteja completamente segura.

— Obrigada.

— Não tenho uma camisinha aqui na banheira. O que, aliás, é um outro assunto que...

— Eu estou tomando pílula. Cuidei disso.

— Está? Você não me contou.

— Desculpa. Não pensei nas suas preocupações... estava cuidando das minhas.

— Bem, boa notícia para mim — disse ele. Então, depois de se inclinar para beijá-la com paixão, continuou: — Queria contar outra coisa... seu tio veio aqui.

— Sério? Ele não devia ter feito isso. O que ele disse?

— Que ele sabia que você vinha para cá todas as noites. E que não gostava muito do fato de você não estar conseguindo andar a cavalo.

— Ai, meu Deus — gemeu ela.

— Foi de longe um dos piores momentos da minha vida.

— Sinto muito, Luke. Vou falar com ele...

— Não, não precisa. Nós já nos resolvemos.

— Como?

— Bom — disse ele, puxando-a mais para perto e balançando-a delicadamente contra seu corpo. — Eu me recusei a explicar, ele fez ameaças horríveis caso eu abusasse de você ou fosse cruel. Eu fiz o melhor que pude para tranquilizá-lo de que posso ser uma pessoa civilizada se eu me concentrar, e no fim nós trocamos um aperto de mão.

— Meu Deus — disse ele. — Luke, tio Walt e eu já tivemos nossa conversa sobre isso. Ele me pediu para ter cuidado com você e eu respondi que ele não ia me fazer desistir de qualquer relacionamento que eu escolhesse. Ele prometeu que se comportaria.

— Você peitou ele? — perguntou Luke, sorrindo. — Você me defendeu?

— Ué, isso te surpreende? Que eu seja capaz de me defender? Sério, por que todo mundo acha que eu sou uma menininha toda frágil?

— Não é isso, mas é que você é um amorzinho. Acho que seu tio só queria ter certeza de que você não está correndo perigo comigo.

— Você contou a verdade para ele? Que eu estou correndo perigo, sim? Que você é perigoso, imoral e um verdadeiro tubarão com as mulheres? — instigou ela, brincando e mordiscando o lábio inferior dele.

— Ninguém precisa saber, precisa? — devolveu ele. — Que eu fui o primeiro a...

Shelby se encostou na banheira, chegando para trás e olhando para ele.

— Por quê? Você quer que isso seja um segredo?

— Gostaria que fosse algo que só pertencesse a nós. Privado. Pessoal. É uma coisa tão especial... — disse ele, sorrindo. — Eu nunca tive uma experiência assim na minha vida. E olha que eu tenho bastante experiência.

— Já eu não tenho nenhuma — rebateu ela.

— Eu nunca estive com alguém como você, Shelby — admitiu ele. — Você é maravilhosa, e eu sou louco por você. Você está me fazendo até brincar de casinha, pelo amor de Deus. Eu não faço esse tipo de coisa.

— Viu só? Eu tentei avisar... Talvez *eu* devesse ter tido uma conversinha com você.

— Pois é. Tudo isso é bem surpreendente mesmo — admitiu ele. — Seu tio também queria saber quais são meus planos com você. Disse a ele que isso é assunto nosso.

— Luke, você não devia ter mentido...

— Não menti. Neste exato momento, meu plano é transar com você até você não aguentar mais.

— Ah. Bom, isso é um plano para hoje. Mas você provavelmente vai se cansar de mim em duas semanas, lembra? Você não se envolve por muito tempo.

Ele passou a mão por um dos seios e depois encaixou a palma no meio das pernas dela.

— Como estamos aqui nessa área?

— Bem. Ótima.

— Sem dor? Está ficando melhor?

— Sempre tão atencioso... Bom, eu não sabia que era capaz de funcionar dormindo tão pouco, mas estou gostando — disse ela, gargalhando. — Mais do que imaginei. A ponto de voltar todos os dias, não é mesmo? Uma mulher insaciável.

— Vá em frente. Seja insaciável. Eu aguento — disse Luke, esfregando a mão com delicadeza. — Você está se abrindo. Desabrochando.

— Hum.

Ele a levantou e a encaixou perfeitamente em seu colo, deslizando para dentro dela sem qualquer dificuldade.

— Meu Deus — sussurrou a seguir. — Que delícia.

Então, sugando o mamilo dela, massageando seu clitóris com o dedo e empurrando o quadril para marcar um ritmo suave, transaram com intensidade e carinho. Ela segurava a cabeça dele contra o seio e acompanhava o balanço do seu corpo, fazendo todos os barulhinhos maravilhosos dos quais Luke gostava cada vez mais. Em minutos, ela atingiu o clímax, enrijecendo o corpo e pulsando por dentro. Shelby puxou a cabeça dele com mais força contra seu seio e ele a penetrou mais fundo, liberando seu prazer em um jato de calor que o cegou por um instante. Luke se segurou nela, arfando. Se recuperando. Desejando que aquele momento nunca acabasse.

Então, escutou uma risadinha.

— Alguém vai ter que secar o chão...

— Hum.

— Luke Riordan, você está em uma banheira de espuma.

— Estou — disse ele, sem fôlego.

— O que é que as pessoas vão pensar? Grande, durão, cafajeste piloto de helicópteros do Exército, em uma banheira de espuma.

— Melhor não contar para ninguém, senão vou ter que castigar você. — Luke ainda estava recuperando o fôlego.

Ela riu de novo.

— Isso pode ser interessante. Nunca sei o que você vai inventar.

Mais tarde naquela noite, bem depois do jantar e de terem passado um tempo em frente à lareira, Luke estava deitado na cama, a cabeça apoiada na mão, olhando para uma Shelby adormecida. Ela estava de lado, encolhida, com suas costas lindas e macias e a bunda perfeita encostadas nele, e ele conseguia ver o rosto dela de perfil. Ela dormia como um bebê, contente, em paz e bêbada de sexo.

Ele soube no momento em que a viu que aquela era uma mulher perigosa, mas não fazia ideia do grau de letalidade. Ela tinha trazido à tona sentimentos que Luke julgava sob controle e agora estavam ali — ele sentia tudo e estava completamente perdido. Apavorado. Ele a adorava. Não suportava pensar no fim daquilo.

Luke sentira algo quase tão profundo e poderoso assim uma vez, quando era bem mais jovem. Tinha 24 anos quando conheceu a linda Felicia de cabelo preto. Nos braços, no corpo daquela mulher, Luke se sentiu vivo.

Nunca se apaixonara com tanta intensidade antes, e com certeza não se apaixonou de novo depois disso. Ele se surpreendera com a paixão e o comprometimento que sentia, mas se deixou ser arrastado por aquilo. Tinha amado Felicia intensamente por um ano, e então precisou partir em uma missão na Somália. Quando o conflito estava em seu auge, era a lembrança do rosto dela que o ajudava a passar pela situação, que lhe dava um propósito, um motivo forte e poderoso pelo qual lutar. Ele jurou sua vida a ela; ele a amaria até a morte.

Mas, quando voltou para casa, descobriu que tudo não passara de uma mentira; ela nunca tinha sido dele. Felicia tinha sido infiel desde antes de Luke partir e terminou o relacionamento no dia em que ele voltou. Foi um término horroroso, amargo e que tinha deixado todo mundo machucado — principalmente ele.

Dizer que o coração dele tinha se partido em mil pedaços não chegava perto do que de fato acontecera. Durante dois anos, no mínimo, a dor era tão intensa que ele pensou que fosse morrer. Quando passou, Luke estava vazio por dentro, e precisou tomar uma decisão firme: aquilo jamais aconteceria de novo. Daquele momento em diante, seu envolvimento com as mulheres seria puramente para fins recreativos. Ele não se mostraria vulnerável para outra mulher, não se abriria para aquele tipo de dor.

E, ainda assim, tinha ali ao seu lado uma mulher delicada, gentil e incrível. Queria abraçá-la, dizer o quanto a amava, quão longe iria para fazê-la feliz, queria implorar para que ela ou mudasse seus planos, ou o incluísse neles.

Mas ele não faria nada disso. Era arriscado demais. Outro relacionamento como o último o mataria. Ele não entregaria seu coração.

O problema era que, mesmo sem querer, mesmo sem ter qualquer intenção de entregá-lo, o coração de Luke já pertencia a Shelby.

Walt Booth tinha assistido à evolução da reforma de Muriel por quase seis meses; ele a ajudara com algumas partes, mas ela era extremamente protetora com o próprio trabalho e queria levar o crédito por ter feito tudo por conta própria. Ao observá-la, ele aprendeu algumas coisas. Primeiro: reformar do zero e modernizar podia sair bem caro, mas era fácil. E casas comuns, como a dele, eram mais fáceis ainda. Bastava ter dinheiro e um bom empreiteiro. Mas o que Muriel estava fazendo ali, um processo de restauração e resgate da beleza original do imóvel, era uma arte. A casa tinha sido praticamente toda restaurada, exceto pelos eletrodomésticos, sofás e colchões, já que não pretendia sentar em um sofá caindo aos pedaços nem dormir numa cama com cem anos de idade. Muriel também compraria uma televisão de tela plana, um som estéreo e um equipamento de DVD, que ficariam todos ocultos dentro de guarda-roupas antigos.

Era meado de novembro quando Muriel telefonou para Walt e perguntou:

— O que você está fazendo?

— Estou cuidando do bebê enquanto Vanni está na cidade. Ela deve voltar logo. Por quê?

— Quero que você venha aqui — explicou Muriel. — Assim que der.

Ela nunca precisava pedir algo duas vezes. Quando ele parou diante da casa, Muriel estava toda agasalhada, de pé na varanda, esperando. As mãos estavam enfiadas nos bolsos e ela batia o pé calçado com bota enquanto seu hálito rodopiava ao redor em uma nuvem de vapor condensado.

Ele saiu da caminhonete.

— Qual o problema? — perguntou ele, indo até ela.

O rosto de Muriel se iluminou em um de seus sorrisos brilhantes.

— Problema? Problema nenhum! Walt… acabei. Está *pronta*!

Muriel tinha terminado o andar superior e deixado tudo a seu contento havia, no mínimo, dois meses, mas não quis tirar os móveis e morar em uma casa praticamente vazia quando estava confortável na edícula. Então, ela continuou trabalhando.

— Você está preparado?

— Estou — disse ele.

Ela abriu a porta da frente e ele entrou na sala de estar — nada daquele hall de entrada chique das velhas casas de fazenda. O piso escuro de madeira brilhava; os rodapés e as cornijas tinham o mesmo tom escuro e envernizado. Muriel precisou de ajuda para levantar as partes seccionadas e pesadas das cornijas, mas ela mesma cortou as peças no tamanho certo com uma serra circular. As paredes, texturizadas por ela mesma, foram pintadas de verde. O corrimão da escada tinha sido escurecido e envernizado para combinar com os detalhes em nogueira e a parede atrás da escadaria aberta era em um tom escuro de bege, sendo o teto em um tom mais claro da mesma cor. Logo à frente, com o mesmo esquema de cores que estava presente na sala de estar, havia a sala de jantar, emoldurada por um arco de nogueira. Ela devia ter instalado recentemente as cortinas de renda, que estavam abertas, afastadas das janelas. A lareira era emoldurada pela madeira escura e grossa original.

A cozinha era em amarelo-vivo, com algumas partes com um papel de parede antigo de rosas amarelas. Os armários e as bancadas eram originais, e foram lixados e escurecidos, mas ela havia tirado as portas e instalado painéis de vidros escuros que substituíram a madeira velha e torta. A pia e os eletrodomésticos eram novos e brancos, mas ela manteve a bomba de acionamento manual da pia. Muriel lixou e escureceu a madeira até dos peitoris e caixilhos. E os lustres que pendiam do teto da cozinha, da sala de jantar e da copa eram os antigos, só que com a parte elétrica refeita. Havia uma porta que se abria para uma despensa e outra que se abria para a adega.

— Você é incrível — disse ele.

O andar de cima era igualmente impressionante — o piso brilhante do corredor, três quartos, cada um pintado de uma cor diferente, um banheiro pequeno e compacto demais para uma estrela de cinema e que ficava no fim do corredor próximo do maior quarto. Não havia suíte master ou closets imensos, mas cada detalhe da casa original tinha sido polido, envernizado, pintado e forrado com papel de parede. Estava tudo lindo. Parecia um museu.

— Este vai ser o meu quarto, no topo da escada — anunciou ela. — Comprei algumas colchas, mas elas foram feitas por uma artesã de verdade, então estou trapaceando só um pouco. E também comprei umas almofadas em meio-ponto... verdadeiras antiguidades. Venho montando essa coleção há anos. Tenho uma colcha com estampa floral e lençóis combinando... e comprei dez lençóis extras. Minha ideia é, em vez de forrar aqui com papel de parede, colar os lençóis em algumas paredes. Quero pendurar retratos dos meus pais, avós e bisavós na parede da escada. Temos ancestrais que são nativos norte-americanos e, por incrível que pareça, tenho algumas fotos deles. Também tenho umas aquarelas com imagens do interior que escolhi há uns anos e que preservei com muito cuidado para este momento.

Walt balançou a cabeça e deu uma risadinha.

— Não é assim que, supostamente, uma mulher indicada ao Oscar quer viver.

— Até parece. Para mim a vida é muito mais que um Oscar. Embora eu tenha que admitir que realmente me irrita nunca ter ganhado um. — Ela sorriu para ele e o abraçou pela cintura. — Tenho algumas peças especiais guardadas. O pessoal da mudança vem amanhã. Você vai ficar comigo quando a cama estiver feita?

— Ficarei, sim, e muito feliz, no seu quarto florido. E se algum dia conseguir me livrar daquele bando de filhos, você vai ficar comigo na minha suíte masculina e sóbria com um banheiro master bastante conveniente e um chuveiro enorme e sem box.

— Eu vou — confirmou ela, sorrindo.

— Muriel, esta casa... Ficou além das minhas mais loucas expectativas. Você é muito talentosa, nunca vi nada igual. Não sei nem expressar o quanto estou impressionado. E orgulhoso. Muito orgulhoso.

— Obrigada. Eu também estou orgulhosa de mim mesma. Deveríamos beber e fumar um charuto.

— Nunca pensei em trazer charutos — disse ele.

— Não se preocupe. Comprei uma caixa. E uma garrafa de uísque. Vou deixar todas as luzes da casa acesas essa noite. Vamos nos sentar na varanda da casa de hóspedes, congelar ali fora, beber um uísque, fumar um charuto cubano e ficar observando o resultado. A varanda em tons de marrom e lavanda não é a melhor?

— Cubano? Foi isso mesmo o que ouvi?

— Sim. Você não acha que o Mike vai me prender, acha?

— Se ele descobrir, vai ser difícil manter os fuzileiros longe da sua varanda.

Ela deu uma risadinha.

— Quero dar uma festa de inauguração quando os móveis chegarem e eu pendurar as fotos. Será que alguém viria?

Ele ficou sério.

— Você é Muriel St. Claire. Acho que a cidade inteira viria.

— Sério? Isso seria tão maravilhoso... — Então, a testa dela se franziu enquanto pensava sobre o assunto. — O que eu vou servir?

Luke e Shelby entraram na rotina maravilhosa dos recém-amantes, com Shelby dormindo na casa dele quase todas as noites. Depois, ela começava o dia bem cedinho, indo primeiro para o estábulo de Walt para ajudar com os cavalos, talvez cavalgar um pouco e tomar café da manhã com ele, tomar um banho e pegar uma muda de roupas. Na sequência, ela ia para a cidade, onde sua função principal era ajudar Mel a manter a clínica funcionando. Ela ajudava com tudo que podia: separava e arquivava papéis, cuidava das crianças. Luke ficava maravilhado com a energia e o esforço dela.

Todos os dias, Luke e Art trabalhavam juntos nos chalés e Luke se orgulhava bastante do fato de Art ser bastante esperto. Ele não era um chef, mas conseguia esquentar um jantar nutritivo no micro-ondas durante algumas noites por semana, comendo com Luke e Shelby nas demais. Ele tomava banho e se barbeava todos os dias, cuidava bem dos dentes, lavava as próprias roupas e fazia a cama todas as manhãs. Luke tinha feito um estoque de comida decente e materiais de limpeza não tóxicos nos armários da casa dele. Art tinha frutas para comer no café da manhã e nos lanches. Ele mantinha o banheiro e a pequena cozinha limpinhos, sempre usando um spray desinfetante.

Art era absolutamente capaz de viver sozinho, desde que tivesse alguém de confiança por perto para o caso de precisar de algum conselho ou para compartilhar algum problema, ou até, quem sabe, alguém que pudesse lembrá-lo de coisas como "Hora de lavar os lençóis e as toalhas, Art". Luke disse a ele que, quando os chalés estivessem prontos, Art poderia trabalhar como zelador. Ele poderia cuidar do lixo, da arrumação e eles trabalhariam juntos nos serviços de manutenção, limpeza, cuidados com o jardim e o que mais fosse preciso consertar ou pintar.

— Você sente falta dos seus velhos amigos, da casa em que morava? — perguntou Luke.

Art deu de ombros.

— Sinto saudades de Netta e Payne — respondeu. — Sinto saudades da minha mãe. — Então, sorrindo, completou: — Mas eu gosto daqui, perto do rio. Gosto da minha própria casa, onde não tenho que agendar para usar a máquina de lavar roupa.

— Você está fazendo um ótimo trabalho aqui, Art. Obrigado.

— De nada, Luke — respondeu, radiante de orgulho.

No fim do dia, Shelby encontrava Luke no bar de Jack ou pedia a refeição para viagem e ia direto para a casa dele. Viviam juntos. O romance era de conhecimento público. Eles estavam juntos e toda a cidade sabia.

Isso fora uma coisa sobre a qual Luke não havia pensado, essa coisa de ser um casal. Mas o preço de abraçá-la por toda a noite era esse. As pessoas foram legais o bastante para não fazerem muitos comentários invasivos, embora houvesse muitas piadas sobre a água de Virgin River. Parecia que muitos homens tinham ido para a cidade em busca de paz e tranquilidade, talvez um pouco de caça e pesca, e acabaram arrumando compromisso. Luke conseguia rir e ignorar esses comentários porque gostava de estar conectado a Shelby dessa forma; ele estava estranhamente contente de poder abraçá-la em público, sem se preocupar em ser flagrado aos beijos na varanda do bar. Shelby o mantinha tão tranquilo e relaxado que ele não tinha do que reclamar.

Quando ficou óbvio para toda a cidade que Luke e Shelby estavam juntos, chegou a hora de pôr Art para jogo, apresentá-lo às pessoas, dar a ele uma oportunidade de fazer amigos, ainda que fossem apenas amigos casuais. Fazia pouco menos de dois meses que Art estava ajudando nos chalés e, de todos os moradores de Virgin River, somente Shelby e Paul sabiam da existência dele. Eles tinham cooperado e mantido o segredo enquanto Luke prestava atenção aos jornais, ao rádio e à TV para ver se alguém estava procurando Art. Ao que tudo indicava, ele não estava em nenhuma lista de pessoas desaparecidas.

Art já adorava Shelby. Se o dia dela na clínica fosse mais curto e o tempo estivesse bom, ela cavalgava até os chalés com Pura a reboque e colocava Art no cavalo. Ele era como um garoto de uns 10 anos, só que com quase noventa quilos. A pura animação que ele sentia cavalgando fazia Luke precisar disfarçar o riso para não ofender o amigo. Luke começou a levar Art para o bar de vez em quando para comprar uma bebida gelada ou jantar com Shelby. Não foi surpresa alguma o fato de ele ter sido aceito com muito carinho por todos.

Ao ver Art sobre o cavalo, Luke teve a ideia de comprar equipamentos de pesca para o amigo: uma vara baratinha e um molinete que ele poderia manter em seu chalé. Luke ensinou Art a jogar a linha primeiro. Puxar era mais complicado, mas Art adorava aprender coisas novas. O rio ficava perto o bastante para que Art pescasse um pouco quando não estava trabalhando. Ele logo adquiriu o hábito, e Luke ficava contente de ver o grandalhão descendo sozinho até o rio, todo feliz e independente.

Houve uma pequena festa para toda a cidade na casa de Muriel St. Claire, e Luke, Shelby e Art foram juntos ao evento. A casa tinha sido reformada, ou, como o general insistia em frisar, *restaurada*. Na verdade, ela parecia mesmo uma casa de cem anos novinha em folha. Até as fotografias, que a atriz insistia em dizer que eram de familiares, eram antiguidades. As imagens mais antigas eram em ferrotipia. Exceto por uma poltrona e um sofá modular modernos, todo o resto era vintage, até o guarda-roupa imenso que escondia a TV e o equipamento de som.

Luke ficou abismado com o trabalho que Muriel tinha feito ali, mas algumas pessoas da cidade esperavam algo mais hollywoodiano. A maioria já tinha suas velharias, que vinham sendo passadas de geração em geração e não tinham nada de especial. Claro que as coisas velhas das outras pessoas não tinham sido restauradas como as de Muriel, mas moradores de uma cidadezinha como aquela ansiavam por móveis mais modernos. O que queriam saber era se Muriel tinha saído com Clint Eastwood ou Jack Nicholson. Quando ela respondeu que mal conhecia os dois, embora tivesse atuado com eles, todos pareceram decepcionados. Para uma estrela de cinema, ela não era nada instigante.

Pelo menos cem pessoas vagaram pela casa e Muriel ficava radiante toda vez que via alguém surpreso por ouvi-la dizer que preferia aquela velha casa de fazenda a um grande palácio de mármore em Hollywood.

A vida estava exatamente a seu gosto. Luke não perdia muito tempo pensando nisso; os sentimentos não eram uma coisa sobre a qual os homens passavam muito tempo ponderando. Tudo o que ele queria era que nada mudasse.

Justamente por isso, ligou para a mãe e explicou que não poderia ir a Phoenix no feriado do Dia de Ação de Graças. Somente Sean iria; afinal, Colin estava no Iraque, Paddy estava embarcado e Aiden estava de plantão no hospital para poder tirar folga durante o Natal. A mãe ficou decepcionada; ela não o via desde agosto. Então, ele contou a ela a respeito de Art. Claro que Maureen Riordan disse para o filho levar Art com ele.

— Acho que não posso fazer isso, mãe — Luke começou a explicar. — Ele fugiu da casa onde morava porque alguém batia nele. Tenho certeza de que não estou infringindo nenhuma lei ao lhe dar abrigo, mas não acho que seria uma boa ideia levá-lo para fora do estado. Pelo menos não até que eu tenha conseguido entender um pouco melhor a situação dele, o que vai demandar certa investigação e, provavelmente, um advogado. É só um Dia de Ação de Graças. Provavelmente estarei aí no Natal, ok? Seja uma boa menina. Não fique insistindo.

— Eu não faço isso — rebateu ela.

— Ah, faz sim — disse ele, dando uma gargalhada. — E sem a menor cerimônia.

— Não quero que você fique sozinho no Dia de Ação de Graças — explicou.

— Vou ficar bem, mãe. Não se preocupe.

Luke não ficaria sozinho. Ele iria para a casa do general e levaria Art também. O convite tinha vindo de Shelby e ele percebeu na mesma hora que se tratava de uma obrigação. Ele preferiria não se misturar mais com a família, mas era impossível evitar. Quem vinha morar em um lugar como Virgin River se misturava com as pessoas no dia em que chegava à cidade. Estava tudo bem: um jantar comemorativo não era pedir demais. Art era bem-vindo e Luke gostava do general e da família Haggerty. Não podia negar que, se Shelby fosse sua prima mais nova ou sua sobrinha, ele também sentiria esse instinto protetor, e mesmo assim, todos conseguiam agir com respeito em relação à escolha de Shelby e o tratavam bem.

Mas, bem quando Luke estava começando a aceitar tudo aquilo, sua vida bem organizada saiu dos trilhos com um telefonema de Sean.

— Então este ano você abriu mão do peru? — disse Sean. — O que está pegando? Você está no estado ao lado, não é tão longe assim…

— Tenho coisas para fazer aqui, Sean — disse. — E expliquei para a mamãe, não posso deixar Art e não posso viajar com ele.

— Ouvi essa história. Mas é o único motivo?

— Qual outro poderia ser?

— Sei lá — disse o irmão, como se não soubesse a resposta. — Bom, então você vai ficar bem feliz com a notícia: estou levando a mamãe para passar o Dia de Ação de Graças em Virgin River.

Luke ficou mudo por um instante.

— É o quê?! — Luke gritou ao telefone. — Por que diabo você faria uma coisa dessas?

— Porque você não vai vir a Phoenix. E assim ela vai conhecer o terreno, os chalés. O ajudante. *E* a garota.

— Você não vai fazer isso comigo — disse Luke em um tom ameaçador. — Me diz que você não vai fazer isso comigo!

— Vou. Já que você não vem, nós vamos até você. Achei que você fosse ficar *tããããooo* feliz com isso — acrescentou Sean, seu risinho evidente na voz.

— Deus do céu, Sean. Não tenho espaço para acomodar vocês. Não tem hotel na cidade.

— Seu mentiroso de merda. É claro que você tem espaço. Você tem dois quartos extras e seis chalés que está reformando há três meses. Mas, se estiver mesmo falando a verdade, tem um hotel em Fortuna com alguns quartos disponíveis. Desde que a mamãe tenha uma boa cama, lençóis limpos e nenhum rato, tá de boa.

— Que bom. Você pode vir — disse Luke. — Quando você chegar, eu te mato.

— Qual é o problema, cara? Você não quer que a mamãe conheça a garota? Ou Art?

— Antes de te matar vou arrancar seus braços e suas pernas.

Sean deu uma gargalhada.

— A gente chega na terça à tarde. Compra um peru bem grande, hein?

Luke ficou paralisado por um minuto. Em silêncio, arrasado.

Ele tinha vivido uma vida bastante selvagem, exceto por aqueles anos com Felicia, quando ficara temporariamente domesticado. Ele voara com helicópteros no meio de combates e tivera seus casos sem compromisso, embora sempre fizesse tudo consensualmente. Sua vida de solteiro foi cheia de aventuras. Seus irmãos eram exatamente iguais; talvez fossem todos iguais ao pai, que só se casou aos 32. Não exatamente um ancião, mas, para a geração anterior a dele, aquela já era uma idade um pouco avançada para começar uma família com cinco filhos. Eles eram irlandeses cheios de energia. Todos tinham vivido plenamente: ousado bastante, sem arrependimentos, a mil por hora.

Mas havia uma coisa que nenhum dos Riordan *jamais* tinha feito: ter uma mulher que não fosse sua esposa dormindo na cama com eles sob o mesmo teto que a *mãe*.

— Tenho 38 anos e fui para a guerra quatro vezes — disse Luke a si mesmo, andando de um lado para o outro em sua pequena sala de estar, esfregando a nuca com a mão. — Essa casa é minha e ela é a convidada aqui. Pode desaprovar o quanto quiser, pode rezar o terço até ficar com bolhas nas mãos, mas nada aqui lhe diz respeito.

E ela vai contar tudo, foi seu próximo pensamento. *Cada coisinha da minha vida, desde os meus 5 anos de idade. Vai falar de cada namorada que lhe deu grandes esperanças, de cada indiscrição, da noite que passei na cadeia, do caso bem intenso com a filha do vice-diretor da escola quando eu estava no ensino médio... Tudo, de multas por excesso de velocidade até namoros.* Porque era assim que uma típica família disfuncional irlandesa funcionava: as pessoas trocavam segredos. Luke poderia se comportar como a mãe esperava, fazendo aquilo que ela considerava adequado e cavalheiresco e que ele considerava conservador e inútil, ou ele poderia chutar o balde, fazer as coisas do jeito dele e, mais tarde, explicar todas as histórias de sua mãe para Shelby. Inclusive a história com Felicia.

Não fazia muito sentido para Luke esperar que a mãe fosse uma puritana. Ela era entendida demais para isso. Maureen era uma linda e escultural mulher de 61 anos que tinha ficado viúva aos 53, quando Luke tinha apenas 30 anos, e que permaneceu solteira e devotada aos filhos militares. Ela ainda pintava o cabelo no tom de vermelho-fogo que usava desde a juventude. Com certa ambivalência, ele às vezes desejava que a mãe pudesse se interessar romanticamente por alguém que desviasse sua atenção dos filhos e de suas vidas pessoais.

Ela era esperta, cheia de energia e engraçada. Também era destemida; a despeito de seu comprometimento com a fé católica, tinha algumas ideias rebeldes. Depois de ter tido cinco filhos em dez anos, o padre lhe dissera para manter a fé e não usar métodos contraceptivos, e a resposta dela foi mandar o homem para aquele lugar. Não houve um sexto filho. No fim das contas, ela não tinha um monte de defeitos — só uma série de princípios rígidos que ela poderia ser convencida a guardar para si se suas demandas fossem atendidas. E havia sua insatisfação com a incapacidade de seus cinco filhos se casarem e lhe darem netos. Aquilo já estava ficando chato.

A ordem dos irmãos era a seguinte: Luke, Colin, Aiden, Sean e Patrick. As idades iam de 38 a 30, em escadinha. Maureen talvez estivesse ficando um pouco assustada e desesperada.

Os Riordan tinham uma regra familiar bem clara que evoluíra em meio a brigas ferrenhas: ninguém contava segredos constrangedores ou da família para recém-chegados ao grupo sem pagar um preço, e um preço bem alto. Francamente, Luke achava a história da mãe enfrentando o padre a respeito da contracepção hilária — mas *ela* não achava a menor graça. E um trato era um trato. Ele podia mantê-la calada ao respeitar seus princípios e não contar histórias sobre ela. Ele podia manter a mãe de boca fechada se não dormisse com Shelby enquanto ela estivesse na cidade. Durante *cinco* noites.

Ele ia matar Sean.

— Shelby? — começou Luke enquanto ela relaxava em seus braços depois de mais uma experiência sexual maravilhosa. — Tem um problema com o Dia de Ação de Graças…

— Hum? — disse ela, sonolenta.

Ele respirou fundo.

— Meu irmão Sean está vindo. E está trazendo a minha mãe.

Shelby levantou a cabeça.

— Ah, que ótimo — disse, sorrindo e, a seguir, voltou a se deitar de novo.

— Não é ótimo — respondeu ele, arrasado.

— Qual é o problema, Luke? — perguntou ela, dando uma gargalhada. — Não é uma notícia ruim. Vou adorar conhecer sua mãe.

— É, só que… Sabe, ela é meio rígida…

Shelby riu de novo.

— Aham, como se o tio Walt não fosse meio duro. Vamos colocar mais dois lugares à mesa. Pode ser que seja divertido. Tio Walt casca-grossa e a rígida … Qual é o nome da sua mãe?

— É Maureen, mas a gente não vai fazer isso. Não vamos juntar todo mundo, como uma grande família feliz. Você sabe como me sinto com esse tipo de coisa. Não gosto de criar esse tipo de expectativa… Isso não… Não dá para …

Ela deu mais uma gargalhada.

— Será que você pode, por favor, parar de ser tão paranoico? Não é uma festa de noivado, é só um *Dia de Ação de Graças*. Dia de reunir as pessoas que são importantes para nós. Você também vai trazer o Art… e ele com certeza não complica esse lance todo de família. Meu Deus, Luke. Relaxa.

— Isso me deixa maluco, a ideia de juntar as famílias. Pode ser que você tenha me aceitado do jeito que eu sou, mas não estou convencido de que seu tio está na mesma página. E eu *sei* que minha mãe não está.

— Mas isso não é uma questão, Luke. Isso é problema deles. Nós já superamos isso… Conheço você muito bem, apesar dos seus esforços para ser misterioso.

— Conhece, é? Mesmo assim, esse lance todo de família… Não era o que eu tinha planejado.

— Eu sei — disse ela. — O que você tinha planejado era escolher uma garota de fora da cidade, dormir com ela na sua cama e no resto do tempo ficar bem longe dela, sem qualquer conexão com a sua vida diária. Infelizmente, nós estamos na mesma cidade neste momento. E temos os mesmos amigos.

Como Shelby sabe disso?, ele se perguntou. Luke nunca havia explicado como gostaria que a história se desse originalmente.

— Mas, se você simplesmente relaxar, vai ficar tudo bem — garantiu ela. — Somos todos bons amigos e vizinhos. Deixa eu te perguntar uma coisa: sua mãe se importaria de vir à nossa casa em vez de jantar só com você, seu irmão e Art?

Ele ficou em silêncio por um instante, então respondeu, contrariado:

— Não, ela adoraria.

Shelby deu uma risadinha.

— Ah, entendi. Você está com medo de ela gostar de mim…

— Para com isso, Shelby. Você sabe qual é a minha questão com isso.

— Bom, acho que sua questão é com a sua mãe, porque eu com certeza não causei nenhum problema. Eu e você… nós sabíamos no que estávamos nos metendo. Eu tenho planos, você tem planos, nosso lance é passageiro. Não foi isso que você disse? Passageiro? Então. São só duas famílias se reunindo para o Dia de Ação de Graças. — Ela sorriu para ele. — E eu gosto de Sean. Ele é fofo.

— Acho que ele é um babaca idiota e feio.

Shelby riu mais uma vez.

— Vamos ter mais um inconveniente — disse ela.

— É mesmo? Qual?

— Não vou poder passar a noite enquanto sua mãe estiver aqui.

Ele se ergueu, apoiando-se em um dos cotovelos, e olhou para ela.

— Não vai?

Ela deu de ombros.

— Me desculpa. Sei que é meio antiquado, mas isso é um pouco demais para mim. É sua mãe, sabe? Não posso ficar aqui, da mesma maneira que não consigo levar você para minha casa quando tio Walt está no quarto no fim do corredor. Espero que você entenda.

— Mas Shelby, eles *sabem* que a gente está… o que a gente está fazendo.

— Não é a mesma coisa — disse ela. — Não estou fazendo debaixo do mesmo teto que eles. Talvez, se nós de fato morássemos juntos, se tivéssemos uma casa nossa, coisa e tal. Mas não é o caso. Somos duas pessoas que estão ficando e transando. Não vou fazer isso com a sua mãe embaixo do mesmo teto.

— Se você não consegue…

— Desculpa, mas não consigo. Por respeito. É só isso. Não vai rolar.

— Ela vai passar cinco noites aqui — argumentou Luke, passando a mão no cabelo que caía por cima do ombro dela. — Cinco.

— Bom, então acho que vou encontrar um maníaco quando ela for embora. Quem sabe eu consigo uma prescrição qualquer com a Mel, assim você não enlouquece.

— É isso que você quer? — perguntou ele. — Que a gente fique separado por cinco noites?

— Não, isso é como vai ser, Luke. Todos nós temos nossos princípios básicos. Agora eu quero que você relaxe. É só um jantar. Vai ser divertido.

— Claro — acatou ele.

Havia dois motivos pelos quais ele não tinha conseguido explicar por que ele também não poderia ultrapassar aquele limite com a mãe. Luke estava chocado por Shelby não aproveitar aquela oportunidade para forçá-lo a assumir um relacionamento mais sério. E ele não queria soar como se fosse um filhinho da mamãe.

Mas não era para ser daquele jeito. Não era assim que as mulheres agiam. Shelby estava numa boa demais. Era quase como se ela não estivesse loucamente apaixonada por ele. Ela estava deixando escapar, de maneira deliberada, a chance de prendê-lo.

Muriel e Walt passaram o dia inteiro percorrendo as montanhas, em busca de bazares de garagem e antiquários. Ele nunca tinha feito nada parecido na vida. Mas também não tinha cozinhado para uma mulher ou a ajudado com a restauração de uma casa antes.

Ela estava dobrando e redobrando o jornal de Garberville.

— Certo, tem um bazar em um celeiro na próxima estrada, a quase um quilômetro daqui…

— O que você pode querer comprar de um celeiro?

— Como já expliquei cinquenta vezes, nunca se sabe. Uma vez, comprei numa venda dessas um gabinete para pia maravilhoso, de pinho, com mais de 150 anos.

— Sua casa não parece estar precisando de mais móveis.

— Mas é isso o que faço! Algumas mulheres gostam de martínis, eu gosto de comprar antiguidades e objetos colecionáveis.

— E também bebe martínis.

Ela sorriu para ele.

— Me orgulho de ser multifacetada.

Ele parou no acostamento, se virou para ela e a fitou, repousando o punho esquerdo no volante.

— Muriel, você foi convidada para algum jantar do Dia de Ação de Graças?

— Fui convidada para alguns — disse ela.

— Você vai para o Sul no feriado?

— Ainda não decidi — respondeu ela. — Recebi convites de pessoas legais que lembraram de mim.

— Você se importa se eu perguntar que pessoas?

— Ninguém que você conheça, Walt.

— Mesmo assim...

Ela respirou fundo.

— Susan Sarandon me convidou para passar com a família dela que, aliás, é adorável. Adoro seus meninos. George também reservou uma mesa num restaurante legal para alguns amigos...

— George?

— Nenhum ex-namorado, fique tranquilo. Clooney, George Clooney. Um homem muito legal. Muito comprometido no momento e um pouquinho jovem demais para mim. Ele está saindo com uma mulher na faixa dos 30, eu podia ser mãe dela. Na verdade, conheci George muitos anos atrás, por intermédio da tia dele, Rosemary. E um amigo muito, muito antigo, Ed Asner, também me ligou. Ele vai reunir a família na casa dele. E, claro, Mason gostaria que eu me juntasse a ele, sua quarta esposa, seus filhos, que já são adultos, e seus netos. — Muriel deu uma risadinha. — Somos tão modernos, não somos? A ex-mulher vive sendo chamada para jantar. Claro, não tenho dúvidas de que vinte por cento de mim é muito atraente para a esposa atual. — Quando Walt demonstrou perplexidade, ela gargalhou. — A comissão dele, Walt. O que Mason recebe a cada trabalho meu.

— Hum. Então, você vai a qual desses jantares? — perguntou ele.

— Não sei ainda. Por quê?

Ele ficou um pouco desconfortável, e desviou o olhar por um breve instante.

— Nós vamos receber Luke Riordan e a família dele. Se você quiser se juntar a nós, seria ótimo.

— Walt?

Ele voltou a encará-la e viu que Muriel sorria.

— O quê?

— Você está torcendo para que eu não vá?

— Por que você diz isso?

— Você nem me olhou nos olhos quando fez o convite.

— Ah, me desculpe. É só que eu sei que você quer manter as coisas entre nós… casuais.

— Quando eu disse isso? — perguntou ela, dando uma nova gargalhada.

— Quando você disse que tinha se casado cinco vezes e que nunca mais faria essa porcaria. Acho que foram essas suas palavras.

Rindo, Muriel esticou o braço e pousou a mão na coxa dele.

— Walt, vai demorar muito até que eu sequer considere me casar de novo. Eu de fato comi o pão que o diabo amassou nos meus casamentos. É só eu dizer o "sim" para acontecer uma explosão cósmica que transforma homens fabulosos e sensuais em animais incorrigíveis ou idiotas completos. Eu sou amaldiçoada… Não faria isso com qualquer um. Mas não estou evitando um bom relacionamento. E, apesar de estar no começo, o nosso parece ser um muito bom. Eu adoraria jantar com vocês no Dia de Ação de Graças. E, como nós dois conhecemos as minhas limitações, eu fico encarregada da limpeza.

As sobrancelhas pretas de Walt se levantaram e ele sorriu.

— Sério?

— Por que não?

— Bem, para começo de conversa, eu não sou Susan Sarandon e muito menos George Clooney.

— Nem Ed Asner, que é *muito* especial para mim. Mas você é Walt Booth, e está muito bem colocado no ranking. Mas preciso alertar você de que as pessoas vão achar que nosso relacionamento é sério.

Ele sorriu para ela.

— Correndo o risco de assustá-la, saiba que levo a gente muito sério, ok? Um bom relacionamento é exatamente o que estou procurando. Isso, e uma boa máquina lava-louças.

Capítulo 13

Quando Sean e Maureen chegaram no fim da tarde de terça, Luke estava pronto para recebê-los. A casa estava totalmente limpa e, embora ainda houvesse muita reforma a ser feita, as paredes estavam texturizadas e pintadas, os pisos tinham sido lixados, escurecidos e envernizados e a cozinha tinha sido reformada por completo. Os móveis eram de boa qualidade, deixavam a casa muito melhor. A mãe ficaria em seu quarto e o irmão no andar de cima. Já que não havia móveis no segundo quarto do segundo andar, Luke dormiria no sofá. Ele abasteceu a lareira com lenha, colocou vinho para gelar, separou peças de carne para preparar na churrasqueira portátil que tinha comprado… e disse a Shelby que ela encontraria Maureen na noite de quarta-feira, porque ele queria um pouco de tempo a sós com a mãe antes do encontro entre elas. Não era esse o motivo, claro. Ele poderia ter dito para Shelby ir até a casa dele logo depois de terminar de atender na clínica na terça, mas isso faria parecer que ele estava ansioso, e Maureen não precisava desse tipo de estímulo.

Por mais que se ressentisse daquela invasão de seu espaço, Luke estava animado para encontrar a mãe. Em dois dias, esse entusiasmo diminuiria, mas, quando ela saiu de dentro do SUV de Sean, ele ficou radiante. Maureen com certeza não parecia uma mulher de 61 anos hipertensa e com colesterol alto. E ninguém jamais diria que se tratava de uma dona de casa que criou cinco filhos que demandavam bastante. Ela parecia uma mulher sofisticada mesmo de calça jeans, bota e jaqueta de couro. Mas o que realmente o deixava derretido eram o sorriso e os olhos da mãe. Era impressionante quando ela sorria, tudo se iluminava com aqueles dentes grandes, fortes e brancos. Luke não conseguia se lembrar de um momento em que aqueles olhos verdes não tivessem brilhado, e eles só se enrugavam um pouquinho quando ela sorria.

— Luke! Querido! — disse ela, correndo varanda acima para abraçá-lo.

Ele sustentou o abraço por um longo minuto.

— Como você está, mãe?

— Morrendo de saudades, vim o mais rápido possível — disse ela, afastando o filho, mas sem soltá-lo. — Parece que você está bem. Estava com medo de encontrar você magro e pálido.

— Por que eu estaria magro e pálido? — perguntou Luke. E, dando uma olhada por cima do ombro, viu Sean lutando para retirar várias malas do porta-malas. — Jesus, quanto tempo vocês vão ficar?

— Só até domingo... mas é difícil saber o que trazer para um lugar desses — disse Maureen.

— Então você só trouxe tudo?

— Engraçadinho — disse ela. — E aí, onde estão Art e Shelby?

— Shelby? — perguntou ele.

— Sean me contou tudo sobre ela. Uma coisinha bonitinha, única sobrinha de um general, sabe cavalgar muito bem, louca por você, essas coisas...

— Mãe, ela não está aqui. Ela está em casa. Pedi para ela vir amanhã à noite, para conhecer você, e fomos convidados para passar o jantar de Ação de Graças na casa do tio dela.

— Ah — disse Maureen, com uma nota de decepção na voz. — Eu estava doida para cozinhar para você.

— Podemos fazer isso — respondeu ele, cheio de entusiasmo. — Tenho certeza de que eles vão entender... A gente não se vê todo dia.

— Deixa de ser ridículo. Tenho tempo suficiente para cozinhar e deixar para você o que sobrar. E o que vamos levar para o jantar na casa da família da Shelby?

Luke ficou sério, franziu um pouco a testa. Talvez o entusiasmo dele não durasse nem dois dias, afinal.

— Vinho. Já comprei.

— Bem, vamos ter que levar mais alguma coisa — disse ela. — Tortas, um prato de vagem, pão, alguma coisa.

— Vou buscar as malas, mãe.

— Ótimo. E depois me leve para dar uma olhada nesse lugar maravilhoso.

Luke desceu os degraus da varanda enquanto sua mãe entrou na casa para conferir tudo. Um pai rígido e cinco filhos fizeram com que Maureen não precisasse levantar um dedo sequer quando eles estavam por perto. Eles não a deixavam carregar compras ou a bagagem quando qualquer um deles estava presente. Por isso, Luke foi até o porta-malas do carro, onde Sean descarregava uma quantidade excessiva de bagagens para quem passaria apenas cinco noites ali.

— Meu Deus, parece até que ela está fazendo um maldito cruzeiro.

— Sua morte será lenta e dolorosa.

— Ah, qual é! Qual é o problema agora? Você teve tempo o bastante para se acostumar com a ideia, Luke. E ela está tão animada por estar aqui, dá para ver.

— Você contou a ela sobre Shelby? Eu não contei nem a *você* sobre o que estava acontecendo com Shelby! Você não consegue ficar de bico fechado por nada?

— Como é? Eu piloto um avião de espionagem, meu camarada. Tenho alto nível de sigilo. Contei a ela sobre Shelby só para irritar você, mesmo. — Sean sorriu antes de completar: — E vem cá, eu ouvi bem? Nós vamos jantar na casa do general?

— Quero que você me escute com muita atenção, porque se você estragar isso eu vou te matar de verdade. Ela é jovem e sem experiência, não faz o meu tipo, sou velho demais para ela e não é nada sério. O tio dela é um militar altamente treinado e não gosta do fato de ela gostar de mim. Não é a coisa de sempre, então mantenha a boca fechada, entendeu?

— Uau, isso está deixando você irritado — comentou Sean, dando um sorriso debochado. — Sinal de que a coisa está esquentando. Cadê o Art?

— No chalé dele. Vou buscá-lo assim que levarmos isso para dentro de casa. — Luke ergueu duas malas. — Gente, para onde ela achou que estava indo?

— Ela quer se apresentar da melhor maneira possível para os seus novos amigos. Sabe, você poderia ter evitado tudo isso simplesmente indo passar dois dias em Phoenix.

— Venho tentando evitar a sua companhia durante anos, mas você não desaparece — resmungou Luke. — E não fode, Sean. A ideia foi sua e você sabe disso.

Sean ficou tenso.

— Daqui a três segundos nós vamos voltar vinte anos no tempo e rolar na terra. Não vamos fazer isso com ela, tá? Ela realmente quer saber como andam as coisas com você. Eu não dou a mínima, mas ela se importa.

— Nossa — disse Luke, levantando mais algumas malas, que levou para a varanda antes de continuar. — Coloca as coisas dela no meu quarto. Você vai ficar lá em cima. Vou buscar Art.

Luke deu duas batinhas antes de abrir a porta do chalé. Art estava sentado na beirada da cama, que todas as manhãs era arrumada com cuidado, apenas esperando. Ele estava todo arrumado, o cabelo ralo penteado para trás, usando a calça nova que Luke tinha comprado. Suas mãos estavam cruzadas na frente do corpo e ele parecia aterrorizado.

— Art? — chamou Luke.

— Eles já chegaram?

— Chegaram. Você está pronto para dar um oi?

Ele se levantou, nervoso, e esfregou as palmas na calça. A seguir, fez um gesto vigoroso de sim com a cabeça.

— Qual é o problema? São só Sean e a minha mãe. Você conhece Sean. Vocês se deram bem. Tem mais alguma coisa te preocupando?

Art balançou a cabeça com força. Luke deu um passo em sua direção.

— Olha, você está abalado com alguma coisa. O que te deixou chateado?

— Nada. Tomei um banho. Não comi os sanduíches, já que você falou para não comer.

Luke sorriu. Art adorava os sanduíches de mortadela.

— Você está ótimo. Só queria que você estivesse com apetite na hora do jantar, e, se você tivesse se enchido de sanduíche, não teria fome. Hoje vamos comer uns bifes.

— Bife é duro. Já comi. Não sei mexer na faca muito bem porque não uso muito, e os pedaços ficam grandes demais para a minha boca. Minha cabeça é grande, mas minha boca é pequena, foi o que o Stan disse.

— Essa é a sua preocupação? — perguntou Luke, sorrindo. — Eu vou ajudar. Você vai mexer a faca direitinho … você mexe bem com todas as outras ferramentas. Vamos cortar o bife em pedaços pequenos para caber na sua boca, ok? E, a propósito, não acho que sua boca seja pequena. Ouço você falar o dia todo, e não acho que tenha algo de pequeno nela. Vamos lá, a primeira pessoa por quem minha mãe perguntou foi você.

— Minha mãe já se foi.

— Eu sei, Art. Você vai gostar da minha mãe. Ela vai gostar de você.

— Eu não sou como todo mundo.

— Eu contei para ela que você tem síndrome de Down, Art. Ela sabe tudo sobre você. Nós tínhamos um bom amigo com Down quando éramos crianças… Você não vai decepcionar ninguém. Você é perfeito. Ela vai gostar muito de você.

— Você acha?

— É com isso que está preocupado, amigo? Olha, vai ficar tudo bem… minha mãe é uma ótima pessoa. Para quem não é filho dela, claro. Vamos lá, vamos resolver isso logo para que você se acalme. Acho que nunca vi você nervoso antes. Parece até que está com medo.

— Eu tomei banho — repetiu ele. — E não comi os sanduíches. Só um. Eu comi um.

Luke riu.

— Não tem problema. Você estava com fome? Porque aqui nessa casa a gente come quando sente fome. Você nunca vai ter problemas por causa disso, ok?

— Eu sei — disse Art, retorcendo as mãos. — Eu sei.

— Jesus, é melhor a gente terminar com isso logo — disse Luke. — Ela não é a rainha da Inglaterra, fique calmo.

Art caminhou devagar. Luke precisou parar para esperar Art algumas vezes no trajeto até sua casa, que não ficava muito longe. Quando abriu a porta de casa, a mãe e o irmão estavam bebendo vinho.

— Ora, olá — disse Maureen, com vivacidade. — Você deve ser Art.

Art ficou de pé perto da porta, olhando para o chão, e confirmou com a cabeça.

— Então pode entrar. Que bom que finalmente nos conhecemos, Art. Espero que esteja com fome… acho que vamos para um lugar chamado bar do Jack.

Luke deu uma olhada em Sean e fez uma cara de desaprovação. Isso poderia realmente acabar com os planos de fazer com que o relacionamento com Shelby parecesse casual. Sean deu de ombros e desviou o olhar.

— Eu gosto do Jack — comentou Art, com a voz trêmula.

— Eu comprei carne — argumentou Luke. — Achei que fôssemos ficar em casa.

Maureen saiu da cozinha e foi até Art.

— A carne não vai estragar… nós queremos dar uma volta na cidade. Você é tímido, Art? — perguntou ela, baixinho.

Ele fez que sim com a cabeça, mas com menos ênfase do que antes.

— Bom, você não precisa ser tímido comigo, porque eu queria muito conhecer você. E ouvi falar que você tem ajudado muito Luke.

Art levantou o olhar e disse:

— Você não é a rainha da Inglaterra.

Maureen olhou para Luke com uma expressão de repreensão e os olhos semicerrados, algo que ela havia aperfeiçoado desde que o filho tinha 7 anos. Era seu olhar de advertência. Os rapazes chamavam a expressão de o olhar de "não me fode", mas Maureen jamais pronunciara tal palavra em sua vida.

— Mas eu sou quase isso, Art, então confio que você vai ser muito bonzinho e gentil.

Ele concordou com a cabeça.

— Claro que você vai — incentivou ela. — Agora, que tal dar um aperto de mão ou um abraço na mãe do Luke? — Art ficou ali parado, inseguro. Maureen o abraçou bem forte e o balançou de leve. — Ah, sim. Estou muito feliz por você estar ajudando Luke. E muito feliz em te conhecer.

Quando ela o soltou, Art disse:

— Minha mãe já se foi.

— Ela morreu, Art? — perguntou Maureen, com delicadeza.

Ele fez que sim com a cabeça.

— Eu sinto muito, querido. E você deve precisar ainda mais de um abraço de mãe — disse ela. Sorrindo, continuou: — Vamos dar mais um abraço.

Art soltou os braços para abraçá-la de volta.

Luke se pegou sorrindo, mesmo tentando permanecer insultado por aquela invasão toda.

A coisa que faria qualquer filho feliz — pelo menos um filho normal — era algo que, para Luke, era mais difícil de engolir do que um pedaço de bife: Maureen conquistou todo mundo. Não só Shelby, não só a família de Shelby, mas a cidade inteira. É claro que ela não conheceu, literalmente, cada morador de Virgin River, mas todo o grupo que Luke considerava ser seus novos amigos. E ela não só os deixou impressionados; mas fez com que todos admirassem Luke.

Tinham começado com o jantar no bar de Jack na primeira noite e, como Shelby estava lá, as apresentações começaram mais cedo. É claro que Shelby estaria lá. Ela não tinha nada melhor para fazer, afinal, não tinha sido convidada para ir para a casa de Luke. Ao vê-los entrar no bar, seu rosto se iluminou de tal modo que Luke se sentiu culpado; Sean a agarrou e a abraçou como se fossem velhos amigos e depois fez ele mesmo as apresentações, porque Sean era assim: despachado, sociável. O general entrou com a famosa Muriel e todos ficaram para o tradicional jantar em grupo com Mel, Jack, Brie e Mike. Ninguém conseguiu manter Maureen longe da cozinha, onde ficou perguntando um monte de coisas a respeito da operação do bar para Preacher e Paige enquanto segurava a bebezinha do casal. Luke espiou para dentro da cozinha para ver o que a mãe estava fazendo e se afastou bem rápido, antes que ela começasse a discursar sobre como tinha cinco filhos saudáveis, lindos e bem-sucedidos, mas nenhum neto.

Maureen tinha o dom de deixar as pessoas à vontade e de mostrar suas melhores qualidades. Por exemplo, manteve Art por perto e era vista segurando a mão dele com frequência, algo que mostrava sua bondade, seu carinho. Ela fez Walt rir, conquistou Mel e Brie, elogiou Shelby e, em questão de minutos, virou melhor amiga de Muriel. Com uma olhada discreta para o general, Luke soube que o homem estava quase feliz com a herança genética da família.

O jantar da noite seguinte foi uma refeição em família mais íntima, com Art e Shelby — a carne que não tinha sido consumida. Foi quando Luke teve a oportunidade de conhecer mais detalhes sobre a vida de Shelby. O primeiro marido de Vanni, Matt, era um fuzileiro naval que perdeu a vida em Bagdá; Paul era seu melhor amigo e foi padrinho do casamento. Depois que Matt morreu, foi Paul quem esteve com Vanni na hora do parto do filho de Matt e, depois de muitos tropeços, ele finalmente confessou que a amava desde a primeira vez que colocou os olhos nela — mas Matt tinha se aproximado dela antes. Nenhum homem de respeito invade o território de um amigo. E agora eles estavam juntos e Paul criava o filho do melhor amigo. A história deles era tão romântica que fez Maureen suspirar e se abanar para se impedir de chorar.

Shelby contou histórias da cidade: como Mel foi para Virgin River depois da morte violenta de seu primeiro marido, a saga de Brie e Mike, como Preacher encontrou Paige e construiu a vida e a família que ele jamais imaginou que teria. Maureen ficou encantada com as histórias sobre os amigos de Luke. Ele mesmo sabia poucos detalhes a respeito daquelas pessoas que se tornaram seus amigos. Homens não compartilhavam histórias do mesmo jeito que as mulheres.

O jantar na casa de Walt Booth foi um sucesso. Maureen conheceu o restante da família, todos riram muito e as histórias familiares partilhadas foram tranquilas, para que ninguém se ofendesse ou magoasse. Luke estava orgulhoso da mãe. Maureen era uma força da natureza, com sua beleza, seu bom humor, sua compaixão e energia. E seu lado severo nem deu sinal de vida. Era fácil perceber que ela era uma mulher conservadora, mas seu criticismo era apenas para os filhos.

Surpreso, Luke percebeu que a mãe reforçava sua credibilidade junto àquelas pessoas. Ele tinha sido bem recebido, mas permanecia um mistério para a família Booth, para a cidade. Conhecido como um militar de carreira, solteiro, mas interessado em mulheres, e solitário, ele se apresentava como o tipo de homem do qual não era fácil se aproximar. Com Maureen, ele passou a ser visto como um filho amado, um homem generoso que deu abrigo para Art, uma pessoa segura para Shelby, um cara normal de quem se podia esperar coisas boas. O jeito como ele era visto pelo general e Paul mudou um pouco, mas de maneira evidente; passaram a tratá-lo como alguém da família, como uma pessoa confiável.

Qualquer cara normal ficaria grato. Aliviado. Mas, para Luke, isso trazia algumas complicações. Já era ruim se preocupar sobre as expectativas de Shelby, mas ele conseguia manter aquilo sob controle. Acontece que não sabia o que fazer com as expectativas da família dela, de uma cidade inteira, pessoas que tinham começado a enxergá-lo como um homem confiável e com intenções honráveis.

A ideia o deixou quieto. Amuado. E, ao mesmo tempo, querendo muito que Maureen e Sean fossem embora, para que ele pudesse retomar sua vida íntima com Shelby. Ele estava louco para abraçá-la, para fazer amor com ela.

Enfim, chegou a manhã de domingo. As malas foram feitas, Art tomou café da manhã com eles antes de ir pescar no rio e Sean estava pronto para levar a mãe até o aeroporto. Ele a levaria de carro até Sacramento e a colocaria no avião para Phoenix. Depois, voltaria para o norte, até a base da Força Aérea em Beale, onde estava alocado.

Luke foi até a varanda com uma caneca de café. O sol brilhava, mas o clima tinha esfriado. Tanto que ele tinha acendido a lareira mesmo ainda sendo de manhã. Não demorou muito até que Maureen saísse também, usando sua jaqueta, segurando sua própria caneca de café.

— Tudo pronto? — perguntou Luke.

— Pronto. Sean está tomando banho. Ele deve acabar de se arrumar em dez, quinze minutos. Achei que poderíamos usar esse tempinho só para nós. Nós não conversamos direito.

— Nós passamos cinco dias juntos, mãe — disse ele, dando de ombros. — É quase um recorde.

Mas sabia que não era isso que ela queria dizer.

— Faz muito tempo desde aquela coisa com a Felicia, Luke — começou ela, com cuidado, e levou a caneca aos lábios.

— Muito — concordou ele. — Já superei.

— Você sabe que ela era a exceção, não a regra, certo? É um absurdo você achar que todos os relacionamentos vão dar errado só porque você foi maltratado por uma mulher.

Luke não disse nada, mas o que queria gritar era: *Maltratado?* Maltratado? *Eu achei que ela ia ter meu filho, mas volto da guerra e descubro que o bebê não é meu!*

— Shelby é uma garota maravilhosa. Vocês ficam bem juntos.

— Mãe...

— É óbvio que ela está apaixonada por você, mas não é só isso. Você também está. Sempre que ela chega perto, todas as rugas de tensão desaparecem do seu rosto. Aquele escudo de rabugice que é sua proteção desaba e você fica todo carinhoso. Ela faz bem para você, filho. Realça o que há de melhor aí dentro, faz de você um cara divertido. Isso que vocês têm é especial.

— Ela tem 25 anos, mãe.

Maureen balançou a cabeça.

— Não acho que isso seja relevante. Não me parece que isso de alguma forma influencie a sintonia de vocês ...

— Tem coisas que você não entende sobre Shelby — disse ele. — Ela não é só jovem, ela também é inexperiente. Ela ficou anos cuidando da mãe e não viveu muito, sabe? Em muitos aspectos, é uma criança.

— Eu fiquei sabendo tudo a respeito da mãe dela, mas Shelby não é uma criança — rebateu Maureen. — É preciso ter coragem e maturidade para fazer o que ela fez. Shelby pode não ter tido muitos relacionamentos com garotos, mas isso não significa que não tenha experiência de vida. E a sua idade não é um problema para ela.

— Mas uma hora vai ser. Sou velho demais. Não vou aguentar a barra à medida que ela for envelhecendo. Ela vai ter 35 e eu vou ter quase 50. Ela vai acabar com um velho.

— Você se vê como um velho aos 50 anos? — disse Maureen, dando uma gargalhada. — Eu gostei de ter 50. Foi uma idade boa. Eu tinha só 23 quando me casei com o seu pai e nunca achei que ele fosse velho demais para mim. Pelo contrário, a nossa relação fez de mim uma pessoa melhor em muitos sentidos, por estar com um homem maduro, um homem experiente que não tinha mais dúvidas. Seu pai era maravilhoso comigo, era um homem estável e firme. Isso me trouxe conforto.

Luke endireitou os ombros.

— Não vou me casar. Shelby vai seguir em frente, mãe. Ela quer ter uma carreira. Um marido jovem. Ela quer uma família.

— Você tem certeza? — perguntou Maureen.

— Claro que tenho — respondeu ele. — Você acha que a gente não conversou? Eu não menti para ela ou vice-versa. Ela sabe que não quero uma esposa, que não quero filhos...

A mãe ficou em silêncio durante bastante tempo. Enfim, disse:

— Mas você já quis.

Luke deixou escapar uma risadinha que trazia uma ponta da raiva que sentia por dentro.

— Estou curado disso.

— Você precisa pensar nisso com calma, filho. O modo como você tem levado a vida desde o término com Felicia não trouxe exatamente paz para você, sabe? Imagino que, depois de uma grande mágoa, seja normal passar um tempo evitando riscos. Mas não durante treze anos, Luke. Se a pessoa certa aparece, não parta do princípio que não pode dar certo porque foi assim que aconteceu uma vez há muito, muito tempo. Conheço essa garota tão bem quanto conhecia a Felicia. Luke, Shelby não tem nada a ver com a sua ex. Nada.

Luke apertou os lábios, desviou o olhar por um instante e, então, deu um longo gole no café.

— Obrigado, mãe. Vou me lembrar disso.

Ela deu um passo na direção do filho.

— Vai ser tão doloroso deixar Shelby ir embora quanto foi ser dispensado pela Felicia. Lembre-se *disso*.

— Bem, acho que não sou o único culpado em matéria de tirar conclusões, né? — disse ele, impaciente. — O que faz você achar que todo mundo quer se casar e ter filhos? Eu fui muito feliz, obrigado, durante os últimos doze anos. Enfrentei desafios e tive sucesso do meu próprio jeito, me diverti, fiz bons amigos, alguns relacionamentos...

— Isso foi basicamente se manter com a cabeça fora d'água, filho — disse ela. — Você está contando os anos em vez de vivê-los. Só que a vida é mais que isso, Luke. Espero que você se permita enxergar… Você está em um ótimo momento agora, pode ter tudo que quiser. Você se dedicou à carreira e já se aposentou com uma pensão, embora ainda seja jovem. É saudável, inteligente, bem-sucedido e encontrou uma boa mulher. Shelby adora você. Não tem por que você ficar sozinho pelo resto da vida. Não é tarde demais.

Ele cruzou o olhar com o da mãe enquanto ela falava, mas desviou os olhos em vez de discutir. Ele não enxergava as coisas desse modo; Luke achava que era, *sim*, tarde demais. O que ele via era uma linda garota aceitando viver com ele, ter um ou dois filhos, então acordando certa manhã e percebendo que ainda não tinha vivido. Shelby teria trocado o leito da mãe pela vida ao lado de Luke. Só que ela ainda era jovem, linda, cheia de vida e com certeza se arrependeria por não ter procurado um pouco mais por alguém que tivesse mais a oferecer a ela. Maureen estava errada. Se isso acontecesse, se Shelby desse a ele alguns anos e depois voltasse a si e fosse embora, doeria bem mais. *Muito* mais.

Ela falou baixinho na direção das costas do filho.

— Olha, não faço ideia do que aconteceu para que a Felicia fizesse o que fez com você. Ela poderia ter tido tudo ao seu lado… não é fácil encontrar um homem que sabe o que quer e que cuida de você. Mas ela foi muito boba e não enxergou direito. Ela desistiu de tudo num impulso idiota. Talvez ela achasse que tinha um motivo lógico. Ela teve uma chance de ter tudo o que queria, mas abandonou um homem bom, uma vida boa, um futuro cheio de esperança.

Luke se virou com os olhos cheios de raiva.

— Para com isso — pediu. — Não precisa ficar lembrando dessa história, mãe. Eu *sei* que Shelby não tem nada a ver com Felicia.

— Não estava falando de Shelby — disse Maureen. — Estava falando de *você*. Nesse caso, você é a pessoa apaixonada que, num impulso idiota e ilógico, está jogando tudo no lixo. Pense, Luke. Não jogue no lixo a melhor chance que você pode ter de ser feliz.

— Para com isso — implorou ele, baixinho, em um tom desesperado.

Maureen não se intimidava facilmente.

— Você segurou essa raiva por tempo demais. É hora de se permitir viver a vida que realmente quer.

Eles se olharam nos olhos durante alguns segundos. Então, Sean saiu da casa, todo cheio de sorrisos.

— Bom, estamos prontos para ir? Mãe? Luke?

Eles precisaram de um instante para se recuperar.

— Com certeza — respondeu Maureen, entregando a caneca de café para Sean. — Só vou até o chalé me despedir de Art.

— É, também vou — disse Sean, entregando a caneca para Luke. — Depois vamos colocar o pé na estrada, tá?

Luke esperou ao lado do carro de Sean até eles voltarem. A mãe trazia no rosto aquele enorme sorriso, os olhos verdes brilhando.

— Luke, querido, foi maravilhoso. Eu amei sua casa e seus chalés, sua cidade, seus novos amigos. Acho que, se você decidir ficar aqui, pode acabar gostando de verdade.

Ela foi até ele e o beijou na bochecha.

— Muito obrigada por tudo, filho. Nos falamos em breve.

— Muito em breve — disse Luke. — Sean, dirija com cuidado. Quero que ela chegue inteira.

Luke continuou cabisbaixo muito depois da partida dos dois. Ele sabia o que a mãe queria dizer. E até admitia que fazia certo sentido, mas o que ela não entendia era que, mesmo que ele reunisse a coragem para arriscar, seria impossível para ele colocar Shelby diante de um desafio como aquele. Ela era jovem e inexperiente. Ele não. Era um homem vivido, machucado e, àquela altura, conter as próprias emoções já era um hábito.

Ele poderia ter trabalhado em um dos chalés, mas, em vez disso, ficou andando sem rumo pela casa. Não havia sequer uma louça para lavar; a mãe tinha feito isso. Luke colocou os lençóis e as toalhas para lavar, andou da casa até a varanda e então de volta. Em determinado momento, viu Art voltando do rio. Ele acenou para Luke e passou um tempo em seu chalé, depois voltou ao rio. Pausa para o almoço? Luke pensou em dar a ele mais uns equipamentos, só para deixá-lo feliz… talvez um colete de sarja, um cesto, um chapéu chique de pescador.

Luke adorava a mãe. Ele a tinha na mais alta conta e detestava desapontá-la. A decisão que ele havia tomado não tinha nada a ver com o que ele queria, mas sim com sobrevivência — será que ela não entendia isso?

Ele ficou incomodado de verdade com as teorias de Maureen. Precisou lembrar a si mesmo de onde ela vinha. Ela não era como as mulheres da geração dele. Ela havia considerado entrar para o convento, embora Luke tenha visto fotos dela mais jovem; ela sempre fora linda, os caras deviam andar atrás dela o tempo todo. Só que, sendo a puritana que era, Maureen não se desviou nem um milímetro. Embora não falasse sobre assuntos íntimos, o pai de Luke contara que Maureen era tão pura quanto a neve. Luke interpretou que a mãe era virgem aos 23 anos, uma raridade nos dias de hoje. Luke não tinha conhecido mulheres assim.

Não até chegar a Virgin River.

Mas Shelby era completamente diferente. Ela não era virgem aos 25 porque vinha se guardando, mas por falta de oportunidades. E era disso que ela precisava agora: oportunidades. Educação, carreira, experiência e, sim, conhecer mais alguns homens, para que pudesse descobrir por conta própria o que era melhor para si mesma. Não era uma boa ideia que uma mulher inteligente, curiosa e grata pelas boas coisas da vida como Shelby ficasse presa. Só porque Luke tinha sido o primeiro não significava que era o melhor. Meu Deus, ele não passava nem perto…

Ainda assim, parte dele desejava que a fantasia da mãe pudesse ser realidade: encontrar ao acaso a pessoa ideal e então mergulhar de cabeça, sem perder um minuto, tomando a pessoa para si. Depois disso, tudo que acontece pelos próximos trinta, quarenta, cinquenta anos é só alegria. Infelizmente, a referência de Luke não se limitava à própria experiência. Ele havia estado perto de um monte de caras nas últimas duas décadas e pouquíssimos tinham tido relacionamentos duradouros; muitos acabaram ferrados por causa de mulher. Luke não costumava ter conversas íntimas com outros homens, mas chegou, sim, a consolar alguns jovens soldados enquanto eles soluçavam por alguma dor de cotovelo. Os mesmos homens que entravam em uma batalha sangrenta sem o menor medo podiam ser arrasados por uma desilusão amorosa.

A mãe dele não sabia do que estava falando. Ela não o compreendia, lamentou Luke. As intenções eram boas, ela queria o melhor para ele, mas estava completamente fora da realidade.

E, então, Shelby chegou. Era o começo da tarde e ela sabia que Maureen e Sean tinham programado sua partida para a parte da manhã. Luke se levantou da cadeira na varanda e observou enquanto ela saía do carro, com o cabelo solto e volumoso do jeito que ele gostava. Ela vestia uma calça jeans justa e botas, um colete de inverno por cima do suéter de gola rulê, e ficou ali, ao lado do carro, sorrindo para ele. Shelby poderia ter esperado que Luke aparecesse no bar de Jack ou telefonasse e dissesse que a barra estava limpa. Mas não esperou, simplesmente apareceu.

— Cadê o Art? — perguntou.

— Pescando.

— Ótimo — disse ela, com um sorriso cheio de segundas intenções.

Luke se esqueceu de toda a sua angústia e sorriu para ela, sem sequer sentir quando a tensão sumiu de seu rosto, pescoço e ombros. Ele deu uma risada e prendeu os polegares nos bolsos da calça jeans. Shelby bateu a porta do carro e subiu correndo os degraus da varanda; a seguir, investiu contra ele, os braços em volta de seu pescoço, as pernas enlaçando sua cintura, os lábios colados nos dele. Ela riu em meio ao beijo, mas só por um momento.

Luke devorou aquela boca tão deliciosa. Não conseguia sair do lugar onde estava na varanda. Tudo que importava para ele naquele instante era tê-la em seus braços, sentir o gosto, o cheiro de Shelby e aquela boca sobre a sua.

— Vou mais devagar — prometeu ele, ainda a beijando.

— Não — disse ela, em um murmúrio. — Nada disso. Não por minha causa. Eu estou com muita pressa.

— Por Deus… — sussurrou ele, sem forças. — Tem certeza?

— Certeza absoluta de que estou doida para ter você, Luke.

— Deus — repetiu ele, e entrou na casa, carregando-a no colo direto para o quarto e caindo na cama junto a ela.

— Não consegui vir mais cedo — disse ela enquanto tirava as roupas dele. Luke começou a despi-la ao mesmo tempo. O colete e o suéter foram as primeiras peças; a camisa dele voou da cama e aterrissou no chão. — E eu não sabia exatamente quando…

Ele a interrompeu com sua boca sobre a dela, louco de desejo. Shelby se debateu para se livrar dos lábios dele e disse:

— As botas, Luke. Temos que tirar as botas.

Ele deu uma risada cheia de tesão.

— Seria interessante se a gente fizesse só de botas. Vamos tirar a calça e recolocar as botas…

— Pode machucar. Anda logo.

Ele achou que fosse morrer ao vê-la daquele jeito, apressando-o, precisando dele.

— É uma emergência, querida? — perguntou Luke.

— Olha… — disse ela, mordiscando o lábio dele. — As botas. Tira essas botas!

Um brilho travesso cintilou no olhar de Luke. Ele tirou as próprias botas, depois as dela, bem devagarinho. Era engraçado ver Shelby naquele estado selvagem. Sustentando o olhar de súplica dela no braseiro que havia em seus próprios olhos, Luke agarrou-a pelos pulsos e segurou as mãos de Shelby acima da cabeça dela, então começou a beijar delicadamente todo o corpo dela: por cima do sutiã, na barriga, o queixo, o pescoço. Ela riu dele.

— *Por favor*!

— A senhorita precisa de alguma coisa? — perguntou, provocando.

— Passei o dia morrendo de tesão, só esperando você ficar sozinho de novo.

Ele abriu o botão da calça jeans dela displicentemente e na sequência deslizou a mão pela barriga dela, para baixo.

— Luke! — reclamou ela, fazendo uma expressão séria. — A gente pode brincar mais tarde!

Isso o fez rir. Luke soltou os braços dela, arrancou seu sutiã, tirou sua calça jeans e também se livrou da própria calça. Contra os lábios de Shelby, disse:

— Vou aguentar dois minutos.

— Acho que só aguento um — respondeu ela.

Ele levantou as pernas dela, a provocou um pouquinho e, então, começou as investidas. Mas Shelby estava bem mais adiantada do que ele, ainda mais faminta, o que, para Luke, parecia ser impossível. Ela prendeu as pernas em volta da cintura dele e, em questão de segundos, o surpreendeu com um impressionante clímax, que o mandou para outra dimensão. Ele deu um gemido gutural enquanto se segurava, deixando que ela aproveitasse a experiência. Quando Shelby voltou a si, Luke se soltou. Uma semana de tensões, preocupações, dúvidas e paranoias saíram pulsando de dentro dele. Luke estava no único lugar onde gostaria de estar.

Então, veio a parte que ele aprendeu a gostar também: abraçá-la enquanto ela voltava ao mundo, consciente de seu entorno, aliviada e apaziguada, corada e feliz. Ela riu baixinho.

— Isso foi constrangedor — disse. — O que você fez comigo?

— Nada que você também não tenha feito comigo — respondeu ele, beijando-a a seguir. — Eu estava com saudade.

— Eu também, mas foi uma boa semana — disse ela. — Uau. Estamos juntos há muito pouco tempo para ficar tanto tempo longe.

— Odiei minha mãe todas as noites — brincou ele enquanto saía de dentro dela.

— Ah, Maureen é ótima. Você tem sorte por ter uma mãe tão maravilhosa.

Ele se acomodou de lado e a puxou para junto de si. Engraçado, a primeira coisa em que pensou foi que tinha aprendido mais sobre a vida de Shelby ouvindo a jovem conversar com sua mãe do que durante o tempo em que passaram juntos, repleto de momentos intensos e íntimos. Alguma coisa nisso o fez se sentir mal.

— Conte um pouco sobre a sua mãe — pediu ele, abraçando-a.

— Ela era fantástica. Se estivesse viva, nossas mães teriam gostado uma da outra. Antes de ela ficar doente, era uma mulher cheia de energia. Era linda… Vou te mostrar umas fotos um dia desses. Ela sempre trabalhou. Porque precisava, é claro… Meu pai foi embora quando eu ainda nem tinha nascido. Meu tio Walt ajudava bastante, mas mesmo assim… Apesar de trabalhar bastante, ela sempre conseguia ir a todas as apresentações, todos os jogos ou eventos da escola. E ela não só deixava as minhas amigas irem lá em casa, nós duas éramos muito amigas. As outras meninas odiavam as mães, viviam brigando, mas eu ia fazer compras e ao cinema com a minha. — Shelby fungou um pouco. E continuou: — Eu sou muito grata por ter tido isso durante a minha adolescência. Não é comum, sabe.

— Eu sei — disse ele, afastando o cabelo do rosto dela.

— Sabe? Você brigava com os seus pais?

— Eu tenho quatro irmãos. Todo mundo brigava. Brigamos até hoje.

— Ah não, não fala assim. Sean é tão legal…

— Para de falar bem dele — disse Luke. — Sean é um encrenqueiro. Agora me conta mais.

— Tem certeza? É tão chato…

— Eu não acho — disse ele.

— Bom, depois que ela diminuiu o ritmo e passou a precisar mais de mim, nós não conseguíamos mais sair muito, mas isso não impediu que a gente continuasse se divertindo. Nós duas gostávamos de ler… eu lia para ela até altas horas. Li *E o vento levou…* e *Anna Kariênina*, apesar de termos lido os dois antes. Amávamos esses clássicos densos, complexos. E costumávamos assistir a comédias românticas e morrer de chorar. A gente conversava sobre as histórias depois, sobre a burrice das mocinhas, sobre os comportamentos horríveis dos caras e, é claro, sobre o que eles tinham feito de certo. Criamos nossa fantasia de "homem perfeito" a partir desses personagens. Éramos bem parecidas, sabe. Minha mãe também não encontrou o cara perfeito. Imaginávamos as melhores coisas que um homem poderia dizer para deixar a gente caidinha. Tipo aquela fala do Jerry Maguire… sabe?

— Jerry Maguire? — perguntou ele, fazendo um carinho no ombro nu dela.

— Um personagem do Tom Cruise — respondeu ela.

— O baixinho.

Shelby sorriu para ele.

— Eu também sou baixinha.

— Nem vem — disse ele, rindo. — O que Jerry disse? Como é a fala? Estou sempre em busca de uma boa cantada.

— Você me *completa*.

Luke levantou as sobrancelhas, surpreso.

— Sério? E o que isso significa?

— Você faz com que eu me sinta *inteira*… — explicou ela, mas, quando Luke franziu a testa, ainda confuso, ela acrescentou: — Tipo, não sou uma pessoa inteira sem você. Entende?

— Ah, acho que não consigo usar essa cantada — disse Luke.

Shelby riu.

— A gente também inventava umas maravilhosas. E conversávamos sobre como seria o homem perfeito.

— E como seria o seu homem perfeito? — perguntou ele.

— Nada parecido com você — respondeu a jovem. — Mas, então, tudo mudou, e ele virou você…

— Qual era sua fala perfeita?

— É muito boba…

— Não, me conta. Quero saber.

— É só uma fala inventada. Eu não vou deixar você roubar ela de mim… E também não seria a mesma coisa se eu contasse para você. Vai que você usa isso com outra mulher? Se você fizer isso, eu digo para o tio Walt que você fez uma coisa *horrível* comigo e ele vai te matar, ok?

— Shelby, nós estamos nus e eu acabei de fazer um sexo inacreditável… me ameaçar de morte agora é uma grosseria. Seja educada. Me conta logo qual é a tal fala perfeita.

Ela ficou em silêncio durante um instante e mordeu o lábio inferior, pensando. Enfim, com uma voz bem baixinha, disse:

— Você é tudo que eu preciso. Para ser feliz. — A seguir, ela levantou o olhar, olhou para Luke e sorriu, cheia de timidez. — É só uma besteira. Escrever roteiros ou romances de amor já foi uma das coisas que eu sonhava em fazer.

Ele passou a mão pelo cabelo cor de mel dela e a beijou na testa.

— Shelby — disse, baixinho. — Acho que você é tudo que preciso para ser feliz.

Ela olhou para ele por muito tempo. E sorriu.

— Na minha fantasia, o cara não diz "eu acho". — Então, deu uma gargalhada e emendou: — E a sua mãe convenceu você a ir passar o Natal em Phoenix? Ela disse que ia tentar.

— Talvez eu vá... mas se eu for, serão só dois dias. Não vou fazer essa coisa de cinco dias de novo. Não vou aguentar quando a gente se reencontrar. Você quase me matou dessa vez. — Ele sorriu antes de continuar: — Você tem consciência de que passou de virgenzinha constrangida a dominante, né? Shelby, você desabrochou. Muito.

— Talvez *você* tenha feito isso comigo, já parou para pensar?

— Você já devia estar pronta.

— Ah, eu estava pronta — concordou ela e, colocando a mão no rosto dele, completou: — Para você.

No sábado depois do Dia de Ação de Graças, Walt não sabia se conseguia se lembrar se um dia estivera deitado na cama com uma mulher nua no meio da tarde. Quando era mais novo, não só o Exército era muito extenuante, como o primeiro filho nasceu logo depois que ele e Peg se casaram. A partir de então, ele se ocupou com a vida familiar e as demandas do serviço militar. Quando foi promovido a general, chegou a ter uma secretária e alguns empregados domésticos. Não que ele e Peg fossem inibidos ou coisa assim, mas, sempre que tentavam fazer algo mais ousado, como tomar banho juntos, um dos filhos adolescentes chegava em casa de repente e batia à porta, gritando: "O que é que vocês estão *fazendo* aí?".

Definitivamente, ter uma idade considerável tinha lá suas vantagens. Ele deu uma risadinha.

— Rindo de quê? — perguntou Muriel, se aconchegando a ele.

— De nós dois. Transando no meio da tarde com dois cachorros preguiçosos dormindo no pé da cama. É uma sensação tão boa... E estou feliz por você não ter espelho no teto.

Ela riu.

— Eu também. Melhor a gente não pensar muito na atual aparência.

— Bem, talvez não seja como antes, mas seu corpo ainda é o de uma garota, com certeza.

— Sabe o que mais gosto em você? Sua inteligência. Mesmo sendo um mentiroso, você sabe exatamente o que falar.

— Bom, essa pode ser a coisa errada a dizer, mas vou falar de qualquer modo: eu não estive com ninguém desde a morte de Peg. Até você aparecer.

Ela ergueu o queixo, olhando para ele.

— Walt, eu não transava desde *antes* de a Peg morrer.

— Sério? — perguntou ele, surpreso. — Surreal, porque foi feita para isso.

Ela franziu a testa.

— Provavelmente tem um elogio aí em algum lugar.

— Sério, você é uma amante maravilhosa. Uma parceira m… isso foi muito impositivo? Parceira?

— Não cruza a linha, mas chega bem perto disso.

— Você disse que não quer pensar em nós como algo casual…

— Não mesmo — disse ela. — Casual é tomar um café ou sair para beber. Intimidade é…

O telefone tocou no quarto. Ela rolou na cama para alcançar o aparelho e Walt segurou seu braço, puxando-a de volta para junto de si.

— Intimidade é?

Ela sorriu para ele.

— Muito, muito bom. Posso atender agora?

— Tem alguém morrendo?

— Não que eu saiba.

— Então, que tal se…

— Walt, eu vou atender — interrompeu ela, rolando para longe dele. — Alô? Oi, Jack. Tudo bem? Sério? Mason? Ok, pode dar as instruções a ele, é o meu agente. E, Jack… obrigada por perguntar antes. Foi muito gentil. Ele podia ser um desconhecido, de fato. — Muriel suspirou e rolou de volta para junto de Walt. — Jack disse que um cara com um chapéu engraçado e dirigindo um Bentley acabou de parar no bar perguntando onde eu moro. Mason.

— O que ele está fazendo aqui?

— E eu lá sei? Mas desconfio de que ele deve ter tido uma grande ideia, um roteiro ou alguma outra coisa e achou que se me pressionasse pessoalmente seria melhor. Está enganado.

— Por que você deixou que Jack dissesse onde você mora, então?

— Walt, olha só, o Mason de fato enche a minha paciência com essa coisa de focar na minha carreira mesmo depois de eu tentar me aposentar, mas ele tem sido um amigo bom e leal há mais de trinta e cinco anos e…

— E é seu ex-marido — destacou Walt.

— A gente nem lembra disso, Walt — rebateu ela. — Sério, devo muito a Mason. Ele me tirou de umas furadas. As coisas podem ficar bem complicadas no ramo do cinema. E eu sei que às vezes ele fica animado demais com projetos que não são tudo isso, mas, sempre que via alguma coisa desandando na minha carreira, Mason entrava em campo como um leão e resolvia tudo. Então, vamos nos vestir e ser educados, hein?

— Que tal a gente receber ele assim, como estamos? Aí ele já fica sabendo em que pé estão as coisas entre nós.

— Seria cruel. E a única pessoa que quero torturar com essa visão é você. Seja civilizado com Mason, ok? Ele vai embora muito mais cedo se você ficar na sua e me deixar lidar com a situação.

— Vou entrar no banho — anunciou Walt.

— Aí vai ficar ainda mais na cara, não? — perguntou ela, vestindo a calça jeans.

— Quando ele perguntar quem está no chuveiro, você diz: Walt… meu namorado que é mais que casual, mas ainda não um parceiro oficial, e que não vai desistir sem lutar.

— Tudo bem — disse Muriel, com uma gargalhada. — Só não se esqueça de vestir alguma coisa antes de descer.

Muriel recebeu Mason dez minutos depois. Eles se abraçaram; ele elogiou a beleza dela, embora Muriel estivesse sem maquiagem e não fizesse as unhas havia meses. Ele era mais baixo do que ela, estava com um casaco esporte de caxemira, sapatos Gucci e uma boina cor de vinho cobrindo a careca. Ostentava uma barba grisalha e seus olhos azuis pareciam agitados. Ou ele tinha um roteiro especial, ou estava usando crack.

Muriel estava em sua cozinha nova em folha, servindo uma xícara de chá, quando Walt apareceu. Vestido.

— Mason, quero que você conheça Walt Booth, meu...

— Companheiro — completou Walt, estendendo a mão.

Ele lançou um olhar de soslaio para Muriel, com uma das sobrancelhas erguidas, desafiando-a. Ela apenas balançou a cabeça e deu uma risadinha.

— Walt é meu vizinho e um ótimo amigo. Ótimo mesmo.

Walt pegou uma cerveja na geladeira, demonstrando que não era uma visita.

— Agora, Mason — começou Muriel. — Vamos acabar com o suspense. O que fez você vir até Virgin River?

— Certo, é o seguinte. Eu estava esperando que você viesse passar o Dia de Ação de Graças lá em casa, assim poderíamos conversar a respeito. Mas, como você não foi... Estou com um roteiro digno de Oscar, feito para você. É uma comédia romântica, mas com um olhar afiado. Jack Nicholson quer que você estrele o filme com ele. Só serve você. Ele está pronto para assinar o contrato se você aceitar o papel. É a sua chance, Muriel. É isso. Eu sei que mandei um monte de porcaria que você acertadamente recusou, mas você precisa dar uma olhada nesse. Os produtores são cheios da grana e estão sondando três diretores vencedores do Oscar.

Um silêncio mortal e a ausência de movimentos reinaram no local. Muriel sabia que o fato de não falar nada fez com que Walt se enrijecesse. Sem dúvidas, ele estava acostumado a ouvi-la dizer não na mesma hora.

— Você trouxe o roteiro?

— Trouxe. Dá uma lida. Conversa com eles pelo menos. Eu sei que você tem suas questões sobre voltar a trabalhar, mas eu seria uma fraude se deixasse você negar esse aqui sem pelo menos pensar um pouco a respeito.

Ela se levantou.

— Muito bem, então. Vamos acomodar você na casa de hóspedes. Walt, não saia daqui, já volto. Por aqui, Mason — disse ela, saindo da cozinha e conduzindo o homem pela porta da frente.

Ela levou Mason e algumas malas para sua antiga edícula e voltou dez minutos depois com o roteiro na mão. Walt estava sentado à mesa, esperando.

Sem qualquer preâmbulo, ela disse:

— Costuma funcionar assim: posso amar tudo no projeto e, depois que eu me comprometer, Jack Nicholson e os diretores desaparecem e nós temos que fazer o filme com quem quer que seja. Quando eu estava trabalhando regularmente, dava para correr esse tipo de risco e a gente sempre terminava com um filme decente. Mas, sem nem olhar para isso aqui — explicou ela, erguendo o maço de papéis —, tenho certeza de que não vou deixar meus cavalos, minha casa nova e nem *você* por algo que não seja totalmente concreto. Entendeu, Walt?

— Ele vai ficar? — foi tudo que Walt disse em resposta.

Mason Fielding passou a noite na casa de Muriel e, no meio da manhã do dia seguinte, já estava indo embora para Los Angeles. No começo da tarde, Walt montou em Liberdade, foi até a casa de Muriel e esperou até que ela selasse sua égua palomina, Docinho. Buff precisou ficar para trás, mas Luce tomou a dianteira, disparando pela trilha que eles seguiam ao longo do rio até Muriel soprar o apito estridente que carregava, chamando a labradora para junto deles de novo.

O ar estava frio; o ar condensado saía pelas narinas dos cavalos. Ainda não estava nevando, mas, se as nuvens aparecessem, estaria frio o bastante para manter uma camada branca de neve.

— E aí, leu o roteiro? — perguntou Walt.

— Aham. Duas vezes.

— Duas? — disse ele, admirado.

— Não é o roteiro final. São só cento e trinta e cinco páginas de diálogos. Dividi ao meio.

— E é bom?

— É muito bom. Eu mudaria uma ou duas coisinhas, mas tem inspiração. A roteirista tem feito progressos. É mais ou menos o que todo mundo espera dela.

— É uma mulher?

— Aham. Este seria o segundo filme dela, o primeiro foi muito elogiado. Ela começou a carreira bem jovem, como dramaturga. Agora, tem mais ou menos a minha idade.

— Hum — comentou ele, sem saber quase nada sobre a área. — E é bom o bastante para você considerar?

— Bom o bastante para conversar sobre considerar. Eu ainda não falei nada com Mason. Estou na fase de avaliação.

— Essa coisa de conversar sobre considerar envolve o quê?

— Me reunir com todos os chefões, esmiuçar os detalhes, escolher quem vai estrelar e quem vai ser coadjuvante, dirigir etc.

— Isso significa voltar para Los Angeles?

— Talvez não. Atores e diretores costumam estar em locações quando esse tipo de acordo é feito. As chamadas de vídeo funcionam muito bem nesses casos. Esse é o tipo de roteiro que, se for bem executado, pode estourar. Mas sem o elenco certo e uma boa produção, pode virar só mais um filme divertidinho.

— Mas não é assim com todos os roteiros?

— Na verdade, não. A gente meio que já sabe como a maioria deles vai ser logo de cara. E esse tem um potencial bem grande mesmo. Mas acho que a coisa que mais me atrai nele é que eu... poderia interpretar a mim mesma.

— Seu papel seria ser você mesma?

— Uma mulher pé no chão, que mora no interior e não liga muito para o estardalhaço de Hollywood. Acho que o roteiro flerta com uma autobiografia. Conta a história de uma escritora que detesta Hollywood e vive em uma fazenda com seus animais domésticos: cachorros, cavalos, cabras. Como ela é talentosa, um ator pede que ela escreva um roteiro que possa alavancar a carreira dele antes que seja tarde demais, já que o cara não é mais jovem. Os dois não têm nada e ao mesmo tempo têm muito em comum, e vão desenvolvendo um relacionamento completo enquanto escrevem juntos o roteiro... Às vezes é hilário, às vezes muito emotivo e sentimental. Apaixonado em algumas passagens. Muita emoção. E nada de vestidos frente única ou joias.

— Você está considerando aceitar — constatou ele.

— É difícil evitar. Sempre me vi em papéis assim, com as pessoas certas envolvidas, mas eles raramente aparecem. É um filme de transição de vida, como *Num lago dourado* só que com protagonistas ligeiramente mais jovens.

— Então você vai voltar à ativa? — perguntou Walt. — A estrela de volta às telas?

Ela lhe lançou um olhar horrorizado e puxou as rédeas do cavalo.

— Certo, vamos deixar uma coisa clara. Não sou uma estrela ultrapassada e não considero isso uma volta às telas. Eu sou atriz e, para mim, isso é um trabalho sério. Um desafio que quero enfrentar. Na minha área, as oportunidades realmente boas são raras. Mas não sou uma atriz velha, Walt. Eu trabalho para viver. E com um trabalho que não é fácil, mas que traz boas recompensas quando bem executado. E uma das principais é o orgulho.

— Bem, você precisa me dar um desconto — pediu ele. — Não conheço muito a sua área. E não disse que você é uma estrela ultrapassada.

— Mas pensou — argumentou ela.

— Você não tem como provar.

Ela suspirou fundo lentamente, como se estivesse tomando uma decisão. E afrouxou as rédeas.

— Hum. Parece que você está animada com o projeto — arriscou ele.

Muriel ficou em silêncio por um instante. Então, disse:

— Tal e qual a protagonista, eu não gostaria de ir embora daqui. Não queria ter que ficar longe de você também, mas não vai ficar se achando por causa disso, hein.

Walt soltou uma gargalhada.

— Bom, eu vou ficar me achando, sim.

— Massageei o seu ego, não foi?

— Não é isso — disse ele. — É que eu tive um déjà-vu. Não sei o quanto você conhece a respeito da carreira militar, mas cada programa de treinamento especial, promoção ou tarefa nova traz uma nova rotina. Para passar de capitão a major você precisa dar mais quatro anos da sua vida para o Exército. Para ir para a escola de voo, outros quatro.

— Entendi. Mas qual é o déjà-vu?

— Nos primeiros vinte anos a gente não pensa muito. Eu já tinha oito anos de Exército e devia mais quatro quando conheci a Peg. Quando cheguei aos vinte anos de serviço e já podia me aposentar com uma pensão de coronel, Vanni estava com 11 anos e a gente nem sonhava com o Tom. Eu tinha potencial de ir mais longe, mas, assim como o seu roteiro, a coisa toda podia não decolar sem os atores certos. E não só isso: as tarefas para as quais eu era designado estavam ficando cada vez mais complexas… o Pentágono, zonas de guerra, adido militar em missões diplomáticas no exterior. Cada vez que eu chegava a uma dessas bifurcações, eu me sentava com Peg. Explicava o que estaria envolvido, tentava ser franco a respeito dos sacrifícios que não só eu, mas toda a família teria que fazer, e sempre terminava dizendo: "Se eu parar agora, vou ficar feliz. Se você me pedir para não ir, eu não vou".

Muriel estava muito calada. Ela não estava dando a ele esse tipo de escolha. Muito embora adorasse a vida que estava levando, ela tomava as próprias decisões.

— Peg era uma mulher muito independente, mas em certos aspectos dependia de mim. Como parceiro, pai dos filhos dela, provedor… ela precisava de mim. E eu dela. No fim ela sempre dizia: "Você tem que seguir sua ambição, tem que ir para onde você vai conseguir ser o melhor que puder e eu vou apoiar". E ela nunca fez com que eu me arrependesse de nada. Mesmo quando era muito difícil para ela.

Muriel processou as informações por um momento.

— Ela deve ter sido uma mulher incrível.

— Foi, sim — disse Walt, sem titubear, mas esticou o braço e segurou na mão dela. — E você também é, Muriel. Uma mulher extraordinária. E agora é a minha vez de dizer isso. Você tem que seguir suas ambições. Eu também não gostaria de ficar longe de você, mas estarei aqui, torcendo por você a cada passo que der. Com muito orgulho.

Ela olhou para ele com o mais puro amor, embora nenhum deles tenha proferido uma palavra que denotasse tanto compromisso emocional assim. Os olhos de Muriel brilhavam e ela precisou franzir os lábios para evitar que tremessem. Ao longo dos anos, os homens tinham dito coisas maravilhosas a ela, feito elogios generosos a respeito de sua beleza e inteligência, mas ela nunca ouvira algo assim. Muriel piscou. E respirou fundo antes de dizer:

— Pare com isso. Eu não choro. A não ser que o diretor diga "chore".

Walt riu e a puxou para perto.

— Você vai precisar ficar nua nesse filme?

— Muito rápido. Isso deixa você desconfortável?

Ele sorriu, cheio de malícia.

— Aham, mas não do jeito que você imagina.

Capítulo 14

Durante as semanas depois do Dia de Ação de Graças, as coisas em Virgin River andavam bem mais agitadas do que o normal e toda ajuda foi bem--vinda. Tudo começou com a arrumação da imensa árvore de Natal que foi instalada entre o bar e a igreja fechada. Pelo que Luke entendeu, era apenas o segundo ano em que a cidade montava uma árvore daquelas, e se tratava de um projeto grandioso. Cada homem disponível foi convocado para cortar a árvore, carregá-la até a cidade, colocá-la de pé e, com a ajuda de uma plataforma elevatória, instalar as luzes e decorar as partes mais altas. Os enfeites eram vermelhos, azuis e brancos, além das estrelas douradas e das insígnias das unidades militares. Era para ser um tributo aos homens e às mulheres que zelavam pela segurança do país e, quando Luke viu o que estavam fazendo, sentiu que, sem dúvida, havia escolhido a cidade certa para morar. Era a primeira vez que se sentia realmente em casa em muitos anos.

Logo depois da cerimônia de inauguração da árvore, três novas residências foram finalizadas e três famílias se mudaram. Luke estava mais que disposto a ajudar.

Preacher e Paige voltaram para seu recém-ampliado apartamento atrás do bar. Então, Paul transferiu sua pequena família e seus móveis para sua casa, do outro lado do estábulo do general. E, enfim, a família Valenzuela se mudou para seu novo lar ao lado da família Sheridan. Ao longo desse processo, Brie era o foco das atenções, ocupada enquanto se preparava para dois grandes eventos em sua vida: a mudança para a nova casa e dar à luz. Um monte de gente cuidava de Brie, protegendo-a, garantindo que ela não estava ultrapassando seus limites. Mike Valenzuela estava sempre por perto da esposa e Jack mantinha o olho na irmã.

Brie tinha colocado a última peça dobrada de roupa na última gaveta quando as contrações começaram. Faltavam duas semanas para o Natal. Jack, que estava quase tão animado quanto ficara com a chegada dos próprios filhos ao mundo, contou a todos que entravam no bar que Brie tinha passado a maior parte do dia em trabalho de parto. Mike telefonava para deixá-lo atualizado da situação.

Quem diria que um dono de bar ficaria fazendo relatórios sobre dilatação e tempo entre as contrações?

Foi quando as coisas tomaram um rumo inesperado que Luke se permitiu ser levado pela situação. Shelby estava cuidando dos filhos de Mel para que ela pudesse ajudar no parto de Brie, então Luke estava no bar quando alguém telefonou para avisar que Brie estava no último estágio de trabalho de parto. O lugar entrou em festa.

— Mel disse que ela está perto — reportou Jack. — Vamos!

Luke não fazia ideia do que estava acontecendo. Ele queria fugir de mansinho, para que aquelas pessoas pudessem viver suas vidas, quando Preacher o chamou na cozinha e começou a disparar ordens.

— Luke, me ajuda aqui a embalar essas coisas. Leva a comida, assim posso ajudar Paige a colocar as crianças no carro. Jack vai levar bebida e charutos. Paige… ligue para Paul e Vanni e conte o que está acontecendo. Eles vão contar para o general.

Luke não teve escolha a não ser fazer o que o homem mandava; ele colocou em caixas as coisas que Preacher tirou do freezer, da geladeira e da despensa: churrasco, pãezinhos, biscoitos, picles, salada de repolho cremosa, torta. Ele acrescentou filés de salmão, já temperados e prontos para grelhar, e um pote bem grande de arroz e ervilhas. Um saco de salada pronta e uma cheesecake enorme. Ele viu Jack passar apressado por ele com uma caixa de bebidas e outra de charutos. Minutos depois, Preacher disse:

— Te vejo lá.

— Onde? — perguntou Luke, atordoado.

— Na casa de Brie e Mike. Vamos dar uma festa.

— Oi?

Preacher respirou fundo para reunir paciência.

— Brie está tendo um bebê. Se o parto não for de madrugada, todo mundo aparece quando o bebê nasce. Eles acabaram de se mudar, então não sei o que têm na despensa... Acho que exageramos um pouco aqui, mas vamos deixar uma parte lá e...

— Calma aí — pediu Luke. — Ela não está no hospital?

— Hospital? — repetiu Preacher, confuso. — Ela vai ter o bebê em casa, com ajuda da Mel e do dr. Stone. Agora vamos.

Luke foi pensando durante todo o trajeto: *espero que eles não me façam chegar perto demais desse negócio*. Estava decidido a não ficar muito tempo por lá, também. Essa coisa toda de bebê não era a praia dele.

Encontrou a casa lotada de gente. Vanni e Paige estavam no salão principal com as crianças pequenas, uma em um balancinho, duas no chiqueirinho, enquanto o jovem Christopher assistia a um desenho animado no sofá. Jack segurava David no colo, apoiado em seu quadril, em uma cozinha cheia de homens. Preacher estava colocando travessas no forno, o general fazia drinques e Paul estava pegando pratinhos, guardanapos e talheres. Luke pousou a grande caixa de comida e disse que já estava de saída.

— Ah, de jeito nenhum, você não vai a lugar algum — disparou Jack. — Minha irmã está tendo o primeiro filho, e aqui é a área da torcida.

— Ah, cara, bebês não são muito a minha praia. Eu já te disse, não faço ideia do que fazer com eles.

— Ora, pelo amor de Deus, nós não vamos pedir para você fazer nada — explicou Jack, em meio a uma gargalhada. — Você sabe comer, fazer um brinde e fumar um charuto? A equipe de parto está cuidando da parte complicada.

— Não devia estar tudo em silêncio por aqui? Com menos gente?

Preacher apareceu e entregou a Jack a mamadeira de David.

— Nós vamos ficar quietos e não vamos atrapalhar. Esse carinha aqui vai entrar no berço novo. Dê boa-noite, David.

O garoto colocou a mamadeira na boca rapidinho, deitou sonolento no ombro do pai e abriu e fechou os dedos daquela mãozinha gorducha, segurando a mamadeira com a outra.

— E se ela... — Luke não pôde continuar.

— E se ela o quê?

— Gritar ou alguma coisa assim — completou ele, temeroso.

Jack passou o braço livre por cima dos ombros de Luke.

— Olha, você precisa estar aqui, amigo. É hora de aprender sobre o ciclo da vida. Nunca se sabe, isso pode acontecer com você algum dia.

— Isso não vai acontecer comigo. Já era para mim faz tempo.

Algumas cabeças masculinas se levantaram. Havia uma risada subjacente naqueles rostos.

— É mesmo? — disse Jack. — Pode chorar, camarada, eu tinha mais de 40 anos quando a Mel me pegou de jeito. Nós todos temos mais ou menos a mesma idade por aqui, menos o Preacher. Ele ainda é um garotinho, embora pareça mais velho do que todos nós.

Walt entregou uma bebida a Luke.

— Eu tinha 44 quando Tom nasceu. Acho que estou indo bem, para falar a verdade.

— Você vai ter que inventar uma desculpa melhor — disse Jack. — Além disso, tem uma coisa que venho querendo perguntar há um tempo.

— Que coisa?

— Bom, a questão é a seguinte. Nós geralmente vamos passar o Natal em Sacramento, mas com a cidade sem médico e Brie com um recém-nascido, minha família está vindo para cá. Eles são muitos. Eu tenho uma casa de hóspedes para o meu pai, uns dois quartos que eu consigo liberar se juntarmos as crianças e o chalé que está vazio de novo. E esse bebê que está chegando é um Valenzuela... Quer apostar que vamos ver um monte de mexicanos por aqui? A família do Mike é maior ainda que a minha. Então... estamos sem espaço. Como estão os seus chalés, meu amigo? Algum está pronto para ser alugado?

Luke levantou as sobrancelhas. Não esperava aquilo.

— Seguinte — começou Luke. — Estão habitáveis, mas sem pintura interna. Os eletrodomésticos já foram entregues, mas ainda não foram instalados, e os móveis foram encomendados, mas ainda não chegaram. Graças ao Paul, temos portas, janelas e telhados novos. As bancadas e os armários também já estão no lugar, mas ainda estou trabalhando nos rodapés. E coloquei novos aquecedores de água.

— Se você tiver uma ajuda com a pintura e as instalações, acha que consegue liberar alguns para o Natal? — perguntou Jack.

— Não vejo por que não — respondeu Luke. — Se os móveis chegarem rápido… Mas, Jack, mesmo com a sua ajuda, vai ser pesado.

Paul chegou perto.

— De onde estão vindo os móveis? Talvez a gente possa ir buscar tudo com um dos caminhões da empresa.

— Eureka. Camas, sofás-camas, mesinhas e cadeiras, essas coisas. Seriam os próximos itens depois da pintura e dos eletrodomésticos.

— Então, vamos resolver isso — concluiu Jack. — Seria perfeito. Caso contrário, vamos ter que pendurar esse monte de gente nas árvores. Já volto — disse, levando David para a cama.

Foi quando, de repente, Shelby apareceu na cozinha. Ela deu um sorriso doce e misterioso, com um brilho especial nos olhos.

— Não achei que você fosse estar aqui… — disse ela.

— Nem eu.

Para os homens na cozinha, ela disse:

— Mel pediu para avisar que não vai demorar. E ela disse que *não* é para vocês ficarem bêbados.

— A gente não fica bêbado nas festas de nascimento — disse Preacher, indignado. — Menos o Paul. Ele ficou louco depois que Matt nasceu, mas foi uma situação completamente diferente.

Luke estava concentrado no rosto sorridente de Shelby.

— O que você estava fazendo? — perguntou ele.

— Eu estava ajudando a cuidar dos filhos de Mel para ela poder ficar com Brie, mas agora que Vanni e Paige estão aqui, posso ficar observando — explicou. — Brie disse que tudo bem por ela. Nunca vi um parto.

— E você quer?

— Claro que quero — disse ela, e o beijou no rosto. — Vejo você depois.

Luke não demorou a terminar seu primeiro drinque e estava beberican-do o segundo. Os homens faziam piadas e riam baixinho e respeitosamente quando Mike entrou no salão segurando um pacotinho bem pequeno embrulhado em um cobertor cor-de-rosa. Mike primeiro foi até Paige e Vanni. Enquanto elas murmuravam, sorriam e mostravam expressões radiantes, os homens saíram em bando da cozinha para ver o que Mike tinha para apresentar. No rosto de Mike havia uma mistura de exaustão e alegria — exatamente o que acontecia com um cara que tinha passado pelo processo de ajuda e preocupação de um trabalho de parto com a es-posa enquanto ela paria a primeira filha, *sua* filha. O sorriso de Mike era gigante; seus olhos estavam brilhando em meio a uma moldura de cansaço.

E foi nesse momento que tudo voltou. Lembranças de tanto tempo antes. Algo tão profundo e enterrado. Luke foi até Mike e o bebê, sorrindo de um jeito sentimental, puxando de leve o cobertor para poder ver melhor o rostinho da bebê. E ouviu a si mesmo falar:

— Estou feliz por você, cara.

Felicia ficara chateada com a gravidez. Não tinha sido planejada, ela não estava pronta. Mas Luke sentira algo dentro dele se encher de orgulho. Ela tinha pedido que ele guardasse segredo, pois não queria que todo mundo soubesse antes que ela se acostumasse com a ideia. Mas naquela época Luke tinha uma relação muito próxima com os colegas de farda e não guardava segredos, sobretudo a respeito de coisas assim. Ele contou para todo mundo; eles brindaram a ele, deixaram Luke ligeiramente bêbado e o levaram para casa.

Contra a vontade de Felicia, ele ligou para a mãe, o pai e os irmãos. Luke estava cheio de orgulho, a vida tinha ganhado um novo sentido. Ele nunca tinha tentado entender o comportamento mal-humorado dela; ele era um jovem cheio de vida, com um bebê a caminho. O que havia para compreender? Ele tolerou o péssimo humor dela; tentou ser paciente. Assistiu enquanto a barriga dela crescia.

Felicia anunciou que era um menino e logo depois, em um intervalo que pareceu ser de poucos segundos, ele recebeu a notícia de que tinha sido convocado. Somália. Mas não deveria demorar muito — seria uma missão de manutenção da paz. Eles marcariam presença com os fuzileiros navais e voltariam logo. Luke sentia que podia fazer qualquer coisa, porque aquela mulher e seu filho estavam esperando por ele. Essa euforia o dominou por bastante tempo, ele presumiu que era como os homens se sentiam quando encontravam petróleo.

Mas a coisa foi feia na Somália; gente morreu em Mogadíscio e, sob vários aspectos, foi um milagre que não tenha havido mais baixas. Quando ele chegou em casa, a primeira coisa com que queria encher os olhos era sua mulher — ela estava enorme. Luke deveria ter olhado nos olhos dela antes de olhar para a barriga, mas não pôde evitar.

— O bebê não é seu, Luke — anunciara ela. Ele não tinha certeza, mas achava que Felicia tinha dado a notícia antes mesmo de dizer oi. — Eu não queria contar enquanto você estava na missão, mas, já que voltou são e salvo... Acabou. Estou indo embora. Vou ficar com o pai. Sinto muito que tenha acontecido assim. Você não devia ter saído por aí se vangloriando desse filho, eu falei para não fazer isso.

Luke se perguntou como ele poderia ser culpado por aquilo, por se sentir orgulhoso? A princípio, achou que ela estivesse brincando, uma brincadeira bem horrorosa. Então, achou que fosse um erro; quando ela tinha tido tempo de estar com outro homem? Ele fazia amor com ela sempre. O próximo pensamento foi que ela não poderia ter feito aquilo com ele — não enquanto Luke dedicava cada célula de seu corpo a adorá-la.

Quis matar alguém. Ela, talvez. Ou o verdadeiro pai do bebê, que acabou por se revelar um superior dele, um homem cujas ordens ele era obrigado a seguir. Um cara que esteve com ele na Somália, ciente de que seu filho crescia na barriga de uma mulher comprometida.

Os meses seguintes foram um borrão, pois ele bebeu demais, evitou encontrar pessoas, se meteu em brigas aleatórias, se enterrou no buraco escuro e sombrio da solidão e quis morrer. Antes que ele começasse a recordar o escândalo, a vergonha de ter sido feito de idiota, a simpatia e a pena que despertou nos outros, Luke sentiu a mão de alguém em seu ombro.

— Que tal? — perguntou Jack, trazendo-o de volta ao presente. — Você já viu uma coisa mais linda que essa?

Luke enterrou tudo de novo. Treze anos tinham feito com que ele se adaptasse muito bem àquilo — enfiar tudo bem lá no fundo, onde as coisas ficariam esquecidas. Ele sorriu.

— Mas que bela cabeleira preta naquela cabecinha — comentou.

Ele se lembrou rapidamente de que o dia mais feliz de sua vida tinha sido quando sua transferência finalmente fora aprovada e ele conseguiu se afastar de Felicia e seu novo parceiro. Naquela época, ele tinha sorte por ainda ter uma carreira no Exército. Luke ficara completamente fora de controle por um tempo e sofrera punições mais de uma vez. Mas em virtude de sua performance heroica na Somália e por ter sido deixado pela esposa grávida de nove meses, os superiores não pegaram pesado. A mudança lhe deu uma segunda chance, ajudou ele a se reorganizar.

Luke queria ir embora daquela festinha; estava exausto. Mas havia aquela forte pressão dos homens presentes, convergindo em sua direção, incluindo-o na celebração. Enquanto ele se afogava no passado, Muriel havia chegado e estava agora reunida com os homens. Tinha comida e muitas fofocas sendo contadas. Vez ou outra ele era puxado para a varanda, onde as pessoas cortavam as pontas e acendiam os charutos. Em vez de se juntar às mulheres, Muriel ficou com os homens, aceitando um charuto e uma bebida, fazendo-os dar risadinhas. Se fossem um grupo de mulheres, já teriam começado a contar histórias de nascimentos, mas os comentários desse tipo foram poucos; Jack tinha ajudado no parto dos próprios filhos, Preacher quase desmaiara quando Paige deu à luz. O dr. John Stone se juntou ao grupo para fumar um charuto e a conversa voltou a girar em torno de todo o trabalho que ainda faltava para que os chalés de Luke ficassem prontos antes que os clãs dos Sheridan e Valenzuela chegassem para as festas de fim de ano.

Sem perceber, Luke estava calado de forma pouco usual. Ele deu uma olhada no relógio em seu pulso e ficou impressionado quando viu que era quase meia-noite. As horas tinham passado enquanto revisitava o passado, sem muita consciência do que estava acontecendo ao redor. Só então notou Shelby sentada a seu lado, encarando-o.

— Ela é linda, não é?

Ele passou um dos braços sobre os ombros da jovem e riu.

— Shelby, bebês são tipo cachorrinhos: nenhum é feio — disse ele, colocando o charuto no cinzeiro. — Vou para casa.

— Já cumpri o que eu precisava por aqui. Quer companhia? — perguntou ela.

Luke apertou o ombro dela. Era exatamente disso que ele precisava — aquela presença gentil, amorosa e segura. Shelby tinha uma habilidade inegável de fazer com que tudo na vida dele parecesse certo. Parecesse bem.

— Com certeza — foi o que respondeu.

Capítulo 15

Jack Sheridan devia estar falando sério sobre precisar de espaço para alocar sua família. No dia seguinte ao nascimento da filha de Brie, ele apareceu de manhã com Paul e outros seis homens em duas picapes. Foi o som dos veículos se aproximando que tirou Luke de dentro do chalé dois. Conforme os homens desciam das caminhonetes, ele sorriu.

— Parece um mutirão para construir um celeiro.

— Se quiser, a gente constrói um também. Mostre o que temos de fazer e onde devemos trabalhar — pediu Jack.

Primeiro, Luke mostrou ao grupo o chalé de Art, que já tinha sido finalizado. Luke não era decorador, mas o lugar tinha móveis novos, eletrodomésticos e paredes recém-pintadas. Art tinha uma nova cama *queen*, uma mesa com quatro cadeiras e uma poltrona grande com pufe e um abajur de leitura. Havia um fogão e um micro-ondas novos, além de uma geladeira pequena que ficava embaixo da bancada da cozinha. Também havia persianas de madeira nas janelas e um tapete texturizado. Art tinha um bom estoque de pratos, copos, lençóis e toalhas; no banheiro espaçoso, tinha uma pequena máquina de lavar, uma secadora de roupas e armários. Todos os homens circularam pelo imóvel, dando uma olhada nas coisas e assentindo com a cabeça.

— Luke, isso ficou muito bom — comentou Jack. — Você fez um trabalho ótimo aqui.

— Não sou profissional, mas deu uma bela melhorada, né?

Ele mostrou aos homens um chalé parcialmente finalizado — com rodapés, pintura e eletrodomésticos novos, mas que ainda estava bem longe do que eles viram no de Art. Depois, foram até outro ainda mais incompleto. Os eletrodomésticos estavam no meio da sala, ainda não instalados. As persianas que ele tinha encomendado ainda se encontravam dentro das caixas compridas, prontas para serem instaladas depois da pintura, os tapetes estavam enrolados e apoiados na parede e latas de tinta se empilhavam perto de algumas lonas dobradas.

— Parece bem simples — observou Paul. — Dois dias. Talvez quatro, se precisarmos de mais materiais.

— Quatro dias? — repetiu Luke, impressionado.

— É só mudar as coisas de lugar e mexer na decoração. Nós somos bem rápidos. — Ele sorriu e prosseguiu: — Fazemos esse tipo de coisa com muito mais frequência do que você.

— Como só tínhamos um ou dois pintores aqui, só tenho duas lonas — explicou Luke.

— Sem problemas, nós viemos preparados, trouxemos até uns rodapés, para o caso de você não ter o suficiente. Agora, se você não está preocupado com o que vamos fazer por aqui, pode ser um bom dia para ir até Eureka para marcar a entrega daqueles móveis e também comprar qualquer coisa que estiver precisando.

— E deixar vocês aqui trabalhando? — perguntou ele. — Não posso fazer isso com vocês.

— Espera só até ver a minha família. E a do Valenzuela — disse Jack. — Pode ir. Compre lençóis e toalhas.

Luke ponderou durante muito pouco tempo — ele tinha outras coisas importantes para resolver em Eureka. Já estava mais que na hora de mergulhar em uma investigação sobre onde Art trabalhava e morava antes de aparecer por ali. Ele precisava conhecer o passado dele se quisesse ajudá-lo com seu futuro. Comprar lençóis, travesseiros, toalhas e pratos não demoraria muito.

— Tem certeza? Você pode ficar de olho em Art, caso ele fique um pouco animado com toda essa gente? Às vezes ele ajuda um pouco demais, você sabe.

— Claro, cadê ele?

— Se não está aqui, está no rio. — Luke sorriu. — Não tenho recebido muita ajuda desde que comprei aquela vara de pescar e o molinete, mas o freezer está lotado de peixe. Sinto que parte desse estoque vai acabar indo parar no seu bar.

— Nunca negamos o que nos é oferecido — respondeu Jack, tirando uma escada da caminhonete.

Enquanto Luke ficou ali olhando, todos começaram a tirar das caçambas dos veículos lonas, escadas, caixas de ferramentas, pincéis e rolos. Ele foi até a beira do rio e encontrou Art.

— Ei, Art — chamou. — Estão mordendo muito hoje?

— Normal — respondeu ele, arremessando a linha e puxando-a de volta devagar.

— Jack, Paul e alguns homens vieram trabalhar nos chalés.

Ele riu de como Art virou a cabeça de repente e seus olhos se iluminaram.

— Tenho certeza de que gostariam da sua ajuda, se você quiser.

— Eles querem a minha ajuda? — perguntou ele, puxando a linha.

— Claro, mas você vai ter que deixar eles dizerem onde precisam de mais ajuda. Pode ser?

— Tudo bem — respondeu Art, feliz.

— Vou dar um pulo em Eureka para comprar umas coisas. Precisa de algo?

Art fez que não com a cabeça.

— Talvez eu faça bastante coisa com Jack e Paul — disse ele.

— Aposto que sim. Vamos lá, eu acompanho você até lá.

Art gostava muito de estar perto de outras pessoas, sobretudo de quem o tratava com respeito e, quando tinha alguém trabalhando, ele ficava ávido, embora fosse tímido, para ajudar. Isso às vezes fazia com que ele se atrapalhasse um pouquinho.

Luke só precisava de uma ou duas horas em lojas de departamento para encher alguns carrinhos com coisas para os chalés. O que ele realmente queria fazer era visitar um certo mercadinho. Luke tinha tentado não insistir muito no assunto sobre as coisas que Art tinha passado, mas conseguira levar umas conversas adiante que lhe deram informações suficientes para descobrir onde o rapaz costumava trabalhar. Mercado do Griffin, na Simmons Street.

Não era um mercado ruim, embora fosse um pouco decadente. Ele deu uma olhada ao redor e pegou um carrinho. Levou vinte segundos para reparar em um empacotador com síndrome de Down e, na parte de verduras e frutas, havia uma mulher para quem ele fez algumas perguntas e, a julgar por sua dificuldade em responder, lutando para encontrar a palavra certa, ele desconfiou que ela também era portadora de alguma deficiência. Então, ele reparou no nome que estava escrito no crachá: Netta. Era uma das pessoas que moravam com Art e de quem ele disse que sentia falta. Luke perguntou:

— Quem é o gerente aqui?

— Uhm, uhm… Stan. É o Stan.

— E onde posso encontrar o Stan? — perguntou Luke.

Ela deu de ombros e disse:

— Talvez nos fundos?

Antes que Luke pudesse sair para procurar Stan, apareceu um funcionário ao seu lado perguntando:

— Posso ajudar com alguma coisa, senhor?

Luke abriu seu sorriso mais cativante.

— Eu queria falar com o gerente. Esta senhora disse que o nome dele é Stan.

O homem estava na casa dos trinta, parecia inteligente, articulado, usando um avental verde. Ele devolveu o sorriso.

— Sou o gerente assistente. Posso ajudar?

— Não sei — respondeu Luke, dando de ombros. — Eu acabei de comprar uma pequena loja em Clear River. Uma lojinha pequena, de bairro, menor do que essa, e a questão, sendo bem sincero, é que estou bem apertado. É uma aposta boa, porque não tem nenhum mercadinho por lá — disse ele, embora não fizesse ideia de se havia um mercado em Clear River. — Vou contratar umas pessoas em tempo integral e outras para trabalhar meio período. Vou ter que gastar pouco com os salários por um tempo. E confesso que fiquei interessado nos funcionários aqui da loja. Eles são gentis, parecem ser produtivos e todos são pessoas com deficiência, certo? Queria saber onde posso encontrar funcionários assim.

O homem manteve a expressão neutra.

— Você tem razão, só mesmo com o Stan. Esse projeto é dele. A irmã do Stan tem um tipo de casa de assistência e ele emprega uma porção deles. Mas talvez você queira pensar duas vezes antes de fazer a mesma coisa. Se eles ficam lentos ou confusos pode ser bem frustrante. Eu me dou muito bem com eles, mas… — Ele balançou a cabeça, quase com tristeza. — Isso incomoda algumas pessoas.

— Meu irmão mais novo tem síndrome de Down — mentiu Luke. — Sei como é.

— Então você tem paciência, certo?

— Ah, tenho — respondeu, dando risada. — Ele conseguiu um trabalho ótimo agora. Ele adora poder cuidar da própria vida. Nunca faltou, cumpre as tarefas da casa, sempre tem dinheiro no banco… É a realização de um sonho.

— Para começar, o trabalho tem que ser simples, tipo embalar os produtos. Abrir caixas. Limpar. Mesmo estocar as prateleiras pode ser complicado demais para alguns deles.

— Todo mundo tem um nível diferente de competência, mas entendo o que você está falando. Então, cadê o Stan?

— Vem comigo — pediu o outro.

As surpresas começaram logo. Primeiro, Stan era jovem, não devia ter nem 30 anos. Era magro — muito menor do que Art —, mas tinha uma aparência desleixada. Ele encontrou Luke com os lábios curvados em um sorriso e uma ruga entre as sobrancelhas, desconfiado. Não havia muitos motivos que levassem um homem a suspeitar de alguém logo de cara, a não ser que ele esperasse encontrar confusão. Seu tamanho confundiu Luke por apenas um instante; Stan era quem mandava e, conhecendo Art, ele jamais revidaria, nunca bateria. Art também não mentia. Ele soube na mesma hora: Stan tinha socado Art.

Luke recitou sua mentira de novo, da maneira mais convincente possível. Ele pulou a parte de ter um irmão com síndrome de Down e se concentrou na parte sobre trabalho duro, salário mínimo, quantidade de faltas, a necessidade de economizar. Stan fez que sim com a cabeça diversas vezes e também deu de ombros.

— Não posso ajudar, amigo — disse. — Eureka é muito longe de Clear River e essas crianças não dirigem.

Essas pessoas não são crianças. Mas Luke sustentou o sorriso no rosto. Ele se ofereceu para pagar uma cerveja a Stan, a fim de que pudessem conversar um pouco sobre o negócio, já que eles não eram concorrentes. Stan gostou da oferta e acatou — era hora de fazer uma pausa. Quando eles estavam saindo do mercado, Stan não contou a ninguém aonde estava indo e encarou cada funcionário. Nenhum deles parecia feliz, nem mesmo o gerente assistente amigável. Tachar Stan como um babaca abusivo poderia até ser correto, mas também poderia ser simples demais. O que Luke realmente queria saber era o que tinha acontecido com Art e por que Stan não tinha registrado o desaparecimento dele.

A cerveja trouxe um mínimo de compreensão.

— Minha irmã tem uma casa de cuidados para esses retardados. Eu ajudo dando um trabalho para as crianças dela — explicou. — Mantém todo mundo ocupado e longe da casa.

— Eles já deram problema? — perguntou Luke.

— Eles me enchem a porra do saco. Sabe quantas vezes tenho que mostrar alguma coisa para eles? Dizer qualquer coisa? Mas você tem razão numa coisa: eles custam pouco e sempre voltam. De repente você consegue alguém lá em Clear River para montar uma casa como a da minha irmã. Não é difícil. Só tem que ser um lugar limpo e passar na inspeção.

Imediatamente, veio a Luke a imagem de alguém completamente desqualificado para administrar um lar daqueles, fazendo só pelo dinheiro, e isso o deixou irritado e nauseado. Mas o que disse foi:

— Pode ser possível. Eu tenho uma ex-esposa que está sempre precisando de dinheiro…

— É uma ideia. Tirar a ex da folha de pagamentos.

— Será que posso conversar com a sua irmã? Você acha que ela me contaria como funciona a coisa toda?

— Tenho certeza de que ela não ligaria. O que mais ela tem para fazer quando todas as crianças dela estão no trabalho, né?

Stan deu o endereço e explicou como se chegava no local, que não ficava muito longe do mercado.

— É só dizer a ela que fui eu que mandei você, tá?

— Agradeço, cara. Você não sabe o quanto.

Luke deixou Stan no mercado e imediatamente seguiu as indicações. Quando ele bateu à porta, outra surpresa quase o derrubou. Shirl era ainda mais nova do que Stan: devia ter 28, no máximo. Ela estava com uma saia bem curta e justa, um suéter com decote em V que realçava seus seios, seu cabelo era muito preto e uma faixa cor-de-rosa emoldurava seu rosto. Aquela mulher não era a Madre Teresa. E, claro, mascava um chiclete. Luke mal conseguiu olhar direito, mas atrás dela parecia haver uma casa bem pequena e arrumada com móveis velhos e gastos. O casal de empregados com necessidades especiais que ele viu no mercado estavam usando roupas limpas, mas muito velhas, Luke agora se dava conta. Quando Art apareceu, parecia um morador de rua, sujo e com as roupas puídas mesmo tendo passado só uns poucos dias sem abrigo. Pelo visto Shirl não gastava muito dinheiro com roupas para eles.

Ela abriu a porta com cuidado.

— Oi — disse ele, puxando a carteira e, com um gesto rápido, abrindo-a e fechando-a, como se fosse algo oficial. — Estou procurando por Art.

— Art? — perguntou ela, dando um passo para trás. — Quem?

— Art Cleary.

— Hum... Acho que ele está no trabalho...

— Eu fui até lá. Ele não está trabalhando — informou Luke.

Ela franziu a testa.

— Você é o cara que abriu um mercado novo? — perguntou ela, confusa. — Meu irmão me ligou e disse...

— Bom, aquilo foi meio que uma história — disse ele, dando de ombros. — Estou com a agência. Procurando por Art. É uma visita de acompanhamento, só isso. A papelada dele mostra que já faz um tempo desde a última visita.

— Ok, ok — disse ela, cansada, erguendo as mãos, como se estivesse se rendendo. — Que timing ótimo. Art fugiu. Hoje de manhã. Ele disse que ia... que queria ir visitar uma tia bem velhinha que mora em Redding.

Eu liguei para lá, ninguém atendeu e não tem secretária eletrônica... Algumas dessas pessoas são bem da roça. Eu estava prestes a ligar para o Serviço Social, mas tenho certeza de que ele pegou uma carona até a casa da tia e ela vai mandar Art de volta. Eu estava dando a oportunidade de ele aparecer... não quero causar problemas para ele. O que é que você vai fazer, me dar uma multa?

Certo, mentira número um, pensou Luke. Ele já estava com Art havia alguns meses.

— Bem — começou Luke. — Continue tentando falar com a tia dele. Quanto menos falarmos sobre isso, melhor para o Art e melhor para você, né?

E deu uma piscadinha.

— É — disse ela, sorrindo. — Verdade.

— Por que você não escreve o endereço da tia e me passa o número dela? Se eu o encontrar, posso trazê-lo de volta antes que aconteça alguma confusão.

— Você não tem? Ela é o familiar mais próximo.

— Que tal poupar um pouco de tempo para mim, hein? — disse ele, dando um sorriso. — Para falar a verdade, tenho coisas muito melhores para fazer do que ficar atrás desse rapaz, mas está na minha agenda.

E Luke se perguntou quantas pessoas com deficiência teriam fugido ou desaparecido enquanto Shirl e Stan embolsavam o pagamento mensal fornecido pelo governo. O que acontecia com os salários que recebiam do mercado? Será que Stan descontava e ficava com o dinheiro?

— Vou descobrir o que aconteceu — disse Luke. — Pode ser que tenha uma papelada, mas não se preocupe com isso. Você é uma boa garota por ter aceitado ele aqui, para começo de conversa. Esse pessoal acaba dando trabalho — acrescentou, sorrindo.

— Nem me fala — respondeu ela.

Ele não sabia como eram as outras pessoas, mas não havia alguém mais doce, menos problemático e mais ansioso por agradar aos outros do que Art.

— Volto a entrar em contato, ok? Não comente com ninguém. A gente não quer criar problemas para o garoto.

— Certo — disse ela. — Quer entrar? Para tomar um café… alguma coisa?

— Obrigado, mas estou atrasado. Mas vou voltar… que tal?

Luke deixou Shirl e levou uma quantidade enorme de suprimentos de volta para Virgin River. Ele decidiu não arriscar: pediria ajuda a Mike e Brie. Esperaria até o Natal, daria à família Valenzuela um pouco de tempo com a bebê recém-nascida e todas as visitas familiares, depois iria até eles, explicaria com detalhes sobre a casa e o trabalho que Art tinha e perguntaria o que ele precisava fazer para acertar as coisas de modo que Art pudesse ficar com ele. E, se isso não fosse possível, o próximo lar deveria ser mais seguro — Luke se certificaria disso. Dada a experiência jurídica e policial que tinham, Mike e Brie poderiam pelo menos ajudá-lo a entender como proceder. E ele gostaria que Stan e Shirl fossem investigados — eram dois moleques responsáveis por um monte de pessoas com deficiência. Usando o sistema para lucrar.

Luke decidiu que seria necessário passar uns dias em Phoenix na época do Natal. Se ele não fosse, era impossível prever quantos Riordan poderiam aparecer em Virgin River, e ele não estava com paciência para isso. Ir até Phoenix apaziguaria a mãe e os irmãos.

Com a questão do preparo dos chalés para as festas, Luke quis se certificar de que tudo estivesse bem organizado e planejado. Primeiro, precisava garantir que Jack e Mike poderiam administrar tudo de que as suas famílias necessitavam enquanto Luke estivesse fora, porque Art não poderia lidar sozinho com as necessidades dos hóspedes.

Quanto a Art, ele ficaria bem por uns dias, mas Luke não se sentia confortável em deixá-lo só por muito tempo, então apelou a Shelby e ao general. Art deveria ter um jantar de Natal, os presentes que Luke compraria antes de sair da cidade, a sensação de estar em família. Ele sabia antes mesmo de perguntar que eles ficariam mais que felizes de receber Art e garantir que ele tivesse um Natal inesquecível.

E, enfim, tinha Shelby. Luke espremeu o cérebro tentando pensar em um presente. Queria que ela soubesse que era muito importante para ele, mas estava nervoso a respeito do que comprar. Ela era o tipo de mulher para a qual ele gostaria de comprar alguma coisa brilhante e vistosa, mas não estava pronto para esse tipo de presente. Joias podiam ser interpretadas como um trampolim para o casamento, mas coisas como suéteres passavam a mensagem de que você não dava a mínima. Então, Luke não mediu esforços do único jeito que sabia fazer. Nunca gastara tanto assim com uma mulher nos últimos doze anos, e isso incluía a própria mãe — ele comprou para Shelby um par de botas muito especial, que custava seiscentos dólares e era feito de couro de avestruz, costurado à mão. Ele pensou em comprar uma sela, mas as botas eram algo mais pessoal. Eles trocaram presentes de Natal na noite anterior à partida dele e, quando viu as botas, Shelby desabou em lágrimas. Ninguém nunca tinha dado a ela um presente como aquele na vida e a retribuição pelo sucesso no presente veio na forma de uma enxurrada de beijos.

Ele a tomou nos braços, rindo emocionado.

— Eu nunca vi você chorar — disse ele, abraçando-a e balançando-a para a frente e para trás com delicadeza.

— Ah, você teria visto muito se me conhecesse um ano atrás...

— Mas esse é um choro de felicidade. É diferente. Significa que acertei.

— Acertou em cheio. Elas são incríveis, exatamente como as que eu teria mandado fazer para mim. São a minha cara, eu poderia dormir com elas.

— Acho que poderia acabar machucando alguém... — lembrou ele, dando uma gargalhada.

Ela o presenteou com uma jaqueta de couro quase tão cara quanto as botas, e tão pessoal quanto.

— Tudo bem se você não usar muito. Sei que você ama aquela sua jaqueta de piloto e fica muito sexy, inclusive... mas essa é para quando você não estiver de moto. Para aquelas raras vezes em que você se arruma um pouco.

Ele perguntou sobre todas as coisas que ela disse que faria antes do doutor morrer e ela ficar tão ocupada ajudando Mel — as candidaturas às faculdades, por exemplo. Ela disse que se candidataria para as maiores universidades da Califórnia: Stanford, Universidade do Sul da Califórnia, Universidade da Califórnia em Davis e Universidade Estadual de São Francisco. Mas de dezembro a setembro, quando começaria o ano letivo, ainda faltava muito.

— Eu também estou tentando a Universidade Estadual de Humbold, que fica pertinho de Virgin River, caso eu decida ficar. Eles têm um programa maravilhoso de enfermagem.

Era a deixa perfeita para Luke dizer o quanto adoraria que ela ficasse ali, como ele gostaria de ficar com ela para sempre. Mas alguma coisa aconteceu em sua garganta e ele disse:

— Parece que você considerou todas as possibilidades, não é, querida?

Apenas três irmãos estavam passando o Natal em Phoenix, e Luke era o que ficaria menos tempo.

— Com Art e os chalés com hóspedes, não posso me ausentar por muito tempo.

— E também tem a Shelby — completou a mãe enquanto preparava uma gemada.

Luke não falou nada. Sua mãe e Sean mencionavam com frequência o nome de Shelby, mas ele não reforçava.

As tradições dos Riordan incluíam comer, ir à igreja e rir. Colin ligou do Golfo e Paddy do navio em que estava embarcado. Resolvidos os telefonemas, estavam livres para sair de casa. Na noite de Natal, eles se recusavam a permitir que Maureen cozinhasse. Foram todos à churrascaria Ruth's Chris, em Scottsdale, que servia carnes maravilhosas. De volta em casa, jogaram sinuca na área de lazer do prédio.

Depois, foram para a missa da meia-noite, momento em que Maureen brilhou, apresentando três dos cinco filhos aos amigos, ao padre, às irmãs que ela conhecia.

— Eu vou para o inferno — comentou Luke com Aiden, falando bem baixinho. — Eu não vou à igreja nem comungo desde a última vez que visitei a mamãe.

— Eu também — murmurou Aiden.

— Somos três — completou Sean.

E caíram na risada, em um acesso de riso tão forte que eles mal conseguiram ficar de pé, enquanto Maureen os olhava feio.

A tradição familiar desde que eles ficaram adultos era abrir os presentes depois da missa na noite de Natal, mas os presentes eram menos importantes do que o fato de que agora eles podiam, finalmente, beber álcool, já que ninguém mais sairia de casa. Eles compraram presentes caros para a mãe. Luke tinha comprado um vale-presente da Chanel. Aiden tinha levado uma escultura Lladró bem cara para a coleção da matriarca. Sean lhe dera um iPhone novo.

Os irmãos trocaram presentes modestos. Luke recebeu uma assinatura de uma revista sobre motocicletas e um suéter tão feio quanto um novelo de lã. Sean deu a Aiden uma assinatura da revista *Penthouse*.

— Que diabo é isso... — disse Aiden, olhando para o vale-presente.

Solteiro, Aiden tinha 34 anos e era ginecologista e obstetra da Marinha, responsável pelas mulheres que estavam na ativa e por um monte de esposas de marinheiros e fuzileiros.

— Achei que você fosse gostar de saber como as mulheres são quando não estão com os pés nos estribos.

— Muito gentil — respondeu Aiden. — Não sei nem como agradecer.

Luke deu aos irmãos camisetas, mas o presente de Maureen para os filhos roubou a cena.

— É para o spa do hotel Camelback — disse ela com orgulho, entregando um envelope para cada um. — Eles ficam abertos das onze às três no dia 25 e eu marquei um horário para vocês. Tive que fazer isso meses atrás. Enquanto eu estiver preparando o peru e fazendo as decorações, vocês podem receber massagens, tratamentos faciais e fazer as unhas.

Eles se entreolharam de olhos arregalados. E disseram:

— Obrigado, mãe, isso é maravilhoso.

— Deve ser muito legal, mãe, obrigado.

— Muito original, mãe... Obrigadão.

— Eu sei que vocês são muito viris para tratamentos faciais, mas experimentem. Vocês vão amar!

No dia seguinte, enquanto Maureen preparava a ceia, Aiden, Luke e Sean encontraram um bar que estava aberto e afogaram a culpa de não estarem no spa. Quando voltaram para casa, ela frisou o quanto eles pareciam relaxados.

A ceia de Natal foi, como sempre, maravilhosa. O que Maureen mais amava era paparicar a família e todo mundo comeu muito, o que a deixou satisfeita. Luke seria o primeiro a ir embora, na manhã seguinte, de volta a Virgin River. No decorrer daquele último dia ao lado de sua mãe e de seus irmãos, ele foi ficando mais e mais introspectivo, pensando no que Shelby tinha falado muito antes: que se mudaria logo após a virada do ano. Quando todo mundo finalmente foi dormir, ele preparou uma bebida e se sentou na penumbra da sala.

Aiden o encontrou ali, no escuro, um copo de uísque aninhado na mão. Aiden também se serviu de uma dose e se sentou em frente a Luke. Ele era um dos irmãos que tinha tentado se casar. Tinha sido um relacionamento breve, que durou o mesmo período que sua residência médica, mas, no caso dele, o término partiu dele, e Aiden demorou muito para se ver livre daquela confusão. O fim não tinha trazido sofrimento algum, só um grande alívio.

— Então — começou Aiden. — Vamos conversar.

— Sobre?

— Sobre o motivo pelo qual você está parecendo alguém que atirou no próprio cachorro. Shelby, suponho.

— Não — respondeu Luke, bebendo um pouco. — A gente não tem nada sério.

— E isso não tem nada a ver com a sua insônia ou seu mau humor, então? Problemas com os chalés? Com a cidade? Com seu inquilino e ajudante?

— Aiden, não tem nada me incomodando, só passei três meses me matando de trabalhar para reconstruir e mobiliar uma casa e seis chalés.

Aiden tomou um gole do uísque.

— Ela tem 25 anos, foi o que mamãe e Sean contaram. E é linda.

— Sean é um idiota que não consegue cuidar da própria vida. Ela é só uma garota.

— Ela é só uma garota que deixa você um pouco tenso.

— Obrigado — disse Luke, se levantando. — Você também não parece estar muito bem… Vou dormir.

E bebeu de uma vez o que restava em seu copo.

— Não, cara, qual é — pediu Aiden. — Vamos tomar mais uma. Só mais dez minutos, pode ser? Só quero fazer umas perguntas. Não vou ficar pegando no seu pé tipo o Sean. Mas você não tem falado muito e estou um pouco curioso.

Luke pensou por um segundo a respeito do que o irmão falou e, contra seu bom senso, foi até a cozinha e se serviu de uma pequena dose. Voltou para a sala e se sentou, se inclinando para a frente e apoiando os cotovelos sobre os joelhos.

— O quê? — perguntou bruscamente.

Aiden deu uma risadinha.

— Calma, cara. Relaxa. Mas me fala, é só uma garota mesmo? Nada sério?

— Exatamente. Uma garota da cidade, mais ou menos isso. Ela veio passar um tempo com a família e vai embora logo mais.

— Ah... não sabia. Achei que ela morasse lá.

— É uma visita longa — disse Luke. — A mãe dela morreu na primavera passada. Ela está passando uns meses com o tio até colocar as coisas em ordem... tipo decidir onde quer morar, faculdade, viagens, essas coisas. É temporário, e é isso.

— Mas... se o que você sente é para valer, por que você não deixa a coisa... sabe... evoluir?

— Não acho que seja para valer — explicou Luke, e sua boca era uma linha firme ao dizer isso.

— Certo. Entendi. E ela?

— Ela tem planos. Eu não a prendi, Aiden. Deixei bem claro que não estou interessado em ser um homem de família. Disse que ela poderia arrumar coisa melhor, que eu é quem não fui feito para isso. Quando estou com uma mulher é claro que eu trato ela bem e tal. Mas, se Shelby quer alguma coisa séria, eu sou o cara errado. É assim que as coisas são.

— Mas vai ser assim para sempre?

— O que você quer dizer com isso? Ninguém na nossa família está interessado em compromisso.

— Ih, até parece. Eu estou bem interessado em compromisso. Sean diz que está se divertindo, mas a verdade é que ele tem a capacidade de concentração de um repolho. Mas eu queria ter uma esposa, uma família.

— Você já não tentou uma vez? — perguntou Luke, recostando-se na poltrona e relaxando um pouco já que o foco da conversa tinha mudado para a vida de Aiden.

— Eu sei. E tentei com toda vontade. Mas da próxima vou ver se consigo encontrar uma mulher que não deixe de tomar seus remédios mesmo com um diagnóstico de problema psiquiátrico. Mas falando sério, Luke, não vale a pena ignorar os sintomas só porque a garota é uma loucura na cama. Causa danos ao cérebro — disse ele, dando de ombro. — Estou de olho nisso.

Luke sorriu.

— Bem, ela era uma gata.

— Ô se era.

— Mas era doida de pedra.

— Bota doida nisso — concordou Aiden. — Mas essa garota linda de 25 anos... ela é bem legal, foi o que ouvi dizer.

— Sean é um maldito... — disse Luke, sacudindo a cabeça.

— Não foi o Sean. Foi a mamãe.

— Quase tão ruim quanto — constatou Luke. — Você conhece a mamãe... Faz tempo que ela está nessa campanha de casamento e netos.

— Então ela não é legal? — perguntou Aiden.

— Muito legal — admitiu o outro irmão. — Mas tem outras coisas... complicações. A mãe dela teve ELA e Shelby passou anos sendo a enfermeira, até que a mãe morreu... e a garota não viveu nada. A ideia dela de uma grande noite era ficar em casa com a mãe lendo ou assistindo a um filme. Ela ficou livre há uns seis meses e não foi uma liberdade muito grande... é por isso que ela está passando uma temporada na casa do tio, para se recuperar. Fazer uma transição. Pelo que ela contou, não é fácil passar de uma vida em que alguém precisava de você vinte e quatro horas para outra em que você não precisa cuidar de ninguém além de si mesmo. Ela tem zero experiência de vida. Meio que uma prisioneira que foi libertada.

Aiden ficou de boca aberta.

— Meu Deus... A mamãe sabe disso?

— Claro que sabe. Elas conversaram muito, o que não foi uma boa ideia. A mamãe já adora ela. Tudo que ela mais queria era fisgar a garota — disse Luke, balançando a cabeça. — Péssima ideia.

— Bem, parece que a garota encarou uma barra, né? Como ela está agora? Se adaptando?

Luke deu de ombros.

— Cara, não dá nem para desconfiar que ela passou por tudo isso.

— Mas o que rolou? Elas não tinham dinheiro para internar a mãe em uma clínica?

Luke fez que não com a cabeça.

— Tinham dinheiro o suficiente... O tio queria internar a mãe dela numa clínica. Mas Shelby disse não. Ela estava determinada a assumir o papel de enfermeira, a mãe era sua melhor amiga.

Aiden ficou em silêncio durante um tempo. Enfim, disse:

— Bem, ela me parece ser uma ótima pessoa.

— Ela é, sim. Muito equilibrada... difícil de imaginar que teria esse tipo de convicção. De teimosia.

— De força — completou Aiden. — Comprometimento.

— É, a pessoa precisa ser forte para encarar uma coisa dessas, né? Shelby é bem forte, mas ao mesmo tempo muito frágil — disse Luke, e sorriu. — A não ser que você a veja em cima de um cavalo. Ela tem cinquenta quilos, mas em cima de um cavalo ela se transforma.

Mais uma vez, Aiden ficou em silêncio por um instante, bebendo.

— O que você pretende fazer? — perguntou enfim, baixinho.

— O que eu pretendo fazer? — repetiu Luke. — Nada.

— Nada?

— Ela precisa seguir em frente. Recuperar o tempo perdido. Você consegue entender... eu consigo entender. Lembra de quando você se livrou da faculdade de medicina depois de passar anos sem ter uma vida? O que foi que você fez?

— Me casei com uma porra-louca — disse Aiden, sorrindo com suavidade.

— Shelby se dedicou, fez a coisa certa, cuidou bem da mãe e agora é a vez dela. Ela vai voltar a estudar. Diz ela que vai ser enfermeira, mas aposto que não: ela vai acabar virando médica ou alguma coisa assim. Ela é calada, mas assustadoramente inteligente. Ela guardou o dinheiro da venda da casa onde elas moravam… então pode viajar pelo mundo, pagar por muitos anos de faculdade. Você sabe como isso é importante, todos nós viajamos por aí, e vale a pena.

Aiden riu.

— Espero que ela veja partes melhores do que as que a gente viu. Você visitou um monte de desertos, eu fui para o mar como oficial médico em um navio…

— Mas tudo isso conta. É experiência de vida… vale a pena. Ela é nova… tem tempo para viajar por aí. Vou te falar, com certeza vai ter um monte de cara correndo atrás dela de tão bonita que ela é. E isso tudo é novidade para ela. No ensino médio ela era tímida, teve uns namoros curtos. Mas, ao tomar conta da mãe e precisar enfrentar os médicos, terapeutas, hospitais e as empresas de seguro-saúde, ela superou bastante essa timidez, se fortaleceu e ficou mais impositiva. — Os olhos de Luke brilharam, cheios de orgulho. — Acredite em mim: ela está pronta agora. É a vez dela.

Ele está deixando essa garota escapar, pensou Aiden. *Em nome dela, embora isso vá acabar com ele*. Ele se recostou na poltrona e bebericou seu uísque.

— E se ela simplesmente decidir ficar? Na casa do tio dela? Para sempre?

Luke soltou uma gargalhada.

— Ela não vai fazer isso, seria um desperdício.

— Mas e se fizer?

— Olha, eu admito… fiquei um pouco confortável. Toda essa coisa de ir atrás de mulher é um pouco chato e não foi exatamente um sacrifício ter uma garota linda e gentil bem ali, à mão. Mas é só uma questão de conveniência. Estou deixando o barco correr um pouco. Tem um barzinho ótimo lá em Virgin River… Um monte de gente da cidade vai lá no fim do dia… pessoas boas de verdade. Lá tem a melhor comida do planeta e uma jukebox que, desde que eu cheguei à cidade, nunca foi ligada. Quem cuida do lugar são uns fuzileiros, então eu me enturmei fácil. Acabei ficando mal-acostumado, sabe? Perdi o interesse em bares barulhentos e cheios de fumaça com gente desesperada para ficar com alguém. Tenho pensado... Se eu conseguir alugar os chalés... trabalhar e viver lá, beber uma cerveja no bar do Jack, caçar, pescar... juro, é uma vida quase perfeita. Você tem que vir me visitar um dia.

Aiden deixou que o irmão refletisse um pouco a respeito daquilo. Então, perguntou:

— E quantos anos você tem que ter para achar que isso é uma vida perfeita?

Luke riu.

— Uns 38, com vinte de serviço militar e quatro guerras. Mas estou realmente pensando em ficar um tempo no mesmo lugar. Talvez eu procure um trabalho pela região, piloto de atendimento médico, sei lá.

— Será que funcionaria para um cara como eu? Viver numa cidadezinha como essa?

— Eles têm uma enfermeira que todo mundo adora — disse Luke, rindo. — A competição seria dura para você.

— Não, o que quero saber é se alguém com menos de 38 realmente pode desejar essa vida. Ou você tem que ser esse velho rabugento e calejado?

Luke entendeu o que o irmão estava querendo dizer e voltou a apertar os lábios naquela linha firme e irredutível de antes.

— Você acha que alguma garota escolheria isso em vez de viajar pelo mundo, estudar fora? — continuou Aiden. — Acha que isso já aconteceu alguma vez?

— Eu acho que garotas como Shelby podem pensar que querem essa vida e, dois anos depois, perceber que jogaram fora a vida *de verdade* e ficaram presas, e aí, tudo pode ir pelo ralo.

— Mas isso é só um palpite — insistiu Aiden. — E essa mulher extraordinária, comprometida, teimosa e impositiva já passou por muita coisa e sabe o que quer.

— Você me enganou — disse Luke. — Disse que ia perguntar umas coisas, mas agora está pegando no meu pé.

— Quais são as chances de você encontrar outra pessoa como Shelby depois que ela for embora de Virgin River? O que vai acontecer se você deixar ela escapar?

Luke se levantou. Colocou a bebida, ou o que sobrou dela, em cima de um porta-copos.

— Mas o ponto não é esse — disse ele. — Estou indo deitar.

Mais tarde, no dia de Natal, Shelby se debruçou sobre a cerca do curral e assistiu enquanto seu primo Tom ficava de olho em Art, que montava em Chico. Desde que colocou os olhos no cavalo, Art quis montar nele, mas Chico era uma montaria difícil. Tom, no entanto, ficou mais que feliz em cuidar disso. E, quando eles terminassem, Shelby levaria Art de volta para o chalé dele e Tom iria para a cidade para encontrar a namorada.

Ela deu um salto quando sentiu uma mão pousar em seu ombro. Com o ruído dos cascos no curral, ela não tinha escutado Vanni se aproximar. Shelby se virou para a prima e, então, voltou a olhar na direção do cavalo, limpando as bochechas.

— Qual é — disse Vanni. — Você não consegue fingir. Aconteceu alguma coisa entre você e Luke.

— Nada. Sério, não aconteceu nada.

Vanni virou Shelby de frente para ela.

— Aconteceu, sim — insistiu. — Vocês brigaram?

— Não, nada disso. É só que… — A voz de Shelby morreu.

— O que é, querida? O que houve?

Os olhos de Shelby se encheram de lágrimas mais uma vez e ela deu de ombros.

— Ah, estou com saudade dele, só isso.

— Mas são só uns dias, querida. Só isso.

— Eu sei. É que, sei lá, teria significado muito se ele ao menos tivesse me telefonado para desejar um feliz Natal… Eu sei que Luke me ama, como se eu fosse tudo na vida dele, mas nunca expressa isso em palavras. Não sei por quê. Por quê, Vanni?

A prima mais velha fez um carinho no rosto da outra, limpando uma lágrima com o dedo.

— Querida, não conheço Luke como você conhece.

— É como se ele estivesse tentando manter essa distância entre nós…

— Você disse que não ia chorar.

— Não, não disse. Eu disse que, se ele me fizesse chorar, eu daria a volta por cima. Ainda não me arrependo de nada.

— Dói, né?

Shelby respirou fundo.

— Acho que sou tão ingênua quanto todo mundo achou. Eu me apaixonei por ele. Não era o que eu queria.

— Ah, querida — disse Vanni, puxando a prima para dentro de um abraço.

Shelby descansou a cabeça no ombro de Vanni.

— Vai ser bem difícil deixar ele ir. — Então, deixou escapar uma risadinha amargurada. — Vai ser bem difícil se ele me deixar ir. Mas... eu vou superar. Até por que, quais são as minhas opções, né? Não teria feito nada diferente.

No dia seguinte ao Natal, enquanto Walt cuidava do neto para que Vanni pudesse instalar o papel de parede na casa nova, Shelby pegou o carro e foi até a casa da nova vizinha. Ela bateu na porta de Muriel e ouviu os cachorros latindo lá dentro. Muriel ficou radiante quando abriu a porta.

— Será que você tem uma xícara de café? — perguntou Shelby.

— Claro que tenho. Entre. Está tudo bem?

— Bom, não exatamente. A coisa é que eu preciso conversar com alguém que não seja da minha família. Conversar sobre Luke.

— Meu Deus — disse Muriel. — É uma honra para mim. Eu suporia que você procuraria a Mel. Vocês duas são tão próximas.

— Verdade, mas neste momento tem um monte de gente da família dela na cidade — explicou Shelby. — E eu pensei que, talvez... sei lá, Muriel. Talvez você possa me contar alguma coisa que eu ainda não saiba. Sobre... você sabe... homens.

— Você sabe que eu fui casada cinco vezes e nunca consegui fazer um casamento dar certo, né? — disse Muriel, indo para a cozinha. — Não foi culpa minha, mas, mesmo assim...

— Acho que eu fui uma boba... — começou Shelby.

— Ah, eis uma coisa que fui mil vezes. Nisso eu sou especialista — riu Muriel, servindo uma xícara de café para a jovem. — Me conta o que está acontecendo. Não vou contar para ninguém. Sobretudo para o Walt.

Shelby explicou rapidamente. Ela o conheceu, se apaixonou, aceitou aquele papo de nunca se comprometer porque tinha grandes planos para sua vida e não se arrependia de nada. Mas agora queria mais, só que ele continuava no mesmo lugar, enquanto ela estava sofrendo.

— Quando ele disse que nunca criaria raízes e não queria essa coisa de se casar e ter uma família, realmente achei que isso se encaixava muito bem com o que eu mesma estava procurando. Ao menos antes. Fato é que Luke nunca mentiu para mim, Muriel. Ele não me enganou e sempre me tratou superbem. Talvez tenha sido eu quem mentiu para ele, eu achei que isso funcionaria para mim. Mas as coisas mudaram. Eu ainda quero viajar, ir para a faculdade, mas também quero todo o resto: um parceiro, uma família, a segurança de um relacionamento no qual posso confiar. Não quero ficar com um homem que vai dar um pé na minha bunda justo quando não consigo mais viver sem ele.

— Ah, minha querida — disse Muriel. — Eu já quis todas essas coisas também.

— Você quis?

— Aham, mas não deu certo para mim. Espero que dê para você.

— Mas você teve uma carreira tão incrível!

— Eu tive muita sorte nisso — disse ela, esticando o braço por cima da mesa para pegar as mãos de Shelby. — Mas tenho más notícias para você, querida. Primeiro: você não pode mudar as pessoas. Se ele mesmo não quiser mudar, não há o que você possa fazer. Segundo: a gente quer o que a gente quer. E precisa do que precisa.

— Eu queria achar um meio-termo…

— Shelby, existem muitos meios-termos nos relacionamentos. A gente aprende a viver com as cuecas jogadas no chão bem do lado do saco de roupa suja, com respingos de pasta de dente no espelho e a ficar de boca calada enquanto ele passa horas dando voltas com o carro porque não quer pedir ajuda com o caminho. Mas as coisas que você sente lá no fundo, os desejos profundos e significativos que tornam a vida completa.... ah, não tem como mudar esse tipo de coisa, sabe?

— Não?

Muriel balançou a cabeça.

— Você pode se obrigar a aceitar. Você pode até encontrar um jeito de obrigar *ele* a aceitar. Mas os dois vão ficar amargurados. Não vale a pena.

— Vejo que você não se obrigou, né? — constatou ela. — Você se arrepende de alguma coisa? De estar sozinha?

— Eu não estou sozinha, Shelby — explicou Muriel, com paciência. — Estou por conta própria... tem uma diferença aí. E tenho a família de amigos mais incrível de todas. É muito melhor do que ter um homem com o qual não tenho compatibilidade, mesmo que eu o ame. Acredite em mim.

— Claro — disse Shelby. — Eu amo o jeito como você vê as coisas...

Muriel riu.

— Eu tenho muita prática em *ver* as coisas. Muito mais que eu gostaria.

Enquanto bebiam uma jarra inteira de café, elas conversaram sobre a vida de Shelby, sobre a vida de Muriel. Foi surpreendente para Shelby ter qualquer coisa em comum com aquela figura icônica de Hollywood. Depois de algumas horas, Shelby perguntou:

— O que eu faço, Muriel?

— Ah, você vai saber o que fazer. Não se preocupe demais, querida. Mas não espere muito. Vai haver um momento em que tudo vai ficar claro e você vai saber que é hora de cuidar de você mesma. Não abra mão dos seus sonhos, Shelby. E nunca, jamais, se contente com migalhas.

Capítulo 16

Cameron Michael passou ótimos momentos com os pais, os irmãos e suas respectivas famílias durante as festas de fim de ano em Portland. Depois, foi direto para Virgin River com seus livros, o computador, móveis do quarto, roupas, televisão e equipamento de som, tudo a reboque em um trailer de carga. Ele trocou o Porsche por um Suburban com tração nas quatro rodas para navegar melhor pelas montanhas, vales e sopés da região. Quando parou em frente à casa do dr. Mullins, Mel veio até a varanda na mesma hora, sorrindo.

— Bem-vindo, doutor — disse ela.

Shelby saiu da clínica logo atrás dela.

— Oi, Cameron. Como foi a viagem?

— Nada mal — disse ele. — Pelo menos está fazendo sol aqui. O tempo está chuvoso e feio lá em Portland.

— Deixe aí o trailer e tudo mais — disse Mel. — Vou pegar a bebê e vou ao bar chamar os rapazes para te ajudar a descarregar. Você vai ficar com a gente hoje à noite, até arrumarmos seu quarto.

Shelby voltou para dentro da clínica.

— Não quero incomodar — disse ele.

Mel riu.

— Escuta aqui, você está vindo trabalhar aqui por uma merreca e não quer incomodar? Fala sério, Cameron. Você vai ficar lá em casa pelo menos esta noite, e ficará mais se precisar.

Shelby voltou com a pequena Emma aconchegada em seu colo, o casaco de Mel jogado por cima do braço e as chaves da clínica na mão. Ela trancou a porta.

Mel vestiu o casaco e pegou a filha no colo.

— Cadê o carinha? — perguntou Cameron.

— Está no *sling*, ajudando Jack a atender os clientes. Então... você resolveu tudo sem problemas?

— Correu tudo superbem. Recebi uma oferta pela casa em três dias, vendi quase todos os móveis e guardei algumas coisas no depósito. Também troquei o carro esporte por um com tração nas quatro rodas e passei o Natal com a minha família.

Eles começaram a atravessar a rua, indo em direção ao bar.

— E o que eles acharam dessa ideia? — perguntou Shelby.

Ele deu uma risadinha.

— Acharam que eu pirei completamente. E talvez seja o caso, mesmo. Mas e daí, né?

— Eu confesso que também não consigo entender — admitiu Mel.

— Foi pela mesma razão que você, Mel — respondeu ele.

— Duvido. Eu estava arrasada, precisava de algum lugar calmo e simples para retomar o controle da minha vida. Para me curar. Para ficar sozinha, mas não tão obviamente sozinha.

— Pela mesma razão que você, Mel — repetiu ele.

Ela parou de andar.

— Eita — disse. — Tem mais coisa nessa história.

— Pois é, vamos encher a cara qualquer noite dessas e comparar nossos corações partidos. Que tal?

Ela deu um puxão na manga dele.

— Isso não tem nada a ver com nenhum dos nossos amigos em comum, tem?

— Não, não tem nada a ver com Vanessa.

Shelby arregalou os olhos e Cameron olhou para ela.

— Antes de Paul ficar esperto e contar para Vanni o quanto ele a amava, eu saí algumas vezes com ela. Só isso... saímos algumas vezes. Eu fiquei triste quando ela escolheu o outro cara, mas não fiquei arrasado. Não se preocupem.

— Ufa — disse Mel. — Fiquei em pânico por um segundo. Quero dizer, a fofoca por aqui é boa, mas não deveria ser *tão* boa assim!

Cameron riu.

— Isso vai ser ótimo. Vou aprender a pescar nos dias de folga.

— Você vai ter vários dias desses — comentou ela, subindo na varanda do bar.

Ao que parecia, Cameron não achou que tinha qualquer coisa esquisita com a quantidade de carros e caminhonetes na porta do bar e na rua, mas no momento ele não estava a par das atividades sazonais do lugar. Entre janeiro e junho as coisas costumavam ficar bem úmidas e calmas em Virgin River, com a temporada de caça tendo chegado ao fim e a pesca basicamente fechada. Mas, quando ele entrou no bar, que estava lotado de gente, um grito de comemoração e saudação irrompeu. Ele ficou parado na porta, chocado, enquanto o barulho morria aos poucos. Jack deu a volta no balcão do bar com o pequeno David se remexendo dentro do *sling*.

— Pode entrar, doutor. Seja bem-vindo.

A seguir vieram Paul, com a mão estendida, Vanni, que o recebeu com um abraço e um beijo na bochecha, e Walt, que o apertou com carinho. Preacher quase quebrou suas costelas com outro abraço, depois foi a vez de Paige, Mike e Brie, com uma bebê recém-nascida. Depois houve as apresentações a amigos e vizinhos de toda a cidade e dos ranchos próximos. Um chope gelado foi colocado em sua mão, havia um bufê farto e delicioso montado, e Cameron trocou muitos apertos de mão e tapinhas nas costas cheios de gratidão. Em meio à multidão estavam June Hudson e John Stone e suas famílias, se colocando à disposição para ajudar se fosse preciso. O pai de June, o dr. Hudson, se ofereceu para ir até Virgin River durante um tempo e torturá-lo com conversas sobre como era ser médico no interior e, quem sabe, dar um passeio até o rio.

— Nós precisamos melhorar seu ângulo de lançamento antes que a pesca para valer comece — ofereceu.

Cameron comeu, bebeu, conheceu as pessoas da cidade e se sentiu, pela primeira vez em muito tempo, parte de alguma coisa pessoal e importante.

Alguma coisa que era ao mesmo tempo robusta e delicada. Havia muito poucos solteiros em meio ao grupo animado, mas isso não o afetou como acontecia quando ele saía com seus sócios casados e voltava para casa deprimido, como se não pertencesse a lugar nenhum. Ali, ele se sentia como um deles, embora não existisse com quem partilhar tudo aquilo.

Em algum momento no início da noite, Mel contou a Cam que Jack o levaria para casa e que ela o veria mais tarde. Jack acomodou sua família no Hummer para que Mel levasse os bebês e voltou ao bar. Aos poucos, as pessoas foram desejando boa-noite e indo embora, e às nove as últimas pessoas agradeceram a ele mais uma vez e lhe deram as mais sinceras boas-vindas. E, então, sobraram Jack, Preacher e Cam.

Jack pegou uns copos.

— Geralmente tomamos uma dose no fim do dia, depois que o bar esvazia. Eu vou levar você para casa se quiser uma saideira.

— Com certeza — disse Cameron. — Jack, isso que você fez foi ótimo, reunir o pessoal.

Jack virou uma garrafa de um ótimo uísque envelhecido Glenlivet em cima dos três copos.

— Eu não fiz nada, doutor. É assim que as coisas acontecem por aqui quando a notícia se espalha. Virgin River é um lugar de manifestações espontâneas.

— Meu Deus, as pessoas são maravilhosas — observou o médico.

— Elas não têm muito dinheiro, nem são muito sofisticadas, não leram os clássicos…. a maioria, pelo menos… mas esse lugar tem sentimento. É uma coisa simples, na verdade. Elas não vão encher muito o seu bolso, mas conhecem o valor da amizade e da gratidão. Você nunca vai ficar com fome ou solitário. É assim que a cidade lida com as coisas. Você vai gostar.

— Eu nunca me senti pouco reconhecido no meu trabalho, mas isso é novo para mim. — disse Cameron, e ergueu o copo na direção de Preacher e Jack. — A novos começos.

— À satisfação — acrescentou Jack.

Cameron bebeu.

— Estou muito feliz por ter feito isso.

— Deve ter sido um risco e tanto, doutor — observou Preacher.

— Você se sentiu assim? — perguntou Cameron.

— Que nada — respondeu o cozinheiro. — Assim que cheguei aqui e vi o que Jack tinha montado, não tive dúvidas de que estava no lugar certo.

— Dá para ver — comentou Cameron. — Obrigado por me darem essa chance.

Luke tinha tirado Shelby da festa de boas-vindas de Cameron logo depois que a multidão começou a se dispersar. Levou Art em seu carro e Shelby o seguiu em seu Jeep até os chalés. Shelby passou primeiro no chalé de Art, para ter certeza de que estava tudo certo antes de ir para a cama.

— Está tudo bem, Art?

— Estou muito bem — disse ele, sorrindo.

— Quis ver se você estava precisando de algo antes de ir dormir. Durma bem, tá?

— Durma com os anjos — disse ele, ecoando algo que ela sempre falava para ele.

Shelby riu.

— Pode deixar. Não se esqueça de rezar.

— Eu nunca esqueço — prometeu ele.

— E não se esqueça de escovar os dentes e passar fio dental.

— Também nunca esqueço — disse ele.

A seguir, ela foi até a varanda de Luke, onde ele a aguardava com um sorriso no rosto.

— Achei que tivesse sido eu o salvador da vida dele, mas quem ele idolatra mesmo é você.

— Não acho que seja tão sério assim — disse ela, aceitando o abraço dele. — Melhor você falar com alguém a respeito dele em algum momento. Deixar as pessoas cientes de que ele está aqui, talvez trazer alguém para avaliá-lo. Tenho certeza de que as pessoas não vão ter nenhum problema por ele estar aqui, desde que esteja seguro e saudável.

— É, comecei a fazer isso. Descobri de onde ele veio… não é um bom lugar. Vou conversar com Mike e Brie sobre como posso resolver isso — explicou Luke, beijando-a.

Ela se afastou.

— E você pretende ficar com ele aqui?

Luke deu de ombros.

— Não é que eu vá adotar o Art. Vou só dar um lugar para ele ficar, e ele vai fazer umas tarefas. Ele não devia ter que trabalhar para alguém que bate nele.

Ele a beijou de novo e, então, a puxou para dentro do chalé.

— Mas você vai ser responsável por ele?

— Shelby, não é exatamente um sacrifício para mim. Ele não precisa de muita supervisão, só de um lugar seguro.

— E quando você vender os chalés e for embora?

Ele deu de ombros.

— Se isso acontecer, não vai ser difícil encontrar um bom lugar para ele ficar. Um lugar que eu saiba que não é um esquema para ganhar dinheiro do Serviço Social.

— Mas você não está preocupado de que isso o machuque, que o deixe confuso?

— Eu sei como ele é sensível... vou lidar com essa situação com muito cuidado. Mas acho que talvez seja melhor deixar para me preocupar só quando for preciso.

Shelby conhecia Luke havia alguns meses, e apenas dois intimamente, mas, da parte dela, tudo aquilo tinha sido muito excitante. A química deles era incrível. Só de pensar nele uma ansiedade estremecedora a preenchia. Ela não se arrependia de ter esperado tanto tempo para descobrir o que aquilo significava, porque tinha certeza de que nunca teria sido desse jeito com nenhum outro homem.

Era um milagre. O destino, juntando-a com o homem perfeito para ela. Quando ele a tocava, Shelby acreditava que ele se sentia do mesmo jeito. Mas Luke não dava qualquer outro sinal.

Depois de fazerem amor, Luke a abraçou bem forte. Ele nunca parava de beijá-la, de tocá-la, de fazer carinho nela. Shelby ficava confusa com o fato de que ele pudesse ser assim — tão carinhoso, tão envolvido, tão amoroso — e ao mesmo tempo não estar nem um pouco apaixonado. Ela se perguntava como ele era capaz. Achava que, se conseguisse entender, talvez pudesse se afastar sem condená-lo.

Ela rolou e se remexeu em cima dele, levantando o tronco sobre ele para olhar nos olhos de Luke.

— Tem um médico novo na cidade, e Mel não vai precisar mais tanto de mim. Estou aqui desde agosto. Cada dia que passa tem menos coisas na minha agenda.

Ele passou a mão enorme pelas costas e sobre a bunda dela. E deu um apertão vigoroso ali.

— Vou manter você ocupada durante uma parte desse tempo — prometeu Luke, dando uma risada.

Ela voltou a olhá-lo nos olhos, a expressão cheia de amor por ele. Como ele não sabia? Shelby não seria a primeira a dizer "eu te amo". Não podia perguntar a ele; seu orgulho não permitia. Mas não era orgulhosa demais para dar a ele a oportunidade de fazer isso.

— Já enviei todas as minhas candidaturas para os programas de enfermagem... estou só esperando as respostas. Você se lembra de que eu também mandei uma para a Universidade de Humboldt, né? Caso você caia em si e decida que não pode viver sem mim. Eles têm um programa excelente.

Ele afastou o cabelo do ombro dela.

— Aposto que existem muitos programas excelentes por aí, não?

Ela fez que sim com a cabeça e tentou enviar uma mensagem telepática. *Fala o que eu quero ouvir*, pensou. *Diga que me ama; que gostaria que eu ficasse aqui, com você.*

— E o programa da faculdade aqui perto é tão bom quanto os outros.

Em vez de dizer qualquer coisa, Luke estreitou o abraço e a rolou, até que Shelby ficou por baixo. Então, deu nela um beijo profundo e intenso. E suas mãos começaram a traçar longas e vagarosas carícias, seus dedos atiçando-a com delicadeza mais uma vez.

Com um suspiro de decepção, ela se rendeu a ele, saciando-se nas sensações, sabendo, no fundo do coração, que aquilo poderia ser tudo o que jamais teria dele.

* * *

No dia do Ano Novo, Abby telefonou para Vanessa. Ela estava na casa dos pais, em Seattle.

— Quais são as chances de você querer receber uma visitinha? — perguntou.

— Todas — respondeu Vanessa. — É o melhor momento possível! Acabamos de nos mudar para a casa nova antes do Natal e ainda tem um monte de coisa para fazer aqui. Entre as viagens até a costa para fazer compras e colocar as coisas no lugar por aqui, você pode me dar uma ajudinha.

— Seria ótimo — disse Abby. — Quando posso ir?

— Quando quiser, querida — respondeu Vanni.

— Então, pode ir arrumando o quarto de hóspedes, chego em poucos dias.

No dia da viagem, Abby se despediu dos pais logo pela manhã e partiu rumo ao sul. Assim que entrou no carro, relaxou os músculos abdominais e sentiu a barriga se expandir dentro da calça com elástico na cintura. Tinha preparado um *cooler* repleto de comida e bebidas e só parou para abastecer e fazer xixi, mais vezes do que gostaria. No começo da tarde, ela passou pela casa do general, fez a curva depois do estábulo e seguiu pela estrada até a casa nova da amiga. Abby deu uma buzinada e saiu do carro. Vanessa surgiu com um sorriso luminoso e feliz. Assim que Abby começou a caminhar em sua direção, Vanni parou de repente com os olhos arregalados. Abby não estava de casaco e, diante da amiga, fazia carinho em uma barriga discretamente redonda.

Vanni se recuperou da surpresa e abraçou Abby.

— Você não avisou que viria acompanhada — disse, com um sorriso suave.

— Vanni, eu me meti numa confusão horrível — confessou.

— Vamos entrar, amiga. Tenho a impressão de que temos muito para botar em dia, né?

Vanni estava assando alguma coisa deliciosa no forno, Matt estava engatinhando pelo chão da sala de estar e se levantando apoiando-se nos móveis. Paul, Abby ficou sabendo, ainda não tinha chegado em casa, pois muito provavelmente tinha parado no bar da cidade para beber uma cerveja com os amigos.

— Por que você não me contou? — quis saber Vanni.

— Porque, para começo de conversa, estou muito envergonhada. E, segundo, estou em apuros. As únicas pessoas que sabem que estou grávida são meus pais e meu médico. E, agora, você.

— Você sabe que eu faria qualquer coisa para ajudar, Abby, mas daqui a pouco já não vai dar para esconder a barriga...

Abby balançou a cabeça.

— No casamento de Nikki e Joe, eu sei que vocês sabiam que o divórcio estava no ar. Eu não suportava falar sobre o assunto, mas àquela altura o casamento com Ross já tinha acabado há muito tempo. Se vocês acompanhassem os tabloides, saberiam que ele estava morando com outra mulher há mais de seis meses quando o divórcio foi concluído.

— Sinto muito, querida... eu não leio essas coisas.

— Bom, eu devia ter assinado o divórcio imediatamente. No dia em que ele me pediu para fazer isso, eu devia ter assinado os papéis — disse Abby, e começou a rir de repente. — Eu disse que ele me pediu? Não, o advogado dele pediu. Um homem hostil e ameaçador que me ligava toda semana. Eu deixava a secretária eletrônica atender. Fazia muito tempo que Ross não falava comigo, agora já faz mais de um ano. Não me pergunte por que esperei, não queria que ele voltasse nem nada. Acho que só fiquei surpresa e meio anestesiada, não conseguia me mover. Além disso, estava me sentindo uma idiota por ter me casado com ele, achando que eu o conhecia quando claramente não era o caso. Isso acabou comigo. Assim que voltei para Los Angeles depois do casamento, assinei a papelada. Pouco depois de um mês, eu era uma mulher livre.

— Acho que você está melhor sem ele — consolou Vanni.

— Ah, não tenho dúvidas disso. Você sabia que, quando a gente se conheceu, ele estava em um tratamento para dependência química? Durante um tempo, ele foi maravilhoso. Doce e encantador, frequentando as reuniões todos os dias. Quando completamos seis semanas de casados, ele saiu em turnê e voltou a usar drogas. Mas eu ferrei com tudo, Vanni. Eu assinei um acordo pré-nupcial. Bem simples e direto: se eu fosse fiel durante nosso casamento, eu receberia uma pensão em caso de divórcio. Não tinha por que uma promessa dessas me deixar nervosa. — Ela fez uma breve pausa e continuou: — Mas… o advogado dele me apresentou umas dívidas. Cartões de crédito, cartões que eu nunca tive! E, então, eu passei a ter uma dívida de milhares de dólares, dezenas de milhares. Eu precisava da pensão. Para pagar a minha parte das dívidas *dele*.

— Meu Deus, que desgraçado! Claro que você precisa da pensão — concordou Vanni. — Você não deve se sentir culpada por isso.

— Não me sinto — disse Abby e, passando as mãos pela barriga, prosseguiu: — Isto aqui aconteceu logo antes de eu assinar os papéis, antes de encerrar o divórcio. Mas é irrelevante para o acordo que ele já estivesse morando com outra mulher.

— Quem é o pai? — perguntou Vanni com o máximo de delicadeza possível.

— Ai, Vanni, não me faz essa pergunta. Me desculpa… Foi um caso de uma noite só com um estranho. Um estranho completamente amoroso e carinhoso. Se eu não estivesse grávida, entraria em contato com ele, para conhecê-lo melhor. Poderia descobrir se ele é mesmo um homem amoroso… durante muitos mais meses do que os que dediquei para conhecer Ross. Mas agora é muito arriscado — disse ela. — Ele saberia que é o pai. E se não for tão maravilhoso quanto parece? Vanni, eu não sei nada a respeito dele, só que o cara foi legal comigo por uma noite. Jesus, Ross foi legal comigo por mais tempo que isso e olha o que aconteceu. Eu simplesmente não posso arriscar. Não posso submeter os bebês a isso.

— Bebês? — repetiu Vanni.

Abby olhou para baixo.

— Acabei de descobrir. São gêmeos — explicou.

— Meu Deus do céu…

— Eu sei. É por isso que já estou com essa barriga enorme.

— Então… qual é o plano? — perguntou Vanni.

— Eu tenho que me esconder em algum lugar até os bebês terem pelo menos alguns meses. Depois que eles nascerem, ninguém da equipe de advogados do Ross vai conseguir provar que eu não cumpri o acordo pré-nupcial e me pedir para devolver a pensão… Mas, se alguém que o representa descobrir que estou grávida, eles podem conseguir me intimar para fazer uns exames e descobrir *quando* engravidei. Foi um pouco mais de um mês antes de o divórcio terminar... estou morrendo de medo de eles conseguirem provar isso. Vanni, eu não consigo pagar as dívidas que estão no meu nome sozinha.

— Você se consultou com alguém? Tipo seu obstetra?

Abby assentiu.

— É possível determinar a data da concepção com os registros de pré-natal. Tenho que desaparecer até terminar de pagar as dívidas, até os bebês serem mais velhos e os advogados de Ross perderem o interesse na situação... — Abby respirou fundo e continuou: — Então tirei um ano de licença não remunerada da companhia aérea e vou dar uma olhada por aqui, ver alguma casa para alugar. Registrei a casa da minha mãe em Seattle como meu novo endereço e ela vai receber minha correspondência e reenviar tudo para mim. Também coloquei minha mãe numa conta conjunta comigo lá em Seattle e, para ninguém conseguir rastrear, ela vai transferir o dinheiro para mim. São só mais seis meses. Mais ou menos. — Os olhos dela se encheram de lágrimas. — Vanni, não quero o dinheiro dele. Mas não tenho outro jeito de pagar as dívidas, de viver.

Vanni colocou a mão sobre a da amiga.

— Não ouse se sentir culpada por isso! Meu Deus, Abby... ele te traiu, mentiu para você, usou drogas...

— É, mas eu engravidei... Então, tirando o dinheiro que vou usar para quitar as dívidas, vou dar um jeito de devolver o restante a ele. Em algum momento. Não quero o dinheiro de Ross. É um dinheiro sujo. Só preciso pagar as dívidas e depois eu...

— E você não vai alugar nada! Vai ficar aqui com a gente!

— Ah, não posso fazer isso...

— Você não vai morar sozinha grávida de gêmeos, Abby! Não vou permitir uma coisa dessas! Paul não vai permitir! Nós vamos te ajudar a passar por essa, ajudar você a se reorganizar. Nós temos uma enfermeira obstétrica maravilhosa aqui na cidade... a Mel. Você a conheceu no casamento da Nikki e do Joe. Mas também tem um obstetra fantástico aqui pertinho, em Grace Valley. E, não faz muito tempo, chegou um pediatra novo na cidade. Um velho amigo, na verdade. Então, está vendo? Tudo vai dar certo.

Abby se desfez em lágrimas e ela cobriu o rosto com as mãos, soluçando. Vanni a abraçou com carinho na mesma hora.

— Está tudo bem — sussurrou. — Nada de chorar! Nós vamos ter dois bebês! Dois bebezinhos maravilhosos.

Matt engatinhou até Abby, se apoiou nos joelhos dela para se levantar e começou a fazer um carinho na coxa dela, balbuciando.

— Isso aí, Matt… Bebês nunca são motivo de tristeza por aqui.

— Ai, meu Deus, Vanni. Eu não sabia o que fazer. Eu não devia estar tendo um… que dirá dois bebês! Que Deus me ajude, porque quero ter esses filhos, muito mesmo…

Abby se estabeleceu na casa de Vanni e Paul, sentindo-se segura pela primeira vez em semanas. Ela não estava nada pronta para ser apresentada à cidade. Quando todos foram jantar no bar de Jack, como de costume, ela declinou o convite. Ainda se sentia constrangida e envergonhada por se apresentar como mãe solo, mesmo que isso não fosse uma raridade hoje em dia e naquela faixa etária.

No fim de janeiro, ela precisava fazer exames pré-natais, então marcou uma consulta com Mel Sheridan. Já era hora de pensar nas opções de parto e retomar o acompanhamento, pelo qual ela pagaria em dinheiro.

Mel foi tão cativante quanto Vanni disse que seria. E o profissionalismo da enfermeira foi animador.

— Mãe solo, hein? Tem lá seus desafios, mas você é uma mulher de sorte. Gêmeos, bons amigos, saúde perfeita, não sei do que mais você precisa.

— Estou bem nervosa com o parto. Quero que eles cheguem a termo, sejam saudáveis e também…

— Você já se organizou para trabalhar e cuidar deles?

— Assim que eles crescerem um pouquinho, vou voltar para Seattle, ficar com a minha família. Eles estão muito animados para ajudar.

— É um ótimo plano. Com o apoio da família tudo se resolve. E bem, existem algumas opções… você pode ter os bebês no Hospital Valley, em Grace Valley, com John Stone cuidando do parto, ou eu posso atender você com a assistência de John aqui mesmo. Eu não administro anestesia, mas, querida, você vai ter gêmeos… eles vão ser menores do que os recém-nascidos em geral. Provavelmente virão mais rápido e mais cedo. Vamos monitorar com ultrassonografias, só para ter certeza de que estão na posição certa. E John vai estar com a gente caso precisemos de alguma coisa especial, como uma cesárea. Ele é maravilhoso. E, como você é muito sortuda, temos um pediatra incrível. Você sabia que Paul ajudou no parto da Vanni quando Mattie nasceu?

— Ouvi alguma coisa a respeito — disse ela.

— Foi um parto maravilhoso. Nós demos uma festa. Todo mundo foi para lá, para a casa do general, e ficou esperando. Paul achou que não daria conta, mas ele foi perfeito.

— Esta pode ser a única vez que eu tenha filhos…

— Ah, não tente planejar as coisas assim — aconselhou Mel. — Você é jovem. Fértil. Tem alguns anos para pensar no assunto.

— Essa gravidez me pegou de surpresa — admitiu ela.

Mel deu uma gargalhada.

— Ah, é? — disse. — As minhas duas gravidezes também, e eu sou especialista no assunto. Pode se vestir. Vejo você lá fora.

Abby estava se sentindo muito bem enquanto se vestia. Ela até se sentiu melhor diante da ideia de parar de se esconder da cidade. *Vai ficar tudo bem*, pensou. *As pessoas são legais, aceitam bem as coisas*. Mel era tudo que uma mulher poderia querer em uma enfermeira obstétrica: afetuosa, bem-humorada e agradável.

Quando ela saiu, Mel esperava por ela no balcão da recepção com a ficha de Abby.

— Está tudo ótimo, Abby. Você tem vitaminas suficientes ou precisa que eu faça um pedido novo?

— Está tudo certo — disse Abby. — Peguei um estoque grande na minha última consulta com o obstetra.

— Que bom.

Na mesma hora, Abby arregalou os olhos, e Cameron reagiu do mesmo modo. Eles se olharam nos olhos. Cameron estava sentado atrás do balcão, usando o computador. Quando Abby chegou, ele estava na sala de exames com um paciente e por isso não tinham se visto.

Mel reparou que eles estavam se encarando e disse:

— Abby, conheça o dr. Michaels. Cameron, Abby MacCall.

Ele se levantou.

— Oi.

— Prazer em conhecê-lo — foi a resposta dela.

Ele deu a volta no balcão e estendeu a mão, que ela aceitou após certa hesitação.

— Abby... MacCall, é isso?

— É, sim. Oi.

— Você está aqui em Virgin River? — perguntou ele.

— Estou visitando uns amigos — respondeu ela.

— Eu também sou novo por aqui. Você vai gostar da cidade.

— Hum. Bem, não vou ficar muito tempo. Melhor eu ir.

— Vejo você por aí — despediu-se o médico.

— Claro.

E Abby praticamente saiu correndo porta afora.

Cameron não desviou os olhos dela. Quando a porta já tinha se fechado havia alguns segundos, ele olhou para Mel.

— Achei que ela fosse ficar até o final da gestação. Alguma coisa esquisita acabou de acontecer aqui.

— É — disse ele. — Abby está grávida de quanto tempo?

— Quatro meses. Por quê?

Ele baixou os olhos, fitando os próprios pés por um instante. Então, voltou a olhar para Mel.

— Eu conheço aquela mulher. Conheço muito bem, mas tem uns... quatro meses desde a última vez que a vi.

— Estou um pouco confusa.

— Quatro meses — repetiu ele.

— É melhor você se explicar.

Cameron tinha passado por um curso intensivo com Mel sobre todas as políticas da clínica e, sabendo que ela mantinha tudo a respeito dos pacientes sob estrita confidencialidade, disse:

— Acho que posso ser o pai...

Mel arregalou os olhos e ficou de boca aberta. Demorou um tempo para se recompor.

— Onde ela está morando? — perguntou Cameron.

— Na casa do Paul e da Vanni.

— Putamerda… — disse ele. — Esse bebê é meu — afirmou, balançou a cabeça.

— Esses bebês — corrigiu a enfermeira. — São gêmeos.

Cameron se endireitou de repente, em choque.

— Putamerda de novo!

Ele tirou o casaco do cabideiro que ficava em frente à porta, pegou sua bolsa de médico, que seria uma espécie de extensão de seu próprio braço a partir de agora, e avisou:

— Preciso ir, Mel. Não sei quanto tempo vou demorar. Não tenho pacientes marcados.

— Hum, espera — pediu Mel. — Só um segundo.

Ela correu até o armário de suprimentos. Ela tirou uns frascos grandes de vitaminas pré-natais.

— Aqui — disse, jogando um frasco de cada vez para ele. — Se você acabar em uma situação delicada, pode sempre fingir que está indo entregar uma vitamina dessas.

— Obrigado, Mel. Ei, sinto muito…

Ela sorriu.

— Posso supor que vocês dois não têm um… relacionamento?

Cameron devolveu o sorriso, mas a expressão era dolorida. Melancólica.

— Não suponha nada ainda. Só que nós temos uma… situação.

E foi embora.

A batida na porta da casa da família Haggerty aconteceu nem dez minutos depois que Abby tinha voltado de sua consulta com a enfermeira obstétrica. Ela ignorou o chamado e continuou a dobrar suas roupas e guardá-las na mala. Ao chegar em casa, tinha encontrado o lugar deserto. Ela ouviu a campainha, então mais batidas à porta, mas Abby não atendeu.

Em vez de estar preocupada em ter um confronto com Cameron, o que realmente ocupava seus pensamentos era que desculpa daria a Vanni por ter ido embora tão de repente. Ela não estava preparada para falar:

"O homem que me engravidou mora aqui!". Sua próxima preocupação foi: *para onde vou agora?* Ir para Grants Pass, onde moravam Nikki e Joe, estava fora de cogitação: era perto demais da cena do crime. Cameron sabia que Nikki era amiga de Abby. Talvez ela pudesse ir para alguma cidadezinha na costa, onde não conhecia ninguém.

As batidas cessaram. Segundos depois ela escutou:

— Você não precisa fugir.

Ela deu um pulo de susto e se virou, o rosto pálido.

— Como você entrou?

— Usando a chave debaixo do vaso de planta — respondeu ele. — O mesmo lugar onde deixo a minha. Muito criativo. É bem rara essa coisa de trancar a porta em Virgin River. Abby, agora é tarde demais para fugir.

Ela ergueu o queixo, mas seus olhos estavam úmidos. Colocou a mão sobre a barriga, em um gesto de proteção.

Ele deu um passo e ficou na porta do quarto.

— Do que você está com medo, Abby? Acha que eu faria alguma coisa que pudesse te machucar? Você sabe muito bem que não. Se eu quisesse te machucar, teria tido uma oportunidade perfeita naquela noite que passamos juntos.

— Cameron, olha, isso está complicado demais, e não posso deixar as coisas se complicarem ainda mais. Por favor.

Ele deu de ombros e enfiou as mãos nos bolsos. E se encostou no umbral da porta.

— Explica para mim… Me diga por que você tem tanto medo de que eu complique ainda mais a sua vida. E pare de fazer as malas, pelo amor de Deus. Não sou seu inimigo.

Ela desabou na cama e, colocando as mãos no rosto, começou a chorar. Com cuidado, sem fazer nenhum movimento brusco, Cameron se sentou ao lado dela e passou um dos braços sobre os ombros dela.

— Não vou dizer nem fazer nada que deixe você nervosa ou com medo — murmurou ele. — Se você não quer que ninguém saiba sobre nós dois, sobre aquela noite, eu jamais vou contar — prometeu ele, falando baixinho.

— Eu nunca quis que aquela noite acontecesse — disse ela, levantando a cabeça para fitá-lo com olhos lacrimejantes. — Eu não estava esperando por você perto dos elevadores, eu estava indo para o meu quarto. Não queria passar a noite com um estranho.

— Como foi que aquela noite aconteceu? O que uma amiga de Vanessa estava fazendo lá?

— Todos nós estávamos lá… era o casamento da nossa melhor amiga, Nikki. Joe é o melhor amigo do Paul. Até Jack e Mel estavam no casamento.

— Você está de brincadeira comigo? E eu não encontrei ninguém lá.

— Quem dera você tivesse encontrado — disse, fungando. — Teria nos poupado um mundo de problemas.

— Eu não forcei você a fazer nada, ok, Abby? Não foi uma noite ruim para você. Nem um pouco. E você já sabe disto: para mim, foi uma noite maravilhosa.

— Foi uma confusão imensa — disse ela. — Eu acabei de passar por um divórcio horroroso, com foto em tabloides e tudo.

— Eu sei. Li a respeito enquanto procurava por você. Queria que tivéssemos outra chance — disse ele.

Ela se virou para Cameron, segurou a parte da frente da jaqueta dele com as duas mãos, desesperada, e disse:

— Se você sabe quem eu sou, onde estou e que estou grávida, e se você contar para qualquer pessoa esses detalhes, isso pode ser muito, muito ruim para mim. Você não tem ideia de quanto.

Cameron queria saber de tudo, mas não dava para ignorar o pânico dela. Se ele a encurralasse, mesmo que só um pouquinho, Abby se afastaria dele de novo.

— Acho que você está bem aqui, Abby. Acho que ninguém aqui em Virgin River vai ligar os pontos.

— Mas você ligou — acusou ela, soltando a jaqueta dele.

— Sim. Mas eu estava procurando você, e não por um motivo ruim.

— A gente nem se conhece, Cameron!

— Bom, isso é questionável. Mas vamos seguir o seu ponto de vista a partir de agora: você não me conhece bem o bastante para ficar tranquila, mas é fácil de me investigar. Provavelmente muito mais fácil do que foi investigar você. Então… você está se escondendo? Dele ou de mim?

— Eu nem achava que tinha que me esconder de você. Não fazia ideia de que estava aqui. Sério, essa notícia não pode se espalhar. Por favor não me pergunte por quê.

— Um acordo pré-nupcial desagradável, presumo…

— Ai, meu Deus! Quem te contou?

— A revista *People*.

— Ai, meu Deus! Quantas pessoas você acha que sabem disso?

— Não sei, mas ninguém aqui vai te reconhecer. Eu reconheci o seu rosto na capa da revista e li a história porque estava querendo saber os detalhes. Não que eu tenha ficado sabendo de muitos… Só uma visão geral, o que já me deixou incrédulo. Ele deixou você depois de algumas semanas, foi morar com outra mulher e pediu o divórcio. Eles mencionaram que um acordo pré-nupcial poderia ser o motivo da demora na conclusão do divórcio, mas não faço ideia de como isso se encaixa na história. Tudo o que sei é que aquele babaca se casou com você e depois te abandonou. E acho que ele é um imbecil por ter feito isso. Sem falar que foi uma burrice.

— Vou estar muito ferrada se você contar isso para alguém.

— Certo — concordou ele, assentindo com a cabeça. — Pode deixar que não vou publicar em nenhuma revista.

— Que engraçado. Isso é sério, Cameron.

— Tudo bem, vamos falar sério. Você não é minha paciente, mas tudo que acontece naquela clínica é confidencial. Mel e eu temos acessos aos registros e eles são protegidos por lei. Mesmo se eu quisesse fazer fofoca sobre você, não poderia. Mas não existe nenhuma regra sobre conversar com você… e eu tenho um interesse pessoal nisso. Tenho a sensação de que essa gravidez tem tudo a ver comigo.

— Os bebês não são seus.

Cameron sorriu, demonstrando paciência.

— São, sim, mas não entre em pânico. A única coisa que me importa neste momento é garantir que você esteja bem. Não vou insistir… eu entendo como deve ser engravidar depois de uma noite só, sem planejar, por acidente. Abby… sinto muito. O acidente com a camisinha e…

— E também tive um problema com a pílula. Eu estava tomando antibiótico.

— Bom, isso explica muita coisa. Você não sabia que era contraindicado?

Ela balançou a cabeça e fungou de novo. Ele ofereceu um lenço e ela limpou os olhos e o nariz.

— Nem sei direito se eles me avisaram na clínica. Se avisaram, talvez eu não estivesse prestando atenção... Eu estava me preparando para um casamento e o meu próprio casamento tinha acabado. Foi uma época estressante e eu estava com uma infecção de ouvido. Sério, estava quase surda.

— Então por que está aqui?

Ela deu de ombros.

— Tenho que ser muito discreta. Ah, que droga, você vai descobrir de qualquer forma mesmo. Espero que você seja uma pessoa confiável, porque...

— Já não dei provas o suficiente? — perguntou ele, com o máximo possível de delicadeza. — Porque ao menos eu tentei.

— É, bom, Ross também me deu provas. Pelo menos durante uns meses ele foi o homem mais legal que eu já conheci. E logo depois ele voltou a tocar com a banda, a usar drogas, e a vida dele saiu dos trilhos.

— Certo, entendi. Mas não acho que tenha muito em comum com ele. Para começar, não tenho um longo histórico de infidelidade ou...

— Mas não tenho como ter certeza disso.

— Como já disse, sou uma pessoa muito fácil de investigar. Você pode começar com a Vanni.

— Vanni? — perguntou ela, surpresa.

— É. A mãe do primeiro marido dela armou um encontro para nós, e eu e Vanni saímos juntos algumas vezes, antes do Paul. Por muitos anos, tive uma clínica em Grants Pass... Pode perguntar para os médicos de lá. Ou pode conversar com Mel, ela me contratou. Vou ficar aqui por um ano.

— O que é que *você* está fazendo aqui? — foi a vez de Abby perguntar.

— O médico da cidade, que conheci rapidamente, morreu há alguns meses. Eles precisavam de ajuda, e eu adoro este lugar. Você vai ver... Virgin River é especial. Agora, me fala sobre esse problema? Não a gravidez, porque isso não é um problema. Do que é que você está se escondendo em Virgin River? Por que está com medo de que alguém a reconheça?

Abby suspirou fundo e contou tudo. Àquela altura, tinha poucas opções. Cameron talvez ficasse de boca fechada se soubesse por que ela estava com tanto medo.

— E é por isso que você está tão tensa? Abby, é só dinheiro.

— *Só* dinheiro? É uma montanha de dinheiro! Eu não deixei nenhuma dívida para ele, mas o desgraçado me deixou afundada em contas de cartão de crédito! Acho que um astro do rock pode ter um crédito bem grande.

— Abby — começou ele, falando calmamente. — São detalhes jurídicos. Dá para resolver. Só temos que pensar qual é a melhor abordagem e...

— Para com isso, Cameron. Esse problema é *meu*. Preciso de um tempo para respirar!

Cameron não estava muito preocupado com coisas como acordos pré-nupciais e dívidas no cartão de crédito. Não que ele achasse que poderia pagar para sair daquela confusão; ele não era rico. Mas com certeza havia algum jeito de fazer um acordo naquela situação. Sua maior preocupação era fazer com que a mãe de seus filhos gêmeos confiasse um pouco nele. Cam colocou a mão sobre aquela barriguinha arredondada.

— Você está indo ao médico desde o começo? — Ela anuiu mais uma vez, mas dessa vez levantou o olhar para fitá-lo. — E está tudo indo bem? Você está se sentindo bem?

— Aham — confirmou Abby. — Se não sofri um aborto no estado de nervos que estou, então acho que devo estar em boa forma.

Ele sorriu.

— Você devia ter me ligado. Eu poderia ter ajudado.

— Estava com medo de me envolver com alguém que não conhecia. Já estraguei tudo uma vez. Até onde eu sei, você também pode ser um maluco.

— Mas não sou.

— Eu não tenho como ter certeza em relação a você nem a ninguém. Você precisa entender isso. Não leve para o lado pessoal... tenho bons motivos para ser cuidadosa.

— Eu fumei um pouco de maconha durante a faculdade — confessou Cameron, sorrindo. — Tirando isso, sou relativamente seguro.

— Relativamente?

— É. Sou conhecido por fazer umas coisas meio doidas, tipo largar uma clínica que estava indo muito bem para vir a uma cidadezinha com seiscentos habitantes com um salário quase nulo só porque aqui é calmo, tranquilo e um lugar onde as pessoas fazem você se sentir útil. Minha família acha que eu pirei — acrescentou, rindo. — Fora isso, não tive nenhuma grande mudança de personalidade desde a adolescência.

— Quando vi você na clínica, fiquei morrendo de medo — admitiu ela.

— É, precisamos trabalhar primeiro nisso — disse ele. — Não tem motivo algum para você ter medo de mim. Eu jamais machucaria você. Por que faria isso? O que ganharia com isso? Eu só queria ter a oportunidade de conhecer você um pouco mais. Eu te disse, lá em Oregon, que queria saber mais sobre você. Não vou estragar essa chance sendo cruel. Ou forçando qualquer coisa. — Cameron sorriu. — Você tem aquela lista, né? Ser invasivo não está nela.

— E você é muito educado — acrescentou ela, baixinho.

E, pela primeira vez naquele dia, ela realmente olhou para ele. Cameron estava diferente daquela outra noite. Estava de calça e camisa jeans, botas com cadarço.

— Você tem que me prometer que não vai fugir — pediu ele. — Vamos fingir que acabamos de nos conhecer, você não precisa contar nem para Vanni que já me conheceu. Você não é minha paciente, não tem problema se eu quiser conhecer você melhor. Vou ver você por aí. Você vai aparecer no bar do Jack às vezes, e eu janto lá. E, se eu vir você por lá de vez em quando, pode ser que a gente fique amigo. É por isso que eu estava querendo entrar em contato. Só para ver você de novo. Queria dar uma chance para nós dois. — Ele sorriu para ela. — Vamos lá. Você gosta de mim, Abby. Sabe que gosta.

— Como você vai explicar seu interesse por uma mulher solteira e grávida? — perguntou ela.

Cameron deu uma gargalhada.

— Abby, se olha no espelho.

— É melhor eu ir embora antes que haja problemas...

— Não, você não pode ir embora — pediu ele, com a voz firme, porém calma.

Ele realmente não queria jogar duro com ela, mas ele não precisava ter que lhe dizer o que a própria Abby entenderia se pensasse um pouco a respeito da situação: que ele moveria mundos e fundos para encontrá-la se ela estava grávida dele. Cam tinha o DNA para provar que era o pai.

— Me dá uma chance. Eu tenho interesse pessoal nisso.

— Foi exatamente por isso que não telefonei para você. Isso me assusta. E se a gente se conhecer melhor e eu decidir que você simplesmente não é o tipo de homem com quem quero que meus filhos se envolvam?

Ele sorriu e ergueu uma sobrancelha.

— Sério? E se a gente se conhecer melhor e eu decidir que você não é o tipo de mulher que eu quero que crie meus filhos? — A surpresa ficou evidente no rosto dela, assim como uma pontada de medo. — Só porque não estou carregando esses bebês na barriga e não vou dar à luz não significa que eles sejam menos meus.

— Ah, meu Deus — gemeu ela.

Ele se levantou, segurou a mão dela e a puxou, fazendo-a se levantar também. Ele colocou o braço em volta da cintura de Abby e a puxou para perto com cuidado, abraçando-a com ternura e fazendo um carinho de leve nas costas até que ela se acalmasse e se recostasse nele. Cameron se afastou um pouco e encarou os olhos assustados dela.

— Só quero que você se lembre de uma coisa — disse ele, baixinho.

Então, levou os lábios até os dela e a beijou delicadamente. A seguir, se afastou, sorrindo enquanto a olhava. Ele a beijou mais uma vez, de novo com delicadeza. E quando ele se abaixou para beijá-la pela terceira vez, o beijo foi mais sério, e ele moveu os lábios com cuidado, com mais sensualidade, até que ela o abraçou devagar, hesitante, e fechou os olhos. Cameron continuou até que ela retribuísse. Ele inclinou a cabeça para o lado, para ter um ângulo melhor, aproveitando a resposta dela. Sem saber quando teria outra chance como aquela de novo, ele prolongou o beijo por muito tempo, sentindo o gosto daquela boca, e sendo saboreado por ela também. Quando parou, sorriu.

— Ah — sussurrou. — Você se lembra.

E a beijou de novo.

Cameron parou eventualmente, não sem relutância.

— Acho que esse é um bom começo. Nada a temer, tudo a ganhar. Agora, vou deixar você em paz para desfazer as malas.

Capítulo 17

A filha dos Valenzuela, Ness, estava com quase 6 meses quando Luke telefonou e perguntou se ele poderia fazer uma visita com Art. Art estava muito animado; ele tomou banho, colocou roupas limpas, sua nova jaqueta pesada de inverno e ficou inquieto durante toda o caminho.

— Sossega um pouco — pediu Luke, em meio a uma risada. — Você conhece Mike e Brie. E é só uma bebê.

— Não vou mexer nela — disse ele, em tom de promessa.

— Se você quiser mexer na bebê, tem que pedir com educação. E se a resposta for não, é não.

— Tudo bem — disse ele.

— E nós temos que ficar bem quietinhos perto dela — advertiu Luke.

Art fez que sim.

Luke pediu que Art levasse o presente bem embalado, cheio de laços de fita cor-de-rosa e frufrus com um par de sapatinhos de crochê preso no laçarote. Quando Mike abriu a porta, Art empurrou o presente para ele, todo orgulhoso.

— Obrigado — disse Mike, rindo um pouco. — Vocês querem entrar?

— Tudo bem — respondeu Art. — Vou ficar bem quietinho. Posso mexer? Na bebê?

Mike manteve a porta aberta.

— Minha esposa é quem lida com os pedidos especiais. Mas ela é muito generosa. Vou chamá-la.

Mike deixou o presente em cima da mesinha de centro e desapareceu dentro da casa. Alguns segundos depois ele voltou logo atrás de Brie. Ela segurava Ness enrolada em uma mantinha apoiada contra seu ombro. Ela sorriu para Art e disse:

— Que bom ver você, Art. Como tem passado?

— Tenho passado muito bem.

Brie baixou a bebê.

— Bom, Art, esta é Ness. Ness, este é Art.

— Ah — disse ele, um pouco sem fôlego. — Ah.

— Ela está dormindo. Quando ela acorda, chora bem alto.

— Bem alto mesmo — reforçou Mike. — Quando ela tiver 15 anos, vai me matar com esse choro. Ela é só um bebê e já sei que vai ser uma daquelas garotas que gritam bem alto. Apavorante.

— Art, pode segurar Ness se quiser.

Por um segundo, a expressão de Art foi de espanto. Então, ele limpou as mãos na calça e estendeu os braços, com as palmas das mãos para cima. Brie deu risada.

— Não, assim não. Vamos até a cadeira de balanço. Tire a sua jaqueta e sente-se. Fique confortável. Quero que você a segure assim — disse ela, e mostrou a filha aconchegada em seus braços. Então continuou: — Mas não aperta ela… ela é bem frágil. Segure a bebê bem assim.

Ele olhou para a menininha completamente admirado, maravilhado, e então olhou para Brie e abriu um sorriso imenso.

— Ela é diferente de tudo que já segurei! — observou ele, falando baixinho.

— Eu sei. Leva um tempo para se acostumar.

Brie se sentou bem ao lado de Art, para o caso de ele precisar de ajuda.

— Quer beber alguma coisa, Luke? — perguntou Mike. — E Art, o que vai querer quando terminar de segurar a bebê?

— Eu vou ficar segurando a bebê — respondeu Art e, então, bem baixinho, falou com Ness: — Shh. Sonhe com os anjos.

A cena bateu fundo em Luke. Por um instante, ele ficou sem palavras, vendo Art agir com tanta ternura e tanto carinho com a bebê, repetindo as palavras de Shelby. A seguir, ele se recompôs e disse:

— Ah, obrigado, Mike. Mas temos outro motivo para esta visita. Art e eu precisamos de um conselho.

— Claro — disse Mike, sentando-se. — O que podemos fazer por vocês?

Luke chegou para a frente na poltrona.

— Bem, eu não expliquei os detalhes de como Art e eu nos conhecemos — começou ele.

Para os curiosos de plantão da cidade, Luke dissera que Art havia "aparecido" precisando de trabalho. Mas, para Mike, ele contou a história de verdade, desde a parte em que Luke encontrou Art dormindo em um dos chalés, passando pelo olho roxo, a fuga e como ele abrigou o homem em troca de algumas tarefas. Depois, contou sobre a visita a Eureka, ao mercadinho e à casa de cuidados.

— A mãe de Art já faleceu e ele não quer voltar para onde morava, não quer trabalhar para o Stan no mercadinho, e eu gostaria que ele ficasse aqui. Art é um bom amigo e ajuda bastante. Mas não queremos infringir nenhuma regra ou lei. Preciso saber com quem posso falar, como prosseguir para fazer tudo do jeito certo.

Mike disse:

— Uau, complicado...

— Se Art tiver que voltar para uma casa de cuidados, não pode ser para aquela. E, se for mesmo assim, vou visitá-lo todos os dias se for preciso, para ter certeza de que está tudo bem. Eu gostaria de conseguir mantê-lo em Virgin River, onde ele está bem feliz. Mas temos que fazer do jeito certo.

Brie concentrou sua atenção em Art e perguntou com delicadeza:

— Art, quantos anos você tem?

— Tenho 30. Dezessete de novembro. Nós comemos um bolo, eu, Luke e Shelby.

— Você ganhava algum dinheiro no mercado?

Art fez que sim.

— E você assinava seus contracheques para poder descontar e receber o dinheiro?

Mais um sim com a cabeça.

— Você assinava algum outro papel?

E mais outro.

— E para quem você entregava os cheques? — perguntou Brie.

— Para Shirley ou Stan — respondeu ele.

— E eles davam o seu dinheiro?

Ele sorriu e anuiu de novo.

— Quinze dólares por semana.

— Certo, Art... por acaso você sabe dizer se é tutelado pelo Estado?

Ele franziu a testa.

Brie era ex-promotora de Sacramento e atualmente trabalhava como consultora para o escritório do promotor distrital do condado de Humboldt. Ela olhou para o relógio de pulso e se voltou para Luke.

— Posso checar com o promotor do distrito, mas o que acho é o seguinte: Art é um homem de 30 anos. É um adulto. Ele pode receber algum benefício do Seguro Social por ser órfão e pessoa com deficiência. Ele pode ser cuidado por uma instituição do Estado, é claro, mas, se ele não estiver sob a tutela do Estado propriamente, não é obrigado a ficar. Se ele for embora, o subsídio é cortado e ele comunica a mudança de endereço para receber o valor do benefício. O promotor pode descobrir mais sobre a condição dele.

— E, quanto ao outro assunto — continuou ela —, provavelmente deve ser encaminhado para uma investigação. Ainda é cedo o bastante para telefonar para o promotor. Você tem alguns nomes para me dar?

Luke puxou um pedaço de papel do bolso da jaqueta — havia nomes, endereços e números de telefones de Shirley e Stan.

— Mike? — perguntou ela, ficando de pé. — Sua vez de ficar de olho.

— Claro.

Ele esperou até que Brie saísse da sala para se sentar, de maneira bem casual e discreta, na poltrona ao lado de Art, embora Art estivesse se saindo muito bem com a bebê. Mike apoiou os cotovelos nos joelhos, juntou as mãos e se inclinou na direção dele.

— Então, Art. Esse é o primeiro bebê que você segura?

O homem sorriu e respondeu:

— Aham. É o primeiro bebê para você também?

— É meu primeiro, sim. Nós caprichamos para uma primeira vez, não foi?

— Muito — concordou ele. — Eu gosto como o cabelo dela fica em pé assim. — Então, ele focou sua atenção em Mike. — Eu vou poder ficar com o Luke agora?

— Vai dar tudo certo, amigo — assegurou Mike. — Vocês procuraram a pessoa certa. Brie conhece tudo a respeito de tudo.

Vinte minutos se passaram e Art não estava nem um pouco cansado de segurar a bebê. Foi quando Brie voltou para a sala.

— Bom, está tudo certo. Art pode morar onde ele quiser. Vocês só precisam ir ao escritório do Serviço Social e pegar as cópias de alguns documentos dele: certidão de nascimento, formulário de mudança de benefício, uma nova identidade com foto, para o caso de ele querer viajar de avião algum dia, esse tipo de coisa. Ele deve começar a receber os cheques do benefício algumas semanas depois que vocês tiverem entregado tudo. E se você quiser pleitear um subsídio por fornecer moradia para ele, Luke…

— Não tem necessidade — respondeu Luke na mesma hora.

— Pensa bem… plano de saúde é incluso e é importante. A não ser que ele se torne seu dependente e você consiga colocar ele no seu plano de saúde do Exército. Em ambos os casos você vai ter que fazer a solicitação de inclusão, é claro. Enfim, só resolver uns papéis e tudo vai ficar direitinho — disse ela, e riu. — Ok, é uma senhora burocracia.

Luke se levantou.

— E quanto a Stan e Shirl?

— Estão vendo essa parte. Pela reação do promotor, eu diria que a festinha deles está prestes a acabar.

— Uau — disse Luke, passando uma mão pelo cabelo cortado rente à cabeça. — Eu não fazia ideia de que seria tão simples!

— Digamos que hoje em dia eu conheço as pessoas certas por aqui — explicou Brie.

Ela se inclinou e passou a mão na cabecinha da filha. Depois, deu um beijinho ali. Quando ela se levantou, Art inclinou a cabeça e também deu um beijinho na criança.

— Bem-vindo a Virgin River, Art — disse Brie, sorrindo.

Naquela noite, Luke mal podia esperar para contar a Shelby como as coisas pareciam estar se resolvendo de maneira suave para Art, graças a Brie.

— Então ele vai poder ficar com você para sempre? — perguntou ela.

— Para sempre é muito tempo, mas ele pode ficar aqui o quanto quiser — respondeu Luke.

— Mas e quando você vender os chalés? — quis saber a jovem.

— Bom, eles ainda não estão à venda — disse ele, dando de ombros. — Se eu vender, vou encontrar um lugar seguro para Art morar.

— Se? — repetiu ela, com o coração disparando de repente.

— É, sei lá. Acho que fiquei meio que confortável por aqui — disse Luke, rindo baixinho. — O que é uma surpresa e tanto para mim. Achei que estaria louco para me mudar a esta altura.

— Você estava falando sobre um trabalho de piloto. Você já se candidatou a alguma vaga?

— Já conversei com algumas empresas. Uma rede de comunicação em Dallas. Um grupo de resgate aéreo na Georgia. Nada muito a minha cara, por enquanto. Só faz seis meses que estou fora do Exército. Tenho bastante tempo. Neste momento, o mais importante é que Art se sinta bem.

Shelby não disse nada de imediato. Ela esperou até que ele falasse alguma coisa a respeito do relacionamento deles — do futuro deles. Que era importante que *ela* se sentisse bem. Que ele tinha planos que incluíam os dois. Mas Luke não falou nada, porque nada tinha mudado.

— Enquanto eu estiver aqui — disse Luke —, eu cuido de Art, ele quase não dá trabalho.

— Bem — começou Shelby —, que ótima notícia. Tenho certeza de que vocês serão muito felizes juntos.

Amar Luke era como uma droga para Shelby. Ela não tinha certeza de quanto tempo ficaria naquela relação nem como sairia dela, mas estava certa de uma coisa: ele não estava oferecendo nada além do que já tinham, e o que tinham não era um compromisso de jeito nenhum. Era mais que apenas sexo, mas a intimidade com ele a mantinha aprisionada. Também havia afeição. Em termos de companheirismo, amizade, ela se sentia segura; estava bem claro que ele se importava com ela. O problema era que sem palavras de amor, sem compromisso, chegaria o dia em que, sem aviso prévio, Luke poderia dizer: "Não gosto de você o suficiente para continuar com esse relacionamento". E, quando isso acontecesse, seria arrasador.

Foi sobre este momento que Muriel a alertara. O momento de clareza que assinalava que era hora de pensar em seguir em frente.

O clima tinha ficado ameno até o final de janeiro e, então, uma frente fria vinda do Norte cobriu as montanhas e fevereiro chegou com chuva, neve, granizo e gelo. Os dias eram curtos e, por conta do tempo nublado, escuros. A neve não durava muito, mas o gelo era imprevisível e traiçoeiro. O Departamento Florestal da Califórnia estava limpando as estradas e espalhando areia nas curvas mais íngremes e sinuosas. Havia um número maior do que o usual de acidentes com um único veículo causado pela visibilidade precária ou pelas pistas escorregadias. Todo mundo em Virgin River estava agasalhado.

Certa tarde, Shelby foi para a cidade para passar um pouco do tempo conversando com Mel, que sempre demonstrava compaixão, mas ia direto ao ponto quando se tratava de dar conselhos. Tio Walt tinha pedido que Shelby tomasse cuidado com os trechos da estrada que estavam cobertos por uma camada fina e imperceptível de gelo. Durante todo o trajeto até a cidade, ela foi ensaiando o que dizer, como explicaria que as coisas não tinham dado errado com Luke, mas também não exatamente certo. Que Luke estava pronto para cuidar de Art e garantir que ele tivesse tudo de que precisasse, mas não tinha sequer dito que sentiria saudade de Shelby — e isso dizia tudo. Ela precisava ouvir que era amada. Não achava que isso era pedir demais.

Shelby reduziu a velocidade quando viu uma coisa que parecia uma pilha de lixo ao lado da estrada. Dava para ver também, em meio à neve, um pouco de terra no acostamento. Então, ela reparou que algo se mexia ali. À medida que foi se aproximando, uma criança se levantou e outra pessoa permaneceu deitada. Ela pisou no freio e quase rodou na pista. Evitou o acidente soltando um pouco o pedal até parar com segurança.

Ela saiu do carro e o que viu a deixou abismada e confusa. Uma garotinha de uns 6 anos estava de pé ao lado de um adolescente sentado no chão, segurando o ombro com uma das mãos e fazendo uma careta de dor. Ele tinha um corte profundo na cabeça e seu braço pendia em um ângulo não natural. A garotinha chorava, as lágrimas escorrendo pelo rosto. Seus olhos estavam arregalados em uma expressão de pavor.

Shelby se ajoelhou ao lado deles. Então, passou a mão na cabeça, nos ombros e braços da garota.

— O que aconteceu aqui? — perguntou a eles.

— O ônibus — disse o garoto, virando a cabeça para indicar a colina.

Lá embaixo, a pelo menos três metros, aquele imenso ônibus amarelo estava equilibrado precariamente, com a traseira apoiada em uma árvore muito grande e a parte da frente apontando para baixo. Se qualquer coisinha mudasse, ele desceria pela colina como se fosse um torpedo, batendo em cada árvore e protuberância pelo caminho até se chocar com o solo bem lá embaixo.

— Meu Deus do céu! — murmurou Shelby. Ela se inclinou na direção do adolescente, que trazia o rosto contorcido de dor de novo.

— Tem mais gente no ônibus?

— Está cheio de crianças — gemeu ele. — Quando o ônibus deslizou para fora da estrada, nós começamos a sair pela porta de emergência que fica atrás. — Lágrimas de dor escorreram pelas bochechas dele. — Só deu tempo de tirar Mindy antes de o ônibus se mexer e escorregar mais um pouco... Eu me joguei.

— E vocês subiram o morro rastejando? — perguntou ela.

Ele confirmou com a cabeça.

— Se eles tentarem sair, o ônibus pode cair. Meu braço saiu do lugar. Você precisa puxar ele com força. Para colocar de volta.

— Aguenta firme, amigão — pediu ela. — Só aguenta aí.

Ela foi até a beirada da colina, colocou as mãos em volta da boca e berrou o mais alto que conseguiu:

— Não se mexam! Vou buscar ajuda!

Ela ajudou o garoto a se levantar, depois pegou a menininha pela mão. Então, abriu a porta de trás do Jeep para eles.

O rapaz estava com dificuldade para subir sozinho.

— Você pode cuidar do meu braço? — perguntou ele. — Você só tem que...

— Nós estamos a poucos minutos da cidade, só aguenta firme e vamos deixar um médico fazer isso, ok? Eu sei que você consegue. Me ajuda aqui...

Depois de alguns empurrões e puxões, Shelby então conseguiu colocar os dois dentro do carro. Ela zerou o hodômetro para marcar exatamente a distância até o acidente e começou a voltar para Virgin River.

— Você tem ideia de quantas crianças estão dentro do ônibus? — perguntou ela.

— Não exatamente. Algumas não foram para aula hoje por causa do tempo — respondeu o garoto. — Umas vinte. São quase todas crianças pequenas...

— Como o acidente aconteceu?

— Gelo — disse ele simplesmente. — A gente derrapou. Achei que a motorista tinha controlado, mas então a parte de trás do ônibus desceu pela colina. Foi uma sorte a gente não ter sido esmagado, Mindy e eu. Saímos pela porta de trás.

— Você sabe se tem mais gente machucada lá dentro?

— Não, eu não vi nada depois que o ônibus começou a descer.

— Mindy? Você está bem, querida? Tem alguma coisa doendo?

— Meus joelhos — chorou ela. — Eu quero a minha mãe!

E as lágrimas rolaram pelo rosto já marcado da menina.

— Há quanto tempo aconteceu? — perguntou Shelby.

— Não tem muito tempo. Você chegou logo depois.

— Ainda bem que eu cheguei, foi a mais pura sorte — comentou.

Shelby viu areia salpicada na entrada da cidade, mas o que viu a seguir foi o que a deixou em pânico: os pais das crianças, dentro dos carros, à espera do ônibus escolar. Pensou que ao menos eles estavam protegidos do frio, provavelmente achando que o atraso era por conta do tempo ruim. Ela torceu para que ninguém reparasse que ela estava levando dois feridos para a clínica no outro lado do quarteirão. Ela parou em frente à clínica.

— Fiquem aqui enquanto eu chamo o médico. Vou levar um minuto. Vocês conseguem esperar?

— Conseguimos — disse o garoto. — Anda logo.

Shelby correu para dentro da clínica. Ao entrar, Cameron saiu de seu consultório e Mel veio da cozinha. Shelby tentou manter a voz calma.

— Cameron, o ônibus escolar saiu da estrada. A sete quilômetros e meio a oeste daqui. Vinte crianças estão presas lá dentro... O ônibus está equilibrado contra uma árvore e pode deslizar montanha abaixo a qualquer segundo. Estou com duas crianças no meu carro. Uma menininha de uns 6 anos, arranhada, um garoto de mais ou menos 16, um corte profundo na cabeça e um ombro deslocado.

— Meu Deus... Traz os dois para cá — disse Mel, indo em direção à porta.

Shelby segurou a manga do suéter da enfermeira.

— Olha só, tem um monte de pais esperando no ponto de ônibus. Se eles perceberem que teve um acidente, vão correr para lá, talvez tentem resgatar as crianças, mas isso pode fazer com que o ônibus se desequilibre e se espatife lá embaixo.

Mel olhou para Shelby com calma.

— Ligue para a emergência, depois vá atrás de Jack e fale onde aconteceu o acidente... avise também sobre os pais. Ele vai saber o que fazer. Depois, ligue para Connie da loja da esquina e diga a ela que temos uma emergência. Peça para ela vir até aqui, com calma, como se nada estivesse acontecendo. Vamos cuidar das crianças que estão no seu carro e, assim que eles estiverem estáveis, vamos deixar Connie aqui e ir para o local do acidente. Entendeu?

— Entendi — disse Shelby, indo na direção do telefone.

Ela já estava falando com Jack quando Mel e Cameron levaram as crianças para dentro da clínica. Ela viu Cam levar o rapaz para a sala de atendimento enquanto Mel levava a menininha para fazer exames. Shelby estava falando ao telefone com Connie quando escutou um berro vindo da sala de tratamento — provavelmente Cameron tinha puxado o ombro para recolocá-lo no lugar.

Shelby andou de um lado para o outro durante alguns segundos, esperando. Então, ligou para Walt, dizendo para ele ir ao local do acidente para ajudar. Depois, pensou que, se existia alguém com equipamento pesado que pudesse ajudar, esta pessoa seria Paul; ela pediu ao tio para encontrá-lo e passar o recado. E, enfim, felizmente, Connie entrou pela porta da frente. Naquele exato momento, Mel saiu da sala de exames e a encarou.

— Aconteceu um acidente com o ônibus escolar — explicou, enquanto pegava o casaco. — Provavelmente vamos precisar de primeiros socorros. Talvez triagem. Temos que ir para lá agora mesmo. Tem uma menininha de 6 anos na sala de exames… o nome dela é Mindy. Parece que ela está bem, só com uns arranhões, mas você tem que pedir para ela ajudar a entrar em contato com a mãe. Cam está cuidando do mais velho. Alguém tem que ficar aqui na clínica, Connie. Meus filhos estão dormindo na cozinha, mas logo devem acordar. Ligue e peça ajuda, se for preciso, mas tenho que levar Shelby comigo. Você dá conta?

— Claro — disse ela. — Vou ligar agora mesmo para Joy. Ela vai vir.

Cameron saiu da sala de tratamento.

— Connie, temos um garoto de 16 anos na sala de tratamento. Com dor no ombro por causa de um deslocamento, que resolvi, e curativo na cabeça. Dei um analgésico e disse para ele ficar onde está, descansando. Pode ligar para os pais dele, mas não quero que ele vá embora antes de alguém dar uma olhada nele mais tarde. Diga a ele para ser paciente… alguém vai vir examiná-lo, ou um de nós, ou os paramédicos — disse ele, pegando o casaco e a maleta. — Vamos.

Jack foi o primeiro a chegar ao local do acidente, Preacher veio logo atrás. Ele tirou cordas e polias da caçamba de sua caminhonete e rapidamente prendeu tudo a uma árvore e desceu a colina de rapel até onde o ônibus estava. A encosta estava escorregadia por causa do gelo e da neve e ele escorregou ao longo da descida, batendo os joelhos várias vezes. Ele estava quase chegando quando deu uma olhada para cima e viu Preacher de pé no topo da colina, olhando para ele lá embaixo.

O motor do ônibus estava desligado. O veículo estava ali, parado, a parte de trás encostada no tronco de uma árvore enorme. Não havia qualquer movimento. Ele chegou o mais perto possível da janela da motorista.

— Molly?

Devagar, com cuidado, a janela se abriu. Molly olhou para ele. Ela tinha um corte no queixo e um hematoma bem grande e roxo na testa.

— Jack — disse ela, baixinho.

— Você consegue manter todo mundo dentro do ônibus bem quietinho? — perguntou ele. — Estamos esperando o resgate e os paramédicos.

— Eles vão ficar quietinhos. Ninguém está se mexendo, mas estamos bem assustados aqui dentro.

Ele ouviu um chorinho fraco dentro do ônibus.

— É, eu sei. Quais são os ferimentos? Tem alguma ideia?

— Depois das primeiras fileiras, não faço ideia, Jack. Todo mundo diz que tem alguma coisa doendo, mas todos estão conseguindo ficar quietos.

Ele deu uma olhada na parte de trás do ônibus, escorado na grande sequoia. Qualquer esbarrãozinho podia deslocá-lo.

— É o seguinte, Molly: o ônibus não está nada estável. A coisa parece bem feia daqui. Nós precisamos da equipe de resgate para firmar o ônibus antes de começar a tirar as pessoas. Entendeu?

Ela virou a cabeça e falou com as crianças, em um tom calmo e firme.

— Pessoal, não podemos mexer nenhum músculo. Temos que ficar completamente parados até que o ônibus seja preso e não possa escorregar lá para baixo. O resgate está chegando. Eles vão tirar a gente daqui. Sem mover nenhum músculo, digam que entenderam — instruiu ela.

Jack ouviu as vozes baixinhas vindo lá de dentro.

— Quantas crianças, Molly?

— Dezoito.

— Certo, pode ser que demore um pouco. Feche a janela. Não deixe o calor sair. Vou ficar bem aqui, do lado da sua janela, até eles chegarem. Vai ficar tudo bem.

— Tá bom — disse ela, depois deu um sorriso sem forças e fechou a janela bem devagar.

A tentação de tentar retirar a maior quantidade possível de crianças dali era quase irresistível. E somente a possibilidade de estar ali, pendurado em uma corda, bem ao lado do ônibus, e ver o veículo mergulhar colina abaixo e bater foi suficiente para fazer com que suas entranhas se contraíssem. A pior coisa a respeito de qualquer situação com risco de vida era sempre a espera. Entrar em ação, isso não era tão difícil. Às vezes você simplesmente se movia, sem pensar, agindo de acordo com seus instintos, resolvendo o que fosse preciso resolver. Não fazer nada, esperando por ajuda, era tortura pura.

Jack chegou para a direita o suficiente para se abraçar a um tronco de árvore, assim não precisava ficar pendurado enquanto aguardava. Ele foi olhando pelas janelas. Estava fazendo muito frio e Jack torcia para que o resgate chegasse antes que a situação virasse uma questão de escolher o que seria pior: aquelas crianças descendo montanha abaixo ou morrendo congeladas ali dentro.

Depois do que pareceu uma vida inteira, ele escutou o som de motores.

— Preach... você tem que manter todo mundo que não for da equipe de emergência longe! As crianças dentro do ônibus estão tentando ficar imóveis, mas está difícil!

— Entendido — escutou como resposta lá do alto. — Temos ajuda aqui, Jack!

Aos poucos o céu foi escurecendo e pareceu levar uma eternidade até Jack ouvir o que parecia o som de equipamentos pesados chegando. Caminhões de bombeiro, presumiu. De repente, o entardecer foi iluminado por feixes de alta potência que desciam pela encosta, iluminando o ônibus.

O clima ficou mais frio; o vento aumentou. Do topo da colina veio um som que parecia uma britadeira. Finalmente, dois bombeiros desceram de rapel. Um foi até a janela da motorista enquanto o outro deslizava para perto da lateral do veículo e usava uma lanterna para examinar o chassi.

Um terceiro homem, usando equipamento de proteção pesado e botas, desceu pela encosta, sendo sustentado por um cabo bem grosso. Enquanto Jack observava, os três começaram a trabalhar embaixo do ônibus, amarrando cabos ao eixo dianteiro com ganchos imensos. Ele não pôde resistir e deu uma olhada no relógio em seu pulso — eles ficaram ali por quase meia hora até dois bombeiros saírem de debaixo do ônibus. O terceiro deles disse a Jack:

— Você consegue levar uma até o alto da colina?

— Com certeza — disse ele. — E posso voltar para buscar outras.

— Ok, aviso se for preciso — disse o bombeiro.

Então, o homem foi até a parte traseira do veículo e abriu a porta de emergência com muito cuidado. O ônibus balançou um pouco, mas ficou firme, seguro pelos cabos. O bombeiro gritou para dentro do ônibus:

— Preciso da atenção de vocês, quero que escutem com cuidado e façam exatamente o que eu pedir, ok? O ônibus ainda está balançando, mas nós vamos tirar vocês agora, um de cada vez. Bem devagar. Temos que tirar primeiro quem está na parte da frente, para manter o peso na parte de trás. Vocês precisam andar pelo corredor, um de cada vez, bem devagarinho, com muito cuidado. Mas ninguém faz isso até que a pessoa que estava na frente tenha saído do ônibus, ok? Todo mundo entendeu? Quem não entendeu, tem que perguntar agora, antes de a gente começar.

Silêncio.

Jack mudou de posição na árvore e se pendurou nas cordas, movendo--se para os lados até conseguir chegar perto de onde o bombeiro estava, na porta de trás.

— Certo, motorista... que tal você sair primeiro? — gritou o bombeiro. — Mostre como deve ser feito.

— A motorista vai por último — berrou ela de volta. — Não vou deixar as minhas crianças. Becky, vai você primeiro. Você sabe como fazer. Quando você sair, é a sua vez, Anna. Com calma. Está quase acabando, crianças.

Assim que a garotinha, que tremia, chegou à porta, o bombeiro a pegou e a passou para Jack.

— Segure o meu pescoço, meu amor — sussurrou ele. — Estamos quase acabando.

E, enquanto ele puxava a corda para subir lentamente pela encosta, a equipe de resgate passou por ele, com o equipamento de rapel e arreios no lugar.

A visão do topo da colina quase o deixou em estado de choque. As luzes que inundavam a área eram os holofotes de construção de Paul; o cabo que segurava o ônibus estava preso a uma braçadeira de uma empilhadeira que tinha sido fixada ao asfalto, também equipamentos de Paul. Além do equipamento de resgate, havia veículos por todo lado. Uma caminhonete dos paramédicos e um caminhão de bombeiros estavam parados logo no topo da colina. De um lado, estava a ambulância de Grace

Valley com os médicos Stone e Hudson a postos; do outro lado, estavam Mel, Cameron e Shelby, perto do Hummer, que estava com a portinhola traseira aberta. E tinha tanta gente ali que parecia que toda a cidade estava presente, mantida afastada pelo cordão de isolamento do perímetro que os delegados do xerife tinham montado.

Assim que ele colocou a garotinha de pé, irromperam os gritos de uma grande comemoração. Cameron correu e pegou a menina no colo, levando-a para a traseira do Hummer para examiná-la.

Logo depois de Jack, outra criança foi trazida até o topo da colina e houve uma nova rodada de comemoração. Aos poucos, uma a uma, as dezoito crianças, com idades entre 6 e 16, foram levadas para o topo da colina. Havia um caso de provável fratura de clavícula, algumas lacerações na cabeça, muitos hematomas e arranhões e um possível ferimento sério na cabeça, que foi levado de ambulância para o Hospital Valley pelo dr. Stone.

Jack caminhou até a beirada da colina e viu a última passageira subir a encosta, sendo atendida na sequência por dois bombeiros. Molly. Jack esticou o braço para alcançar a mão dela e puxá-la no fim da subida. O sangue escorria pelo queixo dela e pingava em sua jaqueta. Assim que ela pisou no topo da colina, a cidade comemorou.

Ela olhou para Jack com lágrimas nos olhos.

— Eles ficaram malucos? — perguntou ela em voz baixa. — Achei que eles fossem arrancar o meu couro!

— Por causa do gelo? — Jack devolveu.

— Juro por Deus, eu estava indo devagar, por causa do gelo...

— Molly, você manteve a cabeça no lugar. Fez com que dezoito crianças ficassem paradas por duas horas. Você provavelmente salvou a vida delas.

— Jack, acho que nunca senti tanto medo em toda a minha vida.

Ele a segurou pela nuca, puxou a amiga para um abraço e suspirou.

— Eu também, Molly. Eu também.

Luke tinha ido ao bar, a ideia era levar o jantar para ele, Art e Shelby comerem em casa. Ao encontrar o local fechado, ficou sabendo do acidente e, como todo mundo que soube do ocorrido, foi até o local. Havia tanta gente envolvida no resgate que ele nem chegou muito perto, pois tudo já estava bem adiantado. Ele ficou atrás do cordão de isolamento, atrás de uma multidão de pais e mães e moradores da cidade, assistindo com fascínio o trabalho do time formado pelos homens da cidade — Paul e alguns de seus funcionários, Preacher, o general, Mike — e o grupo de resgate. Eles aparafusaram uma braçadeira, prenderam um cabo grosso de uma grande bobina e usaram isso para descer a colina.

Enquanto tudo acontecia, ele viu Shelby com Mel e Cameron, viu quando ela correu para levar uma criança até o Hummer para ser avaliada e receber atendimento. Ela estava no centro da situação, ajudando a administrar os primeiros socorros, acalmar as crianças que choravam, apaziguar pais e mães descontentes, concentrando-se em cada pedido de Mel, Cameron ou até um paramédico. Parecia ter passado a vida toda fazendo aquilo.

Depois de ficar em pé por quase uma hora, sua respiração se condensando em uma fumaça rodopiante, ele viu os bombeiros resgatarem a motorista do ônibus, a mesma que jogou lama nele quando ele estava chegando à cidade. Ele ficou escutando as conversas da multidão de moradores de Virgin River, que diziam que Jack tinha descido a encosta, pendurado em uma corda, mantendo Molly calma enquanto ela precisava fazer o trabalho mais difícil, que era manter as crianças quietas, sem se mexer ou tentar sair do ônibus.

Ele viu Jack abraçá-la, depois viu Shelby ir até ela, pegar sua mão e conduzi-la até a caminhonete dos paramédicos para que eles examinassem o sangramento em seu queixo. Mel foi atrás, observando enquanto eles tratavam o ferimento.

As pessoas começaram a ir embora, a acompanhar seus filhos para o hospital ou levar as crianças feridas para casa. Barreiras de obras foram colocadas ao redor da braçadeira que segurava o cabo que, por sua vez, sustentava o ônibus; a Patrulha Rodoviária da Califórnia estava desviando o trânsito da região. Luke foi até Shelby enquanto ela estava guardando os suprimentos de volta no Hummer.

— Ei, você — disse ele. — Quais as novidades?

Ela deu um pulo de susto.

— Luke! Há quanto tempo você está aqui?

— Pouco mais de uma hora — respondeu ele. — Quando cheguei já tinha bombeiro, polícia e paramédico para todo lado e eu tive que ficar atrás do isolamento com todo mundo. Não queria distrair você.

— Você viu o ônibus lá embaixo?

— Não quis chegar muito perto. Tinha um monte de coisa acontecendo.

— Os holofotes ainda estão ligados. Dá só uma olhada. Vai deixar você apavorado.

— Então... estão dizendo por aí que você encontrou duas crianças machucadas que conseguiram sair antes que o ônibus descesse pela encosta e foram pedir ajuda.

Antes que ela conseguisse responder, Mel chegou ao lado deles.

— Isso mesmo — respondeu no lugar de Shelby. — Você ficaria impressionado, Luke. Ela nem piscou. Sabia direitinho o que fazer e ficou totalmente calma. Foi eficiente, habilidosa e confiante — explicou Mel, sorrindo. — Shelby vai ser uma enfermeira incrível. Você devia estar orgulhoso dela.

— Eu estou — respondeu Luke. — E nem um pouco surpreso.

E ao dizer isso passou o braço pelos ombros de Shelby.

Shelby pensou: *Ai, meu Deus. Eu tenho que acabar com isso*. Ela não precisava de conselhos de Mel nem de ninguém. Ela dera todas as chances a Luke, mas ele nunca disse como se sentia a respeito dela, nem uma sílaba sobre querer construir algo com ela. Shelby precisava seguir em frente antes que não conseguisse. Seus olhos se encheram de lágrimas.

— Deixa eu terminar essas coisas aqui, Luke. Vou voltar para a clínica com Mel e Cameron, ajudar a limpar o Hummer, reabastecer os suprimentos e tudo mais. Falo com você mais tarde.

— Você está chorando? — perguntou ele, gentilmente.

— Aconteceu muita coisa...

Ele franziu um pouco a testa diante das lágrimas.

— Claro — disse, e deu um beijo na testa dela. — Sem pressa.

Capítulo 18

Alguns dias depois, Shelby estava no estábulo de manhã bem cedinho. Ninguém da família Booth estava cavalgando; apenas ir da casa até o estábulo para cuidar dos cavalos já era uma tortura. Walt tinha colocado uma cafeteira no quarto de arreios porque as canecas esfriavam assim que eles saíam da casa. Embora o estábulo tivesse aquecimento, Shelby usava luvas grossas, cachecol, jaqueta de camurça… e suas botas de couro de avestruz. Ela não as tirava dos pés.

Walt entrou no estábulo enquanto ela alimentava os animais.

— Olha só, cheguei primeiro — disse ela.

— Você sempre chega primeiro. Está um frio horrível aqui.

— Não estamos nos trópicos. Vamos beber um café enquanto os bichos comem. Tenho uma coisa ótima para contar.

Ele levantou uma sobrancelha e indicou que ela deveria passar na frente para sair do quarto de arreios. Ela encheu duas canecas com café e colocou leite em pó e adoçante numa delas, entregando-a a seguir para o tio.

— Conversei com um dos administradores da Universidade Estadual de São Francisco. Não é oficial ainda, mas parece que eles vão me aceitar. E, se fizerem isso mesmo, posso me inscrever para as aulas de verão. Vou poder ficar de ouvinte. Não vai ser nada mal começar a entrar no ritmo das aulas, isso pode me dar uma vantagem. — Shelby deu um sorriso enorme. — E não fica muito longe daqui, tio Walt. Vou poder ver você, Vanni e Paul quase sempre.

— Mas e Humboldt? — perguntou o general. — Você tinha dito que...

— Acho que São Francisco pode ser uma opção melhor, tio — cortou ela. — Tem mais potencial em termos de vida social, para início de conversa.

— É só que Humboldt é aqui do lado — argumentou ele. — Perto das pessoas que você ama.

— Eu sei. E eu tenho sido muito feliz aqui com vocês, tio Walt, mas estou pronta para alçar novos voos.

Ele pensou um pouco antes de falar.

— Que boa notícia, Shelby — disse enfim. Brindando com a caneca de café, completou: — A você!

— Obrigada — agradeceu ela. — Eu devo ir mais cedo, para achar uma casa fora do campus porque não vai ter vaga para mim nos dormitórios até setembro, que é quando começo a estudar em tempo integral. Mas estive pensando sobre o assunto e não acho que estou disposta a manter esse estilo de vida sendo sete anos mais velha do que os outros calouros. Isso de ser forçada a encontrar meu próprio lugar vai ser bom. É claro que posso mudar de ideia depois, mas acho melhor ficar no meu cantinho. Talvez, em algum momento, eu procure alguém para dividir um apartamento, se fizer alguns amigos que tenham a ver comigo, a começar pela idade e, quem sabe, experiência de vida. — Ela sorriu. — Para todos vocês eu sou muito jovem, mas para eles vou parecer velha.

— Entendi.

Shelby olhou para a caneca que segurava, depois voltou a erguer o olhar.

— Vou partir muito em breve, tio Walt. Para começar a me estabelecer, conhecer pessoas, esse tipo de coisa.

— Muito em breve quer dizer quanto tempo? — perguntou o tio, desconfiado.

— Bem pouco tempo — repetiu ela. — Mas, primeiro, vou tirar aquelas férias que me prometi. Vou passar duas semanas em Maui. Porque, se não estava tentada a fazer isso antes, o clima dessas últimas duas semanas com certeza me fez decidir. Preciso ver o sol de novo!

— Você merece, querida. Quando você está pensando em fazer isso?

Ela olhou para ele com os olhos límpidos.

— Daqui a dois dias...

Walt ficou sem palavras, talvez levemente boquiaberto.

— Já organizei as coisas. Você sabia que dá para fazer tudo pelo computador? Tudo mesmo, desde as passagens de avião até o hotel e o aluguel de carro.

Ele franziu a testa.

— Sim, eu sei.

— Bom, nunca fui a lugar nenhum. Não desde as nossas viagens, quando eu passava o verão e os feriados com vocês quando era criança, mas você sempre me mandava as passagens. Sério, é tão tranquilo. Você coloca umas datas e uns horários, dá o número do cartão de crédito e...

— Shelby — interrompeu Walt. — Por quê?

Ela contraiu os lábios em uma linha bem fina, suspirou e, enfim, disse:

— Não parece, mas estou aqui há seis meses. É hora de experimentar coisas novas.

— Eu entendo, mas estou achando essa decisão meio repentina...

— Desculpa, tio. Sei que deve estar parecendo mesmo... mas eu já estava vendo os detalhes, só não queria contar até ter um plano concreto. Espero que não fique chateado, eu vou voltar para visitar vocês. Mas preciso fazer isso, e precisa ser agora.

— Você tem andado um pouco diferente ultimamente.

— Tenho pensado bastante — disse ela, dando de ombros.

— Você não precisa me contar, mas Luke tem alguma coisa a ver com isso?

— Não. Não, claro que não.

— Tem certeza?

Ela se virou de costas para o tio.

— Venho pensando nas coisas e... — Ela voltou a encarar Walt. — Bem, é claro que é tentador ficar aqui, assim, para sempre. Eu poderia viajar daqui, estudar daqui... Mas não tem futuro, só isso. Estou pensando como uma boxeadora: quero sair vitoriosa.

— Ele te magoou, Shelby?

Ela negou, balançando a cabeça de um lado para o outro.

— Ao contrário. As coisas estão tão boas que, se eu ficar nesse padrão por mais seis meses, pode ser que eu continue assim por mais seis anos.

Mas, tio, isso nunca vai ser tudo que eu gostaria que fosse. Não vai mudar. Minhas roupas vão ficar no armário dele e vou passar quase todas as noites na casa dele. A longo prazo, estou procurando alguma coisa que seja mais que isso...

Walt contraiu os lábios e balançou a cabeça. Bem baixinho, murmurou:

— Aquele filho da mãe...

— Pode parar — disse ela, com firmeza. — Você ficou surpreso? Sejamos justos: eu estava muito a fim de Luke. Ele sempre foi maravilhoso comigo e provavelmente estaria tudo bem para ele se eu ficasse por aqui. Mas a relação não vai a lugar algum. No fim das contas, eu estaria traindo minhas vontades. E não quero fazer isso.

Ele olhou para o chão e balançou a cabeça de novo. Depois, bebeu um gole demorado do café.

— Você se lembra dessa música, tio Walt? — perguntou Shelby. — "*Me and Mr. Jones, we got a thing going on...*"? Eu e o sr. Jones, está rolando alguma coisa entre nós... Então, eu e o sr. Riordan, está rolando alguma coisa entre nós... e o próximo homem que entrar na minha vida vai ser mais que "uma coisa rolando". Eu quero o pacote completo. E Luke disse desde o começo que, se eu estivesse procurando alguma coisa assim, não encontraria com ele. Sério, se estiver sendo honesta comigo mesma, nunca duvidei disso.

— Essa é a sua decisão, então? — confirmou ele.

— Ah, com certeza. Ainda nem falei sobre isso com o Luke. E você está totalmente proibido de ameaçá-lo como se ele tivesse feito alguma coisa errada, ouviu bem? Porque, se você fizer isso, vai arrumar uma bela de uma encrenca comigo. Estamos conversados?

— Se é isso que você quer...

— É isso que eu quero — disse ela, com uma risada. — Dê um ano a ele, Luke vai se arrepender demais por ter me deixado ir embora.

— Você acha, é?

— Tenho certeza. Ele vai arrumar outra ... Ele é bonito e pode ser muito sedutor. Mas não vai encontrar ninguém como eu. E, assim que eu for embora e começar minha vida nova, azar o dele.

Walt deu uma risadinha.

— Você é mais durona do que parece.

— É, sei disso. Já disse que você não devia me subestimar tanto, tio. É o seu maior erro. E vai ser o de Luke também.

— Querida, tudo o que quero é que você seja feliz. Se esses planos deixam você feliz, então estou contigo. Desde que ele não tenha magoado você.

— Não magoou. Ele tem sido ótimo comigo. Mas quero mais do que ele tem a oferecer. Eu quero tudo, tio Walt.

— Então corra atrás disso. E me avise se precisar de ajuda.

— Claro — disse ela. E deu uma olhada ao redor. — Posso terminar com esses cavalos em cinco minutos. Vá ler seu jornal.

— Tem certeza? Eu posso ajudar...

— Não, estou quase acabando. Pode ir — disse ela, rindo e tirando a caneca da mão dele. — Deixa comigo.

Ele beijou a sobrinha na testa.

— Você é incrível, Shelby. Tenho muito orgulho de você.

— Obrigada, tio Walt. Isso significa muito para mim.

Ele saiu do estábulo. Shelby observou enquanto ele subia a colina. Quando o general estava longe o bastante, quando ela teve certeza de que ele não voltaria, as lágrimas inundaram seus olhos e rolaram por seu rosto. A seguir, ela foi até Chico, abraçou seu pescoço e soluçou contra a cara do animal.

Luke estava tirando do forno um empadão de batata que Preacher tinha feito quando viu o brilho de faróis passando pela janela. Ele pegou do porta-vinhos uma garrafa de merlot que achou que Shelby fosse gostar e tirou o saca-rolhas da gaveta, mas a porta da frente não se abriu. Ele ficou olhando, cheio de expectativas, e, quando ela não entrou, ele abriu a porta e saiu de casa.

O Jeep dela estava bem em frente à varanda, mas ela não parecia estar ali dentro. Luke estava pensando que ela devia ter ido até o chalé de Art para convidá-lo para o jantar quando reparou que ela estava, na verdade, sentada em uma das cadeiras da varanda. Shelby estava toda agasalhada com sua jaqueta de camurça, um cachecol grosso no pescoço e as mãos enfiadas nos bolsos.

— O que você está fazendo aqui fora? — perguntou ele, confuso. — Deve estar quase congelada.

— Eu já ia bater — disse ela.

— Bater? — repetiu ele, dando uma risada. — Desde quando você bate para entrar?

— Luke, não vou entrar hoje.

— Oi?

Ele deu um passo na direção dela.

— Shelby, como assim? A lareira está acesa...

— Sério, eu sabia que isso ia acontecer, mas quando o ônibus desceu pela encosta, cheio de crianças, aquele foi um momento decisivo para mim. É isso que quero fazer: ajudar a salvar vidas. Espero que não esbarre com outro ônibus despencando da encosta, mas, se isso acontecer, as pessoas vão precisar de alguém como eu para ajudar, e é isso que quero fazer. Luke, eu... — Shelby parou e respirou fundo. — Eu sei que você se importa bastante comigo. Por mais que você tente esconder, sei que é verdade.

— Claro que me importo — disse ele, dando mais um passo na direção dela.

Shelby se levantou da cadeira.

— Você se lembra quando eu disse que queria amar alguém um dia? Mas que não esperava o mesmo de você? Quando falei isso, eu falei a verdade. Só que comecei a amar você. Não foi de propósito, mas aconteceu. E isso não foi recíproco.

— Shelby, eu amei você todas as noites, às vezes mais que uma vez por noite.

Ela riu do comentário dele, mas definitivamente não tinha qualquer bom humor em sua risada.

— Luke, não é disso que eu estou falando, e você sabe. Com certeza a gente avançou muito em relação ao sexo, mas preciso *ouvir* que você me ama, que você quer construir uma vida comigo. E, embora seja difícil pensar em abrir mão disso, confesso, eu preciso de mais que sexo toda noite.

— Então não abra mão — pediu ele, esticando o braço para tocá-la.

— Eu preciso saber se você sente o mesmo por mim. Eu quero um parceiro de verdade e uma família, Luke. Um filho, pelo menos um.

— Shelby, querida, mas você tem seus planos, poxa. Faculdade, viagens, uma carreira na área médica...

— Exatamente, e sabe de uma coisa? Nós, mulheres, não precisamos mais escolher entre estudar, ter uma carreira ou uma família. É um mundo novo, Luke. Eu posso viajar, me formar, ter uma carreira incrível e também um relacionamento sólido. Igualzinho a vocês, homens. Olha só a Mel. Olha a Brie. — Luke deixou a cabeça pender para a frente, olhando para baixo. Shelby continuou: — Você não precisa falar que me ama. Estava claro desde o começo... que isso não ia ser recíproco. Enfim. Eu vim me despedir. Daqui a dois dias estou indo para Maui, para as tão adiadas férias. Vou de carro até São Francisco e, de lá, pego um voo. Depois, vou voltar para São Francisco e procurar um apartamento. Talvez arrumar um emprego de meio período e assistir a umas aulas como ouvinte enquanto isso. A universidade de lá me aceitou.

— Shelby — disse ele, chegando ainda mais perto.

Luke tentou pegar a mão dela e, quando ela não deu sinais de que rejeitaria o gesto, ele tirou a mão dela de dentro do bolso e a puxou para perto de seu corpo.

— Estou congelando. Vamos entrar. Quero saber dos seus planos.

— Não, Luke, eu quero que isso seja rápido. Quero que você se lembre de mim como uma pessoa forte, segura de si. Você provavelmente é melhor em despedidas do que eu. Não quero ficar toda emotiva.

— Eu nunca me despeço — disse ele. E a puxou para dentro de casa, fechando a porta com o pé depois que eles entraram. Ele a encarou e a segurou pelo braço. — Essa decisão não foi meio repentina?

— Ah, já fazia um tempo que eu sabia que seria assim. Esses planos são o melhor que pude fazer. Mas queria dizer umas coisas antes de ir. É importante para mim que você saiba ... Eu não me arrependo de nada — disse ela. — Sei que você não teve muita escolha... Eu estava tão determinada a fazer de você o cara, o meu primeiro homem, meu primeiro amor. E estava certa em relação a quase tudo... você foi perfeito. Não acho que vou viver um dia sem me lembrar de você, sem sentir seus braços, seus lábios... Eu queria te agradecer, Luke. Por me tratar como se você me amasse. Todas as vezes em que você me tocou, eu acreditei que você de fato me amava.

— Por que você está falando assim, Shelby? Você não vai voltar? Nunca mais?

— Com certeza vou voltar para visitar a minha família, mas não até saber que posso fazer isso sem invadir o seu espaço. Quero dizer, eu sigo em frente, e você também. Eu entendo isso. Vai ter um frasco de xampu de outra garota no seu banheiro antes que eu…

— Eu não deixo qualquer uma colocar um frasco de xampu no meu banheiro — disse ele, puxando-a para um abraço. — Shelby, tire o casaco. Fique um pouco.

— Não, Luke. Se eu ficar cinco minutos a mais que o necessário, nunca vou ter coragem de ir embora. — Ela se afastou e olhou para ele. — Eu sabia que você estava sendo completamente honesto comigo, Luke. Eu entendi… você só gosta das coisas livres e fáceis, não quer toda as complicações que vêm ao assumir um compromisso com uma mulher. Você não quer uma família. Acho que nem todo mundo tem esse desejo. Eu sabia disso, mas por dentro existia uma vozinha que ficava me dizendo: "Mas ele me ama o bastante para mudar isso". Achei que você talvez pudesse ser o tal cara… aquele que diz a coisa perfeita e me conquista para sempre…

Ele passou a mão no cabelo dela.

— Shelby, meu bem, eu disse que era uma escolha ruim se você estava querendo essas coisas. Eu teria feito essas promessas se eu fosse capaz de manter uma.

— Ah, você as mantém, sim. Você faz isso o tempo todo. Você me prometeu que nunca se deixaria ficar preso a uma mulher, e dito e feito. Eu achei que a mulher certa pudesse mudar esse pensamento, mas… percebi que estava me enganando quando você contou o que fez pelo Art. Você não só o assumiu como sua responsabilidade e cuidou dele, mas também se comprometeu, para ter certeza de que ele vai ser bem cuidado para sempre. Foi quando eu tive certeza de que você não estava fugindo e com medo de um compromisso de verdade. Era uma vida *comigo* que você não conseguia considerar. Alguma coisa deve estar faltando. Eu simplesmente não sou o suficiente para você arriscar.

— Não tem nada faltando — disse ele. — Nada. Mas não sou uma boa aposta e você tem coisas para fazer. Eu vi você no dia do acidente… você nasceu para ajudar as pessoas. Você tem que ir atrás dessa vida, e precisa conhecer mais lugares ao redor do mundo. Shelby, as possibilidades para você...

— Se fosse isso, nós teríamos conversado sobre como fazer isso tudo acontecer. Juntos. Existe um milhão de jeitos de resolver essa questão, eu e você. A não ser... que não exista de verdade um "eu e você". Não que eu não tenha alimentado alguma esperança de isso existir...

— Você acha que está pronta para uma coisa assim, mas não está. Você acabou de nascer, linda. Você precisa sair do ninho. Voar.

— Ah, Luke. Para com isso, ok? Eu já estive em lugares em que rezo a Deus para que você nunca vá... Quando penso em seu discurso sobre compromisso... você assumiu muitos, e o Exército não foi o menor deles. Irmãos, sócios, amigos. Mas com o Art foi quando eu realmente percebi.

— Art é diferente, Shelby. Ele não tinha mais para onde ir. E, se eu não pudesse tomar conta dele, encontraria um lugar seguro para ele viver. Não é a mesma coisa, e você sabe disso. E o Exército? Ah, que droga, Shelby... eles me tinham, mas eu não os tinha. É servir ou desertar.

— Que mentira. Todo mundo tem uma data de dispensa, a não ser que se aliste de novo. Você estava comprometido. E eu me orgulho de que tenha sido assim, sinto orgulho de tudo o que você fez, especialmente com relação a Art. Se eu não for embora logo, tenho medo de ficar aqui para sempre e aceitar nunca ouvir você me falar as coisas que preciso ouvir. E isso, mais que qualquer outra coisa, vai acabar comigo.

Luke balançou a cabeça, os olhos refletindo a dor, mas não a soltou.

— Eu sabia que acabaria magoando você e eu nunca quis fazer isso. Shelby, eu quero tudo para você.

— Eu acredito em você. Mesmo. Você não poderia ter me tratado do jeito que tratou se não se importasse comigo, se não estivesse sendo sincero. Se eu me machuquei foi só porque é muito difícil abrir mão de você. E eu estou completamente apaixonada por você. — Uma lágrima escorreu em seu rosto. Ela se afastou dele. — Fique bem, Luke. Sei que vou pensar em você o tempo todo.

— E quanto ao Art? Você não vai contar a ele aonde está indo? O que vai fazer?

Shelby fez que não com a cabeça.

— Nossa, eu não consigo — disse, baixinho. — Vou desmoronar se tiver que fazer isso. Por favor, conta você. Diz que foi de repente e que vou escrever para ele. Por favor?

Ela estava quase saindo de perto dele quando Luke a puxou abruptamente de volta. Ele a segurou com força e cobriu-lhe a boca com um beijo abrasador e desesperado. Ela não pôde evitar de retribuir o abraço e abriu os lábios para deixá-lo entrar, mas um gemido escapou. Enquanto eles se beijavam, Luke sentiu gosto de lágrimas. Quando ele a soltou, Shelby deixou a cabeça tombar sobre o peito dele e, por um instante, simplesmente chorou. Foi bem rápido; ela era de fato corajosa.

— Adeus, Luke. Você foi tudo. Tudo mesmo. Sinto muito não ter sido o suficiente para você. Quem sabe, um dia, você conheça alguém que seja.

Quando ela saiu pela porta, Luke ficou ali de pé durante muito tempo. Escutou Shelby dar a partida no carro, viu os faróis acesos enquanto ela dava marcha a ré, ouviu o som do motor diminuir até, enfim, desaparecer. E ainda assim, ele continuou de pé. Depois sentiu a cabeça pesar.

Embora fizesse um frio horroroso, alguns moradores de Virgin River enfrentaram as baixas temperaturas para jantar no bar de Jack. Vanessa e Paul levaram Abby com eles e, enquanto o grupo estava lá, Mel e Cameron chegaram, vindos da clínica. Mike parou para beber uma cerveja antes de ir para casa onde, segundo disse, a filhinha com certeza estaria berrando feito uma alma penada. Walt passou rapidamente no bar só para pegar o jantar que comeria com Muriel. Vanessa ficou feliz ao ver que Cameron se sentou ao lado de Abby. Ele parecia interessado nela. Por um instante, ela pensou que, talvez, aqueles dois pudessem…

Mas, então, reparou que havia alguma coisa no jeito como ele olhava nos olhos dela, no jeito como ela retribuía com o olhar baixo, quase tímida. Abby não era tímida. Claro, ela estava vulnerável naquele momento e provavelmente não se encontrava em sua melhor forma para flertar, só que… Cameron se inclinou na direção dela e disse alguma coisa, baixinho, e Abby sorriu e anuiu. Depois, ele tocou a coxa de Abby por baixo da mesa, dando um tapinha bem de leve, como se a estivesse tranquilizando, e o gesto se transformou em um carinho que não durou muito. Vanessa precisou se esforçar para não ficar encarando.

Como estava muito frio, ninguém ficou até muito tarde. Ninguém pareceu notar que Vanessa estava estranhamente calada. Quando chegaram em casa, colocou a filha para dormir e Paul pegou no sono, sentado na cama, com um livro no colo. Ela saiu de mansinho do quarto. Abby ainda estava na sala de estar, aconchegada no sofá, em frente à lareira, com uma manta em cima dos ombros.

Vanni foi até ela e levantou o cantinho da manta, sentando-se perto da amiga.

— O que houve? — perguntou Abby. — Não está conseguindo dormir?

— Não. Estou pensando…

— Em quê?

— Matemática.

Abby deu uma risada.

— Bom, não posso ajudar. Nunca fui boa em matemática.

— Você foi embora da festa de casamento da Nikki e do Joe. Nós sabíamos que você estava deprimida, todas nós sabíamos que você e Ross estavam mal, mesmo sem você falar sobre o assunto. Nós achamos que você tinha ido para o quarto, para sofrer em paz e até discutimos se deveríamos tentar tirar você de lá, mas no final decidimos que às vezes a pessoa só quer ficar sozinha para pensar, talvez até chorar.

— Bom…

— E aí eu fiquei pensando: quais eram as chances de você ter conhecido alguém naquela noite em Grants Pass? Alguém tão legal, tão carinhoso. Tão sensual e bonito que você ficou tentada a passar um tempo com ele. E, ainda por cima, esse cara ser alguém que eu conheço.

— Vanni…

— Cameron é um cara legal, Abby. De verdade. Ele veio ajudar a nossa cidade. A gente flertou por um tempo, mas, quando percebi que estava apaixonada por Paul, ele não só tirou o time de campo, como foi um cavalheiro e nos ajudou… mais de uma vez.

— Vanni, eu não sei nada sobre ele.

— Então sugiro que procure saber. E logo. Deu para notar pelo jeito como vocês se olhavam... logo percebi que tinha alguma coisa acontecendo ali. Você tem esses bebês aí, não é? Se você não se apaixonar por ele, na pior das hipóteses pode deixar que seus filhos tenham um pai. Cam não tem nada a ver com o nojento do Ross... ele é um homem decente. E por acaso eu sei que... isso é muito importante para ele.

Houve um longo silêncio.

— Você acha que todo mundo sabe?

Vanni fez que não com a cabeça.

— Ninguém conhece você como eu conheço. E lembre-se: eu também conheço ele. É um palpite. Além disso, eu estava em Grants Pass. Você vai ter que lidar com isso, querida. Ele já sabe?

— Não demorou muito para ele adivinhar — respondeu Abby. — Exatamente o que eu estava querendo evitar.

— Bem, agora é tarde demais, meu bem. Como foi que isso tudo aconteceu? Você ainda não me contou...

Abby deu de ombros.

— Ele estava sozinho no bar. Eu também. Passamos umas horas juntos, só nós dois, conversando. Rindo. E eu estava tão fora de mim naquele dia que me deixei ser levada para o quarto dele. Eu nunca quis que isso acontecesse. Foi um erro.

— Você não sabe se foi. Pode ter sido o destino. Você tem planos?

— Cameron acha que tudo bem sermos amigos, nos conhecermos melhor. Mas, Vanni, definitivamente não vou entrar de cabeça em outro relacionamento com alguém que não conheço direito. Vai demorar até isso acontecer e, se rolar algo entre nós, talvez não seja esse conto de fadas que você gostaria que fosse. Nós éramos duas pessoas decepcionadas e carentes naquela noite. Só isso. Não sei se temos muito mais em comum em termos práticos.

— Hum, consigo pensar em algumas coisas.

Quando Walt chegou à casa de Muriel, os cachorros vieram correndo até ele, mas Muriel não. Ele a encontrou sentada à mesa da cozinha com um bloco de papel e uma taça de vinho. Ele ergueu a sacola que segurava.

— Trouxe bolo de carne com purê de batata lá do bar para você.

Ela olhou para ele do outro lado de sua cozinha cheia de vida e disse:

— Eu topei, Walt. O filme. Vou voltar para Los Angeles.

Walt se deu conta que já esperava por isso. Muriel ficou encantada com o roteiro assim que o leu. E ele sabia que ela não se venderia, então a história provavelmente se desenrolara de um jeito que ela julgava que valia a pena investir seu tempo e esforço. Ele pousou a sacola de comida na bancada da cozinha e foi até o armário, tirou um copo e a garrafa de uísque Pinch que ela mantinha ali para ocasiões especiais, e se serviu de uma dose. Então, sentou-se à mesa, diante dela.

— Como vai ser? O filme?

— Eu sei que deveria ter conversado com você antes, quando começou a parecer vantajoso para mim. Mas tento não ser uma excessivamente otimista quando se trata de possíveis contratos. Pela primeira vez, eu era a única que ainda não tinha assinado. A atriz reserva era Diane Keaton. É um bom papel, Walt. Uma boa oportunidade.

— Por que você não parece feliz, então?

Ela deu de ombros.

— Não foi assim que imaginei que fosse passar os próximos seis meses. Rodar um filme é um trabalho bem pesado e que não acaba nas gravações. Depois tem os eventos de divulgação, que também são exaustivos. E nada disso pode ser feito comigo aqui. Vou ficar em Los Angeles durante uma parte da filmagem e em uma locação em Montana durante a primavera e o começo do verão.

Ele tomou um longo gole para criar coragem e esticou o braço para pegar a mão dela.

— Nós já falamos sobre isso, Muriel. Se você acha que deve fazer o filme, eu dou todo o apoio. Se você tem alguma preocupação, não quero ser uma delas.

Ela sorriu de maneira contida.

— Eu preciso viajar amanhã, para começar a ensaiar.

— Amanhã? — perguntou ele, chocado. — Meu Deus! Você não devia estar fazendo as malas?

Ela fez que não com a cabeça.

— Não preciso. Só tenho que juntar meus cremes. Vou poder levar os cachorros comigo… Exigi por contrato ajuda para cuidar deles. Eles vão mandar alguém para ficar na casa de hóspedes e cuidar dos cavalos. E…

— Por que você não vai precisar de roupas? — perguntou ele.

— Eu tenho uma casa em Los Angeles. Um apartamento pequeno, mas muito bom. Deixei um armário cheio… roupas que eu não poderia usar aqui. Achei que em um ano mais ou menos eu esvaziaria o lugar e o venderia ou o alugaria, mas agora vai ser bem útil. Deixei uns amigos usarem emprestado, para hospedar parentes e coisas do tipo, assim não seria um desperdício.

— Você nunca me contou — disse Walt, e por um momento ficou grato por ter sido assim.

Se tivesse sabido desde o começo que Muriel tinha outra casa, talvez não tivesse sido tão otimista sobre as chances de eles darem certo.

— Sério, achei que nunca mais fosse usar o apartamento, a não ser que fosse para Los Angeles passear ou alguma coisa assim…

— Muriel, os cachorros não vão atrapalhar você?

— Não — respondeu ela, enfatizando com um gesto negativo da cabeça. — Vou trabalhar por muitas horas, mas o estúdio vai contratar alguém para passear com eles, para dar comida, tudo isso. Eu só não vou conseguir colocar Luce para correr nem treinar Buff, como tinha planejado.

— Eu cuido deles para você. E dos cavalos também.

— Walt, eu não posso pedir uma coisa dessas e…

— Você não pediu, Muriel. Sério, é egoísmo com os coitadinhos. Eu não quero pensar em mais ninguém morando naquela edícula ou nos cachorros fazendo cocô no concreto quando eu posso levá-los para correr na beira do rio. Além de cuidar do meu neto de vez em quando, o que mais tenho para fazer? Shelby está indo embora, Vanni e Paul têm a própria casa, eu cuido dos cavalos todos os dias de qualquer maneira…

— Mas é uma trabalheira e tanto, Walt.

— Eu estou oferecendo. Sem pedir nada em troca — acrescentou ele. — Eu não ofereci para você se sentir na obrigação de aceitar. Quero dizer, vai que você nem volta? Esse Jack Sei-lá-das-quantas pode acabar sendo o que você sempre sonhou.

— Você já está com ciúme dele? — perguntou ela.

— Totalmente — disse ele, recostando-se na cadeira e franzindo aquelas sobrancelhas marcantes. — Ele vai passar os próximos seis meses com você e eu não.

— Bom, pois fique sabendo que ele não tem a menor chance — garantiu ela.

Ele pensou: devia ser assim que Peg se sentia quando eu saía para um trabalho longo, como se houvesse uma chance de eu não voltar para ela.

— Já passei por isso — disse. — Separações por causa do trabalho. Não é fácil, mas dá para sobreviver com certeza. Você precisa de uma carona até o aeroporto?

— Seria ótimo. É só até Garberville.

— Fretou um voo? — perguntou ele.

Ela fez que não com a cabeça.

— Eles estão mandando um jatinho.

Walt ergueu as sobrancelhas.

— Eu nunca passei por isso — disse ele, balançando a cabeça. — Você quer bolo de carne? Ou prefere subir, me deixar tirar sua roupa e dizer adeus adequadamente?

Muriel abriu um sorriso malicioso.

— Vamos deixar o bolo de carne para o café da manhã.

— Boa ideia — encorajou ele, ficando em pé e segurando a mão dela. — Quero aproveitar minha última chance de mimar você antes do Oscar. Que horas sai seu voo?

— Quando eu chegar lá.

Na manhã seguinte, Walt levou Muriel até o aeroporto de Garberville, onde havia um jatinho esperando. O piloto e o comissário de bordo, em uniformes impecáveis, aguardavam por ela na base da escada e devotaram uma quantidade impressionante de atenção à atriz. Muriel estava de calça jeans, botas, jaqueta de couro, chapéu de caubói e carregava apenas uma mala pequena. Ela os deixou esperando enquanto dava em Walt um beijo longo e intenso de despedida.

— Se tiver uma pausa nas filmagens, venho visitar. E vou telefonar quando chegar lá.

— Muriel, sem tristeza ou insegurança, ok? É isso que você quer, e é isso que eu quero para você. Você é maravilhosa, é por isso que você está tendo essa oportunidade. Então vai lá e arrasa. E se o Jack Sei-lá-das-quantas vier com graça para cima de você, manda ele dar o fora. Você já tem namorado.

Ela deu uma gargalhada.

— Com certeza vou falar isso para ele.

— E eu sou bom de tiro.

— É. Obrigada por cuidar dos meus bichos. Eles são muito importantes para mim.

— Para mim também — respondeu ele.

Walt ficou de pé naquele frio congelante até que o jatinho a levou embora e sumiu de vista. Tudo em que conseguia pensar era: e se ela não voltar? E se ela realmente ganhar o Oscar e for atraída para mais um filme, depois outro e mais outro? Um jatinho particular tinha vindo buscá-la e ela não precisou sequer fazer as malas. E ter à disposição seu próprio avião não a deixou intimidada ou desconfortável. Aquela era a vida real de Muriel.

Mas que diabo eu estava pensando quando achei que poderia ser importante para ela?

E quando ela se cansar de mim?

Mel escutou uma caminhonete parar em frente à clínica e pensou que deveria ser Bruce, trazendo as cartas e perguntando se havia amostras para serem levadas ao Hospital Valley. Ela foi para a varanda, mas não reconheceu o veículo que estava ali. Ela franziu a testa quando uma pessoa saiu do lado do passageiro. Era uma mulher bonita, na casa dos 30 — cabelo castanho cortado, bochechas rosadas. Ela olhou para Mel e sorriu, um tanto tímida.

— Oi — disse.

Mel franziu a testa de novo, depois retribuiu o sorriso.

— Oi. Como posso ajudar?

— Ah, você já fez isso.

A mulher deu dois passos para dentro da varanda. Ela usava uma maquiagem leve, calça jeans justa e uma camiseta de manga comprida e gola alta por baixo de um colete de inverno.

E, nesse momento, a ficha de Mel caiu. Cheryl Chreighton! A transformação não era nada menos do que impressionante. Em um espaço de tempo de poucos meses, a pele tinha ficado mais rosada, os olhos haviam clareado e ela estava mais esguia — provavelmente o inchaço que ela carregava por causa da bebida havia sumido —, e ela não estava apenas limpa, mas de fato arrumada e estilosa. Alguém tinha cortado seu cabelo e lhe mostrado como arrumá-lo. Ela estava usando roupas femininas e exibia um sorriso muito feliz.

— Ai, meu Deus do céu!

— Com certeza — respondeu Cheryl. — Deus no céu e você na terra.

— Olha só para você! — comentou Mel, em um só fôlego.

— Pois é — disse Cheryl, solenemente. — Isso só aconteceu por sua causa.

— Nada disso, foi por *sua* causa — enfatizou Mel. — Tudo que eu fiz foi dar uns telefonemas. Você que fez o trabalho. Você voltou para casa?

— Não — disse Cheryl, dando uma risada e balançando a cabeça. — Aquele lugar não é bom para mim. Eu tenho um trabalho e divido uma casa com algumas pessoas. Não é exatamente uma casa de cuidados, mas quase isso… todo mundo ali está em recuperação. E também não é o melhor emprego do mundo, mas não preciso de muito no momento. — Cheryl engoliu em seco e olhou para baixo. — Duvido que eu volte para cá de novo. Não tem reuniões nem nada disso por aqui. — Então, ergueu o rosto com coragem e deu de ombros. — Acho que eu não seria feliz em um lugar onde eu costumava ser a bêbada da cidade. E não só a bêbada da cidade padrão, mas a bêbada em um nível abaixo do padrão.

— Isso não tem mais importância, você sabe disso. Mas as reuniões… concordo. Você precisa delas. Recuperação sem reabilitação é como fazer uma cirurgia de grande porte sem dar pontos.

Cheryl deu uma risadinha.

— É bem isso mesmo.

— Faz quanto tempo? — perguntou Mel.

— Cento e vinte e sete dias. Acho que não dá para contar o dia que você me levou para lá porque eu estava bêbada. Não me vejo faltando a essas reuniões, mesmo que hoje eu não queira mesmo beber… Não quero desistir do que conquistei, sabe, sra. Sheridan? Frequento as reuniões religiosamente, às vezes duas vezes ao dia. E, se tiver que ser assim para sempre, tudo bem.

Mel quase disse "pode me chamar de Mel", mas se conteve. Aquele era o show de Cheryl; ela podia fazer o que quisesse.

— Que maravilha, Cheryl — disse ela, sorrindo. — Fico feliz por você.

— Vim só visitar os meus pais. Não vejo os dois desde que saí daqui naquele dia com você.

— Tenho certeza de que eles vão ficar felizes de te ver …

Cheryl deu uma gargalhada.

— Ah, sei lá. Minha mãe achou que essa coisa toda da reabilitação era uma loucura e meu pai achou que estávamos indo muito bem com ele regulando a bebida segundo os próprios critérios e que tinha tudo sob controle. Isso pode explicar algumas coisas. E eles não estão bem, nenhum dos dois. Eu preciso fazer essa visita, mas não posso ficar. E nem viria sozinha. Minha madrinha está comigo.

Mel se inclinou um pouco para espiar dentro da caminhonete. Uma mulher grisalha estava sentada atrás do volante e acenou brevemente para Mel, que pensou: *ah, que bom*. Uma mulher madura que deveria ter muitos anos de experiência com a sobriedade. Isso daria a Cheryl uma boa chance de ter sucesso.

— E tenho uns pedidos de desculpas para fazer — continuou Cheryl. — Não sei se vou conseguir falar com a cidade toda, mas queria falar com você e o doutor, quem sabe Jack…

Mel ficou em choque por um instante e, pela primeira vez, percebeu que tinha ido para a varanda sem vestir um casaco. Ela estremeceu. E seus olhos se encheram de lágrimas.

— Ah, Cheryl, nossa, eu sinto muito. Alguém deveria ter avisado. Estou surpresa que seus pais não tenham feito isso… mas o dr. Mullins faleceu de repente em outubro do ano passado. Não sabemos por quê. Talvez tenha sido o coração. Ou um derrame fatal. Não fizemos autópsia…

— O dr. Mullins? Morreu? — perguntou Cheryl.

— Eu sinto muito — disse Mel, deixando uma lágrima escapar. — Ele estava tão feliz por você ter decidido fazer o tratamento, ficaria tão orgulhoso de você.

— Meu Deus. Não é incrível como as coisas podem mudar num piscar de olhos? Ele sempre foi tão bom comigo... — disse Cheryl, se sacudindo para se recompor. — Bom. Não consigo lembrar se já fiz alguma coisa horrível com você e pela qual preciso me desculpar, mas...

— Você não fez — interrompeu Mel rapidamente, balançando a cabeça. — Na verdade, você foi legal comigo. Se ofereceu para me ajudar a cuidar das crianças há muito tempo. E você limpou aquele chalé horroroso que Hope McCrea me deu como moradia.

— Não me lembro da parte de cuidar das crianças.

— Acredite em mim. Você foi legal comigo.

— Obrigada por isso — disse Cheryl. — Mas Jack... eu sei que fui um pé no saco para ele. Será que devo ir até lá, para dizer que sinto muito por aquilo?

— Com certeza, mas eu já adianto que ele não guarda nenhum rancor de você. Jack vai ficar muito feliz em ver você sóbria e bem. Seria uma coisa boa.

— Tem certeza?

— Tenho, sim.

— Isso é um pedido de desculpas que envolve você também... eu dei em cima de Jack. Quero dizer, preciso dizer a ele que foi só a bebida. Eu não sou insana de verdade. Bom, não mais que um bêbado padrão.

Mel deixou escapar uma risadinha.

— Isso deve ter acontecido muito antes de eu o conhecer... você não tem que me pedir desculpa nenhuma. E aposto que Jack entende. Ainda assim, você não pode imaginar como ele ficaria feliz de saber que você está se recuperando. Cheryl... Eu nunca contei a ele que levei você para a clínica de tratamento.

— Nunca? — perguntou ela, chocada. — Achei que toda a cidade soubesse!

— Nada partiu de mim nem de… Mullins. Nós não comentamos sobre assuntos da clínica.

— Uau, por essa eu não esperava.

— Bom, agora que você sabe, você pode ajustar as expectativas. Na verdade, nunca ouvi nenhuma conversa a esse respeito na cidade. Afinal de contas, não foi a primeira vez que você sumiu por um tempo — observou Mel, com um sorriso.

As duas ficaram um tempo em silêncio, se olhando nos olhos. Então, Cheryl disse:

— Obrigada, sra. Sheridan. Isso que você fez por mim foi muito bom.

Mel sentiu seu estômago se contrair e as lágrimas ameaçaram cair. Aquelas eram exatamente as mesmas palavras do dr. Mullins! Como ele teria gostado de ver Cheryl assim, tão diferente, tão bonita e falando coisas inteligentes. Mel gostava de pensar que, de onde estivesse, talvez ele pudesse ver.

— Estou muito feliz que deu tudo certo, estou orgulhosa de você. Agora vai lá falar com o Jack e depois ver os seus pais. Tenha uma boa visita. Você vai aparecer aqui de vez em quando? Quando estiver visitando seus pais? Para contar para a gente como é que você está?

Cheryl fez que sim com a cabeça.

— Claro. Se vocês quiserem.

— Eu quero — disse Mel. — Seria ótimo.

Quando Mel voltou para dentro da clínica, foi até o antigo consultório do dr. Mullins, que agora ela dividia com Cam. Não havia pacientes, as crianças estavam dormindo, Cam tinha saído para resolver umas coisas. Ela estava sozinha — livre, leve e solta. Ela colocou a cabeça em cima dos braços e chorou. Lágrimas de felicidade por Cheryl e um choro especial de saudade do doutor, sabendo o que significaria para ele ver uma pessoa querida sair de tempos tão sombrios. Meu Deus, olhar para aquela mulher era inspirador! Ouvi-la falar era impressionante! Ela era uma pessoa completamente nova. E ainda era jovem; tinha uma chance de viver uma vida plena e produtiva.

Mel se deixou consumir pelo choro durante pelo menos meia hora. Então, escutou o som de um veículo e, de novo, pensando que devia ser

Bruce com as correspondências, enxugou os olhos e foi até a varanda. Dessa vez era Bruce. Ele entregou a ela um maço de cartas.

— Alguma amostra? — perguntou ele.

— Hoje não — respondeu a enfermeira.

— Que bom. Vou poder parar mais cedo.

O carteiro voltou para dentro de seu caminhãozinho e Mel olhou para a varanda do bar, onde viu Jack caminhando do lado de fora, com um braço por cima dos ombros de Cheryl. Eles pararam, se abraçaram e Cheryl desceu os degraus e seguiu até chegar à caminhonete que a aguardava. O veículo partiu.

Jack ficou parado na varanda, olhando para esposa. Mesmo do outro lado da rua ela conseguia notar o carinho naquele sorriso, o orgulho e a gratidão. Cheryl tinha contado tudo a ele. Ele acenou para Mel. E Mel devolveu o aceno.

Capítulo 19

Aiden Riordan parou em frente à casa e buzinou antes de sair do carro. Luke saiu de casa com o olhar perplexo e o rosto abatido.

— O que você está fazendo aqui?

— Você não atende aos meus telefonemas há dez dias! — respondeu Aiden, furioso. — As caixas postais funcionam muito bem por aqui, até onde eu sei!

— O telefone está quebrado — disse Luke, virando-se para entrar novamente em casa.

Aiden revirou os olhos, balançou a cabeça e o seguiu. Ele entrou atrás de Luke e tirou as luvas de couro enquanto olhava ao redor. Luke sentou-se no sofá, encarando o irmão com a testa franzida de raiva.

— Ah, entendi — disse Aiden.

A seguir, foi até a cozinha, olhou o telefone e o reconectou.

— Você vai se arrepender muito por ter feito isso — ameaçou Luke.

— Qual o problema? Anda recebendo muitas ligações?

— Eu diria que são tentativas de ligações. Não quero conversar com ninguém. E isso inclui você, a propósito.

— Bem, pois saiba que não vai se livrar de mim.

Ao dizer isso, Aiden foi até a geladeira, pegou uma cerveja, abriu-a e voltou para a sala de estar. Ele se sentou e, sem sequer tirar a jaqueta, começou:

— Então. Ela te deixou...

— Oi? Do que você está falando?

— Da menina perfeita, ora essa. Shelby. Ela foi embora e você está indo ladeira abaixo — disse ele, dando um gole na cerveja. Luke o encarou em silêncio e com a expressão carregada de maldade. — Tinha certeza de que você estava totalmente na merda. Vim até aqui só para ter certeza de que seu cadáver não estava apodrecendo há dez dias nesta casa, e você não está sendo nem cooperativo nem hospitaleiro.

— Ninguém pediu para você vir.

— Ah, *jura*, Luke? Deus me livre o primogênito mostrar fraqueza ou pedir qualquer ajuda, não é? Afinal, você é o homem de aço, certo? Dá um tempo, cara. Olha só o seu estado. Você achou que estava tudo sob controle, mas desmoronou, né?

— Eu tenho trabalhado.

— Mentira. O trabalho já acabou. Me conta o que aconteceu.

— Não aconteceu nada — disse Luke. — As coisas têm ficado meio calmas por aqui. Não tenho tido vontade de conversar com ninguém. Só isso.

Aiden olhou para baixo e balançou a cabeça, rindo em silêncio.

— Nossa, você não me dá crédito nenhum, né? Você acha que eu tirei uma licença de emergência para vir até aqui e salvar sua vida sem saber de nada? Acha que eu não liguei para aquele barzinho de que você tanto gosta? O mesmo bar onde você não aparece há tempos? Conversei com Jack, peguei o telefone de Walt Booth, falei com ele também. O que aconteceu foi o seguinte: Shelby foi passar umas férias ensolaradas em Maui antes de ir para São Francisco para alugar o apartamento onde ela vai morar quando começar a faculdade, só que ainda faltam *meses* para o início das aulas. Ela simplesmente foi embora e, como nós já tivemos esse papo antes, posso imaginar o porquê. Você a afastou. Não quis dizer como se sentia porque acha que isso é um erro *para ela*. E você ainda tem medo de ser sacaneado por qualquer mulher que conheça. Ainda toma decisões pelas pessoas sem saber a opinião delas. Shelby acha que você não gosta dela, então pagou para ver e foi embora. Para o lugar mais longe possível. E agora você está na merda!

Luke olhou para Aiden por um momento antes de dizer:

— Eu vou te matar.

Aiden se sentou na cadeira e sorriu. Tomou outro gole da cerveja.

— Ah é? E por quê?

— Você ligou para o *general*? Por *minha* causa?

— Aham. E para o cara do bar. Mas Sean me ligou, porque a mamãe ligou para ele, e você deveria agradecer por Paddy e Colin estarem longe, ou eles estariam nessa também. Agora, por que você não atende a porcaria do telefone e diz às pessoas que você está ocupado e não pode falar? O que diabo está tentando fazer?

— Você disse que está tentando salvar a minha *vida*? — perguntou Luke. — Você tirou uma licença de emergência? Para salvar a minha *vida*? Do que diabo você está falando?

Aiden sentou-se na beirada da cadeira e ficou sério.

— Olha, nós já passamos por isso antes. Éramos todos jovens, é verdade, e as circunstâncias eram completamente diferentes, eu sei. Mas tente imaginar como é ver o seu irmão mais velho, o cara que você mais admira no mundo, dar uma pirada e se afundar. Isso assustou todo mundo. E não vai acontecer de novo. Ninguém vai deixar isso acontecer de novo.

Luke respirou fundo.

— Olha, não é nada de mais, ok? Shelby está só seguindo com os planos. Ela quer viajar, ir para a faculdade. Eu estou me adaptando. Me dá uma semana e vou ficar bem.

Aiden olhou para ele por um segundo.

— Nossa, que mentira.

Antes que Luke pudesse responder, o telefone tocou.

— Viu? Que *droga*! Por que você religou essa coisa? — rosnou Luke.

Aiden foi atender à ligação.

— Sim, mãe, estou aqui. Ele está bem. Eu tomei o pulso dele, Luke está vivo, ele vai ficar bem. Sim, mãe. Sim, mãe. *Mãe*! Eu acabei de chegar! Será que você pode me deixar... sim, mãe, tchau. Também te amo.

Antes que pudesse voltar para sua cadeira, o telefone tocou mais uma vez, e Luke gemeu muito alto. Aiden atendeu.

— Meu Deus, acabei de chegar aqui! Será você pode me dar dez minutos para entender o que diabo está acontecendo? Sim, ele está bem! Eu ligo de volta. Agora dá um tempo, por favor!

Aiden voltou para a cadeira e retomou a cerveja.

— Viu? — disse Luke.

— Pois é, mas você obviamente desconectou o telefone depois que os telefonemas começaram. Nem sequer se preocupou em avisar às pessoas que estava bem. E se Shelby ligasse para dizer que ela pensou melhor e decidiu ficar por aqui até as aulas começarem? E aí?

— Ela não faria isso.

— Mas e se fizesse?

— Bem, isso não seria bom para ela.

Aiden ficou atordoado e em silêncio durante um minuto. Sua mente estava um turbilhão. Então, um sorriso ardiloso surgiu devagar.

— Ah, cara. Você sabia que não conseguiria deixar de atender o telefone se ele tocasse. Você estava esperando uma ligação dela, por isso desconectou o aparelho.

— Você ficou maluco...

— Você prefere que ela pense que você não está por aqui. Que um dia ou uma semana depois que ela foi embora, você se reergueu e foi procurar outras mulheres. Meu Deus, Luke. — Aiden riu. — E se ela quisesse ficar mais um tempo com você? Hein? E se ela quisesse te dar mais um tempo até você resolver os seus problemas?

Luke balançou a cabeça, desnorteado. Ele se levantou do sofá e foi até a cozinha para pegar uma cerveja. E voltou para a sala de estar.

— Isso seria uma péssima decisão.

— Certo, agora estamos na mesma página. Você está tentando protegê-la, e agora eu quero saber tudo. Ou será que vamos ter que tomar mais seis cervejas para chegar lá? Porque não tenho bebido muito ultimamente. Fico de plantão o tempo todo, você sabe...

— Achei que já tivesse explicado — disse Luke, irritado. — Shelby é linda. Ela até pode ter 25 anos em termos cronológicos, mas passou anos cuidando da mãe. A maioria dos bares pediria para ver sua identidade. Eu fui quase praticamente o primeiro flerte dela, cara! Eu acho que ela deveria fazer mais coisa, experimentar mais coisas. Há muito tempo que ela tem sido paciente e dedicada... está na hora de sair por aí e...

— E não arriscar um relacionamento com você e então perceber mais tarde que foi precipitada — completou Aiden.

— Nossa, que inferno — disse Luke, ficando de pé e esfregando a nuca. — Ela não está pronta para fazer esse tipo de escolha. Ela pode até achar que está, mas não está!

— Porque você também não estava?

— Ela é muito nova!

— Porque você também era?

Luke não respondeu. Virou de costas para o irmão.

Aiden se levantou e se aproximou de Luke. Ele colocou a mão em seu ombro e o apertou.

— Você não era novo demais quando casou com Felicia, Luke. Não era ingênuo nem inexperiente demais aos 25. Você já era um homem... Era astuto e leal e sabia como se sentia. Teve paixão e comprometimento suficientes para não mudar de ideia. Você foi sacaneado por alguém que não combinava com você, e eu sinto muito por isso, mas a culpa não foi sua. Meu Deus, será que você nunca vai se perdoar por isso? Você não traiu Felicia! Foi ela que sacaneou você!

— Ela não era o suficiente — disse Luke, e então riu com pesar e balançou a cabeça. — Foi o que ela me disse...

— Felicia?

Luke se virou.

— Shelby. Ela disse que sabia que ela não era o suficiente...

— Meu Deus — comentou Aiden, baixinho. Ele pensou por um instante e continuou: — Certo, olha só, não vamos simplesmente ficar aqui reclamando no fundo do poço. Vamos sair, comer alguma coisa decente, quem sabe ter uma conversa que não envolva gritaria e, quando eu me convencer de que você está bem e não vai mais desligar seu telefone, eu dou o fora.

Luke respondeu com um fraco aceno de cabeça.

— Quer ir àquele bar de que você tanto gosta? — perguntou Aiden.

— Não — respondeu Luke na mesma hora. — Preciso dar um tempo de lá. Vamos até Fortuna. Lá tem um restaurante de frutos do mar.

* * *

Os dois jantaram num restaurantezinho agradável, perto de um rio largo. Pediram a mesma coisa, o que era comum entre os irmãos Riordan. Havia uma série de coisas que Aiden queria entender, mas, conhecendo Luke, não daria certo apenas perguntar diretamente. Então, Aiden o fez falar sobre a cidade, as pessoas, os chalés e o que ele achava que faria com a sua propriedade.

Quando comprou a propriedade, o objetivo de Luke era transformar os chalés em espaços lucrativos assim que possível. Agora, ele estava pensando em tirar um ano para ver se valia a pena alugá-los durante a temporada de férias. Não existia motel ou pensão em Virgin River e aquele poderia ser um empreendimento altamente rentável e de baixo investimento em termos de administração. Se o negócio funcionasse bem o suficiente e gerasse uma renda decente, Luke poderia tentar comprar a parte de Sean e administrar tudo como o único proprietário. Seria a maior estabilidade de sua vida em mais de vinte anos.

Aiden podia ver que o irmão estava pronto para deitar raízes. Só estava morrendo de medo de pedir a uma mulher como Shelby para assumir o mesmo compromisso. Porque ela poderia mudar de ideia. E isso o mataria.

Foi quando Aiden ficou um pouco atrevido e disse:

— Deve ter alguma coisa sobre essa Shelby que realmente mexeu com você. Não é do seu feitio se envolver com uma garota de cidade pequena, especialmente sobrinha de general.

Luke deu uma risadinha.

— Ela é maravilhosa. No meu primeiro dia em Virgin River, esbarrei com ela duas vezes. Achei que ela tivesse uns 18 anos e, irmão, eu sabia muito bem que era melhor não me envolver.

— Ela era a única mulher bonita dos três condados? — perguntou Aiden.

— Não sei dizer — disse Luke. — Eu devo ter batido com a cabeça ou algo assim. Um caso severo de visão em túnel. Tentei como um condenado me dissuadir, mas não demorou muito até que minha única escolha fosse terminar o que tinha começado. Você sabe como é.

— Sei mesmo — concordou Aiden.

Afinal, ele tinha se *casado* com uma mulher por causa da mesma visão em túnel.

— E foi assim que você começou a perder o interesse?

Ele ficou quieto por um segundo.

— Não se perde o interesse por uma mulher feito Shelby. Não importa o quanto você tente.

Aiden aproveitou a oportunidade.

— Acho que já faz um tempo desde que você sentiu algo assim.

Luke olhou nos olhos de Aiden.

— Eu sei o que você está fazendo. Eu não quero gastar muito tempo falando sobre isso. Não preciso de você me irritando. O que preciso agora é de tempo.

— Você está no fundo do poço — observou Aiden.

— Acontece. Agora chega.

— Eu só quero ter certeza que você vai conseguir seguir em frente sem… — Sua voz foi morrendo.

— Sem ficar completamente louco? Olha, acho que eu aprendi algumas coisas, Aiden. Isso aqui é o mais baixo que vou chegar. Até melhorar, é melhor só deixar quieto.

— Uma pena que você não consiga lidar com isso, Luke. Existe trinta e cinco por cento de chance de você estar completamente errado a respeito dela, sobre você mesmo, sobre a conclusão dessa coisa toda. Você poderia ter sido feliz todos os dias da sua vidinha idiota e agora aí está você, tentando se esquecer dela.

— Escuta só, Aiden. Existe cinquenta por cento de chance de que um de nós dois esteja certo. A gente só não sabe quem é.

Depois do café na manhã seguinte, Aiden jogou sua malinha de roupas no carro, apertou a mão do irmão e disse:

— Vá atrás dela, Luke. Fala a verdade, que você está morrendo de medo, mas que quer tentar.

Luke apenas sorriu.

— Obrigado por ter vindo, Aiden. Sei que você só quer ajudar. Dirija com cuidado.

* * *

Já estava quase na hora de Shelby ir embora de Maui, mas não tinha certeza se estava pronta para isso e estava considerando ficar mais uma semana antes de embarcar para São Francisco. Não sabia se o descanso e o sol estavam ajudando ou se seria melhor enfrentar um novo desafio.

Ela havia empacotado todas as suas coisas na casa do tio, carregado o Jeep e ido até São Francisco para pegar um avião até o Havaí, assim ela não precisaria voltar a Virgin River para buscar o carro ou suas coisas. O Jeep estava no estacionamento mensal do aeroporto, esperando pelo próximo passo que ela daria rumo à sua nova vida, a vida que não a interessava em nada. As árvores altas e as montanhas pareciam chamá-la, e o barulho da cidade não soava atraente. Nada podia ser tão bom quanto o céu calmo e limpo, a beleza natural que a cercava em Virgin River. Ela estava com saudade dos cavalos. Estava com tanta saudade...

Shelby escolhera o hotel com cuidado — ele ficava na praia e tinha um restaurante decente. Ela pensou que visitaria uns pontos turísticos pela ilha, mas acabou não fazendo isso. Ler bastante fazia parte dos planos, mas, pela primeira vez desde que conseguia se lembrar, sua mente vagava tanto que ela não conseguia escapar para dentro de uma ficção. Mesmo quando sua mãe estava na pior fase, Shelby conseguira ler; entrar em uma boa história lhe trazia um enorme conforto. O restaurante do hotel era excepcional, mas ela ainda sentia falta da comida de Preacher e de uma lareira abrasadora, a risada dos amigos, o toque embaixo da mesa daquelas mãos... Exceto pelo café da manhã, Shelby usava o serviço de quarto na maioria das refeições. Ela estava muito solitária, escondida atrás dos óculos escuros, do jeito como ela queria.

Todos os dias ela caminhava na praia indo o mais longe que conseguia, às vezes durante horas. Ela se deitava em uma espreguiçadeira na praia e tomava sol, relaxando embaixo de uma barraca, com os olhos fechados para parecer que estava dormindo. Descansando. Mas, por dentro, sangrava. Se alguém olhasse de perto, veria uma lágrima casual escorrendo até desaparecer. Vinha chorando muito mais que imaginara ser capaz. Shelby estivera tão ocupada tentando se segurar enquanto estava perto do tio e da prima que não fazia ideia da quantidade de emoção com a qual estava lutando. As lágrimas começaram assim que o trem de pouso do avião foi recolhido e, apesar de todo o esforço, ela soluçou durante metade da viagem até o Havaí. A sorte estava a seu lado e ela se sentou perto de uma mulher mais velha e de bom coração, que a abraçou e disse:

— Ah, querida, um coração partido é inconfundível.

A melhor ficção do mundo não retratava de maneira adequada o quanto aquilo doía ou quantas lágrimas estavam envolvidas no processo. Era uma espécie de morte piorada pelo fato de que não havia morte alguma, a não ser que você considerasse o fim de uma felicidade imensa.

— Lindo dia — comentou a voz de um homem.

Ela virou a cabeça e o encontrou sentado na espreguiçadeira bem ao lado da sua. Havia muitas cadeiras disponíveis na praia e ao redor da piscina e mesmo assim ele tinha que escolher aquela ali.

— Sim, lindo — disse ela, baixinho, virando a cabeça de volta, tentando ignorar o homem.

— Ouvi dizer que aqui chove o tempo todo. Você pegou muita chuva?

— Por favor — pediu ela. — Eu estava tirando uma soneca.

— Será que sua soneca já vai ter acabado até de noite? Eu adoraria te convidar para jantar.

Ela virou a cabeça na direção do homem de novo, levantou os óculos e disse:

— Não, obrigada.

E mais uma vez virou o rosto.

— Então será que posso pagar um drinque, ao menos? Um *mai tai* ou um *bloody mary*?

Sem olhar para o homem, ela respondeu:

— Eu vou ter que sair daqui? Ou você sai?

Ele deu uma risadinha.

— Nem um pouco tímida, hein, Shelby.

Ela deu um pulo com a surpresa, sentando-se um pouco.

— Como você sabe o meu *nome*? — perguntou, atordoada.

A última coisa de que precisava agora era se sentir ameaçada. Estava sozinha naquele lugar, dependendo da equipe de segurança do hotel.

— Não — respondeu ele. — Eu já sabia o seu nome. Perguntei onde eu poderia encontrar você. Eles são bem cuidadosos aqui, mas, quando eu descrevi você, o garoto da toalha soube onde você poderia estar.

Ela se sentou, boquiaberta.

Ele estendeu a mão.

— Aiden Riordan — disse. — Como você está?

Atônita e sem palavras, ela estendeu a mão bem devagar. Aiden era um homem bonito, mas não se parecia nem com Sean, nem com Luke. Seu cabelo era escuro e as sobrancelhas, grossas, os olhos eram verdes, como os de Maureen, e seu sorriso era muito agradável.

— Aiden o médico?

— Obstetra e ginecologista, eu mesmo. Prazer em conhecê-la.

— O quê... ? O que diabos você está fazendo aqui?

Ele deu de ombros, discretamente.

— Achei que alguém deveria explicar o Luke, se é que isso é possível.

Ainda sob certo estado de choque, Shelby se sentou de lado na espreguiçadeira, virando-se de frente para ele, os pés na areia.

— Ele mandou você aqui?

— Ah, não — disse Aiden, e deu uma gargalhada. — Na verdade, quando ele descobrir que estou aqui, a coisa vai ficar feia. E talvez isso seja uma tremenda perda do meu tempo, mas eu tenho a sensação de que existem umas coisas importantes a respeito do meu irmão que você não sabe. Por outro lado, aposto que você sabe coisas sobre ele que não quero nem escutar.

— Nossa, mas... que *loucura*!

— Nem me diga. Nós temos uns fofoqueiros na família, mas é meio raro que os irmãos se metam na vida uns dos outros nesse nível. Só que Luke é um caso especial.

— Por quê?

— Bom, ele alguma vez mencionou que foi casado quando era muito mais novo? — perguntou Aiden.

Shelby levou um tempo para absorver a informação.

— Não. Mas... isso explicaria algumas coisas — disse, enfim.

— Fica ainda mais complexo. Você provavelmente já ouviu uma centena de histórias de divórcios horríveis, mas essa combinou uma série de eventos que foram demais para o Luke, e eu acho que podemos dizer que deixaram algumas marcas.

Ela olhou para baixo.

— Pelo visto ele não confiava tanto assim em mim — observou ela. — Ou ele teria me contado.

— Não tem nada a ver com confiança, Shelby. Ele estava se esforçando muito mesmo para não chegar perto de você. E não adiantou... Você tinha que ver como ele está. Parece um zumbi, está péssimo.

Ela chegou mais para a frente na cadeira.

— Quando você esteve com ele?

— Uns dias atrás. E não, não contei a ele que ia tentar encontrar você. Ele não teria apoiado a ideia.

— Ele está bem? — perguntou ela, preocupada.

— Não, está péssimo. Acho que pode melhorar. Mas precisamos conversar, eu e você, e então o que tiver de ser vai ser. — Depois de uma breve pausa, Aiden continuou: — Luke se casou quando tinha 24 anos. Ele tinha acabado de virar piloto de helicóptero do Exército e se casou com uma garota que conheceu no Alabama... uma mulher muito bonita que virou a vida dele de ponta-cabeça. Talvez fosse a garota mais bonita do Sul inteiro. Eles começaram a sair e fizeram planos logo de cara, se casaram poucos meses depois e ele era o homem mais feliz da face da Terra. Como era o mais velho, o restante de nós observávamos cada passo que ele dava. Todos nós queríamos ser como Luke, sabe? Tão seguro de si, capaz de lidar tão bem com todas as situações. Todos nós queríamos entrar para o Exército, ir muito bem, ganhar um milhão de medalhas e promoções, se casar com a garota mais bonita da região, agarrar aquela vida perfeita cheia de desafios, aventura e paixão.

— Alguma coisa deu errado, imagino.

— Opa... Vejamos. Colin estava no Exército, alocado do outro lado do país, eu estava no último ano de faculdade naquela época, Sean tinha só 19 anos e estava na Academia da Força Aérea. Patrick estava no ensino médio. E Luke estava casado e com um bebê a caminho. Tinha sido o primeiro casamento e seria o primeiro bebê na família. Ou seja, ele estava no topo do mundo, tão feliz, tão apaixonado, tão animado para ser pai, e aí ele foi mandado para a Somália. Mogadíscio. Você já viu aquele filme *Falcão Negro em perigo*?

— Já — respondeu ela. — Acho que não quero assistir de novo...

— Luke levou um tiro, se feriu, mas ele é o cara mais corajoso que conheço. Foi uma experiência horrível para o Exército: tudo de ruim que podia acontecer, aconteceu. Mas, de algum jeito, ele superou tudo com um desempenho heroico. Luke salvou vidas e foi condecorado por bravura. Chegou em casa o mais rápido que pôde porque o filho estava prestes a nascer. Ele estava, sem dúvida nenhuma, ainda muito afetado pela guerra quando precisou enfrentar mais uma batalha. Estava em casa havia menos de cinco minutos quando sua esposa contou que o bebê, que tinha sido concebido cinco meses antes de ele ir para a Somália, não era dele. Ela estava transando com um capitão. Um dos oficiais acima de Luke, na verdade. Um homem que foi para guerra com ele, de quem ele recebia ordens na ocasião. E ela estava deixando Luke para ficar com o cara.

— Meu Deus — foi tudo que Shelby conseguiu falar.

— Isso o deixou humilhado, aquele jovem soldado tão forte. Na época, ele tinha a idade que você tem agora, Shelby: 25 anos. Houve um tumulto no posto militar: um oficial saindo com a esposa de um de seus subordinados. Não foi só um divórcio, foi quase a capa do jornal, houve rumores de apresentação de queixa contra o capitão e Luke ficou parecendo um bobo. E ele ainda não tinha conseguido lidar direito com tudo o que vivera na guerra. Estava enfrentando um monte de coisa ao mesmo tempo, sabe? O coração partido, o escândalo, a humilhação, a decepção, o transtorno de estresse pós-traumático por causa da batalha, o luto por ter visto vários camaradas morrerem. — Aiden respirou fundo. — Ele teve ideações suicidas.

— Luke? — perguntou ela. — É tão difícil de imaginar isso. Raiva, tudo bem, consigo ver. Mas...

— Essa condição não se apresentou do jeito típico. Ele entrou em um buraco sem fundo. Bebia demais e dirigia, quase voou bêbado, por sorte alguém tirou ele do pátio do aeroporto a tempo. Ele entrou em brigas... parecia ir a lugares onde sabia que seria espancado por muitos homens e provocava as brigas. Foi parar no hospital algumas vezes por causa disso e uma vez por causa de um acidente que envolveu só o carro dele. Luke provavelmente não contaria essas coisas para você, mas ele me contou. Ele só queria morrer.

Shelby parou um instante para absorver aquilo, então disse:

— Não é de se admirar que ele não tenha um relacionamento próximo...

— Um monte de coisas pode ferrar um cara, mas Luke teve o menu completo. Não foi só um casamento ruim, Shelby, mas tudo, com uma esposa traidora e péssima no meio de tudo. Ele mudou completamente depois disso. Ele parou de calcular os riscos e passou a viver a mil por hora. Descobriu que não podia desistir das mulheres, mas pareceu desistir de relacionamentos.

Ela inclinou a cabeça para o lado.

— Isso explica muita coisa. Ele me contou que não se apaixonava, que ia atrás das mulheres feito um tubarão perseguindo um mergulhador...

Aiden sorriu.

— Isso se parece com Luke.

— Eu acreditei nele totalmente. Achei que fosse conseguir lidar com isso. E, então, achei, feito uma idiota, que comigo tinha alguma coisa diferente. Foi aí que estraguei as coisas. — Shelby respirou fundo antes de continuar: — Eu devo ter deixado ele louco com aquele papo sobre filhos...

— Que papo? — perguntou Aiden.

— Eu disse que queria um parceiro comprometido e pelo menos um filho. Ele disse que isso nunca ia acontecer com ele, mas achei... — Sem completar, ela deu de ombros.

— Ele diz isso já faz um tempo. Talvez acredite nisso a essa altura, mas, quando ele achou que fosse ter um filho, nunca vi alguém tão feliz. Sinto muito que ele tenha perdido esse desejo.

— Ele inventou a desculpa de que é velho demais. Enfim, eu só acho que, se ele confiasse em mim, teria me contado a respeito desse casamento, dos seus motivos, teria dado uma chance para que nós dois lidássemos com isso...

— É, bem, Luke entra em estado de negação a respeito de muita coisa. E, pelo que ele contou, parece que começou se protegendo, mas, quando o relacionamento de vocês avançou, ele passou a querer proteger você.

— Me proteger?

— Ele me contou sobre a sua mãe, como você se dedicou por alguns anos, que você não tinha liberdade de verdade… Meus sentimentos, aliás.

— Obrigada. Talvez você vá entender, já que é médico… Luke com certeza não entende. Não foi um sacrifício. Eu não era refém, sabe? Estava fazendo exatamente o que queria fazer. Era muito próxima da minha mãe. Ajudar alguém a fechar a porta neste mundo e partir para o próximo… é uma coisa muito especial. Íntima. Eu não estava abrindo mão de nada… eu estava vivendo algo que a maioria das pessoas nunca vai experimentar.

Aiden sorriu para ela.

— É uma forma extraordinária de ver as coisas.

— Não sou extraordinária — negou Shelby, com um sorriso modesto. — Eu estava em um grupo de apoio e aprendi muito.

— Você passou por poucas e boas no último ano — pontuou ele. — Primeiro, perdeu sua mãe. Depois, Luke.

Os olhos dela se encheram de lágrimas, mas ela se manteve firme.

— Não me arrependo do que fiz com nenhum dos dois, Aiden. Eu não mudaria nada. Nunca teria deixado minha mãe sob os cuidados de outra pessoa. E, quanto ao Luke, eu não pude evitar me apaixonar. — Ela deu um sorriso trêmulo. — Eu soube na mesma hora que ele era o cara certo. Meu primeiro amor.

Aiden tocou a mão que ela mantinha em cima do joelho.

— Você nunca se apaixonou assim antes, imagino.

— Eu nunca me apaixonei, ponto. Foi logo depois de concluir o ensino médio que minha vida ficou bem isolada e eu não era uma garota que saía muito durante a escola. Luke estava certo a respeito de uma coisa: eu não vivi muito, nesse sentido. Eu poderia ter esbarrado com um babaca insensível, mas foi o Luke. Ele foi tão bom para mim, tão carinhoso, tão maravilhoso. Não tenho como me arrepender disso, sabe? — disse, balançando a cabeça. — Por mais que me doa agora, eu não abriria mão de nem um dia com ele. Acho que, quando ele disse que queria que aquilo ficasse só entre nós dois, porque era muito especial, foi quando comecei a pensar que aquele padrão de nunca se envolver poderia mudar… comigo…

— Só entre vocês? — perguntou Aiden, curioso.

— Ele foi o meu primeiro homem. Da vida inteira — explicou Shelby, e desviou o olhar. — E, pelo jeito como estou me sentindo, provavelmente vai ser o único. Da vida inteira.

Aiden ficou calado, olhando para o rosto delicado da jovem, assombrado. Depois do que Luke passou com a esposa, ele encontrava uma mulher pura? Intocada? Ah, nossa, não era à toa que estava tão mal. Ele deve ter vislumbrado uma espécie de sonho impossível… uma mulher doce e boa na qual poderia confiar, que pertenceria apenas a ele.

— Putz — comentou Aiden, deixando a cabeça tombar para a frente. — Não é à toa que a coisa esteja tão ruim…

— Quê?

— Shelby, a garota com quem ele se casou… era o que havia de mais distante de uma virgem. Adorava flertar, provocar. Ela era rodada e, pelo que parece, nunca deixou de rodar. Imagina só… Luke deve ter pensado que, se essa doeu, se algo assim acontecesse com você, isso o mataria.

Shelby balançou a cabeça.

— Não posso acreditar que ele tenha pensado que eu pudesse ser assim….

— Acho que está na hora de bebermos aquele *bloody mary* — sugeriu Aiden. — Depois vamos dar um passeio na praia e jantar, que tal?

Quando Aiden saiu pela manhã para ir para o aeroporto, ela o abraçou como se fosse um velho amigo. Eles haviam conversado pelo restante da tarde, durante o jantar e depois sentaram-se na praia enluarada até muito tarde. O assunto girou quase sempre ao redor de Luke e a relação com Shelby, mas também falaram sobre a vida dos outros irmãos e do percurso de Aiden pela faculdade de medicina e sua prática a bordo de navios, bases navais e na base Camp Pendleton. E ele ouviu histórias sobre a infância de Shelby, a mãe, o resto da família, seu amor por cavalos e pelas montanhas, a tranquilidade silenciosa de Virgin River. Em poucas horas, tornaram-se bons amigos.

— Pensei numa coisa bem estranha agora — disse ela a Aiden quando ele estava parado ao lado do táxi.

— No quê, querida?

— Luke está tentando me salvar ao me deixar ir. Ele não quer que eu sacrifique nada, que desista de qualquer coisa, que deixe de me estabelecer. Mas, na verdade, ele é que está fora dos eixos. É ele quem precisa ser salvo.

Aiden riu.

— É, talvez. Mas, como ele nunca admite, é muito provável que seja impossível salvá-lo.

— Cuida dele, Aiden — pediu Shelby enquanto ele entrava em seu táxi, na porta do hotel.

— Farei o possível — prometeu ele. — Você está indo para São Francisco agora?

— Talvez eu fique mais uma semana. Não estou com pressa para chegar lá. Eu só achei que precisava seguir em frente, fazer alguma coisa. É estranho como a gente leva tempo para conseguir esquecer.

— A gente não esquece, Shelby. A gente só se adapta.

Ela riu baixinho.

— Obrigada, Aiden. Por ter vindo de longe só para falar comigo. Você não sabe como isso foi importante, e como ajudou.

— Espero que sim, Shelby. Luke está certo sobre uma coisa: você é especial. Boa sorte.

— Para você também.

Luke estava sentado em frente à lareira, com os pés para cima, ouvindo música enquanto não olhava para nada em particular, quando faróis iluminaram a janela de sua sala. Estava chovendo lá fora; ele não estava esperando ninguém. Olhou para o relógio em seu pulso: eram oito da noite. Se fosse outro irmão ou, pior ainda, sua mãe, ele não conseguiria se controlar. Pelo amor de Deus, ele estava atendendo o telefone. Não estava muito a fim de conversa, mas atendia. Ainda estava um pouco em carne-viva, essa coisa com a Shelby, mas ele estava progredindo. Pelo menos estava conseguindo dormir...

Luke abriu a porta e viu o Jeep. Ela estava na frente do carro, encostada no capô, braços cruzados sob o peito, ficando molhada sob o chuvisco gelado. Seu coração apertou.

Fazia quase três semanas desde a última vez que a vira e seus sentimentos não haviam dado qualquer trégua. O desejo que sentia por ela era tanto que até doía.

— Você nunca me contou sobre Felicia — gritou ela.

— Já faz muito tempo — respondeu ele, bem alto. — Como você soube?

— Não importa. Você não confiava em mim o suficiente para contar?

— Já faz anos, Shelby… Não tinha nada a ver com nada. — Ele foi para a varanda. — Não sabia que você tinha voltado.

— Ninguém sabe que estou aqui — disse. — Você acha que eu seria tão ruim quanto ela, é isso?

— Não. Eu sei que não. Você acha que eu sou a melhor coisa que você consegue arranjar?

Ela deu de ombros. Seu cabelo estava ficando molhado; suas bochechas brilhavam.

— E se for? Como eu estraguei tudo? Achei que tivesse mostrado exatamente o que eu queria. Você acha que eu sou volúvel? Que sou muito nova e boba demais para saber se realmente amo alguém?

— Você não é boba, eu nunca achei isso. Nova, talvez, mas boba, nunca.

— Ah, então você achou que era só um amor *juvenil*?

— Não, senhora — disse ele. — Nada juvenil. Sai da chuva.

— Não. Não até que a gente resolva umas coisas. Se não conseguirmos chegar a um acordo, vou para a casa do meu tio. Mas não vou mais me mudar para São Francisco… não quero ficar lá. Nunca vivi em uma cidade grande e não gosto muito delas. O que eu gosto está aqui.

— Pelo menos venha até a varanda, para a gente conversar direito. Sai dessa chuva e do frio…

— Não — disse ela, mantendo sua posição. — Talvez eu esperasse muita coisa rápido demais, mas você esperava muito pouco. Eu não quero ser tocada por outro homem. Nunca mais. As únicas mãos que eu sempre quis ter são as suas. Só as suas.

Ele não conseguiu deixar de sorrir para ela, mantendo-se tão orgulhosa, tão teimosamente na chuva, com os braços cruzados sobre o peito.

— Então, por que você foi embora? Eu nunca achei ruim colocar as mãos em você.

— Eu precisava de um bronzeado. E pensei que você não me amava. Eu quero mais que só sexo, Luke… quero o pacote completo. Quero ter filhos um dia. Não precisa ser logo, mas quero ter ao menos um, e ele tem que ter um pai, e isso é inegociável.

Ele jogou a cabeça para trás, gargalhando.

— Quem é que você pensa que você é? Como assim inegociável?

— Acho que sou a única mulher que você já amou. E mesmo assim você ia me dispensar rapidinho, só porque deixo você nervoso. Eu pensei que você não confiasse em mim, mas agora acho que você não confia em si mesmo. — Shelby balançou a cabeça e continuou: — Eu não quero um cara assim. Preciso de um cara corajoso, seguro de si. Alguém confiante o suficiente para estar ao meu lado. Preciso de um homem que não fique com medo de correr um ou dois riscos por algo importante.

— Eu corri alguns riscos — argumentou ele. — E você não me deixa nervoso. Vem aqui para a varanda.

— Não. Não até que você diga que, se ficarmos firmes, vamos ter um relacionamento de verdade e uma família. Eu não quero nada dessa porcaria de "não se envolver". É tudo mentira, Luke. Você pode pensar um pouco, é claro, sou uma pessoa paciente. Mas não vou desistir de você.

Ele sorriu para ela.

— Eu não preciso de tempo nenhum. Eu sei exatamente como me sinto.

— Ainda nessa? Ainda nessa besteira de "nunca vai acontecer"?

— Certo, acho que poderia acontecer — disse ele. — Se acontecer, vai ser com você. É que eu sempre achei que você merecesse mais…

— Mais que tudo que desejei na vida? Está vendo como você é idiota?

Ele teve de rir. Ela era especial, essa mulher.

— Shelby, vem aqui. Eu não tenho que pensar… Você é a maior certeza que eu já tive na vida. Agora vem aqui.

— Pensei que não fosse o suficiente para você… mas acho que eu era até demais. — continuou ela. — E não é você quem decide o que eu mereço ou não, ok, Luke? O que mereço é um homem que me vê crescer enquanto eu estou grávida de seu bebê e sente orgulho. Amor e orgulho.

— Tá bom, então — disse ele. — Eu te amo. Vem aqui.

— Não está bom o bastante. Você tem que dizer alguma coisa que me convença de que vale a pena apostar nisso. Eu percorri um longo caminho, e vim sozinha. Eu estava apostando em você, em nós. Eu te amo e você me ama, e eu estou cansada dessa coisa sem compromisso. Diga a coisa certa de uma vez. Diga algo *profundo*.

Ele olhou para ela e seu sorriso se desvaneceu lentamente. Ele colocou as mãos na cintura. Então, respirou fundo e sentiu as lágrimas inundarem seus olhos.

— Você é tudo o que eu preciso para ser feliz, Shelby — disse. — Você é tudo o que eu preciso…

E aquilo realmente a pegou de surpresa. Ela descruzou os braços e, por um instante, o olhou boquiaberta.

— Você é tudo — disse ele. — Estou morrendo de medo, mas quero tudo com você. Eu quero você para a vida toda. Eu quero o que você quer, e quero agora.

— Hã?

— Tudo, Shelby. Eu quero que você seja o que vai me manter no chão. A mãe dos meus filhos. Minha melhor amiga, minha mulher, minha amante. É um pacote e tanto. — Ele respirou fundo. — Mas, se você não vai desistir, eu também não vou.

— Tem certeza? — perguntou ela.

— Certeza de que morro de medo de você mudar de ideia? Ou certeza de que quero tudo? Porque sim, meu amor, tenho certeza.

— Eu não vou mudar de ideia — disse ela baixinho.

— Eu não consigo escutar você! — gritou ele. — Não dá para escutar nada porque você não sai da porcaria da chuva!

Ela correu para a varanda e para seus braços. Ele a levantou do chão e procurou seus lábios com desespero. Shelby chorou naquele beijo. E ele ignorou que também deixou cair uma ou duas lágrimas, enquanto amava o sal de alívio que ela vertia.

— Eu sou o suficiente? — perguntou ela.

— Muito mais que suficiente, e sempre foi assim — respondeu ele. — Eu quero tanto você, quero que você nunca mais vá embora. Eu não sei se isso é justo com você, mas é o que eu quero e…

— Vamos fazer o seguinte: eu decido o que é justo para mim, você decide o que é justo para você, ok? Vamos simplesmente parar de decidir o que é bom um para o outro. A ideia é trabalharmos *juntos*. Você é um pouquinho controlador.

— Eu tenho muitos defeitos.

— Tudo o que quero é que você me ame o suficiente para construir uma vida comigo. Não precisa me prometer isso amanhã, mas você tem que nos dar essa chance.

— Pode ser amanhã. Pode ser hoje à noite. Perder você quase me matou.

— Ai meu Deus… — disse ela, comovida. — Será que você pode me amar pra sempre?

— Provavelmente muito mais que isso. É como se eu não tivesse escolha. Será que você consegue? Lidar com isso?

Ela suspirou profundamente.

— Paga para ver…

Este livro foi impresso pela Vozes, em 2023, para
a Harlequin. O papel do miolo é pólen natural
70g/m^2, e o da capa é cartão 250g/m^2.